Das Geheimnis des Hexers

Trilogie / Teil 1

AF211296

Das Geheimnis des Hexers

Trilogie / Teil 1

Gerdi M. Büttner

Bibliografische Information der Deutschen Nationalbibliothek:
Die Deutsche Nationalbibliothek verzeichnet diese Publikation
in der Deutschen Nationalbibliografie; detaillierte bibliografische Daten
sind im Internet über http://dnb.dnb.de abrufbar.

Die automatisierte Analyse des Werkes, um daraus Informationen
insbesondere über Muster, Trends und Korrelationen gemäß §44b UrhG
(„Text und Data Mining") zu gewinnen, ist untersagt.

© 2025 Gerdi M. Büttner

Lektorat, Korrektorat, Umschlaggestaltung: Roland Büttner

Verlag: BoD · Books on Demand GmbH, In de Tarpen 42,
22848 Norderstedt, bod@bod.de
Druck: Libri Plureos GmbH, Friedensallee 273, 22763 Hamburg

ISBN: 978-3-7693-1804-3

Prolog

Die schlanke, dunkel gekleidete Gestalt schlich durch den unbeleuchteten Gang und fand auf Anhieb die Tür des Arbeitszimmers. Bevor sie den Schlüssel ins Schloss schob lauschte sie nochmals nach oben. Aus den Schlafgemächern der Hausherrin waren zwar leise aber deutlich streitende Stimmen zu vernehmen. Das war gut, solange der Freiherr von Kilchenstein sich mit seiner schwerkranken Frau stritt, bestand keine Gefahr von ihm überrascht zu werden. Das Personal lag schon lange in den Betten, auch von dieser Seite drohte keine Entdeckung.

Das gut geölte Schloss gab nur ein leises Klicken von sich, als sich der Schlüssel drehte. Die offensichtlich weibliche Gestalt schlüpfte durch den entstehenden Spalt ins Zimmer und schloss die Tür geräuschlos hinter sich. Ein makelloser, von keiner Wolke getrübter Vollmond blickte durch die Butzenscheiben des hohen Fensters und tauchte den Raum in silbrige Helligkeit. Das milchige Licht reichte für die Zwecke der Frau aus. Sie schien sich bestens im Zimmer auszukennen.

Mit zielstrebigen Schritten ging sie auf den wertvollen, dunkel gebeizten Schreibtisch zu und öffnete mit einem zweiten, kleineren Schlüssel ein verborgenes Fach. Schmale Hände holten eine, aus feinem Kalbsleder gefertigte Mappe heraus auf deren Vorderseite das Familienwappen der Familie zu Hohenberger eingeprägt war. Die Frau durchblätterte rasch die darin enthaltenen Dokumente und legte vier davon auf die polierte Schreibtischplatte. Die restlichen ordnete sie wieder fein säuberlich in die Mappe und legte diese an ihren Platz zurück. Dann schnappte das Schloss des Geheimfaches zu. Die Gestalt rollte die Dokumente zu einer lockeren Rolle zusammen und streifte ein Band darüber. Dann verschwanden die Papiere in den üppigen Falten ihres weiten Rockes. Die Frau lief leichtfüßig zur Tür und öffnete sie einen Spalt, lauschte in den dunklen Flur. Noch immer ertönten die Stimmen aus dem oberen Stockwerk.

Zufrieden lächelnd glitt sie aus dem Zimmer, schloss sorgfältig hinter sich ab und verschwand dann ungesehen in der Finsternis des langen Burgganges.

Kapitel 1: Intrigen

„Nun beeil dich, Simon. Deine Mutter verlangt nach dir. Wasche dir die Hände und das Gesicht und ziehe dir deine neue Samtjacke an." Edda, die Zofe blickte ungeduldig auf ihren kleinen Schützling herab. Sie war im Gegensatz zu sonst heute sehr nervös und fahrig. In ihrem Gesicht spiegelte sich mühsam unterdrückte Traurigkeit wieder.

Der fünfjährige Simon konnte nicht begreifen, was an diesem Tag los war. Die Hausdiener und Mägde tuschelten schon den ganzen Morgen. Ihre Gesichter waren ebenfalls ungewohnt ernst. Wenn er einem der Bediensteten begegnete, so trafen ihn bedauernde Blicke oder ihm wurde mitleidig übers Haar gestreichelt. Aber er wusste nicht wieso sich alle so komisch benahmen.

Edda griff nach einer weichen Bürste und fuhr ihm damit über die dunklen Locken. Nach einem letzten kritischen Blick schien sie zufrieden mit seinem Äußeren. Sie nahm ihn bei der Hand und führte ihn die breite Marmortreppe hinauf. Dort oben lagen die Gemächer seiner Mutter und dahinter die seines Stiefvaters. In diese durfte er nie hinein, sein strenger Stiefvater erlaubte nicht einmal seinen eigenen Kindern, ihn dort aufzusuchen.

Aber Simon hielt sich sowieso viel lieber in den hellen, freundlichen Räumen seiner Mutter auf. Nur schade fand er, dass sie in letzter Zeit nur noch im Bett lag. Früher war es viel lustiger gewesen, als sie noch gemeinsam mit ihm in den Zimmern Verstecken oder andere aufregende Spiele gespielt hatte. Das war aber schon so lange her, dass er manchmal Mühe hatte, sich daran zu erinnern. In der letzten Zeit war seine Mutter nicht mehr in der Lage gewesen, ihr Bett zu verlassen. Das konnte sie aber nicht davon abhalten, sich weiterhin intensiv um ihr einziges Kind zu kümmern. Sie las Simon viele spannende Geschichten vor und vor einiger Zeit hatte sie sogar damit begonnen, ihm lesen und schreiben beizubringen. Als er bemerkte, wieviel Freude ihr seine Fortschritte machten, hatte er seinen Eifer verdoppelt. Er war gespannt, was sie wohl zu dem Bild sagen würde, dass er heute für sie gemalt hatte. Mit noch etwas ungelenken Buchstaben hatte er *für meine liebste Frau Mama* darunter geschrieben. Als er nun hinter Edda das Schlafgemach betrat, hielt er das Bild hinter seinem Rücken versteckt. Es sollte eine Überraschung werden.

Die Mutter lag schmal und mit wächsernem Gesicht in den dicken Kissen. Sie schien zu schlafen, öffnete aber mühsam die Augen als Edda leise die Türe schloss. Eine Weile starrte sie ausdruckslos auf ihren Sohn und die Zofe. Dann glitt Erkennen über ihre verhärmten Züge und sie versuchte vergeblich, sich aufzusetzen.

„Wartet, Frau Gräfin. Ich werde Euch behilflich sein." Edda ließ Simons Hand los und eilte zum Bett. Mit behutsamen, geübten Griffen half sie der Todkranken sich aufzusetzen. Fürsorglich bettete sie ihre Herrin in die frisch aufgeschüttelten Kissen zurück.

Die Gräfin zu Kilchenstein war nur noch ein Schatten ihrer selbst. Innerhalb eines Jahres hatte eine heimtückische Krankheit aus der einstmals schönen Frau ein körperliches Wrack gemacht. Sie war erst sechsundzwanzig Jahre alt, sah aber aus wie eine Greisin. Nur ein Funkeln ihrer tiefblauen Augen ließ noch erahnen, welch lebenslustige Person sie einst gewesen war.

Auf dem Kopf trug die Kranke ein spitzenbesetztes Häubchen. Es verbarg gnädig ihren fast kahlen Schädel. In der letzten Zeit ihrer Krankheit waren ihr die Haare gleich büschelweise ausgefallen.

Edda, die treue Seele hatte ihre Herrin lange Zeit vergeblich beschworen, einen anderen Doktor zu Rate zu ziehen. Aber die Gräfin vertraute zu lange dem Leibarzt ihres Mannes, obwohl die resolute Zofe ihn immer als einen geldgierigen Scharlatan bezeichnete. Irgendwann war die offensichtliche Unfähigkeit des Mannes Edda zu bunt geworden und sie hatte eigenmächtig einen jungen, fähigen Heiler auf Burg Hohenberg bestellt. Doch dieser konnte nur noch die wahrscheinliche Ursache der heimtückischen Krankheit aufklären. Er vermutete eine seit langem andauernde, schleichende Vergiftung durch Arsen. Um Freija von Kilchensteins Leben zu retten, war es viel zu spät.

Der junge Doktor verordnete ihr Kräutertropfen, die den schnellen Verfall ihres Körpers zwar nicht aufhalten konnten, die Kranke aber wenigsten weitgehend schmerzfrei hielten ohne sie zu betäuben.

Die junge Gräfin musste nun endgültig einsehen, dass sie zum arglosen Opfer ihres zweiten Mannes geworden war. Hunold zu Kilchenstein hatte es offensichtlich nur auf die Burg und die dazugehörenden Ländereien abgesehen, als er kurz nach der schmählichen Hinrichtung des Grafen zu Hohenberger um die Hand von dessen Frau angehalten hatte. Dabei war sich Freija sicher gewesen, der langjährige Freund ihres Mannes hätte sie geheiratet, damit sie und ihr Sohn gut versorgt waren. Sozusagen um der alten Freundschaft Willen, die ihn jahrelang mit der Familie verband. Und natürlich hatte sie gehofft, Hunold irgendwann lieben zu können. Nicht so, wie sie ihren Mann geliebt hatte, aber vielleicht doch ein wenig.

Inzwischen konnte sie sich mit dem Gedanken abfinden, bald zu sterben. Ihre einzige Sorge galt nur noch ihrem Sohn Simon, dem Erben von Burg Hohenberg und des Titels ihres verstorbenen Mannes. Sie wusste, Simon war nach ihrem Tod der Einzige, der noch zwischen Hunold und der Burg stand. Starb auch der Junge, ging aller Besitz an den Freiherrn. Aber wie sollte sie es bewerkstelligen, wenigstens den kleinen Knaben vor den heimtückischen Absichten seines Stiefvaters zu retten? Gemeinsam mit Edda, der sie blind vertraute, hatte sie in schlaflosen Nächten einen eher dürftigen Plan ausgeheckt. Ob er gelingen würde, konnte erst die Zukunft zeigen. Freija zu Kilchenstein würde es nicht mehr erleben können.

„Hallo, mein kleiner Liebling. Da bist du ja endlich. Ich habe dich sehnsüchtig erwartet", begrüßte sie ihren kleinen Sohn jetzt mit leisen Worten. Sie versuchte mit letzter Kraft, ihre Schwäche vor ihm zu verbergen. Dennoch konnte sie nicht verhindern, dass ihre Stimme vor Anstrengung zitterte. Mit einer matten Handbewegung winkte sie ihn zu sich heran. Er kam unbefangen näher und kletterte zu ihr aufs Bett, so wie er es immer tat. Mit seinen kleinen Händen umfasste er ihren Kopf und drückte ihr einen feuchten Kuss auf die Wange.

„Was ist mit Euch, Frau Mama?" fragte Simon als er die dicken Tränen sah, die sie nicht mehr unterdrücken konnte. „Habe ich etwas falsch gemacht?" Bekümmert und ernst blickte er seine Mutter an. Er hat die gleichen Augen wie sein Vater, dachte sie zärtlich und traurig zugleich. Sicher wird er einmal sein Ebenbild werden.

Währenddessen saß Hunold zu Kilchenstein gedankenverloren in dem schweren Ledersessel, der Zierde seines Arbeitszimmers. Vor nicht allzu langer Zeit war das noch das Arbeitszimmer seines besten Freundes Roland zu Hohenberger gewesen. Gerade mal drei Jahre war es her, seit Roland wegen eines heimtückischen Mordanschlages auf den Herzog Albrecht von Rothenburg hingerichtet wurde.

Er hatte der völlig verzweifelten Freija nach dem tragischen und ehrlosen Tod ihres Mannes zuerst seinen Beistand und nach Beendigung des Trauerjahres die Ehe angeboten. Nach einigem Zögern war sie seiner Bitte nachgekommen und seine Frau geworden. Er brachte zwei Kindern aus seiner ersten Ehe mit. Den siebenjährigen Falkmar und die drei Jahr alte Kornelia. Seine erste Frau war nur wenige Wochen vor Rolands Hinrichtung bei der Geburt ihrer Tochter gestorben.

Während Simon von dem ungestümen Falk kaum beachtete wurde, fürchtete er sich vor dem großen Stiefbruder ein wenig. Hingegen hing er schon vom ersten Augenblick mit abgöttischer Liebe an der kleinen Kornelia, die er liebevoll Nelia nannte.

Hunold hätte eigentlich mit dieser Ehe zufrieden sein können. Er bekam die Frau, die er schon lange heimlich begehrt hatte, und für seine Kinder eine liebevolle Mutter. Und ihm oblag fortan die Treuhänderschaft über das gesamte

4

Vermögen der zu Hohenbergers. Doch das war es nicht, was er wollte. Nein, er wollte das große Vermögen und die blühenden Ländereien ganz und gar besitzen.

Genau aus diesem Grund hatte er begonnen, seine zweite Frau langsam zu vergiften. Obwohl er die schöne Freija seinem Freund schon immer heimlich geneidet hatte, liebte er sie nicht. Und schon bald war ihm klargeworden, er würde nie imstande sein, ihr Roland zu ersetzen. Im Ehebett erfüllte sie zwar ihre Pflicht, war aber nicht mit dem Herzen dabei. Zudem stand sie schon bald seinen unlauteren Plänen im Wege.

Hunold war schnell bewusst geworden, dass Freija, sollte sie je seinen Verrat aufdecken, dafür sorgen würde, dass er gehenkt wurde. Sie war für eine Frau eine sehr eigenständige Person und hatte schon viel zu viel aufgedeckt, was er eigentlich vor ihr zu verheimlichen versuchte. Deshalb, hatte er beschlossen, musste sie möglichst bald sterben. Bevor sie ihm noch gefährlicher werden konnte. Und war sie erst tot, so würde er sich auch noch des rechtlichen Erbens von Burg und Vermögen entledigen. Der kleine Simon war ebenfalls schon so gut wie tot.

Skrupel kannte Hunold keine, weder Freija, und schon gar nicht Simon gegenüber. Der kleine Junge wurde seinem Vater von Tag zu Tag ähnlicher und erinnerte Hunold dadurch ständig an die Schuld, die er auf sich geladen hatte, damals...

...in einer mondlosen, stürmischen Nacht im Oktober des Jahres 1752. Herzog Albrecht von Rothenburg ritt mit zwei seiner Getreuen zügig durch den strömenden Regen um möglichst noch vor Beginn des Sturmes in der behaglichen Sicherheit seines Schlosses zu sein. Der Wind wurde zunehmend stärker und trieb ihnen lose Blätter und kleine dürre Aststücke entgegen. Zum Schutz gegen die allgegenwärtige Kälte und Nässe hatten die drei Männer ihre Kragen hochgeschlagen und die Hüte tief ins Gesicht gedrückt.

Plötzlich sprangen fünf vermummte Gestalten aus den Büschen und stellten sich den Reitern in den Weg. Deren Pferde stiegen vor Schreck in die Höhe, ein Mann konnte sich nicht mehr im Sattel halten und wurde abgeworfen. Die anderen beiden konnten nur mit Mühe ihre Pferde wieder in die Gewalt bekommen. Das dauerte wertvolle Sekunden, die von den Wegelagerern kalt genutzt wurden. Eine Pistole bellte auf und der Herzog sank in die Schulter getroffen vom Pferd. Der dritte Reiter sah sich unvermittelt einem, auf ihn gerichteten Gewehr gegenüber und hob resigniert die Arme.

Alles ging blitzschnell. Die Halunken erleichterten ihre Opfer um sämtliche Barschaft und Schmuck und verschwanden dann genauso schnell in den

Büschen wie sie aufgetaucht waren. Die beiden Begleiter des Herzogs verzichteten auf eine vergebliche Verfolgungsjagd und kümmerten sich stattdessen um ihren verletzten Herrn.

Die Verwundung des Herzogs schien zwar nicht lebensbedrohlich, doch die Wunde blutete stark und bedurfte dringend der ärztlichen Versorgung. Mit vereinten Kräften hoben die Männer ihren Herrn auf sein Pferd. Sie stützten ihn von beiden Seiten und ritten langsam an. Da sah einer von ihnen etwas matt auf dem Boden blinken. Er stieg nochmals vom Pferd und hob den Gegenstand auf. Es war eine große Silberplatte mit einem aufgeprägten Wappen, die an einer zerrissenen Kette hing. Es war viel zu dunkel um das Wappen erkennen zu können, deshalb steckte der Mann seinen Fund in die Tasche seines Umhanges. Später, so beschloss er, wenn sie den Herzog in Sicherheit gebracht hatten, war immer noch genug Zeit das Fundstück zu betrachten.

Endlich erreichten sie das Schloss und trugen den inzwischen bewusstlosen Herzog in sein Schlafgemach. Sein Leibarzt wurde verständigt und ein paar Diener und Dienstmägde wurden geweckt um bei der Behandlung ihres Herrn behilflich zu sein. Als alle geschäftig hin und her rannten und den Verwundeten versorgten, zogen sich die beiden erschöpften Begleiter zurück. Sie machten es sich in einem Zimmer bequem, dass den Freunden des Herzogs vorbehalten war.

Erst jetzt fiel dem jungen Vasallen sein Fund wieder ein. Er zog die Platte aus seiner Tasche und begutachtete sie neugierig. Auch der andere starrte gespannt auf das Wappen. Es zeigte ein silbernes Feld auf dem ein Mann mit drei Kleeblättern in den Händen zu sehen war. Darüber befand sich ein Helm in dem ebenfalls ein Mann inmitten zweier mächtiger Büffelhörner abgebildet war.

„Das Wappen kommt mir bekannt vor", sinnierte der Finder, „Aber ich komme nicht darauf, wem es gehört."

In diesem Moment öffnete sich die Türe und Hunold zu Kilchenstein betrat den Raum. Er warf einen kurzen Blick auf das Wappen und riss erstaunt die Augen auf. „Das gehört meinem Freund Roland zu Hohenberger. Woher habt Ihr es?" Die Männer erklärten es ihm. Danach sahen sich alle drei entsetzt an. Der Graf zu Hohenberger sollte den Herzog überfallen und beraubt haben? Roland war doch neben Hunold der beste Freund des Herzogs. Albrecht, Roland und Hunold wurden stets als Dreigespann bezeichnet, schon seit vielen Jahren verband sie eine innige Freundschaft.

„Das kann nicht sein", versicherte Hunold jetzt auch im Brustton der Überzeugung. „Für Roland lege ich meine Hand ins Feuer. Nie und nimmer war er an dem Überfall beteiligt. Was ist denn überhaupt geraubt worden?"

Die Begleiter des Herzogs drucksten eine Weile herum, dann meinte einer. „Euch, als dem Freund des Herzogs kann ich es ja sagen. Wir hatten die Pachtgelder des ganzen Jahres dabei. Es war eine beachtliche Summe...“ „Trotzdem“, ereiferte sich Hunold. „Selbst wenn Roland dringend Geld braucht, er würde niemals seinen Freund verletzen und berauben.“

Trotz dieser Versicherung ritten noch in der Nacht ein paar schwer bewaffnete Männer zur Burg Hohenberg. Der völlig perplexe Roland wurde aus dem Bett gerissen und mitgeschleift. Man warf ihn in das Verlies das sich in den Kellern des herzoglichen Schlosses befand und ließ ihn dann allein. Am Morgen würde er befragt werden, sagte man ihm knapp, bevor sich die Kerkertüre vor seiner Nase schloss.

Die ganze Nacht grübelte Roland vergeblich darüber nach, weshalb er eingekerkert worden war. Er kam zu keinem Ergebnis und hoffte, sein Freund der Herzog würde am Morgen das Missverständnis aufklären.

Doch statt Albrecht erschien am Morgen dessen Stellvertreter, der auch gleichzeitig der Richter des Herzogtums war. Roland kannte ihn zwar, war ihm aber nicht besonders zugetan, was auf Gegenseitigkeit beruhte. Immerhin erfuhr er nun endlich, weshalb er so rüde aus seinem Haus geschleppt worden war.

Er beteuerte seine Unschuld und verlangte, ans Krankenbett des Freundes geführt zu werden. Das wurde ihm jedoch untersagt, da der Herzog von einem starken Wundfieber befallen war, das durch eine Verunreinigung der Wunde hervorgerufen wurde.

Roland war verzweifelt. Wie sollte er seine Unschuld beweisen? Der Herzog lag in tiefer Bewusstlosigkeit und Rolands Frau Freija wurde nicht als Zeugin vernommen, eben weil sie seine Frau war und somit als befangen galt. Ansonsten hatte ihn niemand gesehen, da er just an jenem Abend sämtlichen Dienstboten freigegeben hatte damit sie die Hochzeit eines Knechtes und einer Magd im *Dorfkrug* feiern konnten.

Der Richter hörte sich seine Beteuerungen mit unbewegtem Gesicht an und sagte dann nur, die Verhandlung des Falles würde in drei Tagen stattfinden. Er empfahl Roland zu beten, dass der Herzog nicht sterben würde. Außerdem riet er ihm, er solle überlegen, ob er nicht die Namen seiner Komplizen nennen wolle, die an dem Überfall beteiligt waren. Dann fiel die Türe zu und Roland war wieder allein. Allein mit seiner Verwirrung und seiner wachsenden Angst. Der Richter hatte ihm angedroht, falls der Herzog starb, drohe ihm der Strick. Aber sollte er die Namen seiner Komplizen nennen, käme vielleicht heraus, dass einer von ihnen auf den Herzog geschossen habe, das würde Roland zumindest das Leben retten.

Gestehe einfach irgendetwas, ging es Roland durch den Kopf. Aber was sollte er gestehen und wen sollte er als seine Komplizen nennen? Er war doch unschuldig.

Am nächsten Morgen erschien der Richter erneut um ihn zu befragen. Aber Roland schwieg.

Der Richter schüttelte, empört über so viel Sturheit den Kopf und zeigte ihm die Kette, die als Beweis seiner Schuld diente. Rolands Augen wurden groß vor Erstaunen, genau diese Kette mit dem Familienwappen war ihm vor einigen Tagen unter mysteriösen Umständen abhandengekommen. Natürlich sagte er das dem Richter, machte sich aber keine große Hoffnung, dass ihm geglaubt wurde. Langsam dämmerte ihm, dass er einer infamen Intrige aufgesessen war. Doch was war der Grund und wer der Initiator? Es fiel ihm keiner ein. Und Feinde hatte er keine. Zumindest hatte er das bisher gedacht...

„Dem Herzog geht es schlechter", berichtete ihm der Richter mit kalter Stimme. „Er wird also - falls er es überhaupt tun würde - morgen nicht für Euch sprechen können. Gesteht endlich Eure Schuld, vielleicht bewahrt Euch das vor dem Strick." Er verließ mit gemessenen Schritten den ungastlichen, stinkenden Kerker. Am nächsten Tag wurde Roland abgeholt und in die große Halle geführt, in der allgemein die Gerichtsverhandlungen abgehalten wurden. Man hatte ihm zuvor Gelegenheit gegeben, sich zu säubern und zu rasieren. Aber der penetrante Gestank der Zelle haftete noch immer in seinen Kleidern.

Er blickte sich in dem vollbesetzten Saal um und erkannte seine Frau an der Seite seines Freundes Hunold, die beide in der ersten Reihe hinter der Absperrung saßen. Freija presste ein Taschentuch vor ihren Mund und in ihren Augen standen Tränen als sie ihren Mann ansah. Hunold blickte grimmig drein. Es wurde Roland verwehrt, zu seiner Frau zu gehen um ihr Trost zu spenden. So konnte er ihr nur beruhigend zunicken. Aber er besaß selbst kaum noch Zuversicht. Er ahnte, es müsste schon ein Wunder geschehen, sollte er aus dieser Verschwörung mit heiler Haut herauskommen.

Die Verhandlung verlief wie erwartet. Man glaubte ihm nicht und da er keine Komplizen nannte wurde ihm die alleinige Schuld aufgebürdet. Wie er schon vorausgesehen hatte, lautete das Urteil: Tod durch den Strang. Doch man gewährte ihm noch eine Woche Aufschub. Sollte in dieser Zeit der Herzog genesen und für ihn sprechen, so würde er eine neue Verhandlung bekommen. Ansonsten wäre der kommende Donnerstag der letzte Tag seines Lebens. Die Verhandlung wurde geschlossen und die Zuschauer verließen langsam und leise tuschelnd den Gerichtssaal. Nur Hunold und Freija blieben zurück.

Jetzt wurde Roland endlich gestattet, zu den beiden zu treten. Freija warf sich verzweifelt schluchzend in seine Arme. Dabei ignorierte sie den Gestank, der aus seinen Kleidern stieg. Er hielt sie fest umklammert und flüsterte ihr tröstende Worte zu. Doch insgeheim war ihm selbst zum Heulen zumute. Hunold stand mit versteinertem Gesicht daneben. Seine grauen Augen blickten grüblerisch auf den Freund.

Schließlich trennte man sie wieder und Roland wurde zurück in die Kerkerzelle geführt. Er sah noch, als er sich ein letztes Mal umblickte, wie Hunold Freija aus dem Gerichtssaal führte. Die Art, wie er besitzergreifend seinen Arm um ihre schmalen Schultern legte, versetzte Roland einen Stich. Und tief in seinem Inneren wusste er plötzlich, dass Hunold der Initiator dieses Dramas war, das ihn das Leben kosten würde.

Schon am nächsten Tag bestätigte sich sein Verdacht auf grausame Weise. Die Kerkertüre öffnete sich und Hunold trat ein. Roland erhob sich aus dem modrigen Stroh und blickte dem Mann entgegen, den er seit ihren gemeinsamen Kindertagen für seinen Freund gehalten hatte. Er konnte nicht zu ihm hin, denn nach seiner Verurteilung war er - zur Verschärfung der Strafe - an der Wand angekettet worden. Die Ketten um seine Arm- und Fußgelenke ließen ihm nur einen kleinen Spielraum.

Hunold ließ sein wahres Gesicht erkennen, sobald der Wächter die Türe hinter ihm geschlossen hatte. Kalt blickte er seinen Freund an. Doch es war Roland, der zuerst sprach.

„Du warst es!" behauptete er rau. „Du brauchst dringend Geld, nicht ich. Und du wusstest Bescheid, dass Albrecht mit dem Pachtzins auf dem Weg zu seinem Schloss war. Außerdem hattest du stets ungehinderten Zugang zu meinem Haus und konntest die Kette an dich bringen. Und du wusstest, dass meine Bediensteten an jenem Abend nicht im Haus weilten. Das Ganze war von langer Hand geplant. Warum, Hunold? Was habe ich dir getan?"

Sein Gegenüber zuckte unbehaglich die Schulter. Die Kälte wich für einen Moment aus seinem Blick und machte leisem Schuldbewusstsein Platz. Dann straffte er die Schultern und erwiderte barsch. „Du selbst hast mir nichts getan. Und es tut mir auch leid, dass du wegen dieser Sache sterben musst. Aber wie du selbst sagtest; ich brauche dringend Geld. Mehr Geld als den Pachtzins, den ich ergattert habe. Und du bist der einzige, der mir dazu verhelfen kann."

Roland fragte nicht, wieso der Freund Geld benötigte. Er kannte dessen Spielsucht zur Genüge. Hunold hatte es fertiggebracht, innerhalb weniger Jahre den gesamten Besitz seines riesigen Erbes am Spieltisch zu verlieren. Heute besaß er nur noch sein ehemaliges Gesindehaus. Eine dürftige Behausung für den verwöhnten Freiherrn zu Kilchenstein.

Lange war Roland ihm mit Geldzuschüssen behilflich gewesen. Doch irgendwann musste er einsehen, dass er so dem Freund nicht helfen konnte.

9

Fortan verweigerte er ihm finanzielle Hilfe und stand ihm nur noch mit Rat und Tat bei. Doch so wie es aussah, würde er jetzt dafür büßen müssen.

„Wie stellst du dir das vor?" fragte er und versuchte seine Stimme nicht ängstlich klingen zu lassen. Hunold musste einen fix und fertig ausgearbeiteten Plan haben, um an das begehrte Vermögen zu kommen. Er war ein kluger Kopf, der sicher nichts dem Zufall überließ. „Der größte Teil meines Vermögens besteht aus Land. Und dafür gibt es bereits einen Erben, wie du weißt. Ich habe längst ein Testament gemacht. Simon wird einmal alles bekommen."

„Aber nur, falls er alt genug wird, sein Erbe anzutreten. Und das werde ich zu verhindern wissen. Du wirst nicht lange alleine in der Hölle schmoren, Roland. Dein Sohn wird dir bald Gesellschaft leisten."

„Was hast du mit ihm vor, du Schwein?" Roland brüllte es heraus und warf sich nach vorne. Aber die Ketten hielten ihn zurück. In ohnmächtiger Angst riss er an den eisernen Fesseln. „Wage es nicht, einem Mitglied meiner Familie ein Leid zuzufügen. Sie haben dir nie etwas getan. Warst du nicht immer ein gerngesehener Gast in meinem Haus? Wie kannst du unsere Freundschaft nur so verraten?"

Hunold seufzte tief auf, ehe er erklärte. „Um unsere Freundschaft tut es mir ehrlich leid. Wir waren immer ein tolles Gespann und haben viel zusammen erlebt. Aber du musst verstehen, ich habe keine andere Wahl. Ich brauche dringend Geld, mir steht das Wasser bis zum Hals... Aber ich habe genug geredet. Ich bin gekommen, damit du dein Testament zu meinen Gunsten änderst. Den Text habe ich schon aufgesetzt, du musst nur noch unterschreiben."

Roland funkelte ihn wütend an. „Niemals! Du wirst niemals meine Unterschrift bekommen. Ohne notarielle Beglaubigung ist sie sowieso nicht wert."

„Oh, daran habe ich schon gedacht. Der Richter wird mir die Echtheit des Testaments bestätigen. Er ist mir einen kleinen Gefallen schuldig. Und seine Beglaubigung wird niemand anzweifeln. Also mach schon. Unterschreibe, dann lasse ich dich in den letzten Tage, die dir noch bleiben in Ruhe. Tust du es nicht..., nun du kennst die Folterkammer unseres gemeinsamen Freundes. Die Utensilien sind zwar schon etwas eingerostet aber für meine Zwecke werden sie noch taugen."

„Das wagst du nicht", stieß Roland entsetzt hervor. Das Foltern von Gefangenen war zwar schon lange verboten aber er wusste, dass sich hier unten in den Verliesen noch eine alte Folterkammer befand. Der Herzog hing an solch makabren Zeugnissen früherer Grausamkeiten und hatte Roland und Hunold einmal stolz die Folterkammer mit ihren vielen schrecklichen Gerätschaften gezeigt.

Als Roland jetzt daran dachte, wurde ihm mulmig zumute. Allein der Gedanke an die entsetzlichen Folterwerkzeuge ließ ihn erschauern. War sein Freund wirklich dazu fähig? So grausam konnte er doch nicht sein.

Aber ein Blick in die Augen seines Gegenübers lehrte ihn ein Besseres. Doch, Hunold würde ihn foltern lassen, falls er das Testament nicht unterschrieb. Aber das konnte er nicht tun. Das Leben seiner Familie stand auf dem Spiel. Unterschrieb er, würde er gleichzeitig das Todesurteil für sein Kind und vielleicht auch für seine Frau unterschreiben. Dieses Wissen gab den Ausschlag. Er schüttelte den Kopf.

„Tu mit mir, was du willst, ich werde nicht unterschreiben. Ich kann einfach nicht..." Resigniert ließ er den Kopf sinken.

Hunold biss sich, wütend auf sich selbst auf die Zunge. Warum nur hatte er seine wahren Pläne verraten? Er hätte sich doch denken können, dass Roland niemals seine Familie im Stich ließ. Aber nun war es zu spät. Jetzt konnte er die Unterschrift nur noch durch Folter erpressen. Insgeheim schreckte er vor dieser letzten Konsequenz zurück. Soweit wollte er es eigentlich nicht kommen lassen. Doch es gab keine Alternative, er brauchte Rolands Vermögen wirklich dringend. Deshalb klopfte er jetzt entschlossen an die Kerkertüre. Der Wächter öffnete sofort, er hatte neben der Türe gewartet. Hunold gab ihm ein Zeichen und der bullige Wärter griff nach dem kurzen Knüppel, der an seinem Gürtel hing. Er zog Roland das Holz kurzerhand über den Schädel und der sank stöhnend ins Stroh. Er war zwar nicht ohnmächtig, aber zu benommen, um Gegenwehr zu leisten. Kaum registrierte er, wie seine Fesseln von der Wand gelöst und er aus dem Keller geschleift wurde.

Hunold trat schnell einen Schritt zur Seite, als der Scherge sein Opfer an ihm vorüber zerrte. Sein Blick streifte über die zusammengesunkene Gestalt des Mannes, der ihn gestern noch für seinen Freund gehalten hatte. Scham durchfuhr wie ein Stich seine Brust und Ekel vor sich selbst überkam ihn. Aber es war längst zu spät, anders zu entscheiden. Die Mühlsteine seiner Intrigen hatten bereits zu mahlen begonnen und Roland würde zwischen ihnen zermalmt werden.

Schnell wandte er sich ab und eilte der Treppe entgegen, die nach oben führte. Hinter ihm wurde die Türe zur Folterkammer geöffnet und kurz darauf fiel sie schwer ins Schloss. Hunold rannte jetzt fast die Treppe hinauf. Er wollte möglichst schnell viel Abstand zwischen sich und den schrecklichen Raum bringen.

Roland hatte jegliches Zeitgefühl verloren. Die Torturen, denen er ausgesetzt war, schienen endlos gewesen zu sein. In sich empfand er nur noch Schmerz und Verzweiflung. Er wusste nicht mehr genau, was der brutale Scherge im Einzelnen mit ihm angestellt hatte, irgendwann hatte sein Gehirn einfach abgeschaltet.

Erst vor etwa einer halben Stunde war er wieder in seinem Kerker erwacht. Seither kämpfte er vergeblich gegen den allgegenwärtigen Schmerz an. Er wagte nicht, sich seine Wunden anzusehen aber er spürte, es waren sehr viele. Der Folterknecht hatte ihm seine Kleider wieder übergestreift. Der Stoff klebte an den Wunden fest und riss sie auf, sobald er sich bewegte. Seine Gedanken trieben träge durch sein Gehirn und er musste sich gewaltsam zusammenreißen, damit er nachdenken konnte.

Kaum registrierte er, wie die Kerkertüre erneut geöffnet wurde. Er schrak erst auf, als Hunolds Schatten über ihn fiel. Der ehemalige Freund, der plötzlich zu seinem Todfeind geworden war kauerte sich vor ihn und starrte ihn bekümmert an. „Warum hast du zugelassen, dass es so weit kommen musste?" fragte er halb mitleidig, halb vorwurfsvoll.

„Warum hast du zugelassen, dass man mir das antat?" fragte Roland leise zurück. Er sprach langsam und stockend, kämpfte gegen die Schmerzwellen an, die durch seinen gemarterten Körper krochen. Seine, von der erlittenen Pein getrübten Augen waren unverwandt in die Hunolds gerichtet. Schließlich senkte der schuldbewusst den Blick. Doch dann meinte er trotzig. „Es ist deine eigene Schuld. Ich brauche deine Unterschrift. Solange du sie mir verweigerst, werde ich dich foltern lassen. Sei klug und unterschreibe..., jetzt sofort. Du ersparst dir dadurch noch mehr Qualen."

Roland meinte, in seinem Inneren gefrören seine Eingeweide zu Eis. Er glaubte nicht, noch mehr Schmerz ertragen zu können. Doch dann kam der Gedanke an seine Familie zurück. Seine Freija, die er so sehr liebte und sein kleiner Sohn, sein ganzer Stolz. Nein, er durfte nicht zulassen, dass ihnen ein Leid geschah. Lieber würde er unter der Folter sterben. Er schüttelte stur den Kopf. „Nein, ich werde nicht unterschreiben. Niemals..."

Hunold ließ ihn erneut abführen.

Noch zwei Tage bis zu seiner Hinrichtung. Roland sehnte die Stunde herbei, die ihm endlich Frieden bringen würde. Sein Körper fühlte sich wie eine einzige schmerzende Wunde an, sogar das Atmen bereitete ihm Schmerzen.

Hunold hatte sein Ziel noch immer nicht erreicht und langsam bezweifelte er, es jemals zu erreichen. Sein schöner Plan drohte wie eine Seifenblase zu zerplatzen. Auch der Herzog war nicht, wie geplant gestorben, ja er befand sich sogar schon wieder auf dem Wege der Besserung. Zum Glück war er jedoch immer noch zu schwach, sich um die Geschehnisse an seinem Hof zu kümmern. Bis er vollends genesen war, würde Roland tot sein.

„Roland, höre mir zu." Heute musste Hunold seinen letzten Trumpf ausspielen, wollte er doch noch sein Ziel erreichen. Noch einen Tag Folter würde der Gefangene nicht mehr aushalten. Er rüttelte Roland an der Schulter und der öffnete mühsam die Augen und schaute zu seinen Peiniger hoch.

„Ich habe es mir überlegt, ich werde dich nicht mehr foltern lassen. Aber du musst unterschreiben. Nein..., schüttele nicht sofort wieder den Kopf. Hör mich an. Wirst du unterschreiben, wenn ich dir hoch und heilig verspreche, deiner Familie kein Leid anzutun?"

Roland überlegte lange. Dann winkte er matt ab.

„Was... ist dein... Versprechen noch wert? Du hast mich... belogen und betrogen... Ich kann dir... keinen Glauben mehr... schenken."

„Doch es ist mein Ernst. Ich schwöre dir bei unserer einstigen Freundschaft, ich werde deine Familie beschützen. Ich habe meinen Plan und auch das Dokument geändert. Hier lies den geänderten Wortlaut."

Er hielt ihm das Schreiben dicht vor die Augen und wartete geduldig, bis Roland gelesen hatte. Dann fuhr er in drängendem Tonfall fort.

„Ich habe die Absicht, Freija nach deinem Tod zu heiraten und werde deinem Sohn fortan ein guter Vater sein. Mit diesem Dokument hier machst du mich zum Vormund Simons und zum Treuhänder über sein Erbe. Es gilt nur bis zu seiner Volljährigkeit. Danach gilt dein ursprüngliches Testament. Allerdings habe ich mir erlaubt, meine Apanage großzügiger auszulegen. Wie du weißt, bin ich dringend auf das Geld angewiesen. Solltest du jedoch nicht unterschreiben, so wird deine kleine Familie den Tag deiner Hinrichtung nicht lange überleben. Dann werde ich mir deine Güter eben auf anderem Wege aneignen."

Schließlich unterschrieb Roland das Dokument. Nach reiflichem Nachdenken schien es ihm der einzige Weg, seine Familie zu retten. Er musste Hunold einfach vertrauen, denn er selbst konnte nichts mehr zum Schutz seiner Lieben unternehmen. Mit zitternden Fingern setzt er seine Unterschrift auf das Schriftstück. Dann ließ er resigniert die Feder fallen. Hunold schnappte sich schnell das wertvolle Dokument und verstaute es sorgsam in seiner Brusttasche.

Er trat ein paar Schritte zurück und blickte mit unbewegtem Gesicht auf den zusammengekauerten Gefangenen. „Tut mir leid, mein Freund. Aber dein Martyrium ist noch nicht zu Ende. Morgen Abend kommt dich deine Frau besuchen. Sie hat darauf bestanden, dich noch einmal zu sehen. Aber ich muss unbedingt verhindern, dass du ihr von unserer kleinen Abmachung erzählst. Also werde ich Vorsorge treffen müssen, damit du nicht mehr reden kannst..."

Er klopfte an die Türe und als der Wärter kam befahl er ihm knapp.
„Schneide ihm die Zunge heraus."

Als Freija am nächsten Abend in den Kerker geführt wurde, erkannte sie Roland kaum wieder. Was war mit ihrem einstmals stattlichen, wohlgestalteten Mann geschehen?
„Roland!" rief sie entsetzt aus und kniete sich neben seine verkrümmt daliegende Gestalt. Er stöhnte leise, als sie sanft seine Wange berührte und drückte sein Gesicht ins Stroh. Ihr war, als wolle er nicht, dass sie ihn so sah.
Freija zog ihn sachte an der Schulter herum, er hatte nicht die Kraft, sich ihr zu widersetzen. Mit einem klagenden Laut fiel er auf den Rücken. Sein Gesicht glühte vor Fieber und aus seinen Mundwinkeln sickerte blutiger Speichel. Seine Augen waren fest geschlossen. Freija schlug vor Entsetzen die Hände vors Gesicht. Dann drehte sie sich zu Hunold um, der sie begleitete.
„Was ist mit ihm geschehen? Er ist ja gar nicht ansprechbar. Mein Gott, was haben die mit ihm gemacht?" schrie sie hysterisch.
Hunold zuckte nichtssagend die Schultern und blickte scheinbar betroffen auf den halbtoten Mann zu seinen Füßen. „Ich weiß es nicht Freija. Ich durfte ebenfalls nicht zu ihm. Vielleicht ist er krank geworden, das soll im Gefängnis öfter vorkommen habe ich gehört."
Er kauerte sich vor Roland und tat, als wäre er vor Mitleid und Schock über den Anblick des Freundes erschüttern. In Wirklichkeit wollte er sich nur davon überzeugen, ob der Gefolterte sich tatsächlich nicht mehr verständlich machen konnte. Aber von Roland drohte ihm keine Gefahr mehr, er rührte sich kaum.
Nach einiger Zeit führte Hunold die weinende Freija wieder aus der Zelle. Als sie ihren Mann zum letzten Mal küssen wollte, hatte Roland wie in Panik den Kopf abgedreht. Nun, als die beiden vertrauten Gestalten die Zelle verließen, blickte er ihnen aus trüben, vor Schmerz verschleierten Augen hinterher. Aber er sah nur Freija, prägte sich den letzten Anblick der geliebten Frau ins Gedächtnis. Mit ihrem Bild vor Augen würde er morgen unter den Galgen treten. Er fürchtete sich nicht mehr vor dem Tod sondern sehnte den Augenblick verzweifelt herbei, der ihn endlich von seinen Qualen erlöste.
Er konnte nur noch hoffen und beten, dass Hunold sich an die Abmachung halten, und seine Familie verschonen würde.

Kapitel 2: Der Talisman

Simon überreichte seiner Mutter feierlich das Bild, das er gemalt hatte. Sie lächelte gerührt und Tränen stahlen sich erneut in ihre Augen. Sie durfte nicht daran denken, dass sie bald nicht mehr für ihren Sohn da sein konnte. Aber sie musste tun, was in ihren beschränkten Möglichkeiten stand, das wenigstens er am Leben blieb.

„Oh, ich danke dir mein Schatz", flüsterte sie mit brüchiger Stimme. Dann nahm sie sich zusammen. Sie wollte den Kleinen nicht ebenfalls traurig stimmen. „Das ist ein wunderschönes Bild. Und was du mir geschrieben hast, macht mich sehr glücklich. Aber schau mal, ich habe auch ein Geschenk für dich."

Sie beugte sich zu der geschlossenen Schublade ihres Nachtisches und wollte sie öffnen. Doch sie konnte die Kraft nicht mehr aufbringen, die Lade zu öffnen. Edda eilte herbei um ihr behilflich zu sein. Sie holte einen länglichen Gegenstand hervor, der in ein buntes Tuch eingeschlagen war. Simon schaute mit großen Augen erwartungsvoll auf die schmalen Hände seiner Mutter, die nun das Geschenk enthüllten. Zum Vorschein kam ein Stofftier. Ein brauner Hund mit langen Schlappohren und einem lustigen Stummelschwanz. Er war aus weichem Samtstoff genäht und trug eine rote Schleife um den Hals. Simon klatschte vor Freude in die Hände und streckte die Arme nach dem Hund aus. Seine Mutter legte ihm das Stofftier hinein.

„Dieser Hund soll dein Talisman sein, Simon. Er wird dich immer an mich erinnern und dich beschützen, wenn ich einmal nicht mehr bei dir bin. Gib ihn niemals her. Versprichst du mir das?"

„Natürlich Mama. Ich werde ihn niemals hergeben, er ist ja so schön und so weich. Darf ich ihn mit in mein Bett nehmen? Dann kann er mich auch nachts beschützen. Aber sagt, was ist ein Talmann?"

Die Kranke lächelte und verkniff sich energisch die Tränen, die ihr erneut in die Augen traten. „Das Wort heißt Talisman, Simon. Ein Talisman ist ein Gegenstand, der seinen Besitzer beschützt. Deshalb sollst du ihn auch immer bei dir tragen. Denn er kann dich nur beschützen, wenn er in deiner Nähe ist. Und er braucht einen Namen. Einen wunderschönen, geheimnisvollen Namen, den nur du kennst. Überlege dir in Ruhe, wie du ihn nennen willst."

„Au ja, das werde ich. Aber darf ich noch nicht einmal Euch den Namen verraten? Ihr habt mir den Talisman doch geschenkt."

„Doch, mir darfst du ihn verraten. Aber jetzt geh in dein Zimmer und nimm den Hund mit. Später wird dich Edda noch einmal zu mir bringen. Vielleicht hast du ja dann schon einen Namen für den Hund gefunden."

Etwas später kam Edda leise ins Zimmer zurück und weckte ihre Herrin sachte auf. „Frau Gräfin, die Herren sind jetzt hier. Soll ich sie heraufbitten?"
Freija von Kilchenstein setzte sich mit Eddas Hilfe im Bett auf. Die Zofe stützte ihren Rücken durch ein paar zusätzliche Kissen, deckte die Sterbende sorgfältig zu und öffnete dann das Fenster um den Krankengeruch hinaus zu lassen. Danach verließ sie leise das Zimmer um die Besucher heraufzubringen.
Kurze Zeit darauf kamen der Bürgermeister, der von seiner Verwundung wieder genesene Herzog von Rothenburg, sowie der Gemeindepfarrer zur Türe herein. Höflich zogen die Männer ihre Hüte und verneigten sich vor der Kranken. Alle drei kannten sie die Gräfin schon seit deren Kindheit und konnten kaum die Betroffenheit über ihren schlechten Gesundheitszustand und ihr ausgezehrtes Äußeres verbergen.
„Edda, würdest du meinen Gemahl ebenfalls zu uns bitten. Was ich zu sagen habe, betrifft ihn gleichermaßen."
Als die kleine Versammlung schließlich komplett war, begann Freija ohne Umschweife mit ihrer kurzen Ansprache. Sie sprach mit leiser kraftloser Stimme und musste sich öfter unterbrechen um neue Kräfte zu sammeln. Aber was sie zu sagen hatte, war ihr so wichtig, dass sie ihre letzten Reserven mobilisierte.
„Wie jeder hier weiß, war es mein größtes Anliegen, meinen ersten Mann, Graf von Hohenberger von den schlimmen Lügen reinzuwaschen, die ihn das Leben gekostet haben. Leider muss ich einsehen, dass es mir wohl nicht mehr gelingen wird, dieses mir so wichtige Ziel zu erreichen. Zwar habe ich einiges herausgefunden, kann aber den endgültigen Beweis über den wahren Täter nicht mehr erbringen. Doch ich habe allen Grund zur Annahme, dass mein kleiner Sohn in Gefahr ist. Um ihm das Leben zu retten habe ich alles aufgeschrieben, was ich über die Umstände weiß, die zum Tode meines ersten Mannes geführt haben. Edda wird jetzt jedem der anwesenden Herren einen versiegelten Umschlag überreichen. Ich versichere, jeder Brief enthält den gleichen Text.
Sollte meinem Sohn Simon vor seinem einundzwanzigsten Geburtstag, - dem Tag an dem er sein rechtmäßiges Erbe antritt – irgendetwas passieren, so bitte ich die Herren, ihren jeweiligen Umschlag zu öffnen. Das gilt auch dann, wenn Simon an einer Krankheit sterben, oder einen Unfall erleiden sollte. Nur wenn er bei bester Gesundheit sein Erbe antritt, so sollen die Geister der Vergangenheit für immer ruhen."

Nachdem die Männer sich verabschiedet und das Haus verlassen hatten, bat Freija mit matter Stimme ihre Zofe, Simon nochmals zu ihr zu bringen.

Sie fühlte, es ging mit ihr zu Ende. Die vorangegangene kurze Ansprache hatte ihr die letzte Kraft abverlangt. Nun, da sie ihren Tod unwiderruflich nahen fühlte, war es ihr einziger Wunsch, den geliebten Sohn noch einmal zu sehen. Der kleine Junge trat an ihr Bett, seinen Stoffhund fest unter den Arm geklemmt. So, als fühle er den nahenden Abschied, schaute er seine Mutter beklommen an. Sie versuchte, munter zu klingen, was ihr jedoch nicht mehr gelang. „Na, mein kleiner Schatz, hast du einen Namen für deinen Hund gefunden?"

„Ja. Er heißt kleiner Prinz. Gefällt dir der Name?"

Freija wurde noch blasser, als sie ohnehin schon war. *Kleiner Prinz.* Das war das Kosewort, das Roland immer für seinen kleinen Sohn verwandte. Aber woher konnte Simon das wissen? Als er den Namen zum letzten Mal hörte, war er kaum zwei Jahre alt gewesen. Seither hatte ihn niemand mehr so genannt.

„Wer hat dir diesen Namen gesagt?" fragte sie und konnte ihre Bestürzung kaum verbergen. Simon blickte ihr ernst ins Gesicht. „Da war ein sehr netter Mann in meinem Zimmer. Er hat mich auf den Schoß genommen und mich so genannt. Dann hat er gesagt, ich solle meinen Talisman so nennen. Dann sagte er noch, er würde Euch jetzt zu sich holen. Und ich soll nicht traurig sein, wenn Ihr mit ihm geht. Denn ihr würdet mich nun beide vom Himmel aus beschützen."

Freijas Kräfte verließen sie nun rapide. Sie besaß kaum noch die Kraft, sich auf ihren Sohn zu konzentrieren. Unbeirrt erzählte er weiter mit seiner hellen Kinderstimme. „Ich habe dem Mann versprochen, ich wäre nicht traurig. Aber wisst Ihr Mama..., ich glaube, das war gelogen. Und dann ist der Mann einfach mit mir gekommen. Seht da..." Er deutete auf das Fußende des Bettes und Freija folgte mit den Augen seinem kleinen Finger.

Und da stand er und schaute lächelnd auf sie herab. Roland, so wie sie ihn gekannt und geliebt hatte. Ein stolzer, schöner Mann mit langen, dunklen Haaren. Seine nussbraunen Augen blickten warmherzig auf sie und seinen Sohn. Dann streckte er ihr die Hände entgegen und in seinem Blick lag eine stumme Aufforderung.

Sie konnte nicht mehr hören, was Simon ihr noch sagte. Ihre Zeit auf Erden war unwiderruflich zu Ende. Wie ein durchsichtiger Schatten verließ ihr Geist ihren Körper und folgte dem geliebten Mann in die Ewigkeit.

Nach der Beerdigung seiner zweiten Frau saß Hunold zu Kilchenstein in seinem Arbeitszimmer und starrte wütend an die Wand. Es war zum Verzweifeln. Sein ganzer schöner Plan löste sich in Nichts auf. Er war seinem Ziel, das Erbe Rolands an sich zu reißen, keinen Schritt näher gekommen.

Im Gegenteil, nach den Enthüllungen seiner Frau auf dem Sterbebett war er dem Galgen gefährlich nahe gekommen. Er dankte allen Göttern, dass Freija nicht mehr in der Lage gewesen war, noch mehr Einzelheiten aufzudecken. Natürlich hatte er sofort den versiegelten Brief geöffnet, nachdem er allein war. Was er darin las, machte ihm unmissverständlich klar, dass er seinen bisherigen Plan nicht mehr weiterverfolgen konnte. Simon musste am Leben bleiben, ansonsten war auch sein eigenes Leben verwirkt. Freija hatte ihn in ihrem Brief indirekt schwer belastet. Zwar waren ihre Beweise dürftig, wie sie zugegeben hatte. Und sie hatte nicht offen seinen Namen erwähnt. Aber ihre niedergeschriebenen Mutmaßungen würden dem Herzog sicher ausreichen, den Fall erneut aufzurollen. Und Hunold war sich sicher, dass er dann nicht ungeschoren davonkommen würde.

Schon von Anfang an war alles schiefgegangen. Der Herzog war wie durch ein Wunder genesen und hatte sich entsetzt über die Hinrichtung seines guten Freundes gezeigt. Keine Sekunde glaubte er die Anschuldigungen, die Roland vorgeworfen worden waren. Sein Stellvertreter, der Richter musste lange Zeit um sein Amt und seinen Hals bangen. Erst als er zum x-ten Male versicherte, nur im guten Glauben gehandelt zu haben, hatte der Herzog Gnade walten lassen.

Hunold war zum Glück nie in Verdacht geraten, an der Verschwörung beteiligt gewesen zu sein. Zumindest was die Nachforschungen des Herzogs betraf. Freija hingegen konnte er nach einiger Zeit nicht mehr hinters Licht führen. Aber als sie die bittere Wahrheit in ihrem ganzen Ausmaß erkannte, war sie durch das Arsen, das er ihr täglich heimlich in ihren Tee schüttete, schon ans Bett gefesselt. Wäre ihr noch mehr Zeit geblieben, so hätte sie sicher niemand daran hindern können ihn offen zu beschuldigen. Aber letztendlich konnte sie nur ihren allgemeinen Verdacht darlegen. Zu wenig, ihn hundertprozentig an den Galgen zu bringen.

Für ihn bedeutete die Botschaft des versiegelten Briefes jedoch, er wäre fortan gezwungen für seinen Stiefsohn zu sorgen. Nicht nur das, er musste unbedingt dafür sorgen, dass dem verhassten Balg auch wirklich nichts geschah. Wenigstens konnte er als Treuhänder des Knaben weiterhin über dessen Reichtümer verfügen. Wenn auch nur in beschränktem Maße. Ein schwacher Trost, wenn er bedachte, dass alles schon bald sein Eigentum sein könnte.

„Verdammt, verdammt, verdammt!" wütete er und schlug zornig auf die Lehne des Ledersessels ein. Dabei hatte er den Plan so schön eingefädelt.

Natürlich gab es noch das alte, offizielle Testament, das Simon als alleinigen Erben bestimmte. Das Dokument, das er Roland zu unterschreiben gezwungen hatte, hätte ihn, Hunold erst dann zum alleinigen Erben gemacht, wenn Simon

- wie eigentlich geplant – etwas zugestoßen wäre. Denn er hatte selbstverständlich nie die Absicht gehabt, den Knaben bis zu seiner Volljährigkeit am Leben zu lassen. Nach Freijas Tod wollte er Simon einen tragischen Unfall erleiden lassen. Aber Freija war ihm auf die Schliche gekommen. Wie ihr das gelungen war, würde wohl auf ewig ein Rätsel bleiben. Zum Glück hatte sie ihr Geheimnis mit ins Grab genommen.

Schon gleich nach Rolands Hinrichtung hatten die Dinge begonnen, anders zu laufen als er sie geplant hatte. Freija hatte darauf bestanden, den Leichnam ihres Mannes ausgehändigt zu bekommen. Eigentlich hätte er, wie alle ehrlos Hingerichteten in einem anonymen Grab vor den Toren der Stadt verscharrt werden müssen. Und Hunold sah sich auch noch gezwungen, ihr bei der Durchsetzung ihres Willens behilflich zu sein. Denn schließlich wollte er schnell ihr Vertrauen gewinnen.

Anders als andere Frauen ihres Standes hatte es sich die Gräfin außerdem nicht nehmen lassen, den Leichnam ihres Mannes eigenhändig zu waschen und für die Beerdigung herzurichten. Dabei konnten ihr die schrecklichen Folterwunden, die seinen Körper übersäten natürlich nicht entgehen. Ja, sie entdeckte sogar, dass ihm mit einem glühenden Messer die Zunge herausgeschnitten worden war. Nachdem sie sich von ihrem Entsetzen über die Entdeckung erholt hatte, recherchierte Freija kaltblütig. Die Folterungen und das Herausschneiden der Zunge deuteten darauf hin, dass ihr Mann zu irgendetwas gezwungen, und anschließend auf grausame Weise am Reden gehindert worden war.

Damit ihr Verdacht letzten Endes nicht doch auf ihn fiel, hatte Hunold sich nach außen hin sehr bemüht, ihr bei der Aufklärung des Verbrechens behilflich zu sein. Heimlich war er hingegen schwer beschäftigt gewesen, alle Indizien, die auf ihn deuten konnten zu beseitigen. So hatte er als erstes den Wärter umgebracht, der ihm als Folterknecht gedient hatte.

Das Blatt schien sich erst zum Guten zu wenden, als Freija schließlich einwilligte, ihn zu heiraten. Er bekam Zugang zu Rolands Vermögen und konnte endlich die dringendsten, seiner Spielschulden begleichen. Natürlich schnüffelte er auch heimlich in den Unterlagen herum, die den Reichtum und die Besitztümer der Grafen zu Hohenberger deklarierten. Er war beeindruckt. Im Gegensatz zu ihm selbst, war es Roland scheinbar mühelos gelungen, sein ererbtes Vermögen nicht nur zu bewahren sondern durch umsichtiges Handeln auch noch zu vermehren. Die Dokumente und Besitzurkunden lagen allesamt säuberlich in einem ledergebundenen Ordner im Arbeitszimmer verstaut.

Hunold hatte das erpresste Dokument erst einmal dazu gelegt und die Mappe dann wieder an ihren Platz im Geheimfach des Schreibtisches zurückgelegt.

Er wusste von diesem Fach weil Roland vor ihm, seinem Freund keine Geheimnisse hatte.

Jetzt, im Moment überlegte Hunold, ob er die Unterlagen nochmals durchsehen sollte. Vielleicht war Roland beim Verfassen seines Testamentes ja ein Fehler unterlaufen, den er zu seinen Gunsten auslegen konnte. Aber dann verwarf er den Gedanken wieder. Er wusste nur zu gut, dass das nicht der Fall war. Er hatte alle Unterlagen schon mehrfach überprüft. Nein, er konnte nichts anderes tun als das Eintreffen des Mannes abzuwarten, der angeblich so hervorragend Dokumente fälschte. Vielleicht konnte der ihm helfen, das Problem, Simon noch über Jahre durchfüttern zu müssen, lösen.

„Verdammter Balg!" knirschte er erbittert und schlug erneut auf die Sessellehne. „Verdammte Freija. Magst du in der Hölle schmoren."

Für Simon endeten mit dem Tod seiner Mutter die guten Zeiten. Leider hatte sie in ihrer Schwäche nur sein Leben retten können und weder ihr, noch Edda war in den Sinn gekommen, dass sein Status nicht weiter fortbestehen würde. Hunold nutzte das Versäumnis gnadenlos aus, was zur Folge hatte, dass Simon nicht mehr so behandelt wurde, wie er es bisher stets gewohnt war.

Sein Stiefvater beachtete ihn kaum, was dem Jungen jedoch nur recht war. Er hatte schon immer Angst vor dem großen, finster blickenden Mann gehabt. Schlimmer war für ihn, dass er sein schönes Kinderzimmer räumen musste. Stattdessen bekam er eine winzige, dürftig eingerichtete Kammer im Dachgeschoß, wo auch das Gesinde wohnte. Noch nicht einmal seine Kleidung durfte er mitnehmen. Er bekam alte, abgetragene Sachen von Falk. Alle seine Spielsachen bekamen seine Stiefgeschwister. Nur seinen Stoffhund nahm Simon heimlich mit. Er versteckte den Talisman vorsorglich unter dem Strohsack, der anstelle einer Matratze in seiner Bettstatt lag.

Auch sein Essen fiel nicht mehr so reichhaltig und vielseitig aus wie früher. Er musste mit den Knechten und Mägden im Gesindehaus essen. Wenigstens die Bediensteten waren nett und freundlich zu ihm. Aber sie hatten nur wenig Zeit, sich um ihn zu kümmern. Deshalb bekam er immer öfter kleine Aufgaben zugeteilt, damit er nicht nur herumstand und traurig schaute. So durfte er mit den Mägden die Hühner füttern und die Eier einsammeln. Schon bald konnte er diese Arbeit alleine ausführen und war sehr stolz darauf.

Edda hatte über Simons Verbannung aus seinem Elternhaus heftig protestiert. Aber Hunold hatte ihr nur kalt geantwortet, falls es ihr nicht passe, so könne sie ja gehen. Nach reiflichem Überlegen blieb Edda, so konnte sie wenigstens noch ein wenig für das Wohl ihres Schützlings sorgen. Abends, wenn sie mit ihrer Arbeit fertig war, besuchte sie Simon in seinem Zimmer und tröstete ihn in seiner Einsamkeit. Manchmal, wenn er besonders traurig war, nahm sie ihn heimlich mit in ihr eigenes Zimmer. Er durfte dann in ihrem Bett schlafen und sie erzählte ihm Geschichten. Und sie unterrichtete ihn heimlich weiterhin im Lesen und Schreiben, so wie es seine Mutter begonnen hatte.

Mehr als sieben Jahre vergingen und aus Simon wurde ein großer, kräftiger Junge. Längst hatte er vergessen, wer er in Wirklichkeit war. Hunold zu Kilchenstein hatte allen Dienstboten strengstens verboten, dem Jungen seine wahre Herkunft zu verraten. Edda, die treue Seele, hatte sich als einzige gegen das Verbot aufgelehnt, dafür wurde sie gnadenlos aus ihren Diensten entlassen. Ihr Schicksal zeigte den restlichen Bediensteten, wie ernst es ihrem Herrn war. Keiner wagte fortan, sich über seine Anordnungen hinwegzusetzen.

Seit Eddas Rauswurf war Simon ganz auf sich alleine gestellt. Zwar vertrug er sich mit den restlichen Bediensteten, in deren Mitte er lebte und mit denen er tagtäglich arbeitete. Aber sie waren ihm gegenüber merkwürdig distanziert und befangen. Er bemühte sich verzweifelt, das zu ändern, blieb aber erfolglos. Schließlich resignierte er und gab sich selbst die Schuld, dass niemand mit ihm zu tun haben wollte.

Er war fast dreizehn Jahre alt und seit einem Jahr diente er als persönlicher Bursche dem jungen Falk zu Kilchenstein. Er betreute dessen Pferd und war angehalten, jeden Befehl seines jungen Herrn zu befolgen. Das war eine keineswegs leichte Aufgabe, denn Falk konnte man kaum etwas recht machen. Und er schikanierte seinen Knappen, als den er Simon bezeichnete, mit wahrer Wonne.

Aber auch Falk wusste nicht, dass Simon der wahre Erbe von Burg Hohenberg war. Hunold enthielt seinem Sohn dieses Wissen bewusst vor, denn Falk war ein Schwätzer und Wichtigtuer, der kein Geheimnis für sich behalten konnte.

Für Hunold war es eine Genugtuung, Simon in Unwissenheit über seine Herkunft zu halten. Es gefiel ihm, den Jungen zum Diener seines Sohnes zu machen. Zu seinem Ärger überragte der jüngere Simon Falk um etliche Zentimeter und war auch viel kräftiger. Und mit wachsender Missbilligung registrierte Hunold, dass Simon seinem Vater immer ähnlicher wurde.

Noch immer hatte er die Hoffnung nicht aufgegeben, doch noch an die Erbschaft seines Ziehsohnes zu kommen. Und obwohl er Simon hart arbeiten ließ und ihn gerne mit abfälligen Worten demütigte, passte er sorgfältig auf, dass es dem Jungen körperlich gut ging.Denn nach wie vor musste er die Enthüllung seiner Taten befürchten, sollte Simon durch einen Unfall oder eine Krankheit sterben.

Zu Anfang trug der Freiherr sich mit dem Gedanken, einfach die versiegelten Briefe der anderen Männer stehlen zu lassen. Aber das erwies sich als unmöglich, außerdem hätte der Diebstahl sofort den Verdacht auf ihn fallen lassen.

Immer wenn Hunold zu Kilchenstein seinem Stiefsohn begegnete, kochte der Hass in ihm hoch. Er verfluchte das unverschämte Glück des Jungen. Wäre es nach ihm gegangen, so würden seine Gebeine längst zwischen denen seiner Eltern vermodern. Alles, aber auch alles war schiefgegangen. Sein schöner Plan, auf den er so stolz gewesen war, hatte sich aufgelöst wie eine platzende Seifenblase.

Als der Fälscher, den er bestellt hatte, kurz nach Freijas Tod auf Burg Hohenberg eingetroffen war, konnte Hunold die Dokumente, die er ein klein wenig verändern lassen wollte, plötzlich nicht mehr auffinden. Die Mappe hatte zwar an ihrem Platz im Geheimfach gelegen, aber die für ihn so wertvollen Unterlagen waren verschwunden. Irgendjemand musste sie herausgenommen haben. Dabei war das eigentlich gar nicht möglich. Er selbst trug die Schlüssel zu Arbeitszimmer und Geheimfach immer an einer dünnen Kette um seinen Hals. Niemals, noch nicht einmal während seines wöchentlichen Bades nahm er sie ab. Aber es war auch nicht in das Arbeitszimmer eingebrochen worden. Das wäre ihm aufgefallen.

Erst nach einigen Tagen heftigen Grübelns war es Hunold gelungen, sich zusammenzureimen, wie es einem Dieb gelungen sein konnte, an die Schlüssel zu gelangen. Um seine körperlichen Bedürfnisse zu befriedigen, hatte er schon seit längerem mehrmals wöchentlich ein Bordell aufgesucht. Nach seiner Hochzeit war er Freija schnell überdrüssig geworden, da er gespürt hatte, wie sehr sie Roland vermisste, wenn sie mit ihm schlief. Das hatte ihn so sehr verärgert, dass er es bald unterließ und seine Befriedigung lieber wieder im Bordell suchte.

Eine neue Hure, die er sich gekauft hatte war ganz versessen gewesen, ihn vor dem Beischlaf zu entkleiden. Er hatte es gerne zugelassen. Später erinnerte er sich daran, dass sie ihm auch die Kette abgenommen und auf einem Schrank abgelegt hatte. Ganz sicher hatte sie einen Komplizen gehabt, der von den Schlüsseln einen Wachsabdruck machte, während Hunold sich mit der Dirne vergnügte. Als er die Frau später zur Rede stellen wollte wer ihr Auftraggeber war, war sie nicht mehr dagewesen und niemand konnte sich an sie erinnern.

Jedenfalls, so kombinierte er, mussten die Dokumente noch auf Burg Hohenberg sein. Er war sich sicher, dass Freija die Papiere hatte stehlen lassen. Da sie jedoch schon sehr krank war, konnte sie die Dokumente eigentlich nur in einem geheimen Versteck innerhalb der Burg deponiert haben. Die Frage war jedoch: wo? Sie konnten überall sein. Vielleicht sogar eingemauert in einer Wand. Freijas Bedienstete waren ihrer Herrin treu ergeben gewesen.

Derjenige, der die Papiere für sie versteckt hatte, würde den Ort niemals freiwillig verraten. Und da Hunold nicht wusste, wer von den Dienern es gewesen war, konnte er das Versteck auch nicht aus dem Mann oder der Frau herauspressen. Irgendwann fiel ihm ein, dass es wahrscheinlich Edda gewesen war, die engste Vertraute Freijas. Aber er hatte die Frau dummerweise schon lange entlassen und wusste noch nicht einmal, wo sie seither lebte.

So suchte er nun schon seit Jahren vergeblich nach dem geheimen Ort. Denn er war sich fast sicher, spätestens an Simons einundzwanzigstem Geburtstag würden die Dokumente auf geheimnisvolle Weise wieder auftauchen. Doch bis dahin war es für ihn endgültig zu spät, das Testament zu seinen Gunsten zu manipulieren.

„Nun mach schon Simon. Du wirst es doch fertigbringen, mir ein Rudel Rehe vor die Flinte zu jagen. Da hätte ich genauso gut den lahmen Hannes mitnehmen können. Der wäre sicher noch schneller als du."

Simon kam keuchend hinter ihm zum Stehen. Falk hat gut reden, dachte er mürrisch. Er reitet seit einer Stunde über Stock und Stein und lässt mich hinterherlaufen wie einen Jagdhund. Als wenn es nicht genug Pferde im Stall gäbe, die sowieso bewegt werden müssen. Laut sagte er nur. „Ich kann hier weit und breit keine Rehe ausmachen. Wahrscheinlich habt Ihr sie alle schon abgeknallt."

Er wusste zwar, wie der junge Schnösel es hasste, wenn er ihm gegenüber nicht den nötigen Respekt zeigte, aber er war es langsam leid, sich von dem arroganten Kerl schikanieren zu lassen. Viel lieber wäre er zu seiner ehemaligen Beschäftigung in den Ställen und auf den Feldern zurückgekehrt. Aber der Freiherr zu Kilchenstein hatte darauf bestanden, dass er fortan für seinen Sohn den Laufburschen spielte.

Falk schaute missbilligend zu ihm herunter, verkniff sich aber eine Antwort. Wenn er mit Simon alleine war, wagte er es meist nicht, ihn allzu sehr zu provozieren. Obwohl er fast drei Jahre jünger war wie sein junger Herr, war Simon größer und vermutlich auch stärker als der verweichlichte Falk. Zudem besaß er ein aufbrausendes Temperament und ging einem kleinen Kräftemessen nicht aus dem Wege. Nur wenn sein Vater in der Nähe war, traute Falk sich, Simon herum zu kommandieren.

„Da vorne, im Feld stehen ein paar Rehe", lenkte er jetzt ein und stellte sich in den Steigbügeln auf um besser sehen zu können. „Pirsch du dich von hinten an sie heran, dann kannst du sie mir direkt vor die Mündung scheuchen."

Simon trabte leise seufzend in die angegebene Richtung. Er hasste es, als Treiber zu fungieren. Die Tiere taten im Leid. Wenn Falk seine Beute wenigstens mitnehmen würde. Aber er knallte das Wild meist nur ab und ließ es dann liegen. Ja er kümmerte sich noch nicht einmal darum, ob das getroffene Tier auch wirklich tot war sondern überließ es Simon, ihm den Gnadenstoß zu versetzen.

Vielleicht kann ich die Rehe verjagen, dachte er und trat absichtlich auf dürre Äste. Außerdem schnaufte er laut und hustete ab und zu. Seine List schien aufzugehen, aus dem hohen Gras erhoben sich schmale Rehköpfe und witterten misstrauisch in seine Richtung.

Da kam auch schon Falk von der anderen Seite auf seinem Braunen angeprescht und scheuchte die Rehe endgültig auf. Sie liefen von ihm weg, genau auf Simon zu. Er sah, wie sein Herr das Pferd anhielt und die Flinte anlegte. Abwehrend wedelte er mit den Händen in der Luft, um ihn auf sich aufmerksam zu machen. Da ertönte schon ein lauter Knall und Simon spürte einen harten Schlag gegen die rechte Schulter. Er taumelte zurück und blickte verwundert an sich herunter. In seiner Weste war plötzlich ein kleines, kreisrundes Loch aus dem es warm und rot sickerte. Im gleichen Moment als er das Blut sah, fühlte er auch den Schmerz.

Er hat auf mich geschossen, erkannte er fassungslos. Falk hat auf ein Reh gezielt und stattdessen mich getroffen. Langsam ließ er sich ins hohe Gras sinken.

„Simon! Was tust du da? Treibe die Biester wieder in meine Richtung." Falk gab seinem Braunen die Sporen und preschte wütend auf ihn zu. „Hast du keine Augen im Kopf. Die Rehe laufen doch direkt an dir vorbei." Jetzt war er bei ihm und blickte wütend auf ihn herab. „Was machst du da..., oh Gott, du blutest ja."

Er sprang aus dem Sattel und kniete sich neben Simon ins Gras. „Aber..., aber das gibt es doch gar nicht. Ich habe doch auf das Reh gezielt."

„Schnell, holt Hilfe. Ich glaube, ich verblute."

Simon presste seine Hand auf die Wunde aus der nun ein wahrer Blutstrom sickerte. Das Blut lief zwischen seinen Fingern hindurch und tränkte die wattierte Weste.

Das ließ sich Falk nicht zweimal sagen. „Halte durch, Simon!" rief er erregt und schwang sich aufs Pferd zurück. „Ich reite so schnell ich kann." Er trat dem Tier in die Weichen, so dass es mit einem mächtigen Satz davon stob. Bald war er in der Ferne verschwunden.

Simon ließ sich auf die Seite fallen und presste nun beide Hände auf die Wunde, als könne er dadurch den Blutstrom eindämmen. Ihm war auf einmal furchtbar schlecht und er übergab sich. Kurz darauf hüllte ihn eine gnädige Ohnmacht ein.

Falk ritt wie der Teufel zur Burg zurück. Im Hof brachte er das Pferd zum Stehen und sprang aus dem Sattel. „Vater, Vater, kommt schnell. Es ist etwas mit Simon passiert. Er verblutet."

Hunold glaubte seinen Ohren nicht zu trauen, als er die vor Angst schrille Stimme seines Sohnes vernahm. Mit polternden Schritten rannte er ihm entgegen und packte den völlig verstörten Jungen an der Schulter. „Was sagst du da? Was ist geschehen? Führe mich sofort zu ihm."

Er eilte schon in Richtung Stall und zog seinen Sohn mit sich. Während ein Stallbursche mit fliegenden Fingern ein Pferd sattelte, berichtete Falk seinem Vater kleinlaut, was geschehen war. „Ich schwöre, es war nicht meine Schuld", beteuerte er. „Simon ist mir genau in die Schussbahn gelaufen."

„Das klären wir später. Jetzt zeige mir erst den Weg zu ihm." Hunold war einer Panik nahe. Wenn Simon starb war er erledigt. Hinter seinem Sohn galoppierte er den Weg entlang und überlegte fieberhaft, was er tun sollte, falls der verhasste Stiefsohn tot wäre. Als sie am Unglücksort ankamen, war er fast krank vor Sorge um sich selbst.

Er kniete neben Simon nieder und fühlte an dessen Hals nach dem Puls. Gott sei Dank, der Junge lebte noch. Vorsichtig drehte er ihn auf den Rücken und nahm ihm die Hände von der Wunde. Sie blutete nicht mehr allzu stark, aber Simon war sehr blass und außerdem bewusstlos. Hunold überlegte kurz, dann befahl er Falk, der neben ihm stand und ängstlich guckte. „Steh nicht so dumm herum. Reite in die Stadt und hole den Doktor. Er soll sofort auf die Burg kommen, ich bringe den Jungen derweil dorthin."

Ohne noch weiter auf seinen Sohn zu achten zog er seine Jacke aus und legte sie ins Gras. Dann bettete er den Bewusstlosen darauf und verknotete die Ärmel so vor dessen Brust, dass der Knoten wie ein Druckverband auf die Wunde wirkte. Hunold hoffte, die Maßnahme möge ausreichen, die Blutung endgültig zu stoppen. Nun begann der schwierige Teil. Er musste irgendwie mit seinem Stiefsohn in den Armen auf sein Pferd kommen. Aber das war unmöglich. Simon war seiner Größe entsprechend schwer und durch die Ohnmacht nicht in der Lage, mitzuhelfen.

Schließlich gelang es Hunold irgendwie, den Jungen aufs Pferd zu hieven und dann hinter ihm aufzusitzen. Wie ein liebevoller Vater legte er seine Arme um ihn und ritt eilig mit ihm zur Burg zurück.

Kapitel 3: Nelia

Der Arzt traf kurz nach den beiden auf der Burg ein, geführt von Falk der aufgeregt vor ihm her eilte. Hunold hatte Simon inzwischen im großen Wohnzimmer auf das Bärenfell gebettet, das vor dem Kamin lag. Der Junge war noch immer bewusstlos. In seinem wächsernen Gesicht zuckte ein Muskel, das einzige Zeichen, dass noch Leben in ihm war.

Der alte Arzt drängte den Freiherrn respektlos zur Seite und kniete sich schnaufend neben dem Jungen nieder. Mit sachkundigen Griffen untersuchte er die Wunde und den Allgemeinzustand seines Patienten. Dabei schüttelte er bedenklich den ergrauten Kopf.

„Was ist mit ihm? Wird er durchkommen?" Hunold meinte, vor Angst selbst ohnmächtig zu werden.

Falk, der noch immer unsicher in der Türe stand, schaute seinen Vater verwundert an. Warum nur machte er sich plötzlich wegen dieses Burschen so verrückt? Es handelte sich doch nur um einen der vielen Bediensteten. Es kam öfter einmal vor, dass ein Knecht oder eine Magd einen Unfall erlitt. Bisher hatte das den Burgherrn kaum gekümmert. Schon gar nicht war es ihm jemals eingefallen, einen Verletzten höchstpersönlich in sein Haus zu tragen. Oder gar die teuren Dienste eines Doktors zu bezahlen.

„Er hat viel Blut verloren. Aber die Verletzung ist nicht unbedingt lebensgefährlich. Die Lunge wurde zum Glück nicht verletzt. Wenn es mir gelingt, die Kugel zu entfernen, so wird er wahrscheinlich wieder vollkommen gesund. Vorausgesetzt natürlich, er bekommt keinen Wundbrand."

Der Doktor erhob sich schwerfällig und blickte sich im Zimmer um.

„Hier kann ich nicht operieren. Ich brauche einen großen Tisch und heißes Wasser. Und saubere Tücher."

„Die Küche wird gehen. Der Tisch ist so groß, da kann man einen Ochsen darauf zerlegen. Wasser und Tücher gibt es dort ebenfalls zur Genüge. Falk, komm her und hilf mir tragen. Steh nicht herum, wie ein dummer Hornochse." Hunold war schon in die Hocke gegangen und fasste Simon vorsichtig unter den Schultern. Mit einer herrischen Kopfbewegung befahl er seinem Sohn die Füße zu packen. Dann trugen sie den schlaffen Körper in die Küche und legten ihn auf den sauber geschrubbten Tisch. Die Küchenmägde wurden hinausgeschickt, nur Martha, die alte Köchin blieb um für heißes Wasser und saubere Tücher zu sorgen.

Der Doktor beorderte Hunold an den Kopf und Falk an die Füße Simons. Sie sollten den Jungen festhalten, damit er sich nicht bewegen konnte. Wie nötig diese Vorsichtsmaßnahme war, zeigte sich bald. Mit einem Skalpell aus seiner Arzttasche schnitt der Doktor erst das Wams und dann das Hemd des Verwundeten auf. Danach ließ er sich von der Köchin starken Branntwein bringen. Damit reinigte er zuerst sein Skalpell und goss dann eine beträchtliche Menge über die Wunde.

Der brennende Schmerz ließ Simon sofort aus seiner Ohnmacht erwachen. Mit einem lauten Schrei wollte er auffahren, wurde aber von Hunolds kräftigen Händen eisern niedergehalten. Sein Schrei verebbte zu einem Wimmern und er sah sich verwirrt um.

„Hier mein Junge, du wirst es brauchen", brummte der alte Arzt mitleidig und hielt ihm die Flasche an die Lippen. Mit der anderen Hand stützte er fürsorglich Simons Kopf, damit der sich nicht an dem scharfen Schnaps verschluckte.

Simon keuchte und wollte den Weinbrand verweigern. Zwar gab es bei den Mahlzeiten öfter Bier oder Apfelwein, aber etwas Schärferes hatte er noch niemals getrunken. Doch der Doktor gab nicht nach und flößte ihm eine gewaltige Portion in kleinen Schlucken ein. Dabei redete er ihm unaufhörlich gut zu.

Der Junge war nun ziemlich betrunken, seine Augen rollten wie haltlos hin und her. Trotzdem reichte der Alkohol nicht aus, ihn vollends zu betäuben. Als der Arzt mit dem Skalpell in das aufgeworfene Fleisch schnitt, brüllte er vor Schmerz auf. Doch der Doktor ließ sich nicht beirren. Zügig, aber scheinbar unbeeindruckt von den Schreien, die in seine Ohren gellten, ging er seinem blutigen Handwerk nach. Er bohrte in der Wunde und suchte nach der Kugel. Endlich zeigte ihm ein leises metallisches Schaben das er sie gefunden hatte. Um an sie heranzukommen musste er noch tiefer schneiden.

Inzwischen waren Simons Schreie verstummt, eine gnädige Ohnmacht erlöste ihn von den schlimmen Schmerzen. Mit einem leisen *Pling* fiel die Kugel auf einen Teller.

„Na also!" brummte der Doktor zufrieden und betrachtete das unscheinbare Metallstückchen. Dann wusch er die Wunde sorgsam mit heißem Wasser aus und goss nochmals einen Schluck Weinbrand darüber. Diesmal erwachte Simon nicht davon, er seufzte nur kurz im Schlaf auf. Auch das anschließende Nähen der Wunde bekam er nicht mit.

Der Doktor verband die Brust des Jungen mit breiten Streifen eines zerschnittenen Bettlakens und steckte den Verband sorgsam fest. Danach begutachtete er nochmals kritisch sein Werk. Er schien zufrieden.

„Ein paar Tage Bettruhe und kräftiges Essen, dann ist er wieder ganz der Alte. Ich komme in zwei Wochen wieder vorbei und ziehe die Fäden. Ein wenig Fieber ist bei solch einer Wunde nicht auszuschließen. Sollte er jedoch hohes Fieber bekommen, so schickt jemanden nach mir."

Er ließ sich seine Dienste bezahlen und verschwand. Hunold überlegte einen Moment. Wo sollte er Simon hinbringen lassen? Einesteils widerstrebte es ihm, den verhassten Stiefsohn im Haus zu behalten, andererseits wollte er ihn unter Beobachtung halten, damit ihm nicht doch noch etwas passierte. Schließlich entschloss er sich, Simon in einem der leerstehenden Zimmer unterbringen zu lassen. Zwei kräftige Knechte trugen den noch immer Bewusstlosen in den ersten Stock und legten ihn vorsichtig ins Bett.

Unterdessen stellte Hunold seinen unglückseligen Sohn zur Rede. Er brüllte ihn dermaßen an, dass Falk Hören und Sehen verging. Der junge Mann verstand die Welt nicht mehr. Warum nur regte sich sein Vater über diesen Unfall so auf? Es war doch alles noch einmal gutgegangen. Er wagte es, laut zu protestieren, was den Vater noch mehr auf die Palme brachte. Voller Zorn schnallte Hunold seinen Gürtel auf und näherte sich damit seinem völlig verblüfften Sohn.

„Zieh deine Hose runter und bück' dich!" donnerte er ihn an und ließ den zusammengelegten Gürtel auf seine Handfläche klatschen. Als Falk schnell durch die Türe entfliehen wollte, stellte er ihn und verpasste ihm eine schallende Ohrfeige.

„Du tust, was ich dir sage. Anscheinend habe ich es bisher versäumt, dich zu lehren, deinem Vater zu gehorchen. Mit deinen siebzehn Jahren bist du noch nicht zu alt, es eingebläut zu bekommen. Und jetzt mach schon. Je länger du dich zierst, desto schlimmer wird es für dich."

Es blieb Falk nichts anderes übrig, als zu tun, was der Vater befahl. Mit vor Scham blutrotem Kopf nestelte er umständlich die Schnüre seiner Hose auf und ließ sie herab. Dann beugte er den Rücken und umklammerte seine Knie mit den Händen. So stand er da und wartete zitternd auf den ersten Schlag. Noch nie zuvor war er von seinem Vater gestraft worden. Schon gar nicht mit körperlicher Gewalt. Vor Angst und Scham meinte er im Boden versinken zu müssen. Trotz seiner Erwartung traf ihn der erste Schlag völlig unvorbereitet. Er stieß einen gellenden Schrei aus. Doch sein Vater ließ sich nicht besänftigen. Wütend hieb er ihm noch fünf- sechsmal auf das blanke Hinterteil. Dann ließ er schwer atmend den Arm sinken.

„Zieh die Hose hoch und geh auf dein Zimmer!" befahl er harsch und drehte sich brüsk um. „Du bekommst Hausarrest bis ich meine, dass du genug gebüßt hast." Noch immer zornig verließ er das Zimmer. Falk blickte ihm fassungslos und gedemütigt hinterher.

Simon öffnete die Augen und starrte verwundert auf die fremde Einrichtung um ihn herum. Das waren edle Möbel, ein Schrank, eine Truhe. Vor dem

Fenster hing ein richtiger Vorhang aus schwerem Stoff. Und neben der Türe hing sogar ein Spiegel über einem zierlichen Tischchen auf dem allerlei Utensilien lagen. Wo bin ich? überlegte er und wollte sich aufrichten. Aber der stechende Schmerz in seiner rechten Schulter ließ ihn sofort innehalten. Ahnungsvoll schielte er an sich herunter und erkannte einen dicken weißen Verband um seine nackte Brust. Seine Erinnerung kehrte schlagartig zurück. Er war von Falk mit einem Reh verwechselt und angeschossen worden. Und nun lag er anscheinend in einem der Zimmer der Burg. Er hatte schon ab und zu einen Blick in die Zimmer geworfen und erinnerte sich daran.

„Simon, Gott sei Dank", ertönte neben ihm eine zarte Stimme. „Ich hatte schon Angst, du würdest nie mehr aufwachen." Sein Kopf ruckte auf die andere Seite des Bettes und er erkannte Kornelia, die auf einem Stuhl neben ihm saß.

„Nelia!" stieß er erstaunt hervor. „Was machst du denn hier? Und wie komme ich hierher?" Verlegen zog er die Decke hoch was ihm erneut stechende Schmerzen bereitete. Unwillkürlich zog er scharf die Luft zwischen die Zähne.

„Oh, du Armer. Tut es sehr weh? Ich kann dir gar nicht sagen, wie leid du mir tust." Nelia legte ihm mitfühlend die Hand auf den nackten Arm, was ihn bis in die Haarwurzel erröten ließ. Scheu blickte er aus den Augenwinkeln zu ihr hin und murmelte matt.

„Es geht schon. Aber sage mir, wieso ich hier bin. Eigentlich möchte ich lieber in meine eigene Kammer."

„Papa hat dich hier hereinbringen lassen. Er meinte, so können wir besser für dich sorgen. Und ich darf dich pflegen. Natürlich nicht alleine. Anna muss mir helfen. Sie wird gleich da sein. Sie holt gerade dein Essen aus der Küche. Möchtest du etwas trinken? Der Doktor hat gesagt, du brauchst viel Flüssigkeit. Ich habe dir Kamillentee gekocht, mit viel Honig drin. Anna behauptet, Honig und Kamille sind gut für Kranke."

Sie hielt ihm eine irdene Tasse an den Mund. Er war wirklich sehr durstig und wollte auch schnell den scheußlichen Geschmack loswerden, der auf seiner Zunge lag. Vorsichtig nippte er an der goldgelben Flüssigkeit. Sie schmeckte sehr süß und er nahm noch ein paar Züge.

„Danke", murmelte er verlegen und Nelia stellte die Tasse auf das Nachtschränkchen zurück.

Anna erschien und balancierte ein hölzernes Tablett auf den Händen. „Ach, unser Patient ist endlich erwacht. Da komme ich ja gerade richtig mit dem Abendessen."

Sie stellte das Tablett am Fußende des Bettes ab und deckte das weiße Tuch auf, das über den Schüsseln lag. „Fleischsuppe mit Gemüse. Und kalter Braten auf Brot. Wir werden dich sicher bald wieder auf den Beinen haben."

Sie legte ihm das Tuch unters Kinn und nahm die Suppenschüssel in die Hand. Mit einem Holzlöffel wollte sie ihn füttern.

„Aber ich habe keinen Hunger", protestierte er schwach und wurde abermals rot. Er kam sich vor wie ein Kleinkind, es war ihm schrecklich peinlich, gefüttert zu werden. Noch dazu vor Nelia, die er heimlich verehrte seit er denken konnte. Als sie jetzt kicherte, hätte er sich vor Scham am liebsten unter der Decke verkrochen.

„Du musst etwas essen, Simon!" befahl sie und fügte altklug hinzu. „Nur wenn du tüchtig isst, wirst du bald wieder gesund werden."

Es half nichts. Er bekam den Löffel mit der heißen Brühe an die Lippen gesetzt und musste wohl oder übel den Mund öffnen. Die Suppe schmeckte würzig und erweckte seinen Appetit. Plötzlich spürte er einen mächtigen Hunger. Also kniff er ergeben die Augen zu und aß artig bis die ganze Schüssel leer war.

„So, dass reicht erst einmal", meinte Anna und stellte das Tablett auf einen Stuhl. „Es ist nicht gut, wenn du deinen Magen gleich überlastest. Die Köchin hat dir das Brot in Häppchen geschnitten. Das kannst du später selbst essen. Ich stelle den Teller hier neben dein Bett." Sie rückte den Stuhl in seine Nähe. Falls er Hunger bekam, brauchte er nur mit seinem gesunden Arm neben sich zu greifen. Dann stellte sie den Krug mit dem Tee sowie den Becher daneben. „Wirst du zurechtkommen?" fragte sie und er nickte.

„Dann schlafe ein wenig. Falls deine Schmerzen schlimmer werden hat der Doktor Weidenrindensaft verordnet. Hier ist eine Glocke, wenn du etwas brauchst, dann bimmele. Ich bin in der Nähe." Sie drückte ihm ein silbernes Glöckchen an einem Holzstiel in die Hand. Dann wandte sie sich an Nelia. „Kommt Ihr junges Fräulein? Simon braucht jetzt vor allem Ruhe."

Nelia kam nur sehr widerwillig mit ihr und versprach, bevor sie ging, am nächsten Tag wiederzukommen. Als die beiden das Zimmer verlassen hatten, legte sich Simon bequem in die Kissen zurück. Seine Schulter schmerzte ziemlich heftig aber er wollte keine Medizin einnehmen. Weidenrindensaft schmeckte schrecklich bitter, wusste er. Da hielt er lieber die Schmerzen aus.

Aber nach einer Stunde quälte ihn der tobende Schmerz in der Schulter so sehr, dass er doch nach Anna klingelte. Sie kam gleich mit der Flasche in der Hand und verabreichte ihm einen großen Löffel des dickflüssigen Saftes. Er würgte ein wenig und trank schnell von dem süßen Tee nach. Dann ließ er sich erschöpft und schläfrig zurücksinken. Eigentlich wollte er noch ein wenig über seine seltsame Situation nachdenken aber sein malträtierter Körper forderte sein Recht. Er fiel in einen tiefen Schlaf.

Am Morgen erwachte er ziemlich steif und fühlte sich miserabel. Die Schulter tobte und er hatte hohes Fieber. Anna legte ihm kalte Umschläge auf die Stirn und um die Waden aber das Fieber ging nicht zurück. Besorgt lief sie zum Burgherrn um ihm zu berichten. Hunold schickte sofort nach dem Doktor. „Die Wunde hat sich entzündet", meinte der nach einem Blick unter die Verbände. „Das ist bei solchen Verletzungen nicht selten. Besser wäre es gewesen, wenn die Kugel die Schulter durchschlagen hätte." Er gab Anna ein Säckchen mit getrockneten Kräutern aus denen sie einen Breiumschlag machen sollte. „Das müsste helfen, die Entzündung zu stoppen. Ich komme morgen nochmals vorbei um nach dem Patienten zu sehen."

Simon schlug die Augen auf, als Anna ihm den heißen Umschlag auf die Wunde legte. Doch es schien, als wüsste er nicht, was um ihn herum vorging. Sein Blick war verschleiert. Er bewegte die trockenen Lippen aber es kam nur ein heißeres Krächzen aus seiner Kehle. Kornelia, die wieder auf dem Stuhl neben dem Bett saß beugte sich zu ihm herüber. Mit ihrer kleinen, schmalen Hand strich sie ihm liebevoll eine verschwitzte Haarsträhne aus der Stirn.

„Nelia", flüsterte er schwach. „Gehst du bitte in meine Kammer und holst meinen Talisman? Er liegt in dem Beutel auf meinem Bett." Er hatte in seinem vom Fieber umnebelten Gehirn das Gefühl, nur der Talisman könne ihn vor weiterem Schaden bewahren. Bisher war der Stoffhund immer in seiner Nähe gewesen. Er trug ihn in einem Leinenbeutel, in dem er auch andere, ihm wichtige Sachen verstaut hatte bei sich. Obwohl er sich kaum noch an seine Mutter erinnern konnte war ihm deren Bitte, den Talisman immer bei sich zu tragen ins Gedächtnis eingebrannt.

Gestern allerdings hatte er ihn nicht dabei gehabt. Falk hatte genörgelt, weil Simon sich angeblich verspätet hatte und ihn zur Eile gedrängt. Der Stoffbeutel blieb im Zimmer liegen und prompt war er zu dem Unfall gekommen. Simon war sich sicher, mit seinem Talisman wäre ihm nichts passiert. Deshalb wollte er ihn nun unbedingt wieder bei sich haben.

Nelia fragte nicht lange sondern ging sofort los um den Stoffhund zu holen. Sie wusste, wie Simon an dem inzwischen schäbig gewordenen Stoffhund hing. Er hatte ihr einmal von diesem letzten Geschenk seiner Mutter erzählt. Damals war sie, die nie eine Mutter besessen hatte, direkt ein bisschen neidisch gewesen. Zwar hatte sich Freija bemüht, auch Kornelia eine gute Mutter zu sein, aber das Mädchen war beim Tod der Stiefmutter noch zu klein gewesen, um sich heute noch an sie zu erinnern.

Sobald Simon seinen Talisman in Händen hielt, besserte sich sein Zustand tatsächlich langsam. Ob es allerdings dem Stoffhund oder vielmehr dem starken Kräuter-Breiumschlag zu verdanken war, dass er bald genas, wusste niemand zu beantworten. Simon war jedenfalls von seinem Talisman genauso überzeugt, wie Anna von ihrem Umschlag.

Nachdem sicher war, Simon würde nicht sterben, gab es für Hunold keinen Grund mehr, den unerwünschten Stiefsohn länger im Haus zu dulden. Sobald der Arzt die Fäden gezogen und Simon als gesund befunden hatte, musste der wieder in seine Kammer umziehen. Er war nicht traurig darüber, im Burgzimmer war er sich stets wie ein Eindringling vorgekommen. Nur Nelias Anwesenheit und ihr unkompliziertes Geplapper würde er vermissen. Ihre rührende Pflege, so bildete er sich wenigstens ein, hatte viel zu seiner schnellen Genesung beigetragen.

Doch wenn er dachte, er würde sie fortan nur noch zufällig treffen, so täuschte er sich. Sie tauchte, sooft sie Zeit erübrigen konnte in seiner Nähe auf. Und sie besaß viel freie Zeit. Ihre Anwesenheit gefiel ihm bald besser, als er sich zuerst eingestehen wollte.

Natürlich fiel es den anderen Bediensteten auf, wie oft die Tochter des Burgherrn und der Knecht zusammen waren. Aber keiner wagte es, deswegen zu lästern. Und da Simon nach wie vor gewissenhaft seine Arbeit erledigte, verpetzte ihn auch keiner.

Dem einzigen, dem der Kontakt zwischen den beiden nicht auffiel, war Nelias Vater. Er besaß nur wenig Geduld und Interesse für seine Tochter. Deshalb gesellte er ihr eine Zofe zu, die kaum älter war als Nelia. Er dachte, die beiden Mädchen würden typisch weiblichen Beschäftigungen wie häkeln oder sticken nachgehen. Tatsächlich verstanden sich Nelia und ihre Zofe Sofia sehr gut. Und deshalb verriet die junge Zofe auch nie, wenn ihr Schützling bei Simon war, anstatt die Zeit mit ihr zu verbringen.

Eine weitere Verbesserung ergab sich für Simon daraus, dass der Freiherr Falk verbot, Simon länger als seinen persönlichen Diener zu benutzen. Er bekam stattdessen nach seiner vollständigen Genesung einen Posten als Pferdepfleger. Die neue Arbeit begeisterte ihn, er mochte Pferde und endlich konnte er nach Herzenslust reiten. Auch mit den übrigen Pferdepflegern verstand er sich gut.

Durch die Pferde traf er auch wieder öfter mit Falk zusammen. Der junge Mann zeigte sich über seine unüberlegte Tat ehrlich zerknirscht, nicht nur, weil sie ihm einen wunden Hintern und zwei Wochen Hausarrest eingetragen hatte. Nein, Falk war wirklich erschrocken gewesen, als er Simon blutend im Gras liegen sah. Der Schock, fast einen Menschen getötet zu haben, saß tief in ihm. Deshalb besuchte er zuerst aus schlechtem Gewissen Simon ab und zu im Stall um sich über sein Befinden zu erkundigen. So bekam er langsam mit, dass auch Nelia oft im Stall zu sehen war.

Anfangs missfiel es ihm, wie gut sich seine Schwester und der Knecht verstanden. Und er trug sich ernsthaft mit dem Gedanken, seinem Vater davon zu berichten. Aber langsam bemerkte er auch, dass es sich recht gut mit den beiden reden ließ.

Bisher hatte er seine Schwester kaum beachtet und mit Bediensteten zu sprechen, fand er unter seiner Würde. Schon früh hatte er sich die Überzeugung seines Vaters zu eigen gemacht, dass ein zukünftiger Freiherr nichts mit gewöhnlichem Volk gemein hatte. Und bisher hatte er tatsächlich gedacht, Menschen einfacher Herkunft wären nicht viel mehr wert als Nutztiere. Diese Einstellung änderte sich nun langsam, was aus Falk einen ganz anderen Menschen machte.

Auch Simon verstand sich immer besser mit seinem früheren Herrn. Zuerst unterhielten sie sich hauptsächlich über Pferde und Falk war beeindruckt, wieviel Simon schon nach kurzer Zeit von seiner Arbeit verstand. Ab und zu ritten sie dann zusammen aus wobei sich ihnen Nelia irgendwann einfach auf ihrem Pony anschloss. Und nach und nach entwickelte sich unter dem ungleichen Dreigespann fast so etwas wie eine Freundschaft.

Zu seinem Leidwesen musste Falk noch immer jeden Vormittag die Schulbank drücken. Natürlich kam ein Privatlehrer in die Burg, um ihn zu unterrichten. Und obwohl er ein eher fauler Schüler war, bestand sein Vater hartnäckig auf eine gute Bildung des zukünftigen Freiherrn. Nelia hingegen brauchte nach Ansicht ihres Vaters keine Schule. Er vertrat die alte Meinung, eine Frau gehöre in Küche Kirche und Bett. Doch seine Tochter hatte diesbezüglich ihren eigenen Kopf. Sie wollte unbedingt auch lernen und bettelte bei ihrem Vater so lange darum, bis er ihr endlich entnervt erlaubte, den Unterricht ebenfalls zu besuchen.

Nelia lernte mit wahrem Feuereifer und war Falk im Wissensstand bald ebenbürtig. Und sie teilte ihr erworbenes Wissen heimlich mit Simon. Während er das Bett hüten musste, hatte er ihr einmal verraten, wie gerne er eine Schule besuchen würde. Die praktisch veranlagte Nelia beschloss daraufhin, ihn fortan zu unterrichten.

Am Nachmittag, wenn die meiste Arbeit in den Ställen getan war, besuchte Nelia Simon in seiner Kammer oder ging bei schönem Wetter mit ihm spazieren. Dann erklärte sie ihm gewissenhaft, was sie gelernt hatte. Oder sie ließ ihn schreiben und lesen üben.

Hunold von Kilchenstein ahnte nichts von den heimlichen Unterrichtsstunden und hätte sie sicher unterbunden. Denn natürlich lag ihm nicht im Geringsten daran, aus Simon einen intelligenten Kopf zu machen.

Noch immer war er sich nicht im Klaren darüber, was er überhaupt mit Simon anstellen sollte sobald der volljährig war. Selbstverständlich war er nach wie vor scharf auf das Erbe des Jungen. Bisher war er mit dem Geld, das er für seine angebliche Vormundschaft von Roland erpresst hatte, mehr schlecht als recht über die Runden gekommen. Um seinen Neigungen zu Glücksspiel und Frauen weiterhin nachzugehen, reichte das jedoch nicht aus. Doch an das Vermögen oder gar an die Ländereien kam Hunold einfach nicht heran. So musste er wohl oder übel ein normales, sittsames Leben führen. Und das passte ihm überhaupt nicht.

Aus diesem Grund suchte er noch immer genauso verzweifelt wie vergeblich nach den verschwundenen Dokumenten. Er hatte schon alle möglichen Ecken und Nischen der Burg mit einem kleinen Hammer abgeklopft. Aber nirgends konnte er einen verborgenen Hohlraum entdecken, in dem die Papiere lagen. Sogar in seinen Träumen ging er auf die Suche nach den wertvollen Dokumenten. Und schon mehr als einmal war er mitten in der Nacht in eines der Zimmer gestürmt, weil er im Traum darin das Geheimversteck gefunden hatte. Manchmal, wenn er dann im Schlafgewand in der Dunkelheit stand, glaubte er ein leises höhnisches Lachen zu vernehmen.

Für Simon Jahre verliefen die folgenden Jahre ohne besondere Höhe- oder auch Tiefpunkte. Nach wie vor arbeitete er für seinen vermeintlichen Herrn und war recht zufrieden mit seinem einfachen Leben. Noch immer lernte er eifrig nach getaner Arbeit mit Nelia zusammen. Um seinen enormen Wissensdrang zu befriedigen, brachte sie ihm heimlich Bücher aus der Bibliothek der Burg. Die las er dann des Abends im Schein einer Kerze in seiner Kammer.

Mit Nelia verband ihn inzwischen mehr als nur Freundschaft. Er war sich sicher, sie zu lieben. Und sie schien seine Gefühle durchaus zu erwidern. Doch zu mehr als einem keuschen Kuss auf den Mund war es zwischen ihnen noch nicht gekommen.

Simon war mittlerweile achtzehn Jahre alt und ein Bild von einem prächtigen Jüngling geworden. Er war hochgewachsen und noch etwas zu schlank für seine Größe doch konnte man den athletischen Körperbau bereits erahnen.

Für Hunold war es jedes Mal ein Schock wenn er ihn sah, denn Simon wurde seinem Vater von Tag zu Tag ähnlicher. Er bekam sogar dessen Stimmlage und entwickelte auch den gleichen gutmütigen Humor. Wie sein Vater war er zu vertrauensvoll mit seinen Mitmenschen und glaubte einfach nicht, dass ihm jemand absichtlich etwas Böses antun könnte. Die Sache mit dem Jagdunfall war längst vergeben und vergessen, inzwischen verband Simon mit Falk eine, wenn auch etwas oberflächliche Freundschaft.

Noch immer besaß Simon seinen Talisman. Der Samtstoff des braunen Fells war inzwischen so abgerieben, dass der Hund eher wie ein räudiger Köter aussah. Zwar glaubte Simon inzwischen nicht mehr an den Schutz des

Talismans, doch konnte er es auch nicht über das Herz bringen, das unansehnlich gewordene Stofftier wegzuwerfen. Es lag in seiner Leinentasche unter dem Bett und nur ab und zu holte er es einmal hervor und betrachtete es sinnend.

Eines Frühlingsabends kam er mit Falk und Nelia aus dem Stall zurück. Falk hatte ihm sein neues Pferd vorgeführt, das er zum Geburtstag geschenkt bekommen hatte. Natürlich oblag die Pflege des wertvollen Tieres fortan Simon, denn Falk hielt große Stücke auf dessen Talent im Umgang mit Pferden. „Was hältst du von einem Kartenspiel?" fragte er jetzt, und steuerte schon Simons neue Kammer an, die direkt über den Ställen lag. „Wir spielen um ein paar Kupferpfennige, mehr ist bei dir ja doch nicht zu holen." Er stieß Simon vertraulich mit der Schulter an und der nickte ergeben. Eigentlich wäre er lieber mit Nelia spazieren gegangen aber er konnte Falk schlecht abwimmeln ohne dessen Ärger zu erwecken.

„Ich komme mit und schaue zu, dass du nicht schummelst", meinte Nelia leichthin. „Simon ist deinen Kartenkünsten immer hoffnungslos unterlegen, da kann er meinen Beistand vielleicht gebrauchen."

„Mädchen verstehen doch nichts von Karten", meinte Falk abfällig. „Außerdem habe ich noch nie geschummelt. Stimmt's Simon?"

Der war sich da zwar nicht so sicher, trotzdem nickte er zustimmend. „Nein, so etwas würdet Ihr nie tun. Aber ich besitze keinen einzigen Pfennig mehr. Ihr habt mir alles beim letzten Spiel abgenommen. Und ich bekomme erst in einer Woche wieder Lohn." Der war gerade kümmerlich genug, sagte er sich in Gedanken. Der Freiherr zu Kilchenstein zahlte seinen Bediensteten nur den geringsten zulässigen Lohn, nämlich einen Gulden pro Monat. Das reichte kaum, wenn man bedachte, dass eine warme Jacke oder ein paar neue Schuhe schon zwei Gulden kosteten.

Entweder spielte Falk an diesem Abend tatsächlich nicht falsch oder sein Blatt war einfach zu schlecht. Jedenfalls verlor er dreimal hintereinander und warf dann entrüstet die Karten auf den Tisch. „Mir reicht's. Das geht doch nicht mit rechten Dingen zu. Ich glaube, du schummelst." Halb amüsiert, halb wütend stierte er Simon an.

„Nein, er hat nicht geschummelt", verteidigte Nelia Simon sofort. „Ich habe ihm die ganze Zeit in die Karten geschaut. Simon hat nur einfach auch einmal Glück."

„Pah, Glück. Du hältst nur zu ihm, weil du dich in ihn verguckt hast. Meinst du, ich habe keine Augen im Kopf?"

Simon wurde bei seinen Worten ein wenig bleich, Nelia hingegen blutrot.

Sie ärgerte sich, dass ihre heimliche Schwärmerei für Simon anscheinend so offensichtlich war. Um vom Thema abzulenken sagte sie forsch.

„Quatsch nicht, Falk. Vielleicht liegt Simons Glückssträhne ja an seinem Talisman."

„Was, Talisman? Ich habe noch nie einen Talisman bei dir gesehen. Zeig doch mal her."

„Ach", wiegelte Simon verlegen ab, „eigentlich ist es gar kein richtiger Talisman. Nur ein Andenken an meine Mutter. Es ist das einzige, was mich an sie erinnert."

Weil Falk weiterhin neugierig war, griff er unter das Bett und zog den Leinenbeutel hervor. Er kramte umständlich darin und zog dann den schäbigen Stoffhund hervor. Falk griff mit spitzen Fingern nach dem unansehnlichen Spielzeug.

„Das soll ein Glücksbringer sein? Na, da wundert es mich nicht, dass du bisher immer beim Kartenspiel verloren hast. Der taugt ja nicht einmal als Spielzeug für einen Welpen. Und kaputt ist er obendrein. Da, am Hals geht die Naht schon auf."

Er stand auf, das Stofftier noch immer in der Hand und streckte sich träge.

„Ich geh zu Bett. Morgen muss ich früh aufstehen. Ich reise mit Vater nach Bamberg. Er will dort einen Geschäftspartner besuchen und mich mitnehmen damit ich langsam in die Geschäfte eingeführt werde. Da, fang!" Er war Simon den Stoffhund zu, doch der schaute gerade zu Nelia hin, so dass der Hund zu Boden fiel.

„Oh, entschuldige", murmelte Falk und schüttelte lachend den Kopf.

„Ich glaube, dein Maskottchen löst sich in seine Einzelteile auf. Schau nur, die Naht ist noch mehr aufgegangen, da kommt schon das ganze Innenleben herausgequollen." Er wollte sich nach dem Stoffhund bücken, doch Nelia war schneller.

„Lass das, du machst ihn mit deinen ungeschickten Händen noch mehr kaputt. Geh schon, damit du ins Bett kommst. Ich werde dem Hund seinen Kopf wieder annähen, dann komme ich nach. Lass die Türe einen Spalt offenstehen, damit ich unbemerkt ins Haus schlüpfen kann."

Falk ging zur Kammertüre, drehte sich aber mit süffisantem Grinsen nochmals um. „Lasst euch bloß nicht von Vater erwischen. Er würde Nelia für alle Zeiten ins Kloster stecken, wenn er sie mit einem einfachen Bediensteten erwischt. Und dich, mein Freund, würde er vom Hengst zum Wallach degradieren." Er lachte wiehernd über seinen derben Witz. Dann fiel die Türe endgültig hinter ihm ins Schloss. Nelia wandte sich kopfschüttelnd an Simon und sagte gespielt empört.

„Was denkt Falk eigentlich von uns? Hast du irgendwo Nadel und Faden? Ich nähe den Kopf wieder an."

„Das musst du nicht tun, Nelia. Ich kann das ebenso gut selbst machen. Es ist ja auch halb so schlimm. Sieh doch, von der Naht sind nur ein paar Stiche aufgegangen. Geh lieber mit deinem Bruder ins Haus. Falk hat ganz recht, wenn dein Vater bemerkt, dass du hier mit mir alleine bist, denkt er weiß Gott was." Er nahm ihr den Hund sanft aus den Händen und legte ihn hinter sich aufs Bett.

Ihm war tatsächlich nicht besonders wohl bei dem Gedanken, vom Freiherrn alleine mit dessen Tochter überrascht zu werden. Er wusste welche Standesdünkel der Burgherr hatte, für Nelia kam höchstens ein Adliger mit langem Stammbaum in Frage. Auf keinen Fall ein abgerissener Stallbursche wie er.

Nichtsdestotrotz spürte er leise Erregung in sich aufkeimen. Schon seit er denken konnte, war er in Nelia vernarrt. Und Falks Worte brachten ihm jetzt zum ersten Mal richtig ins Bewusstsein, dass er sich tatsächlich schon lange in sie verliebt hatte. Bisher ließ er diesen Gedanken nie in sich aufkeimen. Schon gar nicht wollte er darüber nachdenken, wie sie wohl zu ihm stand. Er war sich seines niederen Standes sehr wohl bewusst. Aber jetzt..., sie war ihm so nahe, und sie schaute ihn so erwartungsvoll an.

Ehe sie beide zur Besinnung kam, war es schon geschehen. Sie lag in seinen Armen, dicht an ihn gepresst. Und ihre Lippen lagen auf den seinen. Es war, als hätte Falks Warnung ihnen erst gezeigt, wie es wirklich um sie stand. Trotz ihrer jungen Jahre wusste Nelia sehr genau, was sie wollte, nämlich Simon. Ihr Mund öffnete sich leicht und sie stieß seine geschlossenen Lippen leicht mit ihrer Zungenspitze an.

Völlig perplex riss er die Augen auf. Aber er reagierte instinktiv auf die süße Versuchung. Voller Hunger küsste er sie und war kein bisschen unsicher, ob er es richtig machte. Er hatte noch nie zuvor ein Mädchen geküsst – welches auch? Die Mägde waren allesamt zu alt für ihn und meist nicht besonders ansehnlich. Außerdem kam für ihn niemals eine andere als Nelia in Frage.

Natürlich hatte er schon ab und zu einmal eine Magd mit einem Knecht zusammen im Stroh ertappt. Der Anblick war ihm inzwischen fast so vertraut, wie der Paarungsakt der Tiere auf dem Burghof. Es hatte ihn zwar interessiert, aber er war bisher nicht darauf erpicht gewesen, es ebenfalls auszuprobieren.

Nun, in Nelias Armen änderte sich das. Er konnte er sich nichts Schöneres vorstellen, als jetzt und hier mit ihr vereint zu sein. Und ihr schien es ebenso zu ergehen. Plötzlich lagen sie zusammen auf seiner primitiven Bettstatt und küssten sich innig. Simons Hand wanderte wie von selbst zu Nelias festen, kleinen Brüsten und streichelten sie sanft. Sie schnurrte wie eine Katze und drückte sich noch fester an ihn. Seine offensichtliche Erregung, die sich unter der dem dünnen Stoff, seiner Hose deutlich abzeichnete, schien sie nicht zu erschrecken.

Als die Türe ins Schloss geschmettert wurde, war es längst zu spät, zu reagieren. Weder Simon, noch Nelia hatten im Sinnenrausch die polternden Schritte auf dem Flur wahrgenommen. Jetzt fiel der drohende Schatten des Freiherrn über sie beide.

Nelias Vater packte Nelia mit einem Wutschrei an den geflochtenen Zöpfen und zog sie von Simon weg. Als sie sich erschrocken in die Zimmerecke flüchtete, schrie er sie mit sich überschlagender Stimme an und schickte sie aus dem Zimmer. Nelia fand schnell ihre Fassung wieder und schüttelte, zwar ängstlich, aber störrisch den Kopf. Sie wollte Simon auf keinen Fall mit ihrem wütenden Vater alleine lassen.

„Es war alleine meine Schuld!" rief sie verzweifelt aus und wollte sich zwischen Simon und ihren Vater stellen. Aber er packte sie grob an der Schulter und stieß sie in Richtung Türe. „Geh auf dein Zimmer!" donnerte er. „Oder ich schwöre dir, dass ich diesen Bastard vor deinen Augen umbringe."

„Bitte geh, Nelia", bat Simon sie leise aber vernehmlich. Er wollte auf keinen Fall, dass sie Zeugin der folgenden Szenen wurde. Was immer der Freiherr auch mit ihm anstellen würde, es war bestimmt nicht für die Augen eines Mädchens bestimmt.

Nelia schaute gehetzt von einem zum anderen. Als sie Simons flehenden Blick sah, ahnte sie, was in ihm vorging. Nein, sie wollte ihm auf keinen Fall die zusätzliche Schmach antun, Zeugin seiner Bestrafung zu werden. Abrupt drehte sie sich um und floh aus der kleinen Kammer. Wie von Teufeln gehetzt, lief sie zur offenstehenden Burgtür, schlüpfte hindurch und rannte die Treppe hinauf zu ihrem Zimmer. Dort warf sie sich weinend auf ihr Bett und presste die Hände auf ihre Ohren. Dennoch meinte sie Simons Schmerzensschreie zu vernehmen.

Kapitel 4: Auf dem Weg nach Aschaffenburg

Simon zitterte vor Nervosität, als der Freiherr jetzt langsam und drohend auf ihn zukam. Gerne hätte er mannhaft und mit unbewegten Gesichtszügen zu ihm aufgestarrt, aber die Angst schnürte ihm die Kehle zu. Nur zu gut kannte er die unbeherrschte Wut des Burgbesitzers. Fast alle Bediensteten mussten schon darunter leiden.

Bisher hatte ihn diese Wut noch nicht mit ganzer Härte getroffen, nur ab und zu war er einmal für ein Vergehen mit der Reitpeitsche bestraft worden. Doch das hatte Hunold von Kilchenstein nie selbst ausgeführt, sondern nur angeordnet. Meist war Simon dann vom Stallmeister verprügelt worden, der gleichzeitig für dieses unbeliebte Amt zuständig war. Die Streiche mit der Gerte waren zwar stets schmerzhaft, aber nie mit brutaler Härte ausgeführt worden. Doch als er nun in die Augen seines Herrn sah, packte ihn nacktes Grauen. Nein, heute konnte er kaum Milde erhoffen.

Ohne ein Wort zu sagen, packte Hunold seinen Stiefsohn am Arm und zog ihn hoch. Dabei starrte er mit solcher Kälte auf ihn, dass es Simon fast schlecht wurde. Willenlos gehorchte er dem Griff des kräftigen Mannes, unfähig auch nur eine Bewegung zu seiner Verteidigung zu machen. In seinen Ohren sang das Blut, so dass er kaum verstand, was der Freiherr jetzt zu ihm sagte. Es war ihm auch egal, er war sich sicher, diese Nacht nicht zu überleben. Verzweifelt zwang er sich, an Nelia zu denken. Seine letzten Gedanken sollten dem Menschen gelten, der als einziger stets zu ihm gehalten hatte. Er würde für seine Liebe zu Nelia sterben. Ergeben schloss er die Augen.

Hunold hatte sich mittlerweile wieder soweit in der Gewalt, dass er klar denken konnte. Aber er gierte förmlich auf Befriedigung seiner Rachegelüste.

Wie konnte dieser verhasste Bastard es wagen, seine Tochter anzufassen? Mit Wonne würde er ihm dafür den Hals umdrehen. Doch daran durfte er nicht einmal denken. Dieser ahnungslose Bursche war leider viel zu wertvoll für ihn. Aber eine deftige Abreibung konnte dem Bengel nicht schaden. Ich darf ihn zwar nicht töten, sagte er sich in Gedanken vor, aber ich werde ihn lehren, sich an meiner Tochter zu vergreifen. Wenn ich mit ihm fertig bin, wird er diese Frechheit nie wieder wagen.

Er schlug Simon mit wohlberechneten Hieben. Jedes Mal, wenn er dessen gepeinigtes Stöhnen vernahm, lief ihm ein Schauer der Freude durch den Körper. Dass sich der Junge absolut nicht wehrte, störte Hunold nicht. Im Gegenteil, er genoss seine Macht über den Sohn seines einstmals besten Freundes. Er machte Simon schon lange für all die Unannehmlichkeiten verantwortlich, mit denen er seit dem Verschwinden der Dokumente zu kämpfen hatte. Am liebsten hätte er noch länger auf ihn eingeprügelt. Doch dann siegte seine Kaltblütigkeit. Er konnte es nicht riskieren, den Jungen aus Versehen totzuschlagen. Deshalb ließ er nun schwer atmend von ihm ab.

„Ich hoffe, das reicht dir für alle Zeiten", knurrte er schroff und stieß den schlaffen Körper seines Opfers auf das Bett. Simon gab auch jetzt keine Antwort. Er war einer Ohnmacht nahe, Schmerzwellen tobten durch seinen gepeinigten Leib. Er registrierte kaum, dass der Freiherr endlich von ihm abließ. Würgend krümmte er sich auf dem Bett zusammen und erbrach sich.

Hunold war nun doch ein wenig besorgt. Hatte er zu oft und zu fest zugeschlagen? Wenn sich Simon nochmals erbrach, würde er am Ende ersticken, denn er lag nun mit ausgebreiteten Armen hingestreckt auf dem Rücken. Entschlossen packte er ihn deshalb an der Schulter und warf ihn auf den Bauch. Nun hing Simons Kopf über den Bettrand.

Der Freiherr überlegte kurz, dann verließ er mit schnellen Schritten die Kammer. Er würde vorsichtshalber einen der Knechte zu dem Jungen schicken. Der alte Hannes verstand einiges vom Heilen, zumindest was das Vieh betraf. Er würde sicher auch Simon wieder auf die Beine bringen. Energisch klopfte er an die Kammertüre des Alten.

Simon erwachte mit einem leisen Wimmern. Er fühlte sich wie durch den Fleischwolf gedreht. Es gab kaum einen Fleck an seinem Körper, der ihm nicht wehtat. Außerdem war ihm noch immer speiübel. Aber er hatte sich in der Nacht so oft übergeben, es gab bestimmt keinen einzigen Krümel mehr in seinem Magen den er noch hochwürgen konnte. Nur mit Mühe gelang es ihm, sich an die Ereignisse des vergangenen Abends zu erinnern.

„Nelia!" stieß er hervor und versuchte, sich aufzusetzen. Was war mit ihr geschehen? Hatte ihr Vater sie etwa auch so unbarmherzig verprügelt?

„Ihr geht es gut", ertönte Hannes' Stimme neben ihm. Sehen konnte Simon den alten Mann nicht, seine Augen waren zugeschwollen. „Nelia war heute früh hier, zusammen mit ihrem Vater. Er zwang sie, dich genau anzusehen, damit sie weiß was dir blüht, sollte sie sich nochmals mit dir einlassen. Das arme Ding. Sie war entsetzt als sie dich sah. Hat Rotz und Wasser geflennt."

„Oh Gott. Sie hat mich so gesehen? Ich sehe bestimmt fürchterlich aus." Simon schlug die Hände vors Gesicht, zog sie aber mit einem leisen Schrei sofort wieder zurück. Seine Gesichtshaut brannte wie Feuer und seine verschwollenen Augenlider schienen zu platzen. Erst als ihm Hannes ein feuchtes, kaltes Tuch auf sein zerschundenes Gesicht legte, spürte er ein wenig Linderung.

„Du musst dir ja etwas ganz Tolles geleistet haben, dass dich der Freiherr so durch die Mangel gedreht hat. Hat es etwas mit seiner Tochter zu tun?"

Simon winkte schwach ab, bestimmt kannte Hannes bereits die Geschichte. Genau wie alle anderen auf der Burg. Neuigkeiten sprachen sich hier immer in Windeseile herum. Gütiger Himmel, dachte er mit einem Anflug von Ironie. Ich kann mir schon jetzt den Spott der Knechte ausmalen. Sie werden mich wochenlang deswegen hänseln.

Am nächsten Morgen hatte er das Schlimmste überstanden. Seine Augenlider schwollen langsam ab, er konnte endlich wieder sehen. Die Übelkeit ließ auch langsam nach, die Kopfschmerzen hielten sich jedoch hartnäckig. Er konnte ein wenig von der Fleischbrühe schlucken, die ihm Hannes einflößte und behielt sie sogar bei sich. Sein junger Körper erholte sich überraschend schnell. Doch er fühlte eine große Müdigkeit in sich, und zu seiner Verwunderung ließ man ihn schlafen, so lange er wollte.

Einmal hörte er Pferde wiehern und Kutschenräder über das Kopfsteinpflaster rollen, wurde aber nicht richtig wach. Später wusste er nicht, ob er vielleicht nur geträumt hatte.

Am Abend lag er wach auf seinem Bett und starrte die Decke an. Hannes war zu seinen gewohnten Arbeiten zurückgekehrt, nachdem er sicher war, Simon wäre über den Berg. Nur ab und zu streckte er einmal den Kopf kurz ins Zimmer um nach dem Rechten zu sehen.

Simon war nicht mehr müde. Er hatte den Tag über so viel geschlafen, dass er jetzt am liebsten einen Spaziergang gemacht hätte. Aber die Schmerzen in seinen Muskeln hielten ihn davon ab. Außerdem wollte er nicht unbedingt heute schon seinen Arbeitskollegen über den Weg laufen. Er würde deren Sticheleien noch früh genug ertragen müssen.

Das leise Klopfen an der Türe schreckte ihn aus seinen trüben Gedanken. Nelia, dachte er und sein Herz machte einen schmerzhaften Sprung. Er wusste nicht, ob er über eine Begegnung mit ihr erfreut oder entsetzt sein sollte. Doch bevor er länger nachdenken konnte, öffnete sich schon die Türe. Herein kam nicht etwa Nelia, sondern deren Zofe Sofia. Enttäuscht ließ Simon sich wieder aufs Bett zurücksinken.

Sofia trat an sein Bett und schlug erschrocken eine Hand vor den Mund als sie seine, in allen Regenbogenfarben schillernden Blessuren sah. Mitleidig schüttelte sie den Kopf. „Dieses Schwein!" hauchte sie und Simon sah sie nun interessiert an. Ihr Mitgefühl und ihre Erzürnung taten ihm gut. Sie riss ihren Blick von seinem lädierten Gesicht los und kramte in den Falten ihrer Röcke. Endlich fand sie, was sie suchte und zog einen schmalen Briefumschlag hervor den sie ihm fast feierlich überreichte.

„Den soll ich dir von Kornelia bringen", hauchte sie. Sie war noch jung, kaum älter als ihr Schützling und ziemlich schüchtern. Auch jetzt sah sie sich gehetzt um, so als suche sie nach einem Fluchtweg.

Simon griff verwundert nach dem Brief. „Was ist mit Nelia? Darf sie nicht mehr zu mir kommen?" Dumme Frage, antwortete er sich selbst. Natürlich hat ihr Vater ihr den weiteren Umgang mit mir streng untersagt. Niedergeschlagen starrte er auf den Umschlag. Ganz sicher war es ein Abschiedsbrief.

Er wollte ihn nicht im Beisein der jungen Zofe öffnen. Er war sich nicht sicher, ob er seine Gefühle genügend in der Gewalt hatte. Sofia sollte nicht sehen, wenn er weinte.

„Kornelia ist nicht mehr hier. Ihr Vater hat sie weggebracht. Ins Kloster."

„Ins Kloster?" Simon schrie es fast. „Wieso ins Kloster? Soll sie etwa Nonne werden?"

Sofia wurde blass als er sie anschrie. Vor Aufregung brachte sie kein Wort hervor. Schnell entschuldigte er sich bei ihr. „Erzähle mir bitte alles, was du weißt", bat er sie dann.

„Nein, sie soll keine Nonne werden. Sie muss nur für einige Zeit im Kloster leben. Solange, bis ihr Vater einen passenden Ehemann für sie gefunden hat."

„Aber..., aber wohin hat er sie denn gebracht? Ist es weit weg?" Werde ich sie jemals wiedersehen? fragte er sich bedrückt. Höchstens, wenn es zu spät ist und sie schon irgendeinen reichen Schnösel geheiratet hat. Ernüchtert schloss er die Augen. Hatte er wirklich gedacht, er wäre der richtige Mann für Nelia? Er lachte trocken auf, doch es klang eher wie ein verzweifeltes Schluchzen.

Sofia blickte verwundert auf ihn nieder. Sie konnte seine widersprüchlichen Gefühle natürlich nicht ahnen. Er kam ihr seltsam vor. Um möglichst schnell wieder fortzukommen, antwortete sie hastig.

„Der Freiherr hat sie nach Aschaffenburg gebracht. Dort befindet sich ein Kloster, in dem seine Schwester Äbtissin ist. In deren Obhut hat er Kornelia gegeben. Sie hat schrecklich geweint und gebettelt, hierbleiben zu dürfen, aber er hat sich nicht erweichen lassen. Da hat sie sich hingesetzt und dir diesen Brief geschrieben. Ich sollte ihn dir erst geben, wenn sie schon unterwegs ist, hat sie mir aufgetragen. Denn ihr Vater durfte nichts davon wissen."

Es war also doch kein Traum gewesen, als er die Kutsche gehört hatte. Simon seufzte schwer. Während er vor sich hindämmerte, war Nelia aus seinem Leben gerissen worden. Dabei hatten sie doch gerade erst begonnen, zueinander zu finden.

Er zwang sich, nicht an den nagenden Verlust zu denken, den ihr Verschwinden in ihm hinterließ. Deshalb fragte er. „Wer ist mit ihr gefahren? Nur ihr Vater oder auch Falk?" Er wusste nicht genau, weshalb er das fragte. Aber die Antwort schien ihm aus irgendeinem Grunde wichtig.

„Sie sind zu dritt gefahren. Der Freiherr und sein Sohn werden, nachdem sie Kornelia im Kloster abgeliefert haben, ihre Geschäftsreise antreten. Sie kommen erst frühestens in zwei Wochen wieder zur Burg zurück."

„Was ist mit dir, warum haben sie dich nicht mitgenommen? Schließlich bist du Nelias Zofe. Was wirst du jetzt machen?" Eigentlich interessierte ihn Sofias weiterer Verbleib kaum, aber sie sah so unglücklich drein, dass er meinte, irgendetwas zu ihr sagen zu müssen.

Sie zuckte unschlüssig die Achseln. „Im Kloster braucht Kornelia keine Zofe. Aber hier bleibe ich auch nicht. Ich habe Angst vor dem Freiherrn. Er schaut mich manchmal so... lüstern an. Und wenn er mir alleine begegnet, versucht er immer, mich anzufassen. Er ist mir nicht geheuer, deshalb werde ich wohl in die Stadt zurückgehen. Vielleicht nimmt mich ja Tante Edda wieder auf. Sie ist meine einzige Verwandte und hat früher auf der Burg gearbeitet. Sie hat mir geraten, die Stelle als Zofe anzunehmen."

Der Name ihrer Tante berührte Simon auf seltsame Weise. Edda. Irgendwie kam ihm der Name vertraut vor. Ja, einen flüchtigen Moment sah er sogar ein Gesicht vor seinem geistigen Auge. Doch ehe er sich darauf konzentrieren konnte, verschwand es wieder. Neugierig fragte er. „Deine Tante hat hier gearbeitet? Ich meine, ich kann mich düster an eine Edda erinnern. Wie heißt sie denn mit Nachnamen?"

Er wusste selbst nicht, warum er das fragte. Aber es interessierte ihn brennend. Edda..., Edda..., nein, er kam einfach nicht darauf.

„Brunner. Edda Brunner. Sie wohnt gleich gegenüber des großen Stadttores. Ihr Häuschen ist nur klein, aber sie lebt dort alleine und ich hoffe, sie nimmt mich wieder auf. Ich wüsste sonst nicht, wo ich hin soll. So, nun muss ich mich aber schicken. Ich will heute noch meine Sachen packen und morgen in aller Frühe von hier weggehen. Also, mach's gut, Simon." Sie deutete auf sein lädiertes Gesicht. „Ich wünsche dir gute Besserung."

Er war froh, als Sofia sich von ihm verabschiedete. Plötzlich war er voller Unruhe. Zuerst wollte er Nelias Nachricht lesen, er war gespannt, was sie ihm mitteilen wollte. Mit leicht zittrigen Fingern zerbrach er das Wachssiegel, und überflog erst einmal die Zeilen. Dann begann er erneut, dieses Mal langsam zu lesen. Die schwungvolle Schrift war ihm vertraut, wehmütig las er:

Mein geliebter Simon.

Leider kann ich dir nur noch auf diesem Wege mitteilen, was mir so sehr am Herzen liegt. Mein Vater hat mir verboten, noch einmal mit dir zu sprechen. Er hat mich gestern nochmals zu dir geführt, damit ich sehen könne, was es bedeutet, ihm nicht zu gehorchen. Ich werde ihn ewig hassen, für das was er dir antat.

Oh, Simon. Ich war furchtbar erschrocken, als ich dich so zerschunden und elend liegen sah. Es hat mir das Herz gebrochen, vor allem, da all das meine Schuld ist. Glaube mir, ich habe versucht, es meinem Vater zu erklären, aber er hat mir gar nicht zugehört. Und nun will er mich für lange Zeit von hier fortbringen.

Doch ich kann nicht gehen, ohne dir noch einmal zu sagen, wie sehr ich dich liebe. Das ist mir erst jetzt klar geworden. Aber es stimmt. Ich liebe dich. Und ich schwöre dir, ich werde niemals einen anderen heiraten, egal wen mein Vater mir bringen mag.

Dabei weiß ich noch nicht einmal, ob du mich ebenfalls magst. Aber eine innere Stimme sagt mir, du liebst mich ebenso.

Liebster Simon. Wenn du diese Zeilen liest, bin ich schon auf dem Weg nach Aschaffenburg, ins Kloster. Gerne würde ich dir von dort schreiben, aber das ist zu gefährlich für dich. Mein Vater würde die Briefe ganz sicher abfangen. Und er würde dich dafür büßen lassen. So bleibt mir nichts anderes übrig, als die Zeit dort zu nutzen, um dafür zu beten, dass wir eines Tages wieder zusammen sein werden.

Bitte vergiss mich nicht.

Deine Nelia.

Simon las die Zeilen wieder und wieder. Er konnte es noch immer nicht fassen. Nelia liebte ihn ebenfalls. Ihn, Simon den Pferdeknecht. Vor Freude machte sein Herz einen Sprung.

Und plötzlich kam ihm die Idee. Warum sollte er es Sofia nicht gleichtun und die Burg verlassen? Je länger er darüber nachdachte, desto entschlossener wurde er. Ja, er würde Burg Hohenberg verlassen und sich auf die Suche nach Nelia machen. Zwar wusste er nicht, wie weit es nach Aschaffenburg war, auch nicht in welcher Richtung es überhaupt lag, doch er war sich sicher, die Stadt zu finden. Seine Liebe zu Nelia würde ihm den Weg weisen.

Was hielt ihn noch hier? Ganz gewiss nicht sein brutaler Herr. Und für wenig Geld und magere Kost schwer arbeiten konnte er sicher überall. Er musste sich nur getrauen den endgültigen Schritt zu wagen. Bisher war er noch niemals weit außerhalb Rothenburgs gewesen. Und die Aussicht, ganz alleine in die Welt hinauszugehen, machte ihm ein wenig Angst.

Aber wenn er sich seine blauen Flecke ansah, die seinen Körper und sein Gesicht bedeckten, schwand seine Angst vor dem Unbekannten. Ganz bestimmt war ihm der Freiherr nicht milder gesonnen, wenn er von seiner Geschäftsreise zurückkam. Und er würde ihm niemals verzeihen, angeblich fast seine Tochter geschändet zu haben. Vielleicht würde er ihn ja sogar mit

Schimpf und Schande von der Burg jagen. Simon hatte einmal mit angesehen, wie ein Knecht verjagt worden war. Der Mann war beim Stehlen von etwas Honig für sein krankes Kind erwischt worden und vom Burgherrn mit der Peitsche durchs Tor geprügelt worden. Nein, diese Demütigung wollte er nicht auch noch erdulden, da ging er lieber freiwillig.

Er löschte die Talgkerze und machte es sich auf seinem Bett so bequem, wie es seine schmerzenden Muskeln zuließen. Er starrte zu den rohen Brettern der Zimmerdecke empor. Eine dünne Mondsichel vor seinem Fenster erleuchtete die Kammer schwach. Die Schatten, sich sachte im Nachtwind bewegender Äste eines Apfelbaumes malten bizarre Muster an die Wand. Er starrte durch halbgesenkte Lider darauf. Plötzlich wurden seine Augen durch einen hellen Schein am Fußende des Bettes davon abgelenkt.

Da standen sie, die beiden lichten Gestalten, die ihm schon so oft in seinen Träumen begegnet waren. Ein großer, dunkelhaariger Mann und eine schlanke, zierliche Frau mit herrlichen blonden Locken. Der Blick aus den braunen Augen des Mannes war finster auf ihn gerichtet. Doch Simon fürchtete sich nicht, der Geist war nicht über ihn erzürnt, sondern über die Risswunden und Blutergüsse an seinem Körper. Und die Frau schaute ihn voller Mitleid an. Ihre schmale Hand strich leicht über seinen nackten Arm, aber er konnte ihre Berührung nur wie einen leisen Hauch spüren.

Noch niemals hatten sie zu ihm gesprochen. Dennoch empfand er das Erscheinen dieser Traumgeister immer als ungemein tröstlich. Er wusste in seinem Innersten, wer die beiden waren, nur hatte er sich bisher nicht getraut, sie anzusprechen. Heute wagte er es endlich.

„Mutter, Vater, was soll ich tun? Ist es richtig, von hier wegzugehen? Werdet Ihr mich begleiten oder seid Ihr an dieses Haus gebunden? Ich möchte Euch nicht verlieren, nicht Euch auch noch."

Die Lippen des Mannes bewegten sich, doch es drang kein Laut an Simons Ohr. Dennoch war er sicher, der Geist seines Vaters würde ihn in seinem Entschluss bestätigen. Auch die Augen seiner Mutter waren vertrauensvoll in die seinen gerichtet. Sie lächelte ermunternd und beugte sich zu ihm herunter, um ihn zu küssen. Glücklich schloss er die Augen.

Er erwachte durch das laute Gezeter einer Amsel direkt vor dem Fenster. Sicher strich der fette Stallkater wieder um ihr Nest, auf der Suche nach einem Frühstück. Simon wollte aufspringen, um ihn zu verjagen. Das Amselnest befand sich in einer Nische neben seinem Kammerfenster und die drei Jungen waren schon bald flügge. Es war schon beinahe zu einem morgendlichen Ritual geworden, den Kater von ihnen fernzuhalten.

Simon stieß einen wehen Laut aus, er hatte seine Blessuren vergessen und sie meldeten sich jetzt durch stechende Schmerzen. Aber tapfer hinkte er zum Fenster und stieß es auf. In der Hand hielt er seinen Nachttopf, dessen Inhalt er gezielt nach dem Kater schüttete. Mit einem entrüsteten Fauchen verschwand der verhinderte Vogelfänger hinter einem Holzstapel.

Vorsichtig dehnte Simon seine steifen Glieder, wobei er den einen oder anderen leisen Fluch ausstieß. Jede Bewegung tat ihm weh. Er tastet seine Nase, seine Wangenknochen und das Kinn ab. Alles fühlte sich noch wund an. Gerne hätte er sein Gesicht in einem Spiegel betrachtet, aber einen solch wertvollen Gegenstand besaß er nicht. Und die alte, halbblinde Glasscherbe, die er üblicherweise zum Rasieren benutzte, offenbarte ihm nur Umrisse seines Gesichts. Rasieren - so überlegte er schaudernd, würde er sich die nächsten Tage vorsichtshalber nicht. Sein Bartwuchs war auch noch nicht so stark, dass eine regelmäßige Rasur unbedingt notwendig war.

Heute Morgen war er wieder unschlüssig, ob er seinen Plan tatsächlich in die Tat umsetzten sollte. Was war er im Begriff aufzugeben? Immerhin hatte er hier ein Dach über dem Kopf und eine warme Mahlzeit am Tag. Das war zwar nicht viel, aber sein Lebensunterhalt war immerhin gesichert. Was hingegen erwartete ihn in der Fremde?

Unschlüssig ließ er seinen Blick durch das schäbige Zimmer gleiten. Wie zufällig hefteten sich seine Augen auf den Brief von Nelia. Ächzend ließ er sich aufs Bett fallen und las erneut die wenigen Zeilen. Danach stand sein Entschluss endgültig fest. Er würde die Burg verlassen und sich auf die Suche nach Nelia machen. Am besten sofort, bevor er nochmals wankend wurde.

Seine wenigen Habseligkeiten waren schnell zusammengepackt. Er verstaute sie in seinem Tuchbeutel, den er sich über die Schulter warf. Unter der Türe schaute er sich ein letztes Mal in der Kammer um, die sein Heim gewesen war. Nein, er verspürte kein Bedauern. Seit Nelia fort war, gab es hier nichts mehr, was ihn hielt. Doch halt – etwas hatte er vergessen. Eilig ging er zum Bett zurück und griff unter die Strohmatratze. Dort lag der Stoffhund, achtlos in eine Ecke gedrückt. Noch immer klaffte die Naht an seinem Hals ein wenig auseinander.

Simon betrachtete den Hund einen Moment. „Glücksbringer", murmelte er leise und verzog ein wenig verächtlich den Mund. Zumindest was seinen Zusammenprall mit Nelias Vater betraf, hatte der Talisman kläglich versagt. Dennoch nahm er nochmals die Tasche von der Schulter und stopfte das Stofftier hinein. Dann verließ er die Kammer und trat kurz darauf in den sonnenüberfluteten Burghof. Das Wetter schien es gut mit ihm zu meinen, kein Wölkchen trübte den Himmel und in der lauen Frühlingsluft lag ein

46

verheißungsvoller Duft. Sie roch nach Freiheit, fand er und schritt forsch aus. Nach Freiheit und Abenteuer...

Weder auf dem Hof, noch in den Ställen konnte er eine Menschenseele zu entdecken. Die Knechte und Mägde saßen zu dieser Zeit alle in der großen Gesindestube beim Frühstück. Simons Magen knurrte, als er ans Essen dachte. Sollte er noch mit den übrigen Bediensteten frühstücken bevor er ging? Aber dann würden sie ihm viele unangenehme Fragen stellen. Sicher sah sein Gesicht noch immer verschwollen und entstellt aus. Und der eine oder andere Knecht würde ihm die Abreibung bestimmt gönnen. Seit seiner offen-sichtlichen Freundschaft mit Nelia und Falk war er nicht mehr mit allen Arbeitskollegen gut Freund.

Also entschloss er sich, die Burg heimlich und hungrig zu verlassen. Diese eine Mahlzeit machte es auch nicht mehr aus. Er musste lernen, sich alleine durchzuschlagen. Je eher er damit anfing, umso besser. Tief einatmend schulterte er seinen Beutel und ging zum Burgtor. Es war offen und niemand in der Nähe, der es bewachte. So konnte Simon ungesehen die Burg verlassen. Als er den gewundenen Fahrweg in die Stadt entlang trabte, zwang er sich selbst, nicht mehr zurückzublicken.

Je länger er lief, desto geringer wurden seine Schmerzen. Er registrierte es mit Erleichterung. In der Stadt musste er sich manchen scheelen Blick gefallen lassen, ein paar freche Gassenjungen verspotteten ihn sogar lauthals. Doch er ließ sich nicht provozieren, zügig durchschritt er die engen Gässchen und stand bald vor dem großen Stadttor. Einen Moment überlegte er, ob er Edda aufsuchen sollte. Ihr Haus befand gegenüber des Tores hatte Sofia gesagt. Aber dann überlegte er es sich doch anders und verließ die Stadt. Was hätte er diese Edda auch fragen sollen? Sicher konnte sie sich nicht einmal mehr an ihn erinnern.

Auf der Straße herrschte viel Verkehr. Pferdefuhrwerke oder Ochsenkarren transportierten alle Arten von Lasten in die Stadt, oder aus ihr heraus. Vornehm gekleidete Reiter auf Vollblütern waren ebenso unterwegs wie einfache Passanten auf gewöhnlichen Gäulen oder, wie er selbst, zu Fuß. Mehr als einmal wurde er von einer rasch vorüberziehenden Kutsche in Staubwolken eingehüllt.

Vorerst war es für Simon einfach, den Weg nicht zu verlieren. Es gab nur diese eine Straße, sie zog sich kilometerweit und gut sichtbar durchs Land. Die kleinen Wege, die links und rechts abzweigten führten alle in abseits gelegene Dörfer, die Simon nicht interessierten. Bisher hatte er es noch nicht gewagt, jemanden anzusprechen und nach dem Weg zu fragen. Doch nun gabelte sich die Straße zum ersten Mal und er wusste nicht, welchem Weg er weiterhin folgen musste.

Unschlüssig ließ er sich ins staubige Gras am Straßenrand nieder und umfasste seine Knie mit den Armen. Er fühlte sich erschöpft und sein Magen krampfte sich vor Hunger schmerzhaft zusammen. Doch außer eiskaltem Wasser aus einem kleinen Bächlein konnte er ihm nichts bieten. Jetzt, Mitte Mai gab es auch noch keine Früchte, die er hätte pflücken können. Er blickte zum Himmel. Nach dem Stand der Sonne zu urteilen, musste es bereits Nachmittag sein.

Langsam kroch gelinde Angst in ihm hoch. Wo sollte er die Nacht verbringen? Und was konnte er essen? Das Gras am Wegrand sah nicht aus, als ob es sich als Mahlzeit eignete. Wenn er wenigstens etwas von Kräutern verstünde, sicher wuchs so manche genießbare Pflanze in den Wiesen oder am Waldrand. Aber auch genauso viel Unkraut und vielleicht sogar giftiges Zeug. Er hatte nie die Unterschiede kennengelernt.

Ein Fuhrwerk zog an ihm vorbei, er überlegte, ob er es anhalten sollte um wenigstens nach dem Weg zu fragen. Doch dann verwarf er den Gedanken wieder. So, wie er aussah bot er kein vertrauenswürdiges Bild, das hatte er im Laufe des Tages mitbekommen. Viele der Reisenden, denen er begegnete, hatten ihn neugierig, oder auch erschrocken gemustert. Sicher hielten sie ihn für einen Raufbold oder ähnliches. Jedenfalls beeilten sich alle, an ihm vorbeizukommen.

Ein Schatten fiel auf sein Gesicht und er sah auf. Vor ihm stand ein Bursche, etwa in seinem Alter und wohl ebenfalls auf der Wanderschaft. Er trug seinen Packen an einem langen Stecken über die Schulter. Als er Simons verbeultes Gesicht sah, grinste er schief.

„Na, bist wohl gegen eine Wand gelaufen, was? Oder etwa gegen eine Faust?" Er setzte sich neben ihn ins Gras und streckte ihm die Hand hin.

„Ich bin Philipp. Wie heißt du und wo willst du hin? Du siehst ziemlich marode aus."

Simon gab ihm nach kurzem Zögern die Hand. „Ich heiße Simon und bin auf dem Weg nach Aschaffenburg. Leider habe ich keine Ahnung, in welche Richtung ich weiterlaufen muss. Kannst du mir vielleicht helfen?"

Philipp warf ihm einen abschätzenden Blick zu, dann nickte er nachdenklich. „Aber sicher. Du bist noch nicht sehr lange unterwegs, stimmt's? Siehst aus, als wenn du von zu Hause weggelaufen bist. Hat dich dein Alter so arg vertrimmt?"

„So ähnlich, ja."

Er erzählte ihm in groben Zügen seine Geschichte ohne dabei einen Namen zu nennen. Philipp schien beeindruckt. Er stieß einen leisen Pfiff aus.

„Und jetzt willst du die Kleine suchen gehen? Alle Achtung, da hast du dir viel vorgenommen."

„Das ist mir inzwischen auch schon klar geworden. Ich hatte es mir ehrlich gesagt anders vorgestellt. Mein Aufbruch war wohl ein wenig überstürzt. Ich habe noch nicht einmal daran gedacht, mir etwas Essbares mitzunehmen. Und Geld habe ich auch kaum dabei, nur ein paar Kupfermünzen. Außerdem habe ich keine Ahnung, wie ich nach Aschaffenburg komme."

Philipp schlug ihm tröstend auf die Schulter. Prahlerisch meinte er. „Aber du hast mich getroffen. Ich bin schon wochenlang ohne einen Pfennig unterwegs. Und ich weiß, wie man es anstellt eine warme Mahlzeit und ein Bett für die Nacht zu bekommen. Wo dieses Aschaffenburg liegen soll, ist mir allerdings auch unbekannt. Aber irgendjemand kann uns bestimmt weiterhelfen."

Er stand unternehmungslustig auf und zog Simon am Arm hoch. „Komm mit. Ich werde dich in die tieferen Geheimnisse des Wanderlebens einführen. Vertrau mir und mache mir einfach alles nach. Du wirst staunen, wie leicht es ist, zu einer kräftigen Mahlzeit und einem Bett für die Nacht zu kommen."

Er grinste breit über sein sommersprossiges Gesicht und rieb sich mit der Hand über die struppigen, rotblonden Haare. „Nicht verzagen, Philipp fragen."

Kapitel 5: Ein unfreiwilliges Bad im Main

Sie wanderten noch ein gutes Stück weiter die Landstraße entlang, dann schlug Philipp den Weg ins nächste Dorf ein.

„Dort hinter dem Buchenhain liegt ein kleines Kloster. Da werden wir hingehen. Denk dir einstweilen eine plausibel klingende kleine Geschichte aus. Nur sag um Gottes Willen nicht, dass du verprügelt wurdest, weil du die Tochter deines Herrn verführen wolltest. Das würden die guten Mönche auf keinen Fall billigen. Denk dir lieber was Dramatisches aus. Das wirkt immer."

„Und du? Was wirst du ihnen erzählen?"

Philipp winkte lässig ab. „Meine Geschichte kennen sie schon lange. Ich komme alle paar Wochen hier vorbei. Ich habe ihnen schon vor einiger Zeit erzählt, ich hätte ein Gelübde abgelegt, solange sämtliche Wallfahrtsorte und Kirchen zu besuchen, bis ich meine verschollene Familie wiederfände. Das erzähle ich übrigens auch in all den anderen Klöstern und Pfarreien, die ich regelmäßig aufsuche. Natürlich schmücke ich meine Geschichte mit allerlei frommen Sprüchen aus, mit denen ich dich nicht langweilen will. Aber die Mönche und Priester hören so etwas gerne und zeigen sich danach immer sehr spendabel."

„Du meinst, ich soll ihnen etwas vorlügen? Aber das wäre doch eine Sünde." Simon schaute unbehaglich auf das Profil seines Weggenossen. Doch der lachte nur und kickte einen Stein davon.

„Ach was, Sünde. Höchstens eine kleine Notlüge.

Wenn du dir eine traurig klingende Geschichte ausdenkst, so kannst du damit jeden Abend in einem anderen Kloster hausieren gehen. Auf diese Weise musst du wenigstens nicht Hunger leiden. Natürlich kannst du dir deine Mahlzeiten auch durch Arbeit verdienen. Aber dann kommst du eben erst in ein paar Wochen an deinem Ziel an. Entweder arbeitest du, oder du wanderst. So einfach ist das. Suche dir aus, was dir lieber ist. Mir ist es gleich. Ich kann dir nur einen Tipp geben."

Simon überlegte nicht lange. Er wollte so schnell als möglich nach Aschaffenburg kommen. Und Philipp hatte sicher Recht. Es war ja nur eine Notlüge. Er würde dafür schon nicht in der Hölle landen. Auf dem restlichen Weg zum Kloster knobelten sie gemeinsam eine anrührende Geschichte aus. Wenn sie funktionierte, wollte Simon sie auf seinem weiteren Weg noch mehrmals benutzen. Kurze Zeit später standen sie vor der Pforte des Klostertors. Philipp klopfte energisch an und nahm dann seine Kappe in die Hand. Als die Türe von einem unglaublich dicken Mönch geöffnet wurde, grinste er ein wenig einfältig.

„Guten Abend, Bruder Aloisius, dürfen ich und mein Freund hier um eine Mahlzeit und um ein Nachtlager bitten?"

„Ah, Philipp, Gott segne dich, mein Junge. Du warst schon lange nicht mehr hier. Aber wen bringst du uns denn da mit? Hat der junge Mann einen Unfall gehabt? Oder hat er sich geschlagen?" Der dicke Mönch betrachtete Simon mit einer Mischung aus Missbilligung und Neugier.

„Nein, nein. Er hatte keine Schlägerei. Es war ein schrecklicher Unfall." Unauffällig stieß Philipp Simon den Ellenbogen in die Seite und der begann in traurigem Tonfall zu erzählen. „Ich war mit meinem Lehrherrn, einem Kaufmann unterwegs. Da scheuten seine Pferde vor einem Fuchs, der über die Straße lief. Die Tiere gingen durch und schließlich stürzte der Wagen um. Ich wurde vom Bock geschleudert und blieb bewusstlos liegen. Als ich schließlich erwachte, sah ich meinen Herrn liegen. Tot, sein Genick war bei dem Sturz gebrochen. Ich habe ihn zu seinem Haus gebracht, zu seiner Familie. Und nun bin ich arbeitslos und auf dem Weg zurück nach Hause. Leider besitze ich kein Geld um mit der Kutsche zu fahren. Aber ich will unbedingt wieder nach Hause zu meiner Mutter. Sie ist Witwe, müsst Ihr wissen. Ich muss sie unterstützen."

Betreten blickte er zu Boden, er schämte sich, weil er den freundlichen Mönch so dreist anlog. Aber das vernehmliche Knurren seines Magens machte ihm klar, was Philipp schon gesagt hatte: Der Zweck heiligt die Mittel.

Es funktionierte tatsächlich. Bruder Aloisius schaute ihn mitleidig an und schickte seine Gäste dann in den großen Speisesaal. Philipp ging voran, er kannte den Weg schon bestens. Im Saal saßen die Mönche gerade beim Tischgebet. Die beiden Jungen setzten sich still an das Ende der Tafel, wo anscheinend immer ein paar Teller für Bedürftige aufgestellt waren. Außer ihnen saß noch ein zerlumpter Mann da, sie nahmen neben ihm Platz und falteten die Hände zum Gebet.

Es gab Graupensuppe mit kräftigem Schwarzbrot und danach - weil Freitag war - geräucherte Forellen und Kartoffeln. Auf dem Tisch standen Krüge mit verdünntem Wein. Simon langte herzhaft zu und nahm sich noch mehr von den Kartoffeln. Es schmeckte ihm ausgezeichnet.

Nach dem Essen gingen sie mit den Mönchen zur Abendandacht in die kleine Klosterkapelle. Philipp raunte ihm zu, dass das eine lästige Pflicht sei, aber Simon störte sich nicht daran. Er lauschte andächtig den Gebeten und dem Gesang der tiefen Männerstimmen.

Nach der Andacht bekamen sie eine winzige Zelle zugewiesen, in der sich nur zwei Strohmatratzen befanden auf die dünne Decken lagen. Sie rollten sich darin ein und machten es sich bequem. Eine Zeitlang unterhielten sie sich noch leise, dann forderten die ungewohnten Strapazen ihren Tribut von Simons Körper. Er schlief tief und fest bis ein Mönch sie zur Morgenandacht weckte. Nach einem Frühstück, bestehend aus Graubrot, Marmelade und Tee verließen sie die gastfreundlichen Mönche um ihren Weg fortzusetzen. Zuvor hatte Simon noch nach der Wegstrecke gefragt. Ein hagerer Mönch nahm ihn mit in die Bibliothek des Klosters, wo er eine große, gezeichnete Karte entrollte. Er fuhr mit dem Finger verschlungene Linien entlang. Dann deutete er auf einen Punkt.

„Da. Da liegt Aschaffenburg. Es ist eine ganz schöne Ecke von hier entfernt. Ich schätze, zu Fuß bist du einige Tage unterwegs."

„Und wie komme ich dorthin? Gibt es eine Straße, an der ich mich orientieren kann?" Simon konnte auf der Landkarte absolut nichts erkennen. Da waren nur grüne oder braune Flecken. Ab und zu befand sich ein Kreis oder Punkt dazwischen, neben dem ein Name stand. Das waren Städte oder Dörfer, vermutete er. Außerdem sah er noch blaue und schwarze Linien, die ihm nichts sagten.

„Das sind die Straßen." Der Mönch deutete auf die schwarzen Linien. „Wie du siehst, sind es viele, die in alle Richtungen führen. Sicher gibt es an Kreuzungen Wegweiser, die dir den weiteren Weg anzeigen. Aber du wirst öfter andere Reisende fragen müssen. Am besten ist es, du hältst dich an die Flüsse." Er deutete auf die blauen Linien. „Hier, das ist die Tauber. Ihr kannst du folgen, bis du in einen Ort kommst, der sich Wertheim nennt."

Er deutete erneut auf einen Punkt über dem in schnörkeliger Schrift *Wertheim* stand. Dann fuhr er mit dem Finger weiter. „In Wertheim fließ die Tauber in den Main, das ist ein wesentlich breiterer Fluss. Wenn du immer weiter am Main entlang gehst, wirst du genau in Aschaffenburg ankommen." Er tippte energisch mit dem Zeigefinger auf einen Punkt über dem *Aschaffenburg* stand. Simon starrte lange auf die Karte. Der Weg kam ihm elend lang vor. Ein paar Tage, sagte der Mönch. Wenn er sich die lange Strecke ansah, hielt er ein paar Wochen für wahrscheinlicher. Wieviel Wegstrecke konnte man an einem Tag laufen? Er hatte nicht die geringste Ahnung. Aber er wurde in seinem Entschluss nicht wankend. Er würde nach Aschaffenburg gehen und Nelia aus dem Kloster befreien. Über das, was danach geschah, machte er sich jetzt noch keine Gedanken.

Artig bedankte er sich für die freundliche Hilfe des Mönches. Dann verließ er zusammen mit Philipp das Kloster. Der Bruder, der für die Küche zuständig war, hatte ihnen das übriggeblieben Brot vom Frühstück eingepackt und zugesteckt. Es war ein großes Paket, das Simon von der Sorge um die nächste Mahlzeit befreite. Außer dem Brot befanden sich noch einige Äpfel darin.

Philipp ging noch ein Stück des Weges mit Simon, dann verabschiedete er sich. Simon bedankte sich sehr herzlich für seine Hilfe. Nachdem sich ihre Wege getrennt hatten, machte er sich auf die Suche nach dem Flüsschen Tauber. Er wusste in etwa die Richtung und bald hörte er das Schnattern von Enten. Kurz darauf stand er am Ufer der Tauber, die träge dahin floss. Er warf ein Stöckchen hinein um die Fließrichtung zu bestimmen und lief dann eine Weile direkt neben dem Wasser her. Irgendwann entdeckte er eine Straße, die parallel mit der Tauber lief. Fortan ging er darauf weiter, was natürlich viel einfacher war. Als der Abend nahte, hoffte er auf einen Ort zu treffen. Aber es war weit und breit nichts außer einem einsam gelegenen Bauernhaus zu sehen. Er ging darauf zu und pochte unsicher an die Türe.

Die Bauersleute waren nicht so gastfreundlich, wie die Mönche. Es gab kein Essen aber immerhin durfte er in der Scheune übernachten. Müde legte er sich ins Heu und kaute auf einem Apfel, den er sich wohlweislich aufgespart hatte. Bald fielen ihm die Augen zu.

So lief er zwei weitere Tage unermüdlich immer an der Tauber entlang, dann war er in Wertheim. Die Stadt, mit dem prächtigen Schloss auf dem Hügel erinnerte ihn ein wenig an Rothenburg. Prompt bekam er Heimweh, doch energisch unterdrückte er diese Gefühlswallung. Unbewusst langte er sich ins Gesicht, wo die Spuren der Misshandlung langsam abheilten. Das kurierte sein Heimweh sofort. Nein, schwor er sich, er würde nie mehr nach Rothenburg zurückkehren.

In Wertheim machte er ein paar Tage Zwischenstation. Er wollte versuchen, ein wenig Geld zu verdienen. Philipps Plan mit den Klöstern und Kirchen hatte nicht geklappt. Das lag wahrscheinlich hauptsächlich daran, dass Simon keine Ahnung hatte, wo er die Klöster finden konnte. So war er ziemlich hungrig, als er in Wertheim eintraf.

Doch heute war ihm das Glück hold. Er traf auf einen Bauern, der dringend Arbeiter suchte. Seine Scheune war vom Blitz getroffen worden und er brauchte Leute, die ihm beim Aufbau einer neuen halfen. Simon konnte zwar nur einfache Handlangerdienste verrichten, aber immerhin bekam er dafür ein paar Tage anständiges Essen und eine Unterkunft. Als die Scheune stand, gab ihm der Bauer anstatt Geld einen geräucherten Schweinebauch, Mettwürste und einen großen Laib Brot als Bezahlung. Simon war es recht, er musste sich zwar mit den Lebensmitteln abschleppen, aber sie würden ihn ernähren, bis er in Aschaffenburg war.

Nach drei weiteren Tagen Wanderschaft stand er endlich vor den Toren Aschaffenburgs. Schon von weitem konnte er das Schloss Johannisburg erkennen, das direkt am Ufer des Mains erbaut war. Es handelte sich dabei um einen riesigen, quadratischen Kasten, mit mächtigen Türmen an jeder Ecke und einem mittelalterlich anmutenden Bergfried in der Mitte. Ein solch imposantes Gebäude hatte er bisher noch nie gesehen. Dagegen war Burg Hohenberg winzig und auch das Wertheimer Schloss konnte nicht mithalten. Deshalb wollte er es sich jetzt unbedingt aus nächster Nähe betrachten und ging darauf zu. Als er unmittelbar darunter stand, musste er den Kopf in den Nacken legen, um es in seiner ganzen Pracht zu bewundern. Es thronte auf einer mehrere Meter hohen Mauer über dem Fluss. Auf dieser Mauer aus hellem Sandstein prangte ein aus den Steinen gehauenes Wappen und eine Inschrift. Um sie besser lesen zu können, ging er noch einige Schritte zurück. Er stand jetzt gefährlich nahe am Wasser.

Aber der Anblick lohnte. Auf der Mauer schien ein Garten angelegt zu sein, der in einen Park überging. Darin erhoben sich die runden Dächer einiger Pavillons und in einiger Entfernung erhob sich über einem Felsen ein tempelartiges Gebäude.

Wie er so staunend stand, überhörte er die beiden Reiter, die sich auf ihren schnellen Pferden ein Rennen entlang des Main-Kais lieferten. „Erst als einer der Männer laut rief. „Vorsicht! Aus dem Weg, Bursche", bemerkte er die Gefahr. Instinktiv sprang er zurück, vergessend, dass er so nahe am Ufer stand. Vergeblich ruderte er mit den Armen um das Gleichgewicht wiederzufinden. Mit einem entsetzten Aufschrei fiel er rückwärts ins Wasser, wo die trüben Fluten über ihm zusammenschlugen.

Der Main war an dieser Stelle überraschend tief, Simon ging unter wie ein Stein. Er konnte nicht sehr gut schwimmen, aber seine panischen, rudernden Armbewegungen brachten ihn schnell wieder an die Oberfläche zurück. Prustend schwamm er ein paar Züge und konnte dann einen großen Uferstein fassen und sich daran an Land ziehen. Er würgte laut und spuckte das schlammige Wasser aus, das er geschluckt hatte.

„Hast du dir was getan, Junge?" erklang eine besorgte Stimme über ihm. Es war einer der Reiter, die ihn fast umgeritten hätten. „Tut mir leid, ich wollte dich nicht ins Wasser stoßen. Oh Gott, was machen wir den nun mit dir? Du bist ja klatschnass und wirst dir den Tod holen." Ratlos betrachtete er ihn. Simon klapperte mit den Zähnen. Das Wetter war nicht sehr warm und die nassen Kleider klebten eiskalt an seiner Haut. Er starrte in den Fluss, auf dem sein Leinensack mitsamt seinem ganzen Besitz schwamm. Der Stoffbeutel hatte sich aufgebläht, was ihn noch über Wasser hielt, aber er drohte jeden Moment unterzugehen.

„Meine Tasche", rief er entsetzt und deutete auf seine wenigen Besitztümer, die für immer zu entschwinden drohten.

Beherzt schwang sich der zweite Reiter vom Pferd und lief zu einigen Fischerbooten, die umgedreht auf Holzklötzen am Ufer lagen. Daneben lag zwischen Reusen und Netzen auch eine lange Stange mit einem Widerhaken. Er griff nach der Stange und bekam damit gerade noch den untergehenden Beutel zu fassen. Wie eine wertvolle Trophäe zog er ihn an Land und drückte ihn Simon in die klammen Finger.

„Am besten ist, du ziehst möglichst schnell deine nassen Sachen aus", murmelte er, wobei er schuldbewusst auf Simons triefende Klamotten starrte. „Wohnst du hier in der Nähe? Sollen wir dich heimbringen?"

„Nein, ich bin auf der Wanderschaft. Und alles, was ich an Kleidern besitze ist in der Tasche und an meinem Leib." Er öffnete mit bebenden Fingern den Beutel und zog ein patschnasses Hemd und eine ebensolche Hose hervor. „Mein Brot", klagte er und zog den restlichen Kanten hervor. Er befand sich bereits im Stadium der Auflösung.

„Komm mein Junge. Bevor du krank wirst, zieh lieber deine Sachen aus. Ich gebe dir meinen Umhang, darunter kannst du dich ausziehen. Wir wringen deine Sachen gut aus, damit sie schneller trocknen. Außerdem gebe ich dir Geld für neue Kleider. Dort oben ist heute Markt, da bekommst du sicher etwas was dir passt. Und dann setzt du dich ins Wirtshaus und trinkst einen Glühwein. Du bist jung und kräftig und wirst das unfreiwillige Bad sicher verkraften. Bist du damit einverstanden?"

Simon sah den Mann unsicher an. Er war vornehm gekleidet, genau wie sein Begleiter. Sicher besaß er Geld genug, um sich durch seine großzügige Geste nicht ans Betteltuch zu bringen. Deshalb nickt er jetzt zustimmend und versuchte, das Bibbern zu unterdrücken.

Der Mann schnallte seinen wollenen Umhang auf und legte ihn Simon um die Schulter. Der zog sich darunter eilig aus. Es war eine Wohltat, die kalten, nassen Kleider vom Leib zu bekommen. Gemeinsam wrangen sie dann die nassen Sachen aus. Aber sie waren zu klamm, um sie gleich wieder anzuziehen.

„Weißt du was, behalte einfach den Umhang", brummte der Fremde. „Er ist eh nicht mehr der neueste. Hier hast du noch ein paar Münzen. Aber kaufe dir wirklich Kleider dafür. Ich möchte nicht schuld sein, dass du an einer Lungenentzündung stirbst. Hast du mich verstanden, Junge?"

Simon nickte und bedankte sich erfreut. Der vornehme Herr war wirklich sehr freundlich zu ihm. So, als plage ihn das schlechte Gewissen heftig. Das tat es wirklich, denn auf dem Main-Kai war es verboten, um die Wette zu galoppieren. Wenn Simon die beiden Herren beim Schultheiß angezeigt hätte, wären sie nicht so glimpflich davongekommen. Aber das wusste er nicht, deshalb war er von der vermeintlichen Großzügigkeit so beeindruckt.

Als die beiden Reiter weiter geritten waren, überprüfte er seine restlichen Besitztümer. Der Bauchseite hatte das Bad nicht viel ausgemacht, ebenso wenig den restlichen Würsten. Nur das Brot war ungenießbar, er warf es mit einem bedauernden Blick in den Fluss zurück. Sofort kamen ein paar Enten und Blesshühner angeschwommen und zankten sich darum.

Ganz unten im Sack ertastete er noch etwas schweren Nasses. Er zog es hervor. Es war der Stoffhund, der sich ebenfalls mit Wasser vollgesogen hatte. Er machte einen noch schäbigeren Eindruck und Simon überlegte ernsthaft, ob er ihn nicht endlich wegwerfen sollte. Doch dann entschied er sich doch anders. „Na, kleiner Prinz. Da haben wir beide ja noch mal Glück im Unglück gehabt, was?" sagte er zu dem Talisman. Dann drückte er ihn aus. Zuerst den Kopf, vorsichtig darauf bedacht, die offene Halsnaht nicht noch mehr aufzureißen. Danach drückte er den Körper aus, wobei er meinte, im Inneren des Stofftieres eine längliche Verdickung zu spüren. Er zuckte die Schulter. Wahrscheinlich war eine Stütze eingearbeitet, die den Kopf auf dem Körper stabilisierte. Zum Schluss streifte er noch das kurze Stummelschwänzchen aus und legte dann den Hund zu den nassen Kleidern in den Beutel zurück.

Leise ächzend erhob er sich, er war vor Kälte ganz steif. Er blickte an sich herunter. Konnte er so unter Menschen gehen? Ja, entschied er, außer seinen nassen Schuhen schaute nichts unter dem langen Umhang hervor. Wenn er ihn gut zusammenhielt, konnte niemand sehen, dass er darunter nackt war. Noch immer leise bibbernd machte er sich auf den Weg, die vielen Steintreppen hinauf, wo auf dem Schlossplatz der Markt abgehalten wurde.

Hier herrschte ein reges Treiben. Stände aller Art säumten den großen Platz. Mit lauter Stimme priesen die Händler ihre Waren an. Eine feiste Bauersfrau hielt ihm einen lebenden Hahn hin, der kopfunter von ihrer ausgestreckten Hand hing. Simon wich den schlagenden Flügeln aus und suchte nach den Ständen, an denen Kleidungsstücke feilgeboten wurden. Sie befanden sich im hinteren Teil, nahe der oberen Schlossmauer.

Er hatte schon zuvor die Münzen gezählt, die ihm der Unglücksreiter zugesteckt hatte. Es waren fünf Gulden, mehr als er erwartet hätte. Wenn er günstige Klamotten fand und mit dem Rest des Geldes sorgsam haushielt, konnte er viele Tage damit über die Runden kommen.

Er fand einen kleinen Stand, dessen Inhaber mit getragener Kleidung handelte. Das war genau das, was er suchte. Lange wühlte er in den Körben mit Hemden, Hosen und Westen herum. Er brauchte nur ein paar Sachen, überlegte er. Wenn seine eigenen Klamotten wieder getrocknet waren, besaß er mehr Kleidung, als er für notwendig befand.

Schließlich entschied er sich für ein weißes Leinenhemd mit gerüschten Ärmeln und für eine dunkelbraune Samthose. Eigentlich waren die Sachen viel zu fein, um damit in Scheunen zu schlafen. Aber er hatte noch nie so schöne Gewänder besessen und es reizte ihn einfach. Außerdem passten ihm die Sachen wie angegossen, wie er feststellte, als er sie hinter einer aufgestellten Wand anprobierte. Der Händler bewunderte ihn gebührend und pries zum wiederholten Mal die ausgezeichnete Qualität seiner Waren. Schließlich ließ sich Simon überzeugen und nahm die Sachen. Er ließ sich sogar noch überreden, ein Paar fast neuer Schuhe zu erstehen.

Er erklärte dem Händler sein Missgeschick als der sich wunderte, warum er die gekauften Kleider sofort anlassen wollte. „Ah, deshalb die nassen Haare", lachte der ältere Mann und schenkte Simon ein altes Leintuch als Dreingabe, damit er sich den Kopf trocken rubbeln konnte.

Zusammen mit dem prächtigen Umhang besaß Simon jetzt eine durchaus noble Garderobe. Er kam sich vor wie ein junger Herr und genoss die bewundernden Blicke einiger junger Dienstmädchen, die zum Einkaufen auf dem Markt waren. Der Händler hatte ihm einen Kamm geliehen, damit er sein zerzaustes Haar ordnen konnte. Es fiel nun locker und in leichten Wellen auf seine Schultern.

Er wanderte durch kleine, enge Gassen in Richtung der Innenstadt und hielt Ausschau nach einem Wirtshaus. Obwohl er wieder ganz trocken war, fröstelte er noch immer ein wenig. Ein heißer Wein mit Zucker und Gewürzen wäre jetzt genau das richtige, überlegte er. Er sah eine Wirtschaft die den seltsamen Namen „*Zum Schlappeseppel*" trug und trat ein. Trotz der späten Nachmittagsstunde war der Gastraum gut besucht. An langen Tischen und Bänken hockten hauptsächlich Männer und tranken Bier aus Steinkrügen. An einem runden Tisch in der Mitte der Gaststube saßen ein paar Bauersfrauen mit quengelnden Kindern auf dem Arm. Sie hatten Becher voll heißer Milch mit Honig oder Glühwein vor sich stehen, aßen Streuselkuchen und schwatzten laut. Eine der Frauen stillte unter ihrem weiten Schultertuch ihren Säugling. Simon setzte sich in eine etwas stillere Ecke und bestellte sich einen Glühwein. Sein Magen knurrte laut und er überlegte, ob er sich eine warme Mahlzeit leisten sollte. Es roch verführerisch nach Schweinebraten und Bratwürsten mit Sauerkraut. Schließlich bestellte er Bratwurst mit Kraut und Brot.

Nach dem Essen lehnte er sich bequem zurück und beobachtete die Leute im Gastraum. Darüber musste er wohl eingenickt sein, denn er wurde durch lautes Gelächter geweckt. Als er die Augen öffnete schwirrten bunte Bälle vor seiner Nase auf und ab. Erschrocken zuckte er zusammen, was das Gelächter noch anschwellen ließ. Genau vor seinem Gesicht befand sich der Kopf eines jungen Mannes, der ihn hämisch angrinste.

Noch immer verschlafen fuhr Simon hoch und starrte auf den Mann herab. Seine Augen weiteten sich voller Staunen. Der junge Kerl vor ihm reichte ihm gerade mal eine Handbreit über den Bauchnabel. Aber er war zweifellos ein Mann von etwa fünfundzwanzig Jahren. Auf sehr kurzen, krummen Beinen saß ein normaler Oberkörper mit einem übergroßen Kopf.

Der Zwerg schaute spöttisch zu ihm hoch und ließ weiterhin die bunten Bälle an seiner Nase vorbeifliegen. Geschickt fing er sie wieder auf und warf sie erneut in die Luft zu einem perfekten bunten Reigen.

Das Gelächter auf seine Kosten ebbte langsam ab und Simon schloss seinen Mund, den er staunend aufgerissen hatte. Der Zwerg wandte sich jetzt den übrigen Zuschauern zu und beendete sein Spiel mit den Bällen. Aus einer bunt bemalten Kiste zog er hölzerne Ringe und Kegel hervor, die er mit der gleichen Geschicklichkeit in die Luft warf und wieder auffing.

Nachdem er seine Darbietung beendet hatte, verbeugte er sich vor seinem Publikum und zog dann seine Mütze. Er ging damit von einem zum anderen und hielt sie auffordernd hin. Etliche Münzen wechselten den Besitzer und der Zwerg kam jetzt auch zu Simon. „Na, junger Herr, wie wäre es mit einem kleinen Obolus für den kurzen Friedrich?"

Sein Mund war noch immer zu einem spöttischen Lächeln verzogen, nur seine blauen Augen blickten todernst. Simon wurde es ganz mulmig zumute, als er hinein blickte. Seufzend griff er in seine Tasche und zog eine Münze hervor, ließ sie zu den anderen in die Kappe fallen. Der Zwerg verbeugte sich mit übertriebenen Bewegungen und ging zum nächsten weiter.

Die Vorstellung schien noch nicht zu Ende zu sein, denn alle Gäste der Wirtschaft schauten erwartungsvoll zu dem leeren Podium auf dem zuvor Friedrich seine Künste vorgeführt hatte.

Nach einer kurzen Pause, in der sich Simon und auch einige der anderen Männer ein Bier bestellten, betrat ein hochgewachsener Mann das Podium. Er war von Kopf bis Fuß in Schwarz gekleidet, selbst sein schulterlanges Haar war pechschwarz, ebenso wie seine Augen. Zumindest kam dass Simon so vor, der den Mann fasziniert betrachtete. Nur auf dem schwarzen Umhang des Zauberers glitzerten ein paar kleine Pünktchen. Immer wenn das diffuse Kerzenlicht darauf fiel, erstrahlten sie kurz in allen Regenbogenfarben und erloschen ebenso schnell wieder. Wenn der Magier, wie jetzt, mit schnellen Schritten hin und her ging, konnte man meinen, sein Umhang schösse Blitze. Der Zauberer hatte nun seine Utensilien bereitgelegt und begann mit der Vorstellung. Vor seinem staunenden Publikum zeigte er atemberaubende

Kunststücke. Zuerst setzte er ein weißes Kaninchen auf den Tisch und deckte ein Tuch darüber. Als er das Tuch wegnahm, war das Tier verschwunden. Die Zuschauer machten große Augen. Ein besonders misstrauischer Mann ging sogar zum Tisch hin und blickte darunter. Aber das Kaninchen blieb verschwunden. Der Zauberer lächelte, verbeugte sich und setzte schwungvoll seinen Zylinder ab. Und siehe da, der weiße Hase lugte vorwitzig daraus hervor.

Nach diesem Zauberstück holte der Mann zwei Tauben aus seinem Ärmel und warf sie in die Luft. Es gab einen gleißenden Blitz und die Tauben waren weg. Nachdem sich die Zuschauer von ihrem Staunen erholt hatten, nahm der Magier gewöhnliche Spielkarten und führte damit ein paar Tricks vor.

Dann bat er einen der Gäste, willkürlich eine Karte aus dem Stapel zu ziehen, sie gut anzuschauen und danach mit dem Blatt nach unten auf den Tisch zu legen. Nachdem der Mann es getan hatte, sah ihm der Zauberer zwingend in die Augen und sagte. „Es ist die Kreuzdame." Der Mann riss erstaunt die Augen auf und drehte die Karte um. Es war tatsächlich die Kreuzdame. Daraufhin setzte ehrfürchtiges Gemurmel ein. Die Zuschauer starrten den Magier fast ängstlich an. Einige Frauen bekreuzigten sich sogar. Doch der Magier zerstreute ihre aufkeimenden Ängste mit einem charmanten Lächeln. Er sprach mit leiser, tiefer Stimme, die alle in ihren Bann schlug. „Keine Angst, meine Damen. Das ist doch nur ein Spiel."

Er war noch nicht am Ende seiner Vorführung. Jetzt spielte er ein gefährlich anmutendes Spiel mit dem Feuer. So schnippte er nur einmal kurz mit den Fingern, schon schoss eine glühende Feuersäule hoch. Der Wirt bekam Angst um seine Räume und stellte vorsichtshalber einen Eimer Wasser auf die Theke, bereit, sie sofort über den Zauberer zu leeren, sollten dessen Kunststücke zu gefährlich werden. Doch der Mann lachte nur sorglos.

Simon, der etwas derartiges noch niemals gesehen hatte, war schlichtweg fasziniert von dem Mann und seinen Künsten. Gebannt verfolgte er jede seiner Bewegungen. Als der Zauberer nun nach einem Assistenten fragte, meldete er sich sofort und eilte zu ihm, bevor ihm jemand zuvor kommen konnte.

Der Magier lächelte ihm zu und griff ihm dann hinters Ohr. Zu Aller Erstaunen zog er eine Goldmünze hervor und hielt sie hoch. Dann biss er darauf und warf sie achtlos in die Luft. Es gab einen lauten Knall und die Münze zersprang in tausend Stücke. Ein Sternenregen rieselte über Simon herab.

Zum Schluss hielt der Magier seine Hand in die Höhe und bat Simon, eine Kerze darunter zu halten. Der zögerte kurz, hielt aber dann doch die Flamme an die Hand des Zauberers. Im Nu stiegen lodernde Flammen auf und Simon stieß einen entsetzten Schrei aus. Doch der Magier lachte nur dröhnend und schwenkte seine Hand im Kreise herum. Alle Zuschauer hielten den Atem an. Doch erst als er seine Hand unter seinen geöffneten Umhang legte, erloschen die Flammen. Danach hielt er seine Hand in die Höhe. Sie war vollkommen unversehrt.

Tobender Beifall setzte ein und Simon klatschte begeistert mit. Als der Zauberer kurz darauf seinen Zylinder herumreichte, warf ihm Simon spontan die größte seiner Münzen hinein. Der Zauberer sah ihm einen Moment lang in die Augen, dann fischte er die Münze ohne hinzusehen wieder aus dem Hut und gab sie Simon zurück.

„Es ist zwar gut gemeint", sagte er leise „aber ich glaube, du hast das Geld nötiger als ich." Er lächelte ihn nochmals an und ging zum nächsten Zuschauer weiter.

Später lag Simon noch lange wach. Er hatte sich ein Bett in einem einfachen Gästehaus geleistet. In dem großen Schlafsaal standen die Betten in Reih und Glied nebeneinander. Intimsphäre gab es hier natürlich keine. Dafür war das Übernachten billig. Auch wenn man sich das Schnarchen und Gefurze der anderen Schläfer anhören musste.

Simon war trotzdem zufrieden. Das Gästehaus war immer noch besser, als unter freiem Himmel zu schlafen, wie er es die letzten Nächte getan hatte.

Er legte die Arme unter den Kopf und starrte das dunkle Gebälk über sich an. Dabei dachte er an den Zauberer und seine unglaublichen Kunststücke. Der Mann ging ihm nicht aus dem Kopf, ja seine faszinierende Erscheinung beschäftigte ihn so sehr, dass er zum ersten Mal seit seiner Flucht von der Burg nicht an Nelia dachte.

Selbst als er endlich in Schlaf versank, sah er die magischen schwarzen Augen noch immer vor sich.

Kapitel 6: Adrian der Hexer

Am nächsten Morgen fühlte sich Simon nicht wohl. Sein Schädel brummte und in seiner Nase und Kehle kribbelte es unangenehm. Eine Erkältung, dachte er mürrisch, als er heftig niesen musste. Das unfreiwillige Bad hatte ihm nicht gerade gut getan. Sein Appetit war ihm ebenfalls abhandengekommen. Da er sein Frühstück schon im Voraus bezahlt hatte, erlaubte ihm die Wirtin des Gästehauses, sich ein paar Scheiben Brot und Speck einzupacken.

Eigentlich wollte er sich heute gleich auf die Suche nach dem Kloster machen, in dem Nelia gefangen war, aber er konnte kaum den Elan aufbringen, die notwendigen Erkundungen einzuziehen. Zu allem Überfluss regnete es und war unangenehm kalt. Sicher sind das die Eisheiligen, überlegte er und zog seinen Umhang noch enger um sich zusammen. Was für ein Glück, dass er wenigstens dieses gute Stück besaß. So kalt wie heute war ihm selbst im Winter nicht gewesen.

Schließlich raffte er sich auf und fragte einen alten Mann, der aus einem Fenster lehnte und dabei gemütlich eine Pfeife rauchte. „Guten Morgen. Könnt Ihr mir sagen, wo ich das Kloster finde?"

Der Alte schaute ihn nachdenklich an und paffte dabei genüsslich graue, würzig riechende Wölkchen aus. Dann öffnete er seinen fast zahnlosen Mund. „Welches Kloster suchst du denn mein Junge? Wir haben hier mehr als eines."

Auch das noch, dachte Simon müde. Er wusste natürlich den Namen des Klosters nicht. Der Alte deutete seinen verdatterten Blick richtig und nuschelte. „Suchst du ein Männer- oder ein Frauenkloster? Wir haben beides, Betbrüder wie Betschwestern."

Er lachte meckernd und wedelte mit dem langen Stiel seiner Pfeife herum. „Zu den frommen Brüdern ist es nicht weit. Das Jesuitenkloster kannst du in einer Viertelstunde erreichen."

„Nein, nein. Ich suche kein Männerkloster."

„Tja, dann kann es nur das Kloster Schmerlenbach sein. Aber das ist ein gehöriges Stück vor den Toren der Stadt."

„Wie weit ist es denn?" Simon war nicht begeistert bei dem Gedanken, womöglich stundenlang laufen zu müssen. Bei dem Wetter wollte er nur ungern einem langen Fußmarsch machen. Außerdem tat ihm jeder Muskel seines Körpers weh. Die Antwort des Alten gefiel ihm ganz und gar nicht.

„Eineinhalb bis zwei Stunden wirst du schon unterwegs sein. Aber einem jungen Kerl wie dir macht so ein Fußmarsch durch den Wald ja noch nichts aus. Pass nur auf, dass du nicht dem Geist der toten Äbtissin begegnest. Die hat schon so manchen Wanderer verschreckt. Aber keine Angst, sie ist harmlos."

Ein Geist hat mir gerade noch gefehlt, sinnierte Simon mürrisch. Ein Glück, dass ich nicht an solch einen Humbug glaube. Er ließ sich von dem alten Mann den Weg beschreiben, bedankte sich und trottete los. Der eingeatmete Pfeifenrauch kratzte ihn im Hals und er musste husten. Zu allem Übel bekam er jetzt auch noch Schluckbeschwerden. Es würde gerade noch fehlen, dass er richtig krank wurde. Wo er noch nicht einmal ein Dach über dem Kopf hatte, dass er sich in Ruhe auskurieren könnte. Das Gästehaus nahm vermutlich keinen Kranken auf.

Unschlüssig blieb er unter einem Vordach stehen. Es regnete jetzt stärker und ein kalter Wind riss ihm den Umhang auseinander. Bibbernd zog er ihn wieder zusammen. Sollte er in diesem Zustand überhaupt bis zum Kloster laufen? Was, wenn er Nelia gar nicht dort fand, oder sie nicht sehen durfte? Dann musste er den ganzen Weg in die Stadt wieder zurücklaufen. Außer dem Nonnenkloster gab es in Schmerlenbach nur ein paar weit verstreute Höfe, hatte ihm der Greis erzählt. Und die ehrwürdigen Schwestern würden gewiss keinen jungen, kräftigen Burschen bei sich übernachten lassen. Vielleicht, so überlegte er, war es klüger noch ein, zwei Tage zu warten, bis er wieder völlig gesund und das Wetter besser war.
Er setzte sich in eine nahe Wirtschaft und bestellte eine heiße Milch mit Honig. „Soll ich dir nicht lieber einen Glühwein bringen, oder einen Kräutertee mit Schnaps drin?" fragte der Wirt als er Simons heisere Stimme vernahm. „Milch mit Honig ist was für kleine Kinder. Meine Frau macht einen hervorragenden Kräutertee aus selbst gesammelten Kräutern. Der hilft dir bestimmt."
Simon war es recht. Hauptsache, er konnte sich ein wenig im Warmen aufhalten und durfte sich hinsetzen. Er fühlte sich zunehmend elender. Selbst so dicht neben dem Kachelofen und trotz des Umhanges, den er anbehalten hatte fror er erbärmlich. Als der Tee kam, legte er seine kalten Hände darum und blies hinein. Der Geruch des Schnapses stieg ihm in die Nase. Der Wirt hatte ihm eine ordentliche Portion hinein geschüttet. Dankbar nippte er an dem heißen Getränk. Und stöhnte unwillkürlich auf, als die Flüssigkeit seinen Hals hinunter rann. In seinem wunden Rachen brannte sie wie Feuer. Dennoch zwang er sich dazu, den Tee zu trinken, solange er heiß war.
Er verbrachte den ganzen Nachmittag in der warmen Gaststube neben dem Ofen. Der Wirt ließ ihn gewähren obwohl er nichts mehr bestellte. Erst als sich die Wirtschaft gegen Abend langsam füllte, erhob sich Simon schwerfällig und bezahlte sein Getränk. Es wurde draußen schon dunkel, sicher würde das Gästehaus bald seine Türe für die Nacht öffnen. Er wollte heute früh zu Bett gehen. Morgen, so hoffte er, ging es ihm bestimmt wieder besser.

Aber die Besitzerin des Bettenhauses ließ ihn nicht herein. „Nein, nein, kommt nicht in Frage", sagte sie hart und blickte ihn misstrauisch an. „Du bist krank, dass sieht man deutlich. Am Ende steckst du mir alle Gäste an. Weiß der Teufel, was du da ausbrütest. Ich will nicht schuld sein, dass unter meinen Gästen eine Seuche ausbricht. Schließlich genießt mein Haus einen guten Ruf, den will ich nicht aufs Spiel setzen."

Vergeblich versicherte er ihr, nur stark erkältet zu sein. Sie wies ihm kategorisch die Türe. Entmutigt trat er in die nasskalte Nacht und schlurfte mit schweren Schritten davon. Es ging ihm spürbar schlechter und ab und zu torkelte er vor Schwäche. Sein Kopf fühlte sich schwer und heiß an, in seinen Mandeln stach es beim Schlucken und seine Glieder schmerzten. Seine tränenden Augen ließen ihn kaum noch deutlich den Weg erkennen. So merkte er fast zu spät, dass er sich immer weiter vom Stadtinneren entfernte. Erst als er keine Häuser mehr vor sich sah, fiel ihm auf, dass er die falsche Richtung eingeschlagen hatte. Schwerfällig drehte er sich um. Und wäre fast in ein Pferd gelaufen, das zügig den Weg entlang getrabt kam. Durch das zunehmende Rauschen in seinen Ohren hatte er es nicht kommen hören.

Das rabenschwarze Tier erschrak und stieg wiehernd auf die Hinterhand. Dabei streifte einer der rudernden Hufe Simons Kopf und ließ ihn taumeln. Voller Schrecken taumelte er einen Schritt rückwärts und fiel auf den Hosenboden. Benommen blieb er hocken.

„Ruhig, Luzifer. Steh!" hörte er eine befehlende Stimme und dann das Geräusch von Stiefeln, die auf das Pflaster aufschlugen. Eine dunkle Gestalt bückte sich zu ihm herab und die Stimme fragte besorgt. „Ist dir etwas geschehen, mein Junge? Lass mal sehen." Sein Kopf wurde vorsichtig in den Nacken gelegt. Er blinzelte, konnte aber die bunten Sterne nicht vertreiben, die vor seinen Augen tanzten. Etwas Warmes, Klebriges lief über sein Gesicht. Die Stimme ertönte erneut aber sie schien immer leiser zu werden. Dann wurde es plötzlich finster um ihn.

Ein schrilles Krächzen drang in Simons Ohren und ließen ihn schmerzlich das Gesicht verziehen. Er öffnete die Augen, aber außer einem hellen Schimmer konnte er nichts erkennen. Voller Schrecken griff er sich an die Augen, doch eine kräftige Hand hielt ihn davor zurück.

„Keine Panik, mein Freund. Das ist nur eine Binde. Du bist nicht blind, keine Sorge. Hier, trinke einen Schluck, das tut dir gut."

Die Hand ließ seine Hände los und griff ihn unterm Nacken. Sachte wurde sein Kopf ein wenig angehoben, dann spürte er den Rand eines Bechers an seinen Lippen. Der Trank, der ihm gereicht wurde schmeckte gallenbitter und er presste schnell die Lippen zusammen. Aber der Becher wurde nicht weggenommen. Die ruhige Stimme ertönte erneut.

„Ich weiß, es schmeckt furchtbar. Aber es hilft gegen die Schmerzen."

Erst jetzt bemerkte er die rasenden Kopfschmerzen, die durch seinen Schädel zuckten. Widerwillig nahm er einen Schluck von dem Tee und keuchte unwillkürlich auf, als er ihn schlucken wollte. In seinem Hals, seinen Mandeln stach es wie mit tausend Nadeln.

„Du hast eine böse Angina", vernahm er die Stimme erneut. „Die Mandeln sind voller Eiter. Auch dagegen hilft der Tee. Du musst ihn aber schon herunterschlucken, sonst kann er nicht wirken."

Unnachgiebig wurde ihm die Tasse weiter an die Lippen gehalten. Tapfer versuchte er, das eklige Gebräu zu schlucken. Er würgte ein wenig, was erneut einen schneidenden Schmerz in seinen Mandeln entfachte. Der Becher wurde endlich von seinen Lippen genommen und die Hand in seinem Genick ließ seinen Kopf absinken. Aufatmend schloss er die Augen unter dem Verband und schlief kurz darauf wieder ein.

Als er das nächste Mal erwachte, ging es ihm ein wenig besser. Die pochenden Schmerzen in seinem Schädel waren einem dumpfen Ziehen gewichen. Auch sein Hals fühlte sich nicht mehr gar so wund an. Aber sein Mund war wie ausgetrocknet, als er sich über die Lippen leckte spürte er die harten Verkrustungen. Noch immer konnte er nichts sehen, doch dieses Mal erschreckte ihn das nicht so sehr. Eine Binde, erinnerte er sich. Aber wozu lag sie über seinen Augen?

„Kann ich bitte Wasser haben?" krächzte er leise und versuchte, sich aufzurichten. Neben ihm raschelte Stoff und er meinte, ein unterdrücktes Gähnen zu hören. Doch die Stimme klang nicht müde als sie ihn freundlich ansprach. „Bist du endlich wach, mein Junge. Ich dachte schon, du wolltest ewig schlafen. Hier, trinke einen Schluck Tee." Wieder wurde ihm ein Becher an die Lippen gehalten. Eine Hand stützte fürsorglich seinen Rücken.

Diesmal war der Tee nicht bitter sondern süß, er hatte nur einen leichten medizinischen Geschmack. Durstig trank er, bis ihm der Becher fortgenommen wurde.

„Wo bin ich hier? Was ist geschehen?" Seine Stimme klang ungewohnt rau und seine Kehle schmerzte beim Sprechen. Die ruhige männliche Stimme antwortete bereitwillig.

„Weißt du nicht mehr, was geschehen ist? Du bist mir direkt vors Pferd gelaufen. Es hat dich am Kopf verletzt und du hast eine Gehirnerschütterung davongetragen. Außerdem warst du krank, hattest eine schwere Angina, eine Vereiterung der Rachenmandeln. Dein Fieber war besorgniserregend hoch.

Aber nun hast du das Schlimmste überstanden. Noch ein paar Tage Bettruhe, dann bist du wieder wohlauf."

„Aber was ist mit meinen Augen? Weshalb die Binde?"

Der Mann seufze leise, ehe er zu einer Erklärung ansetzte.

„Mein Pferd hat dir eine böse Risswunde am Kopf beigebracht. Sie geht von der Stirn bis zum Jochbein. Zum Glück wurde dein Auge nicht in Mitleidenschaft gezogen. Doch die Wunde klaffte ziemlich auseinander. Ich musste sie nähen. Da du eh schliefst, habe ich dir der Einfachheit halber auch die Augen mit verbunden. Aber nun, wo du wach bist kann ich dir die Binde wieder entfernen."

„Wie lange habe ich denn geschlafen?" fragte Simon schwach, während ihm sachkundige Hände den Verband abnahmen.

„Drei Nächte und zwei Tage. Dazwischen bist du ab und zu einmal aufgewacht, warst aber sehr verwirrt. Ich denke, du kannst dich nicht daran erinnern, stimmt's?" Der letzte Rest Verband wurde vorsichtig von der Wunde gezogen. Es ziepte ein wenig und Simon verzog leicht das Gesicht. Zuerst sah er nur verschwommene Umrisse, dann klärte sich das Bild vor seinen Augen rasch. Er starrte genau in das Gesicht des Magiers, der ihn lächelnd musterte. Schwarze Augen blickten ihn prüfend an.

„Ihr?" stieß er verwundert hervor. „Wieso...?" er verstummte verwirrt.

„Wie ich schon sagte, du bist vor mein Pferd gelaufen. Ich war mit Friedrich, meinem Begleiter auf dem Weg nach Hause. Du liefst vor uns die Straße entlang und drehtest dich ziemlich abrupt um. Das hat mein Pferd erschreckt. Es hat dich getreten und du wurdest ohnmächtig. Da habe ich dich mit zu mir genommen. Tut mir leid, aber ich wusste nicht, wo ich dich sonst hätte hinbringen sollen. Vermisst dich jemand? Soll ich jemanden benachrichtigen lassen?"

„Nein. Nein nicht nötig. Ich bin nicht von hier. Niemand sucht nach mir."

Er wurde unruhig und rutsche unbehaglich hin und her. Der Magier schaute ihn abermals prüfend an. „Hast du Schmerzen? Du bist ganz blass."

„Äh..., ich muss mal." Simon wurde rot und blickte sich suchend um. Er wollte sich erheben und schlug die Decken ein wenig beiseite. Da bemerkte er, dass er vollkommen nackt war. Schnell zog er die Decke wieder über sich. Jetzt wurde er feuerrot vor Scham. Der Magier bemerkte seine Verlegenheit und schüttelte leicht den Kopf. Ernst meinte er. „Du musst dich nicht schämen. Ich habe schon viele Nackte gesehen. Es macht mir nichts aus, es gehört zu meinem Beruf."

„Euer Beruf? Ich denke ihr seid ein Zauberer, ein Magier. Ich habe Euch doch neulich Abend in der Wirtschaft gesehen."

Jetzt lachte der Mann. „Oh, das tue ich nur manchmal. Zum Vergnügen sozusagen. Nein, in meinem Hauptberuf bin ich ein Heiler. Manche nennen mich auch einen Hexer oder Scharlatan. Mir persönlich gefällt Arzt oder Heiler besser. Aber ich bin nicht empfindlich, wenn man mich anders nennt. Aber um auf dein Bedürfnis zurückzukommen. Mir wäre es lieber, wenn du noch ein, zwei Tage nicht aufstehst."

Er lüpfte ungeniert die Decke, so dass Simon einen Blick darunter werfen konnte. Zwischen seinen Beinen lag eine ziemlich große Flasche mit weitem Hals in dem sein Penis steckte. Der Magier deutete darauf. „Hier hinein kannst du unbesorgt urinieren. Wenn du ein größeres Geschäft vorhast, so ist auch dafür vorgesorgt." Er griff unters Bett und zog einen flachen Nachttopf mit einem langen Griff hervor. „Siehst du, es ist für alles gesorgt. Ich lasse dich nun einen Moment alleine. Es ist sowieso an der Zeit, dir einen frischen Tee zuzubereiten. Hast du Hunger? Ich bringe dir eine leichte Mahlzeit."

Ohne eine Antwort abzuwarten, stand er auf und entfernte sich. Leise klappte die Türe hinter ihm zu.

Simon zögerte ein wenig, dann ließ er doch seinen Urin in die Flasche fließen. Wenn er schon so lange hier lag, hatte er sicher schon mehrmals hinein gepinkelt. Dennoch war es ihm peinlich, von einem Wildfremden so intim umsorgt zu werden. Wahrscheinlich hatte er in seiner Bewusstlosigkeit sogar ins Bett gemacht und war wie ein Baby gesäubert worden. Ihm wurde heiß und kalt vor Scham bei diesem Gedanken.

Um sich abzulenken, schaute er sich im Zimmer um. Es war nicht sehr groß aber gemütlich eingerichtet. Ein Schrank stand darin, daneben eine große Truhe und ein Tisch mit einem Stuhl davor. Und das Bett in dem er lag, war ein richtiges Bett mit einer richtigen Matratze. Nicht nur ein primitives Holzgestell mit einer Strohmatte, wie in seiner Kammer auf der Burg.

Das laute Krächzen ertönte erneut, das er schon einmal kurz vernommen hatte. Der Vorhang vor dem halb geöffneten Fenster bewegte sich leicht und ein schwarzes Etwas mit weißen Streifen hüpfte ins Zimmer. Simon schaute genauer hin und erkannte eine Elster. Der Vogel saß nun auf dem Boden vor seinem Bett und hielt den Kopf schief um ihn neugierig zu beäugen. Er zeigte keinerlei Angst, war also wahrscheinlich zahm.

„Hallo Adri" erklang eine knarrende Stimme und Simon hob erstaunt den Kopf. Ein stechender Schmerz bestrafte ihn sofort dafür. Doch er musste sich den Vogel noch einmal genau ansehen. Konnte es sein, dass das Tier gesprochen hatte? Oder war er doch noch kränker, als er vermutet hatte?

Bevor er an seinem Verstand zweifeln konnte, öffnete sich die Türe erneut und der Magier, oder nein, der Arzt kam zurück.

Er blickte lächelnd auf die Elster. „Ah, du hast Besuch von Elsa. Hallo Elsa."
„Hallo Adri" krächzte es zurück. Simon fragte matt. „Sie spricht? Die Elster
spricht?"
„Nun, wenn du ein paar gekrächzte Sätze als sprechen ansehen willst, dann ja.
Elsa kann einige Worte sprechen. Ich habe sie mit der Hand aufgepäppelt und
ihr ein paar Dinge beigebracht. Anscheinend gefällt es ihr hier. Denn anstatt zu
ihren Artgenossen zurückzukehren, bleibt sie lieber auf meinem Grundstück.
Sie kommt jeden Tag und lässt sich ein paar Leckerbissen geben. Allerdings
hat sie nie gelernt, meinen Namen richtig auszusprechen. Sie kann nur die erste
Silbe sagen; Adri."
„Und wie heißt Ihr richtig? Mir fällt kein Name ein, der mit Adri beginnt."
„Man nennt mich Adrian. Adrian den Hexer. Manche sagen auch Adrian, der
Scharlatan. Reimt sich sogar." Er klang kein bisschen bekümmert ob dieser
Spottrede. Simon war verwundert deswegen.
„Ärgert Ihr Euch nicht darüber? Seid Ihr nicht gekränkt, wenn man Euch so
nennt?"
Adrian schaute einen Moment nachdenklich. Er stellte das Tablett auf dem
Tisch ab und schenkte Tee aus einem Krug in einen irdenen Becher. Lächelnd
schüttelte er den Kopf. „Anfangs hat es mich schon geärgert. Aber mittlerweile
bin ich daran gewöhnt. Die Leute meinen es ja auch nicht wirklich böse.
Eigentlich haben sie nur ein wenig Angst vor mir. Wegen meiner
Zauberkunststücke. Doch wenn sie einen tüchtigen Arzt brauchen, kommen die
meisten zu mir."
Er half Simon, sich aufzusetzen und stopfte ihm ein zusätzliches Kissen in den
Rücken. Dann reichte er ihm den Becher mit dem dampfenden Gebräu. „Trink,
solange er heiß ist. Ich weiß, er schmeckt nicht besonders gut, aber er wird dir
helfen, schnell wieder gesund zu werden. Und dann versuche etwas zu essen.
Auch wenn's dir schwerfällt. Du brauchst neue Kräfte."
Auf einem Teller hielt er ihm mundgerecht geschnittene Häppchen von Brot,
magerem Fleisch und gekochten Karotten hin. Er setzte sich aufs Bett und
schaute seinem Patienten beim Essen zu. Simon konnte die ersten Brocken
kaum schlucken, sein Hals tat noch weh. Aber nach und nach legte sich der
Schmerz und sein Hunger erwachte. Er aß den Teller bis auf den letzten Krümel
leer, sogar die Karotten. Erschöpft legte er sich in die Kissen zurück.
„Ich danke Euch, Adrian. Ihr habt sehr viel für mich getan. Leider weiß ich
nicht einmal, wie ich Euch für Eure Dienste bezahlen soll. Ich besitze nur die
paar Gulden in meiner Tasche. Mehr kann ich Euch nicht bezahlen."
„Mach dir darüber keine Gedanken, Simon. Ich bin auf dein Geld nicht
angewiesen. Außerdem war ich es, der dich niedergeritten hat. Somit stehe ich

in deiner Schuld. Ruh' dich aus und versuch zu schlafen. Ich muss nochmals weg. Falls du etwas benötigst, Friedrich ist nebenan. Du brauchst nur nach ihm zu rufen. Wir sehen uns heute Abend."

Er tätschelte ihm den Arm und hielt dann seine Hand Elsa hin. Die Elster sprang darauf und ließ sich von ihm aus dem Zimmer tragen.

Simon gähnte herzhaft und schloss die Augen. Das Reden und Essen hatte ihn erschöpft. Träge schwappten die Gedanken durch sein müdes Gehirn. Wer war Friedrich, fragte er sich. Irgendwo hatte er den Namen in letzter Zeit schon einmal gehört. Aber es fiel ihm nicht ein. Als sein Bewusstsein schon in einen Traumzustand überging, glitt die Frage durch sein Gehirn; woher wusste der Doktor eigentlich, wie er hieß?

Am nächsten Morgen fühlte er sich sehr viel besser. Sein Kopf brummte nur noch, wenn er ihn zu schnell bewegte und auch sein Hals tat nicht mehr allzu weh. Das Fieber war vollständig verschwunden. Am liebsten wäre er aufgestanden aber Adrian war damit nicht einverstanden.

„Heute und morgen musst du schon noch im Bett ausharren. Dann wird dein Kopf einigermaßen verheilt sein. Mit einer Gehirnerschütterung ist nicht zu spaßen. Du möchtest doch nicht dein Leben lang Kopfschmerzen haben, oder?"

„Diese Fäden an meiner Stirn", Simon griff sich sachte ins Gesicht, betastete vorsichtig die lange, genähte Wunde. Sie begann an seiner Haargrenze und setzte sich unter seinem rechten Auge bis in die Mitte seiner Wange fort.

„Wie lange müssen sie bleiben? Werde ich durch die Narbe sehr entstellt sein?" Das machte ihm schon ein wenig Sorge. Er hatte schon öfter Leute mit hässlichen Narben im Gesicht gesehen. Sie wurden oft verspottet. Zwar hatte ihm sein Aussehen noch niemals Kopfzerbrechen bereitet. Wenn er es recht bedachte, wusste er gar nicht genau wie er aussah. Bisher konnte er sich höchsten einmal in einem gefüllten Wassereimer oder einer Glasscheibe betrachten. Aber der Gedanke, entstellt zu sein, behagte ihm nicht. Was würde Nelia dazu sagen?

Nelia. An sie hatte er schon lange nicht mehr gedacht. Schuldbewusst schloss er die Augen. Doch die Antwort des Hexers auf seine Frage lenkte ihn ab. „Ich werde dir die Fäden in etwa einer Woche ziehen. Eher ist es nicht ratsam. Ich hoffe nicht, dass du entstellt sein wirst. Ich habe mich extra bemüht, die Wundränder gut zusammenzuziehen. Deshalb sind es auch so viele Fäden. Natürlich kommt es auch auf die Gewebebeschaffenheit deines Körpers an. Bei manchen Menschen ist es fest, bei anderen eher nachgiebig. Aber ich habe an deinen Körper ein paar alte Narben gesehen, die gut verheilt sind. Ich denke deshalb, es wird keine Entstellung zurückbleiben. Ganz verschwinden wird die

Wundnaht allerdings nie. Aber ganz sicher wirst du deiner Nelia auch mit der Narbe noch gefallen. Wahre Liebe stört sich nicht an solchen Äußerlichkeiten." Simon starrte ihn sprachlos an. Was wusste der Mann von Nelia? Konnte er etwa Gedanken lesen? War er vielleicht doch ein richtiger Hexer? Bisher hatte er das nicht ernst genommen, sondern vermutet das sei nur ein Spitzname oder ein Beiname. Eine Anspielung auf seine Zauberkunststücke, die er den Leuten vorführte. Auch jetzt schien der Mann seine Gedanken zu kennen. Denn er erklärte.

„Du hast in deiner Bewusstlosigkeit geredet. Das ist nicht ungewöhnlich, keine Sorge. Und da ich die ersten Tage und Nächte an deinem Bett gewacht habe, bin ich unfreiwillig Zeuge deiner verwirrten Träume geworden. Aber keine Angst, bei mir sind deine Geheimnisse gut aufgehoben. Außerdem habe ich nicht alles verstanden, was du gesagt hast. Wie ich schon sagte, du warst ziemlich verwirrt."

„Was habe ich denn gesagt?" fragte Simon kleinlaut.

„Du hast von deiner Liebe zu diesem Mädchen gesprochen. Dass du sie unbedingt aus dem Kloster befreien musst. Und dass dir ihr Vater ziemlich heftig zugesetzt hat. Es war, als hättest du alles noch einmal erlebt, hast dich gewunden und geschrien. Ich konnte dich kaum beruhigen. Dieser Mann hat dich schwer misshandelt. Die Spuren waren noch überall an deinem Körper zu sehen. Und mir schien fast, er hat dich mit überlegten Schlägen bestraft. So, als wolle er dir zwar Schmerzen bereiten, dich aber auf keinen Fall richtig verletzen oder gar töten. Er muss ein sehr kaltblütiger Mensch sein. Ich kenne mich in solchen Dingen ein wenig aus. Alle Stellen, an denen ein Schlag gefährlich werden kann hat er ausgespart. Ansonsten hat er dich jedoch nicht geschont."

Das habt Ihr am Zustand meines Körpers erkannt? Ihr müsst ein vorzüglicher Arzt sein."

Adrian lachte ein wenig gezwungen, wie es Simon schien.

„Ach weißt du, ich bin schon öfter auf Menschen gestoßen, denen es Spaß macht, andere zu quälen und zu verletzen. Manche Dinge prägen sich einem unauslöschlich ein. Aber davon wollen wir nicht reden. Erzähle mir lieber, wie du deine Nelia zu finden gedenkst. Falls es dir nicht unangenehm ist, würde ich gerne deine ganze Geschichte erfahren. Es erfährt sonst niemand davon. Wie ich schon sagte, bei mir sind Geheimnisse gut aufgehoben."

Irgendwie kam es Simon ganz selbstverständlich vor, dem großen, dunklen Mann seine ganze Lebensgeschichte zu erzählen. Adrian unterbrach in kein einziges Mal, hörte aber sehr genau zu. Erst als Simon geendet hatte, fragte er.

„Ist es dir bisher nicht seltsam vorgekommen, dass du keinen Nachnamen hast?

Jeder Bauernbursche kennt seinen Nachnamen. Irgendjemand auf der Burg deines Herrn muss doch deine Eltern, wenigstens deine Mutter gekannt haben. Das jemand den Namen seines Vaters nicht kennt, kommt ja manchmal vor. Aber die Mutter..."

Simon schaute ihn groß an. Daran hatte er noch nie gedacht. Dabei erschien es doch ganz logisch, was Adrian sagte. Schulterzuckend meinte er lahm:

„Wenn ich es recht bedenke, so haben sich mir gegenüber immer alle sehr zurückhaltend benommen. Kaum, dass einer mehr als belanglose Worte zu mir gesagt hat. Erst als ich älter wurde und mit den anderen arbeitete, sind sie aufgetaut. Und natürlich hat Nelia mit mir gesprochen. Sie war immer für mich da. Sie hat mir sogar lesen und schreiben beigebracht. Oder nein, das konnte ich schon. Ich glaube, das hat mich meine Mutter noch gelehrt. Aber ich bin mir nicht ganz sicher. Manchmal kommt es mir vor, als könne ich mich an sie erinnern. Aber das sind leider nur sehr kurze Momente. Das einzige, was mich an sie erinnert ist kleiner Prinz."

Er fuhr erschrocken hoch. „Wo ist mein Beutel mit meinen Sachen?"

„Nur keine Angst, den habe ich natürlich mit hierher genommen. Er liegt da drüben in der Truhe. Ich habe nur die paar Esswaren herausgenommen, damit sie nicht verderben. Soll ich dir den Beutel bringen?"

„Nein, nicht nötig. Mir ist nur wichtig, dass er da ist."

„Kleiner Prinz", nahm Adrian den Faden wieder auf. „Wer ist kleiner Prinz?"

Simon schlug verlegen die Augen nieder. „Das ist ein Stoffhund. Ein Talisman. Seltsamerweise erinnere ich mich noch genau an die Worte meiner Mutter als sie ihn mir gab. *Dieser Hund ist dein Talisman*, hat sie gesagt. *Er wird dich beschützen, wenn ich nicht mehr bei dir bin. Gib ihn niemals her.*" Er wischte sich mit der Hand über die Augen, ehe er mit brüchiger Stimme fortfuhr. „Ich habe kleiner Prinz immer bei mir getragen. So wie sie es gesagt hat."

Er schaute unsicher zu dem schweigsamen Mann an seinem Bett auf.

„Es ist wohl albern von mir. Wie kann mich ein Stoffhund, ein Talisman beschützen. Aber dennoch..." Er schwieg und schaute verlegen auf seine Hände, die auf der Bettdecke ruhten.

Eine sonnengebräunte Hand legte sich auf die seine und drückte sie kurz. Adrians beruhigende, tiefe Stimme drang an sein Ohr. „Oh, sage das nicht. Ein Talisman kann überraschend große Kräfte besitzen. Man muss nur an ihn glauben. Mit diesen Dingen kenne ich mich aus. Nicht umsonst nennt man mich den Hexer."

Kapitel 7: Das Angebot des Hexers

Nach einer weiteren Woche zog Adrian Simon die Fäden aus der verheilten Wunde. Mit einer spitzen Pinzette hielt er die einzelnen Fädchen hoch und schnitt sie dann auf einer Seite unterhalb des Knotens mit einem kleinen, sehr scharfen Messer durch. Dann zog er sie mit einem Ruck heraus. Simon schloss während der Prozedur ängstlich die Augen. Er befürchtete, die scharfe Klinge des Skalpells könne abrutschen und ihn erneut verletzen.

Was natürlich nicht geschah. Der Arzt verstand sein Handwerk ebenso wie seine Zauberei. Außer einem leichten Kitzeln spürte Simon nichts.

„So, fertig." ertönte jetzt die zufriedene Stimme Adrians. Er gab noch einen Tupfen Salbe auf die Narbe und rieb sie sanft ein.

„Es ist alles noch ein wenig rot und entzündet, aber ich versichere dir, in spätestens einem Jahr wirst du außer einem dünnen Strich nichts mehr davon sehen. Da, schau selbst."

Er kramte in der Schublade seines Arbeitstisches herum und zog schließlich einen Handspiegel hervor. Bevor er ihn Simon reichte, hauchte er ihn an und rieb ihn an seinem Wams blank.

Simon nahm ihn etwas unsicher entgegen und hielt ihn sich vors Gesicht. Es war das erste Mal seit vielen Jahren, dass er wieder in einen Spiegel sah. Er hatte sich seither sehr verändert, stellte er erstaunt fest. Verwundert blickte er in das ernste Antlitz eines jungen Mannes. Seine Züge waren ihm nur noch vage vertraut. Natürlich besaßen seine Augen noch das dunkle Nussbraun, ebenso wie die leicht gewellten schulterlangen Haare. Doch seine Nase hatte sich verändert, früher war sie eher klein gewesen, jetzt ragte sie kräftig, ja fast kühn aus seiner Gesichtsmitte. Sein Mund war breit, mit gut geschnittenen, vollen Lippen. Das ehemals runde Kinn wirkte nun kantiger. Ein paar flaumige Barthaare wuchsen darauf, genau wie auf seinen Wangen.

Über die Betrachtung seiner Züge vergaß er fast, weshalb ihm Adrian den Spiegel gegeben hatte. Erst ganz zum Schluss musterte er kritisch die rote, feine Linie, die sich über die obere rechte Gesichtshälfte zog. Adrian würde wohl Recht behalten. Falls sich die Narbe nicht noch sehr verändere, entstellte sie ihn kaum. Im Gegenteil, sie verlieh seinem Gesicht etwas Einzigartiges, Unverwechselbares. Er würde mit dieser Narbe leben können.

Er war wieder vollkommen gesund und eigentlich hielt ihn nun nichts mehr im Haus des Arztes. Dennoch war ihm gar nicht wohl bei dem Gedanken, weiter seiner Wege zu ziehen. Und das lag nicht nur daran, dass er nicht wusste, wo er fortan leben sollte. In den wenigen Tagen, die er hier gewohnt hatte, war ihm das Haus fast zum Heim geworden.

Adrian schien sich ebenfalls mit dem Gedanken an ihren Abschied zu beschäftigen. Als Simon ihm den Spiegel zurückgab, schaute er ihn nachdenklich an und fragte dann. „Was wirst du nun machen, Simon? Hast du schon Pläne?"

„Naja, ich denke, ich werde mir irgendwo eine Arbeit suchen. Wisst Ihr vielleicht, wo ein Knecht gebraucht wird? Ich kann auch gut mit Pferden umgehen. Ich stelle keine Ansprüche. Hauptsache, ich habe ein Dach über dem Kopf und regelmäßige Mahlzeiten." Hoffnungsvoll blickte er den Arzt an, doch der zuckte nur die Schulter.

Enttäuscht senkte Simon den Blick, murmelte entmutigt. „Ich weiß nicht, wie es weitergehen soll. Meine Zukunft kommt mir so... verworren vor. Nichts ist mehr so wie es war. Aber auf jeden Fall will ich Nelia möglichst bald aus dem Kloster holen." Er blickte unschlüssig auf den Tisch und zeichnete mit dem Finger unsichtbare Linien auf die Platte. Dann hob er den Kopf und schaute Adrian offen an.

„Auf jeden Fall danke ich Euch sehr für Eure Hilfe. Ich glaube wenn Ihr mich nicht aufgelesen hättet..., ich wäre in jener Nacht gestorben. Es ging mir wirklich sehr schlecht und vielleicht war es mein Glück, dass ich Euch ins Pferd gelaufen bin."

Adrian ging nicht auf seine Worte ein, sondern fragte ihn weiter aus.

„Wie stellst du es dir vor, Nelia aus dem Kloster zu holen? Was wollt ihr dann tun? Ohne Wohnung und Arbeit? Ich vermute, Nelia ist noch sehr jung, oder? Bestimmt jünger als du. Und als Tochter eines Adeligen ist sie vermutlich an geregelte Verhältnisse gewöhnt. Meinst du wirklich, sie würde einfach mit dir durchbrennen?"

Ein leiser Seufzer entrang sich Simons Kehle, als er ratlos die Schultern zuckte. „Nelia ist fast sechzehn Jahre alt, etwa zwei Jahre jünger wie ich. Und sie ist nicht verwöhnt, falls Ihr das meint. Ihr Vater hat sich nie viel aus ihr gemacht. Jedenfalls werde ich sie heiraten wenn sie einwilligt. Und dann werden wir zusammen weggehen. Irgendwo hin..."

„Ich könnte dir einen besseren Vorschlag machen", meinte Adrian. „Natürlich nur, wenn du ihn hören willst."

Als Simon mit neu erwachender Hoffnung nickte, fuhr er fort. „Du könntest eine Weile hier bei mir bleiben. Als mein Gehilfe - wenn es dir gefällt und du dich eignest kannst du auch mein Lehrling werden. Ich suche schon seit geraumer Zeit einen jungen Mann wie dich. Du machst mir einen vernünftigen und intelligenten Eindruck. Und du scheinst zupacken zu können, wenn es erforderlich ist. Ich zahle dir einen Lohn und du kannst bei mir wohnen. Selbstverständlich sind auch alle Mahlzeiten inbegriffen."

„Das wäre wunderbar..." Simons Gesicht strahlte, doch dann verdüsterte es sich schnell wieder. „... aber es wird nicht gehen. Wegen Nelia..."

„Nelia ist momentan im Kloster bestens aufgehoben. Eine Weile wird sie es dort sicher aushalten. Wir werden uns einen Plan überlegen, wie du sie sehen und mit ihr sprechen kannst. Dann könnt ihr gemeinsam überlegen, wie es weitergehen soll. Ich denke, sie hat nichts dagegen einzuwenden, dass du den Beruf des Heilers erlernst. Und wenn du erst einmal imstande bist, euren Lebensunterhalt zu verdienen holst du Nelia aus dem Kloster. In zwei, drei Jahren seid ihr beide auch älter und reifer. Ihr könnt dann eure gemeinsame Zukunft viel besser planen."

Simons Gedanken kreisten um den verlockenden Vorschlag. Nichts täte er lieber als hierbleiben. Aber dann verdüsterte sich sein Gesicht abermals.

„Was ist, wenn ihr Vater Nelia schon bald verheiratet? Alt genug wäre sie und dann bräuchte er sich nicht mehr um sie zu kümmern. Wie ich schon sagte, sie ist ihm lästig, weil sie ein Mädchen ist. Ein reicher Schwiegersohn käme ihm wahrscheinlich gerade recht. Ich weiß nicht... Vielleicht ist es doch besser, ich befreie sie sofort aus dem Kloster und gehe mit ihr weg."

Adrian wiegte ernst den Kopf und dachte über diese Möglichkeit nach. Schließlich gab er zu. „Das kann natürlich passieren, ist aber nicht sehr wahrscheinlich. Ich denke, ihr Vater hat es nicht so eilig, sie zu verheiraten. Hätte er einen passenden Ehemann für sie parat, so hätte er sie nicht erst ins Kloster gebracht. Aber ich will deine Entscheidung nicht beeinflussen. Es war nur ein Vorschlag." Er verschränkte die Arme vor der Brust und lehnte sich locker an die Wand. Seine schwarzen Augen ruhten unbeirrt auf Simon. Er wartete ab, wie der sich entscheiden würde.

„Meint Ihr wirklich, ich tauge als Euer Lehrling?" fragte Simon nach einigem Nachdenken. „Was kann ich denn alles von Euch lernen, zaubern etwa?" Im Geiste sah er sich als Zauberlehrling, der den Menschen atemberaubende Kunststücke vorführte. Der Gedanke entlockte ihm ein Lächeln. Adrian zuckte amüsiert die Schulter.

„Natürlich kann ich dir auch ein paar Zaubertricks beibringen, wenn dir das gefällt. Aber ich habe eher an die Heilkunst gedacht. Zuverlässige Helfer sind rar, ich suche schon lange jemanden, dem ich vertrauen kann. Ich glaube, du taugst als Gehilfe. Du hast einen scharfen Verstand und eine rasche Auffassungsgabe. Wenn du auch noch das nötige Interesse und eine gewisse Opferbereitschaft aufbringst, so bist du genau der Mann, den ich suche. Wenn dir der Beruf zusagt, bin ich gerne bereit, dich umfassend auszubilden. In ein paar Jahren, machst du dich dann als Heiler oder Bader selbständig. Wenn du die nötigen Voraussetzungen hast, kannst du sogar studieren und Arzt werden.

Es besteht jedenfalls kaum die Gefahr, dass du jemals arbeitslos wirst. Du hättest eine solide Grundlage um eine Familie ernähren zu können. Aber ich will dich nicht drängen. Denke in aller Ruhe darüber nach und sage mir dann Bescheid. Du kannst dir gerne noch ein paar Tage Zeit lassen mit deiner Entscheidung. Bis dahin kannst du das Zimmer weiter behalten. Es wäre sowieso deines, falls du bei mir bleibst."

Simon konnte vor Aufregung kaum einen klaren Gedanken fassen. Eben noch hatte er überlegt, wie sein weiteres Leben wohl verlaufen würde, hatte Angst wegen seiner Zukunft gehabt. Jetzt bot ihm dieser Mann die Möglichkeit, ein ganz neues, besseres Leben zu beginnen. Es war wie ein Traum und er befürchtete, daraus zu erwachen und wieder auf der Straße zu stehen.

„Nein, es ist kein Traum. Du bist wach und hast die Wahl." Der Hexer lachte leise über das verdutzte Gesicht des Jungen. Dann erklärte er wie beiläufig. „Ja. Ich besitze die Gabe, Gedanken zu lesen. Frage mich nicht, wie ich es mache oder warum es so ist, ich weiß es selbst nicht. Und ich darf dir verraten, diese Gabe ist nicht unbedingt eine Gnade. Sie hat mir schon viel Verdruss eingebracht, deshalb verschweige ich sie im Allgemeinen lieber. Aber dir vertraue ich, Simon. Ich denke, du wirst mein Geheimnis wahren."

Die schwarzen Augen schienen Simon jetzt direkt ins Herz zu schauen. Er starrte Adrian noch immer mit offenem Mund an. Dann, als er es bemerkte, klappte er ihn zu. Er suchte nach Worten, fand aber keine passenden. Schließlich entfuhr es ihm.

„Natürlich wahre ich Euer Geheimnis. Aber..., tut Ihr es immer?" Verlegen schaute er zu Boden, dann hob er den Blick wieder zu Adrian empor. „Ich meine, lest Ihr immer meine Gedanken? Nicht, dass es mir was ausmachen würde, aber..."

Jetzt lachte der Mann erheitert auf. Doch er wurde schnell wieder ernst und versicherte. „Nein, ich tue es nicht immer. Es strengt mich auch viel zu sehr an, es ständig zu tun. Und deine Gedanken sollen selbstverständlich weiterhin dir alleine gehören. Doch manchmal kann es ganz nützlich sein. Ich wollte es dir nur einmal demonstrieren. Es sollen keine Unklarheiten zwischen uns herrschen. Du sollst genau wissen, woran du mit mir bist. Aber da du so scharf aufs Zaubern bist, verrate ich dir, es ist ein guter Trick, mit dem ich die Leute gerne verblüffe. Denke an die Spielkarten. Doch jetzt lasse ich dich alleine, damit du in Ruhe nachdenken kannst. Wäge alles Für und Wider genau ab. Wenn du weißt, was du willst, so sage mir Bescheid."

Er zog seinen Umhang über und verließ das Haus um noch einen Krankenbesuch zu machen. Simon ging in sein Zimmer, legte sich aufs Bett, verschränkte die Arme hinter dem Nacken und starrte die Decke an. Eigentlich brauchte er keine Bedenkzeit, alles in ihm schrie *ja* zu Adrians Vorschlag. Plötzlich sah seine Zukunft rosig aus. Nur um Nelia machte er sich Sorgen. Würde sie es so lange im Kloster aushalten, bis er genügend Geld und Wissen besaß um ihnen beiden eine sichere Zukunft zu bieten? Würde ihr Vater sie doch schneller verheiraten, als Adrian vermutete? Und vor allem, würde sie ihn, Simon überhaupt haben wollen? Vielleicht hatte sie ihm ja nur aus Mitleid diesen Brief geschrieben und es sich inzwischen längst anders überlegt.

Schließlich schlief er über seinen Grübeleien ein. Im Traum erschienen wieder seine Geister und lächelten ihm stumm zu. Sie waren seit seiner Abreise von der Burg nicht mehr bei ihm gewesen. Er wertete ihr stummes Wohlwollen als Zustimmung. Am nächsten Morgen sagte er Adrian, dass er bei ihm bleiben wollte.

„Ich habe mir überlegt, dass es nicht schaden kann, wenn wir einen Ausflug zum Kloster Schmerlenbach machen" meinte Adrian nachdenklich beim Mittagessen.

Außer ihnen beiden saßen noch Friedrich, der Zwerg und Maria, die Haushälterin am Tisch. Maria schaute kaum von ihrem Teller auf. Sie war schon alt und hörte schlecht. Außerdem war sie nicht mehr sehr arbeitsam. Die Küche sah ein wenig verwahrlost aus, es hätte dringend mal gründlich geputzt werden müssen. Doch das Essen der alten Frau schmeckte ausgezeichnet. Adrian behielt sie wohl hauptsächlich aus diesem Grunde, überlegte Simon. Oder es machte ihm ganz einfach nichts aus, in schmutziger Umgebung zu essen.

Friedrich war schweigsamer als Simon ihn in Erinnerung hatte. In der Wirtschaft, als er seine Jonglierkunststücke vorgeführt hatte, hatte der Zwerg munter und forsch drauflos geplappert. Doch hier, im Haus des Hexers bekam er kaum die Zähne auseinander. Außer natürlich zum Essen. Der kleine Mann konnte unglaubliche Portionen verdrücken. Sein gehäufter Teller leerte sich in Windeseile, nur um sofort mit einem kräftigen Nachschlag gefüllt zu werden.

Simon hob freudig überrascht den Kopf. „Ja, das würde ich gerne. Aber habt Ihr denn auch die Zeit dafür übrig?" In den wenigen Tagen, die er nun hier war, blieb ihm nicht unverborgen, dass Adrian ein ausgefülltes Tagwerk hatte. Schon in aller Frühe stand er auf und kam oft erst spät in der Nacht nach Hause. Und wenn er einmal ein paar Stunden zu Hause blieb, verbrachte er sie hauptsächlich in seiner *Hexenküche*. Er nannte die geräumige Stube unter dem Dach selbst so, wenn es aus seinem Mund auch ein wenig ironisch klang. Und als Simon sie zum ersten Mal sah, musste er zugeben, genauso stellte er sich einen solchen geheimnisumwitterten Ort vor.

Die Hexenküche nahm das ganze Dachgeschoß des großen Hauses ein, das Adrian sein eigen nannte. Von den hölzernen Dachbalken hingen Büschel getrockneter Kräuter herab und verströmten einen herben Duft. Auf einem riesigen blank gescheuerten Tisch standen Kisten mit allen möglichen Utensilien. In irdenen Töpfen und Flaschen wurden geheimnisvolle Flüssigkeiten, Salben oder Pulver aufbewahrt. Außerdem gab es seltsam geformte Gefäße, einen Destillierapparat und eine kompliziert aussehende Waage, auf der auch kleinste Mengen abgewogen werden konnten. Eine Feuerstelle mitten im Raum über der an einem Eisengestell ein kupferner Kessel hing, vervollständigte den hexenhaften Eindruck. Im Gegensatz zum übrigen Haus war die Hexenküche peinlich sauber und äußerst penibel aufgeräumt.

„Natürlich habe ich Zeit", unterbrach Adrians Stimme Simons abschweifenden Gedanken. „Also mach dich gleich nach dem Essen bereit. Nimm deinen Umhang mit, es ist immer noch empfindlich kühl und ich möchte nicht, dass du einen Rückfall bekommst. Ach ich vergaß - kannst du reiten oder soll ich die Kutsche anspannen lassen?"

„Doch ja, ich kann reiten. Als Stalljunge muss man so etwas können."

„Na prima. Ich fahre nicht besonders gerne mit der Kutsche. Friedrich, du kannst ja einstweilen unsere Kiste packen. Heute Abend sollen wir bei einer Hochzeit ein paar Kunststücke vorführen. Wir werden rechtzeitig zurück sein. Der Zwerg brummte nur mürrisch, holte sich noch eine Hühnerkeule von der Platte und schob sie genüsslich zwischen seine schiefen Zähne.

Simon traf Adrian im Stall, wo der gerade seinen schwarzen Hengst sattelte. Das Pferd war riesig und so schwarz wie die Nacht. Es besaß noch nicht einmal einen weißen Stirnfleck. Sogar seine Hufe waren schwarz. Nur das Weiße in seinen Augen leuchtete für einen Moment gespenstig auf, als es den Kopf hochwarf und zu Simon schielte.

„Ruhig, Luzifer", erklang Adrians sanfte Stimme und er klopfte dem Pferd beruhigend den Hals. „Das ist Simon. Du wirst dich an ihn gewöhnen. Er gehört jetzt zur Familie."

Zu Simon gewandt meinte er. „Luzifer ist ein wenig ungnädig Fremden gegenüber. Aber wenn du ihm einen Apfel gibst, gewöhnt er sich schnell an dich. Für Äpfel hat er eine Schwäche."

Tatsächlich ließ sich der Hengst herab und nahm hoheitsvoll den Apfel aus Simons Hand. Mit einem Knacken verschwand die Frucht zwischen seinen mahlenden Kiefern. Danach machte er den Hals lang um zu sehen, ob es noch einen weiteren Leckerbissen für ihn gab. Nach einem zweiten Apfel ließ er sich sogar die samtweichen Nüstern streicheln.

„Siehst du. Er wird schon zutraulich. Schäm' dich Luzifer. Lässt dich durch einen wurmstichigen Apfel bestechen." Lachend klopfte Adrian dem Hengst auf die glänzende Kehrseite und führte ihn aus dem Stall. Zu Simon sagte er im Vorbeigehen. „Ich habe dir den Rappschimmel gesattelt, mit der Stute verträgt sich Luzifer besser als mit dem Wallach. Er attackiert den armen Kerl gerne."

Simon führte die Stute aus dem Stall und saß auf. Sie war ebenfalls ein sehr großes Tier. Doch trotz ihrer Größe wirkten die beiden Pferde nicht etwa grobknochig oder gar plump, sondern edel. Solche Tiere hatte Simon noch nie gesehen.

„Welche Pferde sind das denn?" fragte er interessiert. „Sie sehen sehr rassig aus. Und sie sind wahrhafte Riesen." Er strich bewundernd über den wohlgeformten Hals der Stute. Sie war ebenso wie der Hengst sehr gut gepflegt, erkannte er mit Kennerblick.

„Sie entstammen einer sehr alten Rasse. Früher wurden sie gezüchtet um Ritter mitsamt ihren schweren Rüstungen in Turnieren zu tragen. Heute braucht man so kräftige Reittiere nicht mehr, und zur Feldarbeit oder vor dem Wagen taugen sie nicht. Deshalb ist die Rasse fast ausgestorben. Aber mir gefallen sie, deshalb beschloss ich, sie zu züchten. Ich kann natürlich nur wenige Fohlen heranziehen, weil ich sie kaum losbekomme. Sie fressen enorme Mengen, wie du dir vorstellen kannst. Ein einfacher Bauer kann sich deshalb so ein Pferd nicht leisten. Und ich möchte die Fohlen nicht großziehen, um sie später zum Schlachten zu verkaufen."

Sie saßen auf und verließen das Anwesen. Adrians Haus lag weit abseits der anderen Häuser auf einer Anhöhe über dem Main. Es war ein etwas seltsam anmutender steinerner Bau mit einem wuchtigen viereckigen Turm.

„Habt Ihr das Haus selbst gebaut?" fragte Simon neugierig als sie durch das schmiedeeiserne Tor ritten. Adrian schüttelte den Kopf. „Nein, ich habe es gekauft als ich vor einigen Jahren hier sesshaft wurde. Es gehörte einem alten Arzt, der ebenfalls als Hexer verschrien war. Ich wohnte zuerst eine Weile bei ihm und lernte von seinen Künsten. Als er ...starb kaufte ich es seinen Söhnen ab. Sie wollten es nicht haben, weil sie fürchteten es würde darin spuken oder der Teufel würde hier wohnen. Ich wusste, weder das Eine, noch das Andere traf zu, aber das band ich den abergläubischen Gesellen nicht auf die Nase. Sie überließen mir das Haus zu einem günstigen Preis, waren froh, es los zu sein. Ich hatte keine Gewissensbisse dass ich sie übervorteilt habe, schließlich habe ich mich lange Zeit der Pflege ihres Vaters gewidmet, als er krank wurde. Während sie nur sein Geld verprasst haben."

Er lachte in sich hinein und brachte sein Pferd in leichten Galopp.

Simon blieb auf dem schmalen Weg ein Stück hinter ihm zurück. Nachdenklich glitt sein Blick über den großen Mann, der so anders war, als alle Menschen, die ihm bisher begegnet waren. Das betraf nicht nur die mystische Aura, die ihn umgab. Auch sein Äußeres war ungewöhnlich. Adrian war ein auffallend gutaussehender Mann und er schien eine ausgesprochene Schwäche für die Farbe Schwarz zu haben. So, wie er jetzt vor ihm her ritt wunderte es Simon nicht, dass die Leute ihn einen Hexer nannten. Seine langen ebenholzschwarzen Haare wehten ungebändigt im Wind. Und dazu besaß er diese schwarzen Augen, die so beschwörend schauen konnten. Unter seinem schwarzen Umhang trug Adrian ein schwarzes Wams und eine schwarze Hose. Einzig sein Hemd war weiß. Wenn er, so wie jetzt auf seinem rabenschwarzen, riesigen Pferd dahin preschte, konnte er ängstlichen Gemütern leicht wie der Teufel persönlich vorkommen.

Doch Adrian schien dieses Image nichts auszumachen, Simon hegte sogar den leisen Verdacht, der Hexer würde seinen zweifelhaften Ruf genießen. Ja er schürte ihn noch, indem er an manchen Abenden Vorstellungen seiner schwarzen Kunst abhielt. So wie auch heute Abend wieder.

Die Straße wurde breitet, Simon holte auf und ritt nun neben dem Hexer her. Nach einer Weile des Schweigens fragte er.

„Was ist das eigentlich für ein Name? Adrian. Den habe ich zuvor noch nie gehört. Und Ihr habt mir nie Euren Nachnamen genannt. Besitzt Ihr etwa auch keinen?"

Adrian warf ihm einen schnellen, undurchdringlichen Blick zu und Simon bekam Gewissensbisse, etwas Falsches gesagt zu haben. Doch dann zügelte der dunkle Mann sein Pferd und ließ es im Schritt weitergehen. Ohne erkennbare Gefühlsregung erklärte er.

„Der Name Adrian kommt aus dem Lateinischen. Es ist der Name eines Papstes aus dem 16.Jahrhundert, wenn ich mich recht erinnere. Meine Mutter hat darauf bestanden, dass ich so getauft wurde. Sie stammt aus Italien, und wollte mich nach ihrem Bruder benennen, der schon im Kindesalter gestorben ist. Was meinen Nachnamen betrifft..." Er seufzte unbewusst tief auf und schüttelte den Kopf.

„Es gab da einen hässlichen Streit mit meinem Vater. Ich bin im Zorn von zu Hause weggegangen und habe mir geschworen, den Namen niemals mehr zu erwähnen. Bis heute habe ich mich daran gehalten. Ich bin nur Adrian. Adrian der Hexer oder Adrian der Heiler. Mir ist es gleich, wie mich die Leute nennen."

„Entschuldigt, Herr. Es lag mir fern, alte Wunden aufzureißen. Es war dumm von mir." Simon war ehrlich zerknirscht wegen seiner ungebührlichen Neugier.

Der Hexer winkte großzügig ab. „Ach, mach dir deswegen keine Gedanken. Jeder hat im Leben sein Päckchen zu tragen. Und das alles ist schon lange her. Vielleicht erzähle ich dir irgendwann einmal die Geschichte. Aber um auf deine Anrede zu sprechen zu kommen. Du musst mich nicht *Herr* nennen. Und das förmliche *Ihr* und *Euch* kannst du auch weglassen. Ich lege auf Titel oder ähnliche Förmlichkeiten keinen Wert. Für mich zählt nur der Mensch. Also nenn mich einfach Adrian und sag du zu mir. Das ist mir am liebsten."

Simon war sehr erfreut über dieses Angebot. Er wertete es als Beweis, dass Adrian ihn schätzte und ihm vertraute. Er nahm sich vor, dieses Vertrauen nie zu enttäuschen.

Nach einer knappen Stunde Ritt standen sie vor den Mauern des Klosters, das wie eine kleine Festung wirkte. Es bestand aus einer kleinen Kirche und mehreren langgestreckten Steingebäuden inmitten angelegter Gärten, die von einer sehr hohen steinernen Mauer umgeben waren. Das einzige Tor war durch lange eiserne Gitterstäbe verschlossen, die bis an den oberen, gemauerte Rand stießen. Für ungebetene Eindringlinge bestand keine Chance.

„Wie soll ich hier jemals hineinkommen um Nelia zu finden?" klagte Simon mutlos. „Ich bezweifle, dass mich ihre Tante, die Äbtissin zu ihr lässt. Sicher hat der Freiherr ihr genaue Instruktionen erteilt. Ich kann Nelia noch nicht einmal wissen lassen, dass ich hier bin. Was meinst du, Adrian? Wäre es vorteilhaft ihr einen Brief zu schreiben?"

„Das halte ich für keine gute Idee. Wenn die Äbtissin erfährt, dass Nelia einen Verehrer hat, wird sie noch besser auf sie aufpassen. Nein, wir müssen eine andere Möglichkeit finden, an sie heranzukommen. Es muss möglichst unauffällig geschehen." Er starrte grübelnd auf das Tor, dann erhellte ein verschmitztes Grinsen sein Gesicht.

„Wenn ein Kranker vor den Toren des Klosters steht, können die frommen Schwestern ihm eigentlich keine Hilfe verweigern. Das ist es, Simon. Wir reiten heim und ich werde ein paar Vorbereitungen treffen. In einigen Tagen bringe ich dich als angeblich Schwerkranken an die Klosterpforte. Es wird den Schwestern nichts anderes übrig bleiben, als dich aufzunehmen und gesund zu pflegen. Dann hast du ein, zwei Tage Zeit, Nelia zu finden und mit ihr zu sprechen."

„Aber wie willst du das anstellen? Ich bin doch gar nicht krank. Die Nonnen werden es bemerken und mich wegschicken."

Adrian grinste nun breit und maß Simon mit einem belustigten Blick.

„Lass das nur mal meine Sorge sein. Man sagt mit nach, ich könne nicht nur Krankheiten heilen, sondern auch heraufbeschwören. Das ist eine gute Gelegenheit, es tatsächlich einmal ausprobieren. Ich werde dir eine Krankheit anzaubern, die die Nonnen um dein Leben fürchten lässt. Es gibt da ein paar Mittelchen... Aber das erkläre ich dir alles auf dem Heimweg. Komm, wir reiten zurück. Heute Abend muss ich auf der Hochzeit zaubern. Aber morgen beginnen wir sofort damit, aus dir einen todkranken jungen Mann zu machen."

Kapitel 8: Im Kloster

Etwa zur gleichen Zeit befand sich Hunold zu Kilchenstein auf dem Rückweg zur Burg. Er war zufrieden, Kornelia befand sich unter der Obhut seiner Schwester sicher im Kloster. Er konnte gute Geschäftsabschlüsse tätigen und Falk hatte sich ganz wacker als zukünftiger Geschäftsmann geschlagen.

Er freute sich schon darauf, Simon noch ein bisschen zuzusetzen. Gleich, wenn er zu Hause war, würde er damit beginnen. So einfach, mit einer Tracht Prügel sollte ihm dieser verhasste Bastard nicht davonkommen. Ich habe ihn viel zu lange mit Samthandschuhen angefasst, dachte er und nahm sich vor, dass sofort nach seiner Ankunft auf der Burg gravierend zu ändern. Wenn er mit ihm fertig war, würde der Bursche nicht einmal mehr wagen, an Kornelia zu denken.

Zum Glück, war er noch rechtzeitig dazugekommen, ehe Simon seine Tochter entehren konnte. Nicht auszudenken, wenn er sie geschwängert hätte. Es war nur Falk zu verdanken, der sich verplappert hatte, dass er noch eingreifen konnte bevor es zwischen den beiden zum Letzten gekommen war.

Der Abend ging bereits in die Nacht über, als sie vor den heimatlichen Ställen aus den Sätteln stiegen. Hannes, der alter Knecht kam ihnen entgegen, um die Pferde zu übernehmen. Eigentlich wäre es Simons Aufgabe gewesen, doch der hatte sich anscheinend vor Angst in irgendeine Ecke verdrückt.

„Wo ist der Junge?" herrschte Hunold den Alten an. „Schaff' ihn mir auf der Stelle bei. Oder spielt er noch immer den Kranken, wegen der paar blauen Flecke?" Insgeheim erschrak er bei diesem Gedanken. Hatte er am Ende doch fester zugeschlagen und den Jungen ernsthaft verletzt? Nein, das konnte nicht sein, beruhigte er sich selbst, er hatte sich doch extra zurückgehalten. Obwohl er ihm am liebsten mit wahrer Wonne jeden Knochen einzeln gebrochen hätte.

„Simon? Der hat sich aus dem Staub gemacht, kaum dass Ihr weg wart, Herr. Hat sich noch nicht mal verabschiedet. Wir haben es erst mittags gemerkt, als er nicht zum Essen erschien."

Der Knecht wollte mit den Pferden in die Dunkelheit des Stalles eintauchen, doch Hunold hielt ihn am Arm zurück.

„Er ist was?" schrie er fast und starrte den alten Mann entgeistert an.

„Wo ist er hin?" Als Hannes nur mit der Schulter zuckte, schnauzte er ihn an. „Ich habe dir doch aufgetragen, ihn zu verarzten."

„Das habe ich ja auch getan. Aber als ich sicher war, er würde keine Schäden von den Prügeln davontragen, bin ich wieder zu meiner Arbeit zurück. Ihr habt nicht gesagt, ich muss bei ihm bleiben", verteidigte sich der Knecht. „Ich habe sogar in der Nacht noch einmal nach ihm geschaut. Da hat er ganz friedlich in seinem Bett geschlafen."

Hunold knurrte gereizt, sagte aber nichts mehr dazu. Wütend ballte er die Fäuste und starrte in den Nachthimmel. Dann fiel ihm noch etwas ein und er hielt den Alten abermals zurück. „War sonst noch jemand bei ihm? Hat er irgendeinem gesagt, wo er hin will?"

„Nein, nicht das ich wüsste. Doch ja..., als ich abends nochmals nach ihm schaute, da kam Sofia aus seiner Kammer. Hab mich noch gewundert deswegen..."

„Sofia? Was wollte die denn bei Simon?" Er wartete keine Antwort ab sondern wandte sich ab. „Ich frage sie am besten selbst."

„Das wird nicht gehen", rief ihm Hannes nach. „Die ist nämlich auch weg. Sagte, sie geht zu ihrer Tante zurück."

Später saß Hunold grübelnd in seinem Lieblingssessel. Konnte es sein, überlegte er, dass Simon mit Sofia gegangen war? Aber dann verwarf er den Gedanken wieder. Sofia war so ein schüchternes Ding, sie und Simon, nein, das konnte er sich nicht vorstellen. Aber sie war bei ihm in der Kammer gewesen. Hannes hatte sie gesehen. Was also wollte sie bei ihm?

Natürlich, warum war ihm das nicht sofort eingefallen. Die junge Zofe hatte Simon eine Nachricht von Kornelia überbracht. Erneut stieg Zorn in ihm hoch. Warum war ihm nie aufgefallen, dass sich seine Tochter und Simon so nahe gekommen waren? Und warum hatte ihm Falk, der zweifellos davon wusste, nichts gesagt? Er nahm sich vor, ihn gehörig deswegen zusammenzustauchen. Doch das hatte Zeit. Viel wichtiger war es, zu erfahren welche Nachricht Simon von Kornelia erhalten hatte. Ganz sicher wusste Sofia mehr. Sollte er sie bei ihrer Tante aufsuchen und befragen?

Aber dann verwarf er den Gedanken wieder. Er hatte erst heute erfahren, dass Sofia Eddas Nichte war. Und Edda stand ganz bestimmt nicht auf seiner Seite. Sie wusste sowieso viel zu viel. Und er wusste nicht einmal, wo sie jetzt wohnte. Sie ausfindig zu machen und aufzusuchen, hieße schlafende Hunde wecken. Das wollte er keinesfalls riskieren. Nein, er musste alleine auf Simons Spur kommen. Zum Glück blieben ihm noch drei Jahre Zeit, den Jungen wieder einzufangen. Es müsste doch mit dem Teufel zugehen, wenn er ihn nicht fand. Plötzlich kam ihm ein Gedanke. Hatte Kornelia Simon von Sofia mitteilen lassen, wo sie hingebracht wurde? Sie wusste, in welches Kloster sie gehen musste. Da war es doch naheliegend, dass sie ihr Wissen ihrem Herzallerliebsten hatte zukommen lassen. Ja, je länger er darüber nachdachte, umso sicherer war er sich. Simon befand sich in Aschaffenburg.

„Bist du sicher, dass es wirkt?" Simon schaute schaudernd auf das Gebräu, das Adrian ihm gerade zubereitete. Er durfte bei der Herstellung zuschauen und der

Hexer hatte ihm genau erklärt, welches Kraut welche Symptome hervorrief. Zum ersten Mal konnte er ihm bei der Arbeit in der *Hexenküche* zusehen. Er war beeindruckt, wie gewissenhaft Adrian alle Zutaten abwog und miteinander vermischte.

Auf dem Tisch lag ein uraltes Buch, das mit der Hand geschrieben, und mit gezeichneten Abbildungen versehen war. Adrian blätterte ein paar Seiten zurück und fuhr mit dem Finger eine Zeile nach. Dann tippte er auf eine Stelle.

„Ein wenig getrockneter, zerstoßener Fliegenpilz fehlt noch, schau doch mal da oben in dem Glas nach. Der Name steht auf dem Etikett."

„Fliegenpilz? Willst du mich vergiften?" Simon starrte entgeistert auf das Buch. „Was für ein Rezept ist das?"

Adrian winkte lässig ab ohne die Augen von der fast unleserlichen Schrift zu nehmen und meinte fröhlich. „So eine Prise Fliegenpilz bringt dich nicht um. Aber er lässt dich herrlich grün aussehen. Leider verursacht er tatsächlich Übelkeit. Aber du willst ja krank aussehen. Da kann ich dir ein bisschen wirkliches Leiden nicht ersparen. Ich versichere dir jedoch, die Zutaten sind alle nicht gesundheitsschädlich. Zumindest nicht in der Menge, in der ich sie verwende."

Inzwischen kannte Simon den spöttischen Humor Adrians, den er in manchen Dingen an den Tag legte. Doch er bewunderte ihn auch. Der Hexer besaß wirklich umfangreiche Kenntnisse, was Krankheiten und ihre Heilung betraf. Er hatte ihm verraten, dass er jahrelang an verschiedenen Universitäten studiert hatte. Daneben hatte er eifrig von seinem als Hexer verschrienen Mentor Kräuterkunde, sowie weiße und auch ein wenig schwarze Magie gelernt.

Der Trank, den er nun zusammenbraute fiel eindeutig in die letzte Kategorie. Eigentlich diente er dazu, einem unbeliebten Menschen vorübergehend gesundheitlichen Schaden zuzufügen.

Adrian hatte ein paar Zutaten verändert oder abgeschwächt, denn er wollte Simon ja nicht wirklich krank machen. Dennoch warnte er ihn jetzt erneut.

„Dir wird furchtbar schlecht werden. Die Übelkeit und die Hautausschläge werden mindestens acht Stunden anhalten. Willst du es dir nicht noch einmal überlegen? Ich kann dir auch ein weniger drastisch wirkendes Mittel zusammenstellen."

Simon schüttelte kategorisch den Kopf. „Das wirkt nicht lange genug. Unter den frommen Schwestern gibt es bestimmt einige, die sich in der Heilkunde auskennen. Wenn ich durchschaut werde, bin ich schneller vor der Türe als ich hineingekommen bin. Nein, ich werde es schon überleben. Ich vertraue dir voll und ganz."

Adrian brummte nur und vertiefte sich erneut in die Rezeptur.

Dann schlug er das Buch mit einem lauten Knall zu und legte es wieder an seinen Platz, versteckt in einer Schublade. „So, das wär's. Jetzt müssen die Zutaten noch eine Weile köcheln. Dann seihen wir sie durch ein Tuch und morgen trinkst du das Zeug, bevor wir losreiten. Bis wir am Kloster angekommen sind, wirst du schon anfangen, dir die Seele aus dem Leib zu kotzen."

Er klopfte Simon gutmütig auf den Rücken. „Ich beneide dich nicht, mein Freund. Aber für die wahre Liebe muss man halt Opfer bringen. Die akute Wirkung des Trankes hält sechs bis acht Stunden an. In dieser Zeit wirst du kaum fähig sein den Kopf zu heben. Danach geht es dir wieder gut, nur der Ausschlag ist noch länger zu sehen. Es fällt dir aber bestimmt nicht schwer, weiterhin Übelkeit zu simulieren. Bis die letzten Symptome abgeklungen sind, vergehen zirka zwei Tage. In der Zeitspanne musst du deine Nelia gefunden haben, denn dann werden dich die Nonnen schleunigst fortjagen. Ein gesunder junger Mann im Kloster, das ist nicht tragbar." Er lachte und zwinkerte vergnügt.

Simon fand es nicht ganz so lustig. Er durfte gar nicht daran denken, den Trank zu schlucken. Schon der Geruch des siedenden Gebräus rief bei ihm Übelkeit hervor. Doch er wurde in seinem Entschluss nicht wankend. Um zu Nelia zu gelangen würde er noch ganz andere Dinge riskieren.

Am nächsten Morgen machten sie sich frühzeitig auf den Weg. In der Nähe des Klosters hielten sie unter einer Gruppe von Birkenbäumen die Pferde an und stiegen ab. Hier waren sie vom Kloster aus nicht zu sehen. Adrian nahm Simon genau in Augenschein. Dann nickte er zufrieden. „Es wirkt prima. Du hast wunderschöne rote Flecken im Gesicht. Wie fühlst du dich?"

Statt einer Antwort würgte Simon und spie ihm einen Teil seines Frühstücks vor die Füße. Er presste die Hände auf den Magen und krümmte sich leicht zusammen. „Mir ist elend", murmelte er. „Bring' mich schnell hin, damit ich mich legen kann."

Auf seiner Stirn bildeten sich kleine Schweißperlen und vom Schüttelfrost schlugen seine Zähne aufeinander. Adrian packte ihn unter den Armen und hievte ihn aufs Pferd zurück. Er nahm die Zügel in die Hand und zog die Stute neben sich her. „Tut mir leid", meinte er ernst und hielt Simon am Arm gepackt, damit er nicht vom Pferd fiel. „Aber ich habe dich gewarnt."

Simon grunzte nur etwas Unverständliches. Kaum konnte er sich auf die nächsten Worte seines Freundes konzentrieren.

„Ich kann nur hoffen, dass mich keine der Nonnen kennt", erläuterte Adrian. „Sie würden mir sonst nicht abnehmen, dass ich nicht weiß, was ich mit dir anfangen soll. Dann wäre alles umsonst gewesen."

Aber es lief wie geplant. Eine ältliche Nonne öffnete auf sein Läuten die kleine Pforte. Sie schlug erschrocken die Hände vors Gesicht, als ihr Simon fast vor die Füße fiel. Doch sie fasste sich schnell und rief laut nach Hilfe. Zusammen mit zwei kräftigen Schwestern trug Adrian Simon in eins der Krankenzimmer des Klosters. Dabei erzählte er in aufgeregtem Tonfall, wie er diesen kranken jungen Mann auf dem Weg gefunden hatte. Endlich beendete er seinen Wortschwall.

„Ich wusste nicht, was ich tun sollte, deshalb habe ich ihn hierher gebracht. Er war zu schwach, sich auf dem Pferd zu halten. Ich hätte ihn nie bis in die Stadt gebracht. Was kann er bloß haben? Hoffentlich nichts Ansteckendes."

Er verabschiedete sich dann ziemlich schnell, so als wolle er nicht mehr als nötig mit dem Kranken zu tun haben. Den Nonnen blieb nichts anderes übrig, als Simon dazubehalten.

Die nächsten paar Stunden war er kaum ansprechbar. Er erbrach sich mehrmals, bis auch der letzte Rest seines reichlichen Frühstücks in der Schüssel lag, die ihm eine freundliche Schwester unter den Kopf hielt. Adrian hatte ihn am Morgen extra angehalten viel zu essen, damit das Mittel langsamer wirkte und er mehr zu speien hatte.

Er krümmte sich und hielt sich die Hände an den Leib. Nicht zum ersten Mal verfluchte er die Idee, den Kranken zu spielen. So schlecht war ihm noch nicht einmal gewesen, als er tatsächlich krank war. Doch nun war es zu spät, er musste durchhalten. Er hoffte, sein Opfer wäre wenigstens nicht umsonst und er würde Nelia sehen.

Gegen Nachmittag ließ die schreckliche Übelkeit allmählich nach und er sank in einen erschöpften Schlaf. Als er erwachte war es dunkel um ihn herum. Nur eine einzelne Kerze auf einer Kommode versuchte vergeblich, die Finsternis zu durchdringen.

Neben ihm erklangen leise Atemzüge und er erkannte eine schlafende Nonne, die zu seiner Pflege abkommandiert war. Er ließ sie schlafen und dachte über sein weiteres Vorgehen nach. Wie Adrian ihm versichert hatte, war die Übelkeit vollkommen gewichen. Er fühlte sich gesund und kräftig, so als ob nichts gewesen wäre. Nur sein Schlund schmerzte vom vielen Würgen und er spürte Muskelkater in seinen Brust- und Bauchmuskeln.

Er hatte keine Ahnung, wie spät es war. Am liebsten wäre er aufgestanden und hätte sich auf die Suche nach Nelia gemacht. Doch das war natürlich unmöglich. Aber er hatte ja morgen den ganzen Tag Zeit, sie zu finden. Solange musste er sich gedulden. Mit dem Gedanken an das Wiedersehen mit ihr schlief er wieder ein.

Am Morgen weckte ihn die Nonne. Er dachte an Adrians Mahnung und spielte den Kranken überzeugend weiter. Er klagte mit matter Stimme über Übelkeit und Leibschmerzen und lehnte das leichte Frühstück ab, obwohl ihm der Magen knurrte. Als die Nonne das Zimmer verließ, sprang er auf und hob das lange Nachthemd an, das man ihm übergezogen hatte. Sein Körper war noch immer mit roten Flecken bedeckt. Sie begannen jedoch bereits zu verblassen. Aus der nahen Klosterkapelle ertönte Gesang. Sicher war Nelia auch bei der Frühmesse. Er hätte etwas darum gegeben sie sehen zu können. Doch noch immer wusste er nicht, wie er es überhaupt anstellen sollte. Es war zum Verzweifeln.

Am Mittag war ihm noch immer kein Plan eingefallen. Er lag mit hinter dem Kopf verschränkten Armen auf dem Bett und grübelte mit geschlossenen Augen. Er war alleine. Nachdem die Nonne, die ihn pflegte sich davon überzeugt hatte, dass es ihm besser ging, kam sie nur noch ab und zu in sein Zimmer. Vorhin hatte er sie um eine kleine Mahlzeit gebeten. Sein Hunger war ständig größer geworden, schließlich konnte er ihn nicht mehr aushalten. Da auch die Flecken auf seinem Körper merklich schwanden konnte er nicht mehr den Todkranken spielen. Spätestens am nächsten Morgen würde er das Kloster wieder verlassen müssen.

Als jetzt leise die Türe aufging, öffnete er erwartungsvoll die Augen. Das Wasser lief ihm in Vorfreude auf seine Mahlzeit im Munde zusammen. Doch dann vergaß er seinen Hunger und verschluckte sich an seiner Spucke. Keuchend fuhr er auf und krümmte sich unter einem heftigen Hustenanfall. Das war Nelias Glück, denn es lenkte die Nonne, die neben ihr das Zimmer betrat von ihrem erstaunten Ausruf ab.

Mit tränenden Augen starrte Simon auf die schmale Gestalt Nelias. Es kam ihm wie ein Traum vor, sie so plötzlich vor sich zu sehen. Sie hatte sich schneller als er wieder in der Gewalt und stellte nun das Tablett neben ihn auf den kleinen Nachttisch. Ein strahlendes Lächeln huschte über ihr Gesicht, als sie sich zu ihm herunterbeugte und erlosch, als sie sich wieder aufrichtete. Simon starrte sie mit offenem Mund an, was der Nonne einen missbilligenden Blick entlockte.

„Es scheint dir ja schon wieder viel besser zu gehen", brummelte sie ungnädig. „Das ist gut. Dann kannst du uns ja morgen früh verlassen. Kannst du alleine essen, oder soll Kornelia dir behilflich sein?"

Simon fand den Gedanken sehr verlockend, sich von Nelia füttern zu lassen, doch angesichts der grimmig blickenden Nonne verzichtete er lieber darauf. „Danke, es geht schon", lehnte er höflich ab und versuchte, seinen Blick von Nelia zu reißen. Es gelang ihm nur unter größter Willensanstrengung.

Ihr schien es ähnlich zu gehen, doch die ältere Nonne schob sie nun unnachgiebig in Richtung der Türe. Als sie im Umdrehen noch einen kurzen Blick in Simons Gesicht werfen konnte, formten ihre Lippen lautlos die Worte *heute Abend*. Eine Sekunde darauf war sie verschwunden.

Nelias unvermutetes Auftauchen hatte Simon den Appetit verschlagen. Doch er zwang sich dazu, die leichte Mahlzeit zu essen. Während er gedankenverloren einen Bissen nach dem anderen in den Mund schob und kaute, grübelte er darüber nach, was Nelia gemeint haben könnte. Er war sich sicher, *heute Abend* verstanden zu haben. Aber was bedeutete *heute Abend*? Würde sie ihn nochmals besuchen um ihm sein Abendessen zu bringen, oder sollte er sie aufsuchen? Eigentlich konnte sie nur Ersteres gemeint haben. Er wusste ja gar nicht, wo er sie finden könnte.

Der Nachmittag verging in zäher Eintönigkeit. Eine andere Nonne hatte das Geschirr abgeholt und ihm einen Kräutertee gebracht. Von Nelia keine Spur. Je weiter der Abend voranschritt, desto unruhiger wurde Simon. Hätte er sie doch aufsuchen sollen? Seine stetig zunehmende Nervosität schickte kribbelnde Schauer durch seinen Körper.

Dann öffnete sich erneut die Türe, doch wieder war es nicht Nelia sondern die Äbtissin persönlich. Simon erkannte sie sofort an ihrer offensichtlichen Ähnlichkeit mit ihrer Nichte. Eisiger Schreck durchfuhr ihn. Hatte die andere Nonne etwas gemerkt und ihn verpetzt? Würde ihn die Äbtissin jetzt auf der Stelle mit Schimpf und Schande an die Luft setzen?

Doch sie war sehr freundlich und erkundigte sich nach seinem Befinden. Dabei betrachtete sie ihn prüfend. Er sagte ihr wahrheitsgemäß, dass es ihm schon sehr viel besser ginge und er sicher am folgenden Morgen in der Lage wäre, seinen Weg fortzusetzen. Das war auch ganz im Sinne der Oberin.

„Ich freue mich, dass es dir wieder gutgeht", meinte sie und lächelte ihn an. „Das hier ist ein Frauenkloster, wir nehmen im Allgemeinen keine Männer auf. Du warst ein Notfall, deshalb haben wir eine Ausnahme gemacht. Aber es ist an der Zeit, dass du gehst. Ein Mann, auch wenn er noch so jung ist wie du, bringt nur Unruhe in unsere Reihen. Deshalb bitte ich dich, morgen früh zu gehen während wir bei der Frühmesse sind. Dein Pferd wird gesattelt am Tor stehen." Sie stand von ihrem Stuhl auf und wandte sich zur Türe. „Ich wünsche dir weiterhin alles Gute, mein Junge. Gott segne dich."

Sie wollte gehen, doch Simon hielt sie zurück. „Bitte, Schwester Oberin. Dort in der Truhe befinden sich meine Sachen. Wärt Ihr so freundlich, mir meine Geldbörse zu geben. Ich möchte mich für Eure Hilfe gerne erkenntlich zeigen." Obwohl sie meinte, das sei nicht nötig, es wäre ihre Pflicht, Kranken zu helfen, gab er nicht nach. Adrian hatte ihm zuvor einen großzügigen Betrag für die

Nonnen mitgegeben. Den überreichte er jetzt der Äbtissin und sie nahm ihn dankend entgegen. Dann ging sie und ließ ihn grübelnd zurück.

Kurz darauf erschien abermals eine Nonne und brachte ihm sein Abendessen sowie einen, mit einem Tuch abgedeckten Teller, sein Frühstück für den nächsten Morgen. Er rührte das Essen nicht an, er hatte keinen Appetit. Ruhelos lief er barfuß im Zimmer auf und ab. Am liebsten wäre er hinaus gerannt und hätte sämtliche Zimmer nach Nelia abgesucht. Aber er blieb wo er war und hoffte auf ihr Erscheinen.

Nach der Abendandacht in der kleinen Kapelle kehrte langsam Ruhe im Kloster ein. Die Nonnen gingen früh zu Bett. Nur ab und zu klappte noch eine Türe, dann legte sich Stille über das Kloster. Simon saß auf seinem Bett und starrte die Türe an als könne er Nelia alleine durch seine Gedanken herbeizaubern. Was sollte er machen, wenn sie nicht kam? Dann wäre alles vergebens gewesen.

Seine Geduld wurde weiterhin auf eine harte Probe gestellt. Dann, als er schon alle Hoffnung aufgab, bewegte sich lautlos der Türgriff. Die Türe schwang einen Spalt breit auf, Nelia schlüpfte ins Zimmer und drückte die Türe genauso lautlos hinter sich zu. Rasch lief sie auf Simon zu und fiel ihm in die Arme.

Eine Weile waren sie beide nicht fähig ein Wort zu sagen. Nur ihr atmen war zu hören. Simon drückte den schmalen Mädchenkörper eng an sich, am liebsten hätte er ewig so verharrt. Und Nelia schien es nicht anders zu ergehen. Endlich löste sie sich sachte von ihm und schaute zu seinem Gesicht auf. „Wie kommst du hierher? Was tust du hier?" wisperte sie.

Er zog sie mit zum Bett und setzte sich neben sie auf den Rand. Dann erzählte er ihr leise die Geschichte seiner Flucht und seiner Aufnahme bei Adrian. Dass sein neuer Herr als Hexer verschrien war ließ er aber vorsichtshalber aus. Er erklärte nur, Adrian wäre ein Heiler und hätte ihm geholfen ins Kloster hineinzukommen.

Danach erzählte er ausführlich, wie seine Pläne für die Zukunft waren. Als sie daraufhin schwieg fragte er in entschuldigendem Ton. „Oder möchtest du lieber mit mir durchzubrennen? Es wäre ganz einfach. Du musst nur morgen früh am Tor sein während alle anderen in der Kapelle sind. Wir werden zusammen irgendwo hingehen." Nachdem sie immer noch keine Antwort gab, fragte er ungeduldig. „Was meinst du zu meinem Vorschlag, Nelia? Kannst du dir eine Zukunft mit mir nicht vorstellen? Ich dachte, du liebst mich ebenso sehr wie ich dich."

„Aber das tue ich doch, Simon", brach sie nun endlich ihr Schweigen.

„Ich liebe dich schon, seit ich denken kann. Und ich bin überglücklich, dich zu sehen. Dennoch..., eine Flucht scheint mir überstürzt und verkehrt.

Mein Vater würde Gott und die Welt verrückt machen um uns zu finden. Und dann kämest du nicht mit einer Tracht Prügel davon."
Sie überlegte eine Weile, dann meinte sie.
„Du sagtest, dieser Arzt wolle dich als Lehrling bei sich behalten. Ich denke, das ist ein gutes Angebot. Du bleibst einige Jahre bei ihm bis du ein Heiler bist. Und ich bleibe solange hier. Meine Tante hat mir angeboten, hier die Pflege von Kranken zu erlernen. Das käme mir später, wenn ich einmal meinen eigenen Hausstand mit vielen Bediensteten habe zugute, meinte sie. Ich habe eingewilligt. Und es gefällt mir, Kranken und Schwachen zu helfen. Wer weiß, was in ein paar Jahren ist. Vielleicht steigst du ja in der Gunst meines Vaters, wenn du einen guten Beruf vorzuweisen hast."

Simon schürzte überlegend die Lippen. Einerseits hätte er Nelia am liebsten sofort mitgenommen. Aber was sie sagte, klang natürlich vernünftig. Ihr Vater würde sich ganz sicher auf die Suche nach ihnen beiden machen. Und wenn er sie fand, dann würde er ihn töten. Sie wären gezwungen jahrelang zu flüchten, mindestens so lange bis Nelia volljährig wäre. Sie würden in ständiger Angst vor Entdeckung leben. Und was wäre, wenn sie schwanger werden würde? Mit einem Kind wäre eine weitere Flucht unmöglich.
Nein, sie hatte wahrscheinlich Recht. Es war das Beste, alles so zu belassen, wie es im Moment lief. Das war ja auch in seinem und Adrians Sinne. Dennoch musste er loswerden, was ihm auf der Seele brannte.
„Aber werden wir uns denn dann überhaupt noch sehen können?" fragte er unglücklich. „Noch einmal kann ich nicht eine schwere Krankheit vortäuschen um hier Aufnahme zu finden. Und du darfst nicht aus dem Kloster heraus. Schon gar nicht, um dich mit mir zu treffen."
„Wir werden eine Lösung finden", versicherte sie ihn. „Ich bin keine Gefangene hier. Und ich will auch keine Nonne werden. Meine Tante hat mir versprochen, mich bald mit den anderen Schwestern zur Pflege der Kranken in die Stadt schicken. Dann werden wir eine Möglichkeit finden, uns zu sehen. Vielleicht können wir es ja einrichten, dass du als angehender Heiler ebenfalls bei dem einen oder anderen Kranken bist."
„Wenn wir uns wenigstens schreiben könnten. Dann wäre mir schon leichter ums Herz. Aber das geht ja auch nicht. Sicher wird deine Post kontrolliert."
Simon blickte sie betrübt an und dachte, wie schön es wäre, sie auf das Bett zu legen und zu küssen. Ihr so brutal unterbrochener erster Kuss fiel ihm ein. Es war himmlisch gewesen, Nelias weiche Lippen auf den seinen zu spüren. Er ertappte sich dabei, wie er verklärt auf ihren Mund starrte. Unter seinem weiten Nachthemd begann sich sein Penis ungebührlich zu regen.

Schnell legte er seine Hand darauf und presste ihn nieder. Er wollte Nelia auf keinen Fall verschrecken.

Doch sie hatte die schnelle Bewegung bemerkt und richtete nun den Blick nach unten. Simon wurde feuerrot und räusperte sich verlegen. Zum Glück gab das schwache Kerzenlicht nicht allzu viel von seinen Gefühlsregungen preis. Dennoch hatte Nelia anscheinend genug gesehen. Ihr entfuhr ein irritiertes „oh."

„Entschuldige, Nelia", meinte Simon kleinlaut. „Ich möchte dir keine Angst machen. Es ist nur..." Ihm stockten die Worte, doch er zwang sich weiter zu reden. „... Ich habe dich so schrecklich vermisst. Und nun, wo du so nah bei mir bist... Es macht mich verrückt, dich neben mir zu haben und dich nicht küssen zu dürfen."

Die letzten Worte waren immer schneller aus ihm herausgesprudelt. Jetzt war es gesagt und er schaute erneut ängstlich in ihr schönes Gesicht. Würde sie weglaufen?

„Wer sagt denn, dass du mich nicht küssen darfst?" fragte sie leise und kam noch näher. „Vielleicht habe ich ja genauso Sehnsucht nach dir. Und heute kann uns niemand stören. Mein Vater ist weit weg und die Nonnen schlafen schon lange. Niemand vermutet mich bei dir..."

Es wurde die schönste Nacht in Simons bisherigen Leben. Nelias weicher, erblühender Körper lag in seinen Armen. Sie ließ es zu, dass er sie küsste und berührte und tat das gleiche bei ihm. Zum Letzten ließen sie es jedoch nicht kommen. Es wäre einer Katastrophe gleichgekommen, würde Nelia schwanger werden. Als der Morgen nahte, wand sie sich aus seinen Armen und stand auf.

„Ich muss nun gehen, Simon. Bald werden die Nonnen erwachen und es wäre nicht gut, wenn sie mich aus deinem Zimmer kommen sehen."

Sie küsste ihn noch einmal voller Inbrunst, dann hauchte sie „Ich liebe dich." Einige Sekunden später schloss sich leise die Türe hinter ihr.

Er starrte noch lange die Türe an, so als müsse sie jeden Moment zurückkehren. Er fühlte sich glücklich und traurig zugleich. Dass er sie so nahe bei sich gehabt hatte, machte nun das Gefühl des Verlustes noch größer. Doch dann tröstete er sich damit, dass er sie sicher bald wiedersehen würde. Irgendwie würde es ihnen gelingen, es musste einfach gelingen...

Er dachte an ihren Vorschlag, wie sie sich wenigstens schreiben konnten. Er wollte ihr fortan Briefe unter dem Namen ihrer Zofe Sofia schreiben. Das würde gewiss nicht verdächtig wirken. Und sie würde ihre Briefe einfach an die alte Maria adressieren. Sie versicherte, es würde ihr bestimmt ein Grund einfallen, den sie ihrer Tante nennen wollte, warum sie einer alten Frau lange Briefe schrieb.

Kapitel 9: Adrians Geheimnis

Seit Simons Besuch im Kloster Schmerlenbach war über ein halbes Jahr vergangen. Ihre List mit den Briefen klappte vortrefflich, sie schrieben sich regelmäßig lange Briefe in denen sie sich gegenseitig ihre Liebe versicherten. Daneben versuchten sie, sich so oft als möglich zu treffen. Mit der Zeit fasste Nelias Tante Vertrauen in ihre Nichte und ließ sie mit den anderen Nonnen regelmäßig auf dem Wagen in die Stadt fahren.

Nelia kannte sich inzwischen in der Krankenpflege schon recht gut aus und durfte deshalb Schwester Anna bei ihrem täglichen Gang zu den Alten und Kranken begleiten. Für die alte Nonne stellte Nelia eine wertvolle Hilfe dar, der sie gerne mehr und mehr von ihrem Aufgabenbereich überließ. Während die Nonne sich in einem Seitenschiff der Stiftskirche auf einer Bank niederließ um zu beten oder sich einfach nur auszuruhen, betreute das junge Mädchen zuverlässig die Patienten. Das Nelia sich nach getaner Arbeit in einer stillen Seitengasse oder einem Hinterhof mit Simon traf, davon ahnte Anna nichts.

Adrian wusste selbstverständlich von den heimlichen Treffen der verliebten jungen Leute und unterstützt sie dabei, so gut er konnte. Manchmal betrat er wie zufällig die Kirche und verwickelte die alte Nonne in lange Gespräche über Gott und die Welt, währenddessen Simon und Nelia vor neugierigen Augen geschützt in seiner Kutsche saßen, sich küssten und sich verliebte Dinge zuflüsterten.

Aber Simon hatte nicht nur Nelia im Kopf. Er nahm seinen Lehrberuf sehr ernst und lernte unermüdlich all die komplizierten Formeln und Rezepturen, die Adrian ihm beibrachte. An der Seite des Hexers ging er mit zu dessen Patienten, lernte Krankheiten zu erkennen und zu behandeln. Manchmal durfte er sogar bei kleinen Operationen zur Hand gehen. Er stellte sich dabei stets geschickt und umsichtig an, Adrian war sehr zufrieden mit ihm. Zwischen Lehrer und Lehrling entstand langsam eine tiefe Freundschaft. Adrian hatte kaum Geheimnisse vor Simon. Nur über seine Familie oder sein früheres Zuhause sprach er nie.

Nachdem Simon - auf wundersame Weise - genesen aus dem Kloster zurückgekehrt war, hatte Adrian ihn eines Tages in ein leerstehendes Zimmer geführt. Dort öffnete er einen großen Schrank und eine Truhe.

„Ich habe hier ein paar Kleidungsstücke", sagte er und deutete ins Innere des gut gefüllten Schrankes. „Sie sind zwar schon ein paar Jahre alt, aber gut erhalten. Probiere sie an und wenn sie dir passen und gefallen, kannst du sie behalten."

Simon blickte ungläubig auf den Inhalt des Schrankes. Es handelte sich um durchweg erstklassig geschneiderte Hemden, Hosen und Westen aus edlen und ganz offensichtlich teuren Stoffen. Zaghaft griff er zu und befühlte die Stücke. Dann wandte er sich erstaunt um.

„Die sind wunderschön. Selbst der Freiherr trägt keine so edle Stoffe. Sie sind bestimmt ein Vermögen wert. Ich werde sie dir nie bezahlen können. Sie sind viel zu gut für mich."

Adrian sah ihn missbilligend an. „Nun stell dein Licht mal nicht so unter den Scheffel. Du kennst meine Einstellung, es kommt nicht auf die Herkunft an, ob ein Mensch etwas taugt. Ich will auch kein Geld dafür. Neulich fiel mir ein, dass ich die Sachen noch habe und sie dir eigentlich passen müssten. Du kannst sie gebrauchen, warum sollst du sie nicht auftragen? Oder willst du sie nicht?"

„Doch, natürlich. Ich nehme sie sehr gerne. Aber warum willst du sie nicht mehr? Sie sind noch kaum getragen."

„Ich trug sie als ich noch ein junger Mann in etwa deinem Alter und mit der gleichen hochaufgeschossenen, mageren Figur war. Das ist etliche Jahre her und inzwischen bin ich etwas breiter und voller geworden, wie du unschwer sehen kannst. Aber zum Wegwerfen sind sie zu schade. Also probiere sie an - trage sie oder verschenke sie. Mir ist es gleichgültig."

Er verließ das Zimmer mit großen Schritten, die irgendwie an Flucht erinnerten.

Simon probierte die Kleidungsstücke an. Sie passten, wie wenn sie für ihn geschneidert worden wären. Er stellte sich damit vor den hohen Spiegel, der in seinem Zimmer hing. Obwohl er eigentlich nicht eitel war, drehte und wendete er sich nun vor der silbrigen Fläche. Was er sah gefiel ihm ausnehmend gut.

„Na, sie passen doch wie angegossen", ertönte Adrians Stimme erneut von der Türe her. Er trat wieder näher.

„Ich wette, dieser Falk, von dem du mir erzählt hast, sieht in seiner vornehmen Garderobe auch nicht besser aus als du."

Simon gab ihm insgeheim Recht. „Das sind die Kleider eines Edelmannes", behauptete er und befühlte den weichen Stoff des Hemdes. Gegen die groben Stoffe, aus denen seine bisherige Garderobe bestand, war es ein himmelweiter Unterschied. „Wenn sie dir gehörten, heißt das du bist irgendein Adeliger, stimmt's? Ein Adeliger oder sonst ein schwerreicher Mann."

Adrians Gesichtszüge verdüsterten sich. Doch sein Blick blieb offen auf Simon gerichtet. Etwas steif sagte er. „Das war einmal. Aber das ist lange her und nicht mehr interessant. Ich möchte nicht darüber sprechen. Also, was ist damit? Willst du sie behalten oder soll Friedrich sie ins Armenhaus bringen? Wie gesagt, mir ist es gleich."

Natürlich wollte Simon sie behalten. Mit dieser Garderobe hatte er für Jahre ausgesorgt. Er bedankte sich herzlich, doch der Hexer winkte nur schroff ab. Das war sonst nicht seine Art und Simon schaute ihm verwundert nach, als er das Zimmer verließ. Gar zu gerne hätte er gewusst, was zwischen Adrian und seiner offenbar begüterten oder einflussreichen Familie vorgefallen war. Doch der Freund schwieg sich hartnäckig darüber aus und Simon wagte es nicht, nachzubohren. Er bemerkte auch so, dass die Erinnerung an die Vergangenheit für Adrian sehr schmerzlich war.

Mitte Dezember kam ein Bote und brachte eine versiegelte Nachricht. Nachdem Adrian einen kurzen Blick auf das große, rote Siegel geworfen hatte, wurde er weiß wie eine Wand. Er gab dem Boten ein Trinkgeld und schickte ihn fort. Dann stand er lange unter der geöffneten Türe und starrte auf den Brief in seiner Hand. In diesem Moment kam der große, starke Mann Simon wie ein verlorenes, trauriges Kind vor. Impulsiv ging er auf ihn zu und legte ihm die Hand auf die Schulter.
„Adrian. Was ist mit dir? Fühlst du dich nicht gut? Kann ich dir irgendwie helfen?"
Doch Adrian schüttelte nur den Kopf. Er warf die Türe zu, drehte sich um und ging in das kleine Zimmer neben dem Wohnzimmer im Erdgeschoß. An diesen Ort zog er sich am liebsten zurück, wenn er nachdenken wollte. Es war dort ein wenig düster, aber gerade das schien ihm zu behagen. Er zündete die Kerzen in dem schweren gusseisernen Halter an, der neben einem riesigen Ledersessel stand. Dann setzte er sich und brach entschlossen das Siegel des Briefes auf. Simon stand unschlüssig unter der Zimmertüre und beobachtete ihn. Adrian schien ihn überhaupt nicht zu bemerken, ein weiteres Zeichen, wie durcheinander er war. Er überflog schnell die Zeilen und ließ den Brief dann sinken. Gedankenverloren starrte er in die Kerzenflammen, dann hob er das Schreiben wieder an und las es ein zweites Mal, diesmal langsamer. Als Simon sich räusperte, zuckte Adrians Kopf hoch und für einen Moment konnte Simon eine solch abweisende Kälte in seinen Augen sehen, dass ihn unwillkürlich fröstelte. Doch der Hexer hatte sich schnell wieder in der Gewalt.
„Ah, Simon. Entschuldige bitte mein Benehmen. Aber dieses Schreiben trifft mich wirklich hart." Er seufzte tief auf und warf dann das Papier achtlos auf den Rauchtisch. „Es ist von meinem Vater. Ich dachte nicht, dass er sich überhaupt noch an mich erinnert. Aber lies selbst..."
Zögernd griff Simon nach dem offensichtlich handgeschöpften Papier. Auf der Oberseite prangte ein eingeprägtes Wappen und darunter in verschnörkelter gedruckter Schrift ein Titel und ein Name:

Herzog Walther zu Wolffhardt

Beeindruckt schaute er zu Adrian hin. „Dein Vater ist ein Herzog?"
Doch der zuckte nur nichtssagend die Schulter und starrte weiter in die
Flammen. Simon richtete den Blick wieder auf das Papier. Es waren nur wenige
Zeilen. Ein knapper Befehl des Herzogs zu Wolffhardt an seinen Sohn, ihn
unverzüglich wegen wichtiger Familienangelegenheiten aufzusuchen. Er setzte
ihm sogar ein Ultimatum, wann er ihn spätestens zu sehen wünschte.
Allerdings schien der Brief nicht vom Herzog selbst unterzeichnet, sondern von
einem Schreiber in seinem Auftrag. Das war zumindest ungewöhnlich und
Simon sagte es Adrian.
„Ja, das ist mir auch sofort aufgefallen. Es bedeutet sicher, dass meinem Vater
etwas widerfahren ist, eine Krankheit oder ein Unfall. Er findet es nicht einmal
für nötig, mir mitzuteilen weshalb er mich so dringend sehen will. Das ist
typisch für meinen alten Herrn. Er ruft und meint, ich müsste alles liegen und
stehen lassen um schleunigst an seine Seite zu eilen."
Er seufzte abermals tief auf und vergrub sein Gesicht in den Händen. Dann fuhr
er sich mit einer wilden Bewegung durch die langen Haare und warf sie zurück.
Seine sonst so freundlichen Züge waren zu einer kalten Maske erstarrt.
„Du willst seinem Befehl also nicht gehorchen?" fragte Simon vorsichtig.
Adrian schüttelte grimmig den Kopf. „Ich will es ganz gewiss nicht, aber es
bleibt mir wohl nichts anderes übrig. Dass er überhaupt geschrieben hat,
beweist wie schlecht es um ihm bestellt sein muss. Wir haben uns seit Jahren
nichts mehr zu sagen, es ist unwahrscheinlich dass ihn plötzliche Sehnsucht
nach mir gepackt hat. Als ich damals von seinem Schloss wegging, tat ich es
in der Absicht, es nie mehr zu betreten. Aber da gibt es auch noch meine
Mutter. Ich musste ihr versprechen, zu kommen falls meinem Vater etwas
zustößt. Ich reise nur ihr zuliebe."
„Wann wirst du dich auf den Weg machen? Er schreibt, er will dich bis
spätestens Weihnachten sehen. Das ist nicht mehr allzu lange hin."
„Ein paar Tage wird er wohl noch auf mich warten müssen. Ich kann hier nicht
alles ungeregelt zurücklassen. Ich muss Vorkehrungen treffen. Der Himmel
alleine mag wissen, wann ich wieder zurück sein werde."
Simon spürte ein wenig Erleichterung als er das hörte. Adrian hatte also nicht
die Absicht, für immer auf dem Schloss seines Vaters zu bleiben. Er musste
vor sich selbst eingestehen, dass er sich Sorgen um seine eigene Zukunft
machte. Ohne Adrians Fürsorge und sein Haus wäre er wieder obdachlos.
Hatte Adrian in seinen Gedanken gelesen oder dachte er an dasselbe wie er?
Jedenfalls blickte er ihn jetzt überlegend an. „Du kannst selbstverständlich
weiterhin hier wohnen, wann immer meine Rückkehr auch sein mag. Oder, was

mir mehr zusagen würde, du kommst mit. Ich kann die Gesellschaft eines Freundes dringend gebrauchen. Deine Begleitung wäre vermutlich das einzig Erfreuliche an dieser Reise."

Simons Herz machte einen freudigen Sprung. Natürlich würde er Adrian am liebsten begleiten. Er stimmte zu, ohne nachzudenken. Doch Adrian dachte weiter. „Was ist mit Nelia?" fragte er. „Du wirst sie vermutlich einige Zeit nicht sehen können."

„Sie reist sowieso bald zu ihrem Vater nach Hause. Er will sie über die Feiertage auf der Burg haben und holt sie in der nächsten Woche ab. Wahrscheinlich kommt sie erst frühestens nach Dreikönig wieder ins Kloster zurück."

„Na, das trifft sich ja bestens. Ich hoffe, wir werden bis dahin auch wieder zu Hause sein."

Noch am gleichen Tag begannen sie mit ihren Reisevorbereitungen. Sie wollten trotz der winterlichen Witterung reiten und die Kutsche zu Hause lassen. „Schloss Wolffhardt thront auf einem Berg, und es liegt um diese Zeit meist schon hoher Schnee dort", erklärte Adrian. „Da kommen wir mit Pferden besser voran als mit einer Kutsche."

Er meinte, auch wenn alles glatt ginge wären sie zu Pferd in frühestens zwei Wochen in seiner Heimat, die irgendwo im Schwarzwald lag. Sie wollten nur das nötigste Gepäck auf einem Packpferd mitnehmen.

Simon erschien das geplante Unternehmen fast wie eine Weltreise. Vom Schwarzwald hatte er noch nie gehört. Neugierig fragte er Adrian darüber aus. Der erzählte ihm auch bereitwillig von Land und Leuten, liess sich aber weiterhin kaum Informationen über seine Familie entlocken. Er meinte nur mit grimmigem Unterton in der Stimme, Simon würde sich noch früh genug ein Bild über den Herzog zu Wolffhardt machen können.

Friedrich blieb in Aschaffenburg zurück um im Haus für Ordnung zu sorgen. Vor einigen Wochen hatte Adrian Ellen, eine junge Frau angestellt die Maria entlasten sollte. Unter ihrer Obhut hatte sich das Haus schnell in ein gemütliches, sauberes Heim verwandelt. Maria lebte natürlich ebenfalls noch hier. Für Adrian war es selbstverständlich die gute Seele bei sich zu behalten bis sie starb. Jetzt verbrachte Maria ihren Lebensabend meist strickend in ihrem kleinen Zimmer und bereitete nur noch täglich das Mittagsmahl zu. Auf diese Weise fühlte sie sich nicht ganz nutzlos.

Am Abend vor ihrer Abreise saß Adrian lange mit Friedrich zu einem ernsten Gespräch zusammen. Simon wunderte sich ein wenig darüber, wollte aber nicht neugierig sein. Er bekam nur mit, wie Adrian dem Liliputaner eine Flasche mit

Kräutertrank reichte und ihn ermahnte, ja nicht die tägliche Einnahme zu vergessen. Vermutlich irgendeine Medizin, dachte er und vergaß die Sache bald wieder. Friedrich war außer durch seinen Zwergwuchs noch von allerlei Leiden geplagt.

Am Nachmittag war Simon noch einmal heimlich mit Nelia hinter der Kirche zusammengetroffen. Ihr Abschied wurde von vielen heißen Küssen begleitet. „Wirst du wirklich wiederkommen?" hatte er sie mehrmals gefragt. Es konnte gut sein, dass der Zorn ihres Vaters inzwischen verraucht war und er seine Tochter wieder bei sich haben wollte. Vor allem, weil des Übels Ursache - er selbst - ja nicht mehr auf der Burg weilte. Aber Nelia versicherte ihm, dass sie auf jeden Fall im nächsten Jahr wieder nach Aschaffenburg kommen würde. „Keine Macht der Welt wird mich jemals von dir trennen", schwor sie ihm ernsthaft.

Am nächsten Morgen reisten sie in aller Frühe ab. Es war eiskalt, der Atem stieg in großen Wolken aus ihren Mündern und den Nüstern der Pferde. Sie waren warm in dicke, wollene Umhänge mit Kapuzen gehüllt und trugen pelzgefütterte Stiefel und Handschuhe. Dennoch kroch die Kälte unbarmherzig durch die vielen Stoffschichten ihrer Kleidung.

Sie ritten zügig und machten nur Rast um den Pferden eine Verschnaufpause zu gönnen. Doch die Wetterverhältnisse waren schlecht, im einsetzenden Schneegestöber kamen die Pferde nur langsam voran.

Als die Dämmerung hereinbrach suchten sie einen Gasthof auf. Adrian beauftragte den Stalljungen, die Pferde gut trockenzureiben und ihnen eine extra Portion Hafer in die Krippe zu schütten, dann gingen sie mit steifen Schritten über den Hof zur Wirtsstube.

Dort war es herrlich warm. Aufatmend rieben sie ihre steif gefrorenen Finger um die Blutzirkulation anzuregen. Eine kräftige Mahlzeit und ein Krug Glühwein ließen ihre Lebensgeister schnell zurückkehren.

Simon legte seine Hände um den Becher mit dem heißen Getränk und betrachtete schläfrig die übrigen Gäste. Er war noch nie den ganzen Tag im Sattel gewesen und entsprechend erschöpft. Auch Adrian wirkte leicht angeschlagen. Aber das hatte mehr seelische als körperliche Gründe vermutete Simon. Er hätte gar zu gerne gewusst, was seinen Mentor so gegen seinen Vater aufgebracht hatte, wollte aber nicht unnötig alte Wunden aufreißen. Doch Adrian schien auch so ständig von den Geistern seiner Vergangenheit verfolgt zu werden. Er blickte stoisch in seinen Becher und seine schwarzen Augen wirkten merkwürdig stumpf. Schließlich hielt Simon das ungewohnte Schweigen nicht mehr aus. Er räusperte sich und rutschte so lange auf seinem Stuhl hin und her bis Adrian ihn ansah.

„Möchtest du wirklich nicht darüber sprechen?" fragte er dann leise. „Du hast mir selbst einmal gesagt, man soll Sorgen und Probleme nicht in sich hineinfressen. Aber genau das tust du schon seit du dieses unselige Schreiben bekommen hast."

Der Hexer blickte ihn lange an, dann zog er unbehaglich die Schultern hoch, so als ob er Schmerzen hätte. Simon dachte, er würde ihm eine abweisende Antwort geben, aber dann entgegnete der Freund seufzend.

„Entschuldige. Ich bin wirklich kein guter Reisegefährte für dich. Aber diese Sache macht mir tatsächlich mehr zu schaffen als ich selbst für möglich gehalten hätte. Ich dachte, nach so vielen Jahren könne ich es lockerer sehen. Aber dem ist nicht so. Diese Nachricht hat mir mein unseliges Verhältnis zu meinem Vater wieder unliebsam in Erinnerung gebracht. Ich habe mich jahrelang bemüht, es zu vergessen."

Simon schwieg, doch seine Augen zeigten deutlich, wie neugierig er war. Doch er wagte sich nicht, offen zu fragen was Adrian so dringend vergessen wollte. Er hatte zwar keine Angst, eine schroffe Abfuhr zu erhalten. Aber er wollte den Freund auch nicht durch seine Neugier zwingen, noch intensiver an das zu denken, was ihn so belastete.

Doch der Hexer schien sich plötzlich dazu durchgerungen zu haben, sein lange gehütetes Geheimnis preiszugeben. Ja, er schien jetzt sogar ein wenig freier, so als habe er sich entschlossen, endlich eine hemmende Barriere zu bezwingen.

„Also gut. Ich erzähle dir die Geschichte. Es ist eh noch viel zu früh, um schlafen zu gehen. Vielleicht bringt es mir ja etwas Frieden, das Geschehene noch einmal bewusst wachzurufen."

Er schenkte sich nochmals Glühwein ein und trank einen großen Schluck. Dann lehnte er sich bequem in seinem Stuhl zurück und streckte seine langen Beine aus. Seine Augen zeigten nun fast wieder das magische Glitzern, mit dem er die Menschen so beeinflussen konnte.

„Das Ganze ist nun schon zwölf Jahre her" begann er. „Ich war gerade achtzehn geworden und dachte, die Welt gehöre mir. Ich war nicht gerade ein bescheidener junger Mann, das muss ich heute rückblickend zugeben. Als zweitem Sohn des mächtigen Herzogs zu Wolffhardt wurde mir kaum ein Wunsch abgeschlagen. Vor allem meine Mutter hatte mich stets maßlos verwöhnt und tat es noch immer. Ich war ihr einziges Kind, mein Halbbruder stammte aus der ersten Ehe meines Vaters. Wernhers Mutter starb bei seiner Geburt. Mein Vater ging aus politischen Gründen eine zweite Ehe mit einer Frau aus Italien ein. Frage mich nicht, weshalb er ausgerechnet eine Italienerin heiratete, ich weiß es nicht. Es war jedenfalls keine Liebesheirat.

Als Kind bemerkte ich die Antipathie meines Vaters gegen mich kaum. Er war selten zu Hause und ich vermisste ihn nicht, mir genügte die Liebe meiner Mutter vollauf. Sie bemühte sich zwar auch meinem fünf Jahre älteren Halbbruder Wernher eine gute Mutter zu sein. Aber der lehnte sowohl sie als auch mich ab.

Erst als ich älter, so etwa zehn war bemerkte ich, welche Unterschiede unser Vater zwischen seinen Söhnen machte. Wernher war mit seinen fünfzehn Jahren das jüngere Abbild meines Vaters. Groß, breitschultrig und blond.

Ich hingegen sah meiner Mutter sehr ähnlich, einzig die Größe habe ich von Vater geerbt. Manchmal denke ich, er hätte mich mehr gemocht, wenn ich nicht so offensichtlich aus seiner Art geschlagen wäre...

Nun, wie dem auch sei, mit den Jahren gewöhnte ich mich daran, nur die zweite Geige zu spielen. Es war von vornherein klar, dass Wernher einmal Titel und Schloss erben würde. Ich machte mir nicht viel daraus. Mir ging es trotzdem gut, denn Vater ließ sich nicht lumpen, was meine Ausstattung und meine Bildung betraf. Ich trug feinste Kleidung und besuchte, als ich alt genug war die Universitäten meiner Wahl. Ich hatte mich schon immer mehr für den menschlichen Körper, seine Krankheiten und deren Heilung interessiert und nicht für Politik.

Wernher hingegen war bestrebt, in Vaters Fußstapfen zu treten. Und obwohl ich ihm nie dazu Grund gab, war er der festen Überzeugung, ich wolle ihm insgeheim seine Rechte als Erstgeborener streitig machen. Er beäugte mich stets voller Misstrauen und beratschlagte sich anscheinend auch mit Vater über seinen Verdacht.

Wie gesagt, ich war gerade achtzehn geworden und eigentlich selten im Schloss, da ich studierte. Doch dann brach ich mir bei einem Sturz vom Pferd den rechten Arm. Ich reiste nach Hause, um mich dort liebevoll von meiner Mutter umsorgen zu lassen.

Mein Arm war gut verheilt, dennoch beschloss ich noch ein paar Wochen auf dem Schloss zu verweilen. Das hatte einen besonderen Grund - nämlich die Verlobte meines Bruders. Sie war jung, schön und sie machte mir heimlich hinter seinem Rücken schöne Augen. Die Hochzeit zwischen den beiden sollte schon bald stattfinden. Eine arrangierte Hochzeit zwar, aber mein Bruder bewachte eifersüchtig seine zukünftige Frau.

Ich weiß, es war unverschämt von mir, aber ich hatte mir in den Kopf gesetzt, die schöne Adelheid vor ihm zu besitzen. Wegen seines ständigen Misstrauens und seinen Anfeindungen wollte ich ihm eins auswischen. Außerdem bildete ich mir viel auf mein gutes Aussehen ein. Wenn ich wollte, konnte ich jede Frau herumbekommen, die ich begehrte. Auch Adelheid zeigte sich meinen

Verführungskünsten nicht abgeneigt und kurz darauf wälzten wir uns leidenschaftlich im Heu..., und wurden prompt von Wernher ertappt. Wie ein wütender Bulle ging er auf mich los. Er war wesentlich stärker als ich und so wütend, wie ich ihn noch nie zuvor gesehen hatte. Er schlug mich nach allen Regeln der Kunst zusammen...

Danach wurde unser sowieso schon kühles Verhältnis noch kälter. Und auch mein Vater, dem er natürlich sofort meinen Frevel erzählte, strafte mich fortan mit Verachtung. Das alleine hätte mich nicht sehr belastet, schließlich war ich seine Missachtung gewohnt. Aber Wernher hatte mir Rache geschworen und verfolgte mich fortan mit seinem unversöhnlichen Hass. Deshalb beschloss ich, lieber schnellstens zur Universität zurückzukehren. Doch es kam anders...

Wernher lauerte mir auf, als ich auf meinem Lieblingspferd einen letzten Ausritt vor meiner Abreise machte. Ich hatte das Pferd als verwaistes Fohlen von klein auf mit der Flasche großgezogen. Wider aller Erwartungen war es zu einem prächtigen Hengst herangewachsen, der nur mir gehorchte. Natürlich wusste Wernher sehr genau, wie sehr ich an dem Tier hing.

Ich ritt durch unwegsames Gelände, da stand er plötzlich vor mir. Er hielt eine Jagdflinte auf mich gerichtet und zwang mich abzusteigen. Ich musste den Hengst ruhig halten, während er aufstieg. Ich wusste, er wollte das arme Tier zu Schande reiten um mich damit zu treffen. Aber ich konnte nichts machen, er drohte das Pferd auf der Stelle zu erschießen, falls es ihn abwarf. Also beruhigte ich den Hengst und befahl ihm, meinem Bruder zu gehorchen.

Er gab dem Tier brutal die Sporen und es galoppierte aufwiehernd davon. Ich war darauf gefasst, es nicht mehr lebend wiederzusehen. Doch zu meiner Verwunderung kehrte es schon nach ein paar Minuten zu mir zurück... mit leerem Sattel. Blut lief an seinen Flanken herab und auf seinem Körper sah ich Peitschenstriemen. Ich konnte mir denken, was geschehen war, der gequälte Hengst hatte meinen Bruder abgeworfen.

Am liebsten hätte ich ihn seinem Schicksal überlassen, so wütend war ich. Sollte er doch nach Hause laufen. Aber dann siegte mein Gewissen, ich machte mich auf die Suche nach ihm.

Er lag in einer Schonung und rührte sich nicht. Auf den ersten Blick erkannte ich, dass ihm nicht mehr zu helfen war. Er hatte sich beim Sturz das Genick gebrochen. Ich hob ihn auf mein Pferd und brachte ihn heim zu Vater.

Ich war mir keiner Schuld bewusst und erzählte bedrückt, was passiert war. Doch mein Vater glaubte mir kein Wort. Er beschuldigte mich sogar, den Tod meines Bruders geplant zu haben um an das Erbe zu kommen. Er faselte wildes, ungereimtes Zeug von meinen angeblichen Hexenkräften. Natürlich wusste er dass ich Gedanken lesen konnte, ich hatte es als Kind arglos verraten, indem ich oftmals auf Gedanken antwortete, die nie jemand ausgesprochen hatte. Außerdem hatte ich schon ab und zu Ereignisse vorhergesagt, die dann tatsächlich eingetroffen waren...

Jedenfalls beschuldigte mich mein Vater, ich hätte meines Bruders Tod kaltblütig geplant und ihn schließlich mit Hilfe meiner Hexenkräfte umgebracht. Er war außer sich vor Trauer und Schmerz und hörte meinen gegenteiligen Beteuerungen gar nicht zu. In seiner hilflosen Wut ließ er mich von seinen Knechten ergreifen und festhalten. Dann nahm er eine große Axt und schmetterte sie meinem Hengst, den er als Werkzeug des Teufels bezeichnete zwischen die Augen. Das Tier ging halbtot zu Boden und lag mit wild schlagenden Hufen da. Ich erkannte sofort, es war nicht mehr zu retten, denn sein Schädel war gespalten. Aber es war auch noch nicht tot und quälte sich fürchterlich. Ich schrie Vater an, es zu erlösen aber er sah mich nur kalt an. Dann, nach einer ganzen Weile gab er seinen Knechten ein Zeichen, mich loszulassen. Er drückte mir ein Messer in die Hand und befahl mir, den Hengst zu töten. Er zwang mich, dem armen Tier die Kehle durchzuschneiden...

Doch wenn ich dachte, damit hätte er seine Rache gehabt, so sah ich mich getäuscht. Erneut ergriffen mich seine Männer und banden meine Handgelenke am Hoftor fest. Vater befahl kalt, mich auszupeitschen und anschließend ins Verlies unter dem Schloss zu werfen. Er schaute meiner Bestrafung nicht zu sondern ging weg. Er wollte nachdenken, was mit mir weiter geschehen sollte. Nach der Tortur der Auspeitschung war ich mehr tot als lebendig. Die Knechte führten Vaters Befehl gnadenlos aus. Als sie endlich von mir abließen, war mein Rücken mit blutigen Striemen übersät. Ich war halb ohnmächtig als ich in das dunkle, feuchte Kellerloch geworfen wurde.

Drei Tage lag ich dort, dem Tode näher als dem Leben. Die Wunden auf meinem Rücken waren brandig geworden und eiterten, doch niemand durfte mir helfen. Noch nicht einmal meine Mutter ließ er zu mir. Am dritten Tag kam Vater dann ins Verlies und betrachtete mich im Schein einer Fackel. Ich fieberte stark, trotzdem schwor ich ihm immer wieder, ich hätte meinen Bruder nicht umgebracht. Endlich wurde er unsicher und ließ einen Arzt zu mir kommen. Es war ein rechter Quacksalber, dessen dubiose Methoden mich fast das Leben gekostet hätten. Mehrere Tage rang ich mit dem Tod, dann siegten meine Jugend und mein Lebenswille.

Mein Vater besuchte mich nun jeden Tag und fragte mich immer dasselbe. Hatte ich den Tod meines Bruders geplant? Und ich versicherte ihm jeden Tag aufs Neue, nein, ich wollte Wernher nicht töten. Es war ein bedauerlicher Unfall. Aber er glaubte mir nicht. Als ich wieder fast genesen war kam er mit einem ungeheuerlichen Vorschlag zu mir. Ich solle meine Unschuld durch ein

Gottesurteil beweisen. Ich war fassungslos. Ein Gottesurteil. Das ist eine mittelalterliche Prozedur die kaum ein Mensch überleben konnte. Ich schrie ihn erneut an, dass ich unschuldig sei. Aber er blieb hart. Er beharrte darauf, nur ein Gottesurteil könne mich endgültig von dem Verdacht des Brudermordes reinwaschen. Entweder ich akzeptiere das und stelle mich dem Gottesurteil oder er würde mich enterben und für immer vom Schloss verbannen.

Das war eigentlich ganz in meinem Sinne. Ich pfiff auf sein Erbe, ich hatte es nie gewollt. Und in diesem Zuhause hielt mich nichts mehr, wo mein eigener Vater mich für den Mörder meines Bruders hielt. Was wäre also einfacher für mich gewesen, als meine Sachen zu packen und Schloss Wolffhardt für immer zu verlassen. Aber die schrecklichen Anschuldigungen, die körperliche und seelische Pein die ich durchlitten hatte, haben mich wohl halb irre gemacht.

Also sagte ich zu. Wenn er ein Gottesurteil haben wollte, so sollte er es bekommen. Ich würde ihm zeigen, dass ich ein reines Gewissen hatte. Ich glaubte zwar nicht an diesen frommen Humbug, der besagte dass Gott den Unschuldigen beschützte. Mir war klar, dass ich einen Zweikampf mit Schwertern - so wie es mein Vater vorschlug - unmöglich gewinnen konnte. Noch nie im Leben hatte ich ein Schwert in der Hand gehalten während Vater und Wernher dieser altmodische Kampfart mit wahrer Leidenschaft nachgingen. Mich stieß jeglicher Kampf, und sei er nur zum Spaß, stets ab. Und nun sollte ausgerechnet ein Schwert meine Unschuld beweisen. Ich sah mein Schicksal besiegelt.

Zwei Tage später war es soweit. Ich trat im Schlosshof gegen den Mann an, der meinen Bruder im Degen- und Schwertkampf unterrichtet hatte. Ich hatte den Kerl nie sonderlich gemocht und er mich auch nicht. Für ihn war ich ein verwöhnter Weichling. Deshalb freute er sich auf das bevorstehende Spektakel. Vielleicht hoffte er auch, meinen Bruder rächen zu können. Er war im Gegensatz zu mir mit dicken Polstern vor Verletzungen geschützt, schließlich sollte er bei dem Gottesurteil ja nicht getötet werden. Der Kampf würde solange gehen, bis ich entweder tot war oder ihn entwaffnen konnte. Falls mir das gelänge, so wäre meine Schuldlosigkeit am Tod meines Bruders erwiesen.

Als ich den vermummten Mann betrachtete, wusste ich, ich konnte nicht gewinnen. Er war bestens bei Kräften, durchtrainiert und kerngesund. Ich hingegen war ausgezehrt, noch immer krank und konnte vor Schwäche kaum das Schwert halten. Dennoch, in den letzten beiden Tagen war mein Trotz erwacht. Ich hatte gegrübelt und gegrübelt wie ich das Gottesurteil gewinnen konnte.

Wie ich schon sagte, ich vertraute keinesfalls darauf, dass Gott mir helfen würde obwohl ich ja tatsächlich unschuldig war. Doch ich wollte leben. Aber es fiel mir nichts ein, wie ich mein drohendes Schicksal abwenden konnte.

Es war ein unglaublich schwüler Tag. Die Sonne kam nicht durch die dicken Regenwolken, die sich über den Bergen zusammenstauten. Dennoch war es sehr warm. Der Schweiß lief mir in Strömen an meinem nackten Oberkörper herunter. Natürlich schwitzte mein Gegner unter seinen vielen Polstern noch mehr wie ich. Ich sah, wie er sich immer wieder mit den gepolsterten Armen über die Stirn wischte. Ich konnte nur hoffen, dass ihn die Hitze mürbe machte und er unaufmerksam wurde.

Am Anfang hielt ich mich so gut ich konnte aus der Reichweite seines Schwertes, was mir schon übermäßig viel Kraft raubte. Doch ich brauchte eine gewisse Zeit, um mich überhaupt an die schwere Waffe zu gewöhnen. Mein Gegner war voll auf den Kampf konzentriert und ließ mich nicht aus den Augen. Aber nach einiger Zeit wurde er merklich träge, wohl eine Folge der unerträglichen Hitze unter seinen Polstern. Von da an wurde es für mich ein wenig einfacher.

Dennoch musste ich mich ständig seiner wilden Hiebe erwehren. Meine Lungen arbeiteten wie Blasebälge und meine Arme drohten zu erlahmen. Schon ein paar Mal war ich gestolpert. Es war jedem klar, ich konnte ihn nicht mehr lange abhalten, mir den tödlichen Schlag zu versetzen.

Schließlich gab ich einfach auf. Ich war zu erschöpft, auch nur noch mein Schwert zu heben. Ich keuchte und Blut lief aus meiner Nase, wohl durch die übermenschliche Anstrengung. Ich ließ mich auf die Knie fallen und senkte mutlos den Kopf. Ein erregtes Geraune unter den Zuschauern ließ mich ahnen, dass er sein Schwert anhob, um mir den Todesstoß zu versetzen. Ergeben schloss ich die Augen.

In diesem Moment erhellte ein gleißender Blitz den Platz, es ertönte ein gewaltiger Donnerschlag und ließ die Erde erzittern. Darauf folgte ein vielstimmiger Aufschrei. Mit verständnislosem Gesichtsausdruck hob ich den Kopf und erstarrte. Mein Gegner lag reglos vor mir im Staub.

Nach einer kleinen Ewigkeit, so erschien es mir, rappelte ich mich auf und ging zu ihm hin. Verständnislos schaute ich auf seine verzerrten Gesichtszüge. Er war tot, der Blitz hatte ihn erschlagen. Ich konnte es an seiner verkohlten Handfläche erkennen und an dem versengten Loch in seiner Schuhsohle. Der Blitz war anscheinend in sein erhobenes Schwert gefahren und hatte ihn auf der Stelle getötet. Von den Zuschauern des ungleichen Kampfes kamen erstaunte und ungläubige Ausrufe. Langsam versammelten sich alle um mich und den Körper meines Gegners.

Ich hatte das Gottesurteil bestanden, niemand zweifelte mehr an meiner Unschuld. Auch mein Vater nicht. Er kam auf mich zu und umarmte mich. „Gott hat gesprochen", verkündete er laut. „Du bist nicht der Mörder deines Bruders. Alles ist dir vergeben und soll vergessen sein."

Doch ich wollte seine Umarmung nicht. Und ich wollte auch keine Vergebung von ihm. Ich wollte nie mehr etwas mit ihm zu tun haben. Deshalb stieß ich ihn mit letzter Kraft von mir und wankte ins Schloss zurück.

Ich suchte meine Mutter in ihrem Zimmer auf, wo sie weinend saß. Sie hatte sich geweigert, dem ungleichen Kampf zuzuschauen, sie wollte mich nicht sterben sehen. Voll hysterischer Freude riss sie mich in ihre Arme. Ich glaube, wir weinten beide.

Ich blieb noch wenige Tage im Schloss, solange bis ich mich einigermaßen erholt hatte. Meinem Vater ging ich aus dem Weg, ich habe ihn seither nicht mehr gesehen. Kurz vor meiner Abreise verabschiedete ich mich von meiner Mutter und versprach, ihr zu schreiben. Aber ich würde nie mehr zurückkehren, schwor ich. Sie umarmte mich und weinte, hielt mich aber nicht zurück.

Danach ging ich zu meinem Zimmer, packte meine wenigen Sachen und verließ das Schloss. Einzig ein gutes Pferd aus dem Besitz meines Vaters nahm ich mir. Ich fand er war es mir schuldig da er für den Tod meines Hengstes verantwortlich war.

Ohne mich noch einmal umzudrehen verließ ich Schloss Wolffhardt."

„Aber die vielen Kleider, die du mir gegeben hast, hattest du die nicht mitgenommen?"

Adrian schüttelte müde den Kopf. „Ich nahm nur das mit, was ich auf dem Leib trug. Wie gesagt, ich wollte nichts haben, was mein Vater bezahlt hatte. Aber meine Mutter war anderer Ansicht. Sobald ich ihr den ersten Brief geschickt hatte in dem ich ihr mitteilte wo ich wohnte, schickte sie mir eine Kutsche mit all meinen Kleidern und sonstigen Dingen, von denen sie vermutete, dass ich sie gebrauchen könnte. Es war mir nicht Recht, denn ich hatte mit allem abgeschlossen, was mein früheres Leben betraf. Aber ich wollte sie auch nicht kränken, indem ich alles zurückschickte. Deshalb habe ich den ganzen Kram aufbewahrt. Benutzt habe ich allerdings nichts mehr davon, ich konnte es einfach nicht."

Kapitel 10: Schloss Wolffhardt

Schloss Wolffhardt lag eingeschneit auf dem Berg hoch über ihnen. Es war ein großes Schloss, viel größer als Burg Hohenberg. Adrian starrte mit unbewegter Miene hinauf und Simon hätte etwas darum gegeben, in diesem Moment seine Gedanken lesen zu können.

Es war später Nachmittag, bald würde die Dunkelheit hereinbrechen. Die letzten zwei Stunden waren sie scharf geritten, damit sie es noch vor Einbruch der Nacht zum Schloss schafften. Ihre schweißnassen Pferde dampften in der kalten Schneeluft.

Endlich brach Adrian sein beharrliches Schweigen. „Na, dann komm, Simon. Wir wollen uns in die Höhle des Löwen wagen. Ein mittlerweile zahnloser Löwe, vermute ich. Dennoch wird er noch brüllen können."

„Freust du dich nicht wenigstens, deine Mutter wiederzusehen?" fragte Simon und blinzelte weil ihm der Wind scharfe Eiskörnchen in die Augen trieb. Er maß den Freund mit kurzem Blick. Adrian sah aus wie ein alter Mann. Seine Augenbrauen und die Haarsträhnen, die unter seiner Kapuze hervor lugten waren durch die eisige Kälte mit dickem, weißem Reif überzogen.

Er vermutete, dass er selbst nicht viel anders aussah. Auch die Mähnen und Schweife ihrer Pferde waren dicht mit Eisklümpchen behangen.

„Natürlich freue ich mich auf das Wiedersehen mit meiner Mutter. Wenn ich auch ein wenig Angst vor der Begegnung habe."

Simon schüttelte verwundert den Kopf. „Angst? Vor deiner Mutter? Ich dachte, sie war die Einzige, die zu dir gehalten hatte." Er trieb die Stute mit den Fersen an, damit sie Adrians Hengst folgte, der sich einen Weg durch den hohen Schnee bahnte.

„Ja schon, ich habe auch keine Angst vor ihr. Nur vor dem, was inzwischen aus ihr geworden sein könnte. Immerhin habe ich sie zwölf Jahre nicht gesehen. Und sie ist eine ruhige und feinfühlige Person. Damals, als die unselige Geschichte passierte, hat sie geschworen nie mehr ein Wort mit ihrem Mann zu reden. Aber ich habe ihr das in meinen Briefen ausgeredet. Es nützt keinem, wenn die beiden wie zwei Fremde nebeneinander her leben. Sie hat sich mit ihm arrangiert, denke ich. Zumindest schrieb sie mir nie über irgendwelche Probleme, die sie eventuell plagen..." Er hielt einen Moment inne. „Aber ich werde mir ja bald selbst ein Bild darüber machen können."

Energisch trieb er den Hengst voran. Das starke Tier machte einen erschöpften Eindruck. Es war ja auch Schwerstarbeit für das Pferd, sich durch die hohen Schneewehen zu arbeiten, die den Weg zum Schloss überdeckten. Simons Stute hatte es leichter, er ließ sie in der Schneise gehen, die der Hengst freigemacht hatte.

Nach einer weiteren halben Stunde waren sie endlich am Schloss. Aufatmend stiegen sie vor den Ställen aus den Sätteln und übergaben die Pferde einem Knecht, der sie in den warmen Stall brachte. Der ältere Mann musterte Adrian kurz neugierig und zog dann schnell, sich widerwillig verbeugend seine Kappe vom Kopf. Anscheinend erkannte er den Sohn des Herzogs.

Der Hexer ließ ebenfalls einen unfreundlichen Blick über den Stallknecht wandern, dann wandte er sich brüsk um, ohne den Mann zu grüßen. Simon wunderte sich erneut, sonst war Adrian zu jedermann freundlich. Sogar Bettler behandelte er mit Respekt.

„Einer der Knechte, die mich damals ausgepeitscht haben", erklärte er jetzt knapp über die Schulter, so als sähe er Simons Verwunderung. Er stieg vor ihm die breite Steintreppe hinauf, die vom Schnee befreit worden war.

„Dieser Bursche ist ein elender Speichellecker. Er hat damals zwar nur den Befehl meines Vaters befolgt. Dennoch konnte ich erkennen, welchen Spaß es ihm gemacht hatte, an dem verwöhnten Sohn des Herzogs sein Mütchen zu kühlen."

Er war an der hohen Türe angelangt, die nun von einem dürren Mann in Livree geöffnet wurde. „Guten Abend, Bernhard", begrüßte Adrian den alten Diener herzlich. „Ich freue mich, Euch gesund und munter zu sehen. Ihr habt Euch kaum verändert."

Bernhard strahlte übers ganze Gesicht und verneigte sich tief.

„Prinz Adrian. Wie schön, Euch wiederzusehen. Ihr seid ja ein prächtiger Mann geworden, wenn ich mir das zu sagen erlauben darf. Eure Mutter wird überglücklich sein, Euch zu sehen. Ah, Ihr habt noch einen Gast mitgebracht. Willkommen, junger Herr." Er verneigte sich auch vor Simon, was den prompt verlegen erröten ließ.

„Lasse das mit dem Prinz sein, Bernhard. Ich lehne es nach wie vor ab, diesen Titel zu tragen. Wie geht es meiner Mutter? Ich hoffe, sie ist bei guter Gesundheit?"

„Aber ja, Eurer Mutter geht es gut. Sie kann es gar nicht erwarten, Euch zu sehen. Euer Vater hingegen..."

Adrian ließ ihn nicht aussprechen. „Ich möchte zuerst meine Mutter sehen. Sie kann mir selbst sagen, was ich wissen muss. Alles Weitere wird sich finden."

Bernhard hatte ihm inzwischen den Umhang abgenommen und an ein Dienstmädchen weitergereicht. Nun half er Simon aus dem Cape, von dem schmelzender Schnee auf den Boden tropfte. Adrian war schon auf dem Weg, die marmorne Treppe empor.

„Kommst du, Simon", rief er herunter. „Ich möchte dich meiner Mutter vorstellen."

„Ach, Bernhard", fiel ihm noch ein, und er lehnte sich über das Geländer. „Sorgt dafür, dass Simon und mir ein heißes Bad zubereitet wird. Wir sind seit Tagen durch die Kälte geritten und total durchgefroren. Lasst Lavendel und Brennnessel in die Wannen geben. Und sorgt für eine warme Mahlzeit und Glühwein."

Simon folgte Adrian schweigend durch die langen Gänge. Schließlich standen sie vor einer, mit feinsten Intarsien verzierten Türe. Adrians Gesicht nahm einen angestrengten Ausdruck an, als er sachte anklopfte.

„Soll ich hier draußen auf dich warten?" bot Simon an, aber der Hexer schüttelte nur den Kopf und öffnete auf ein leises „Ja bitte" die Türe.

Eleonore zu Wolffhardt erhob sich beim Anblick ihres Sohnes leichtfüßig von der Ottomane und flog ihm förmlich in die Arme. Er beugte sich zu ihr herunter und schlang sanft seine Arme um ihren zierlichen Körper. „Adrian, mein geliebter Sohn", schluchzte sie und drückte ihr Gesicht an seine Brust. „Ich habe mich so danach gesehnt, dich endlich wiederzusehen."

Adrian beugte den Kopf noch weiter und murmelte leise Worte, die Simon nicht verstehen konnte. Er sah, wie die Schultern des großen Mannes zuckten und wandte sich taktvoll dem Fenster zu um in die schneehelle Nacht zu starren. Das bewegende Wiedersehen zwischen Adrian und seiner Mutter versetzte ihm einen seltsamen, bisher nicht gekannten schmerzhaften Stich in der Brust. Wie schön muss es sein, eine Mutter zu haben die einen liebt, dachte er wehmütig. Ganz kurz zuckte der Anblick eines gütigen Gesichts vor seinem inneren Auge auf, erlosch aber sofort wieder.

Nach ein paar Minuten schien sich Adrian auf seinen Freund zu besinnen und stellte Simon seiner Mutter vor. Sie begrüßte ihn äußerst liebenswürdig, anscheinend hatte Adrian nicht nur sein ungewöhnlich gutes Aussehen von seiner Mutter geerbt. Sie strahlte dieselbe natürliche Freundlichkeit aus, die auch ihrem Sohn zu Eigen war.

Simon bemerkte mit Erstaunen, wie ähnlich sich die beiden sahen. Natürlich war Adrian von der Statur her gegen seine zierliche Mutter ein Riese. Aber sie besaßen die gleichen kohlschwarzen Haare und glutvollen, mit dichten Wimpern besetzten dunklen Augen. Auch ihre Gesichtszüge wiesen große Ähnlichkeit auf. Anscheinend besaß Adrian außer der Größe tatsächlich kaum etwas von seinem Vater.

Erst jetzt erkundigte sich der Hexer nach den Umständen, die ihn gezwungen hatten, sich auf den beschwerlichen Weg zu Schloss Wolffhardt zu machen. Seine Mutter seufzte tief und begann dann leise zu berichten.

„Wie ich dir ja schon geschrieben habe, ist dein Vater niemals ganz über die damaligen dramatischen Ereignisse hinweggekommen. Der Tod deines Bruders und dein Verschwinden..., er hat es nie überwunden."

„Nun, das hat er sich selbst zuzuschreiben. Zumindest was meinen Weggang betrifft. Ich hätte nach dem, was zwischen uns stand niemals auf Schloss Wolffhardt bleiben können. Das seht Ihr doch ein, Mutter?"

„Ja Adrian. Ich kann dich sehr gut verstehen. Wenn du mir auch die ganzen Jahre schrecklich gefehlt hast. Aber dein Vater hat sich seit jenen unglückseligen Tagen verändert. Er ist in sich gekehrter geworden. Er hat es zwar nie zugegeben, aber ich denke, er weiß inzwischen welches Unrecht er dir antat. Leider spricht er nicht oft über das, was ihn bewegt. Du weißt selbst, wie schweigsam er sein kann. Aber ich glaube zu wissen, dass er dich gerne wieder hier auf dem Schloss haben würde. Du bist sein einziger Erbe..."

„Aber doch nur seine zweite Wahl", unterbrach Adrian sie hart. „Lebte Wernher noch, es wäre ihm gleichgültig, was ich tue und wo ich mich aufhalte. Er hat mich doch früher schon kaum bemerkt. Aber Ihr habt mir immer noch nicht gesagt, was mit ihm ist. Sicher hat er mich nicht zu sich befohlen, weil ihn die Sehnsucht nach mir übermannte."

Eleonore zu Wolffhardt rieb sich unglücklich mit den Händen über die Augen. Dann sah sie zu ihrem Sohn auf. Gefasst erklärte sie. „Er hat einen Schlaganfall erlitten. Schon vor vier Wochen. Zuerst gaben ihm seine Ärzte keine Chance. Doch er erholte sich zu unser aller Überraschung wieder. Aber seine linke Seite ist seither gelähmt. Zum Glück hat er wenigstens nicht die Sprache verloren. Als es ihm einigermaßen besser ging, hat er angeordnet, dir zu schreiben. Er möchte mit dir seine Nachfolge besprechen. Ich glaube, er will dir seinen Titel abtreten..."

Adrian starrte sie lange schweigend an. Dann schüttelte er entschieden den Kopf. „Nein, ich werde den verfluchten Titel niemals annehmen. Wegen dieses Titels hat er mich des Brudermordes bezichtigt. Dabei hatte ich ihm geschworen, ich wolle niemals Herzog werden. Er hat mir nicht geglaubt und sich erst durch das Gottesurteil umstimmen lassen. Aber es war mein voller Ernst. Ich wollte den Titel nie und dabei ist es geblieben. Ich werde ihn nicht annehmen."

„Aber wenn er stirbt, was dann? Wer außer dir soll der neue Herzog sein? Du bist der rechtmäßige Erbe."

„Das ist mir gleichgültig. Ich habe Cousins, einer davon wird sich sicher bereit erklären. Außerdem denke ich, wenn er die Apoplexie schon vier Wochen überlebt hat, wird er nicht mehr daran sterben. Er kann auch mit einer gelähmten Körperhälfte leben und regieren. Morgen früh werde ich ihn mir ansehen. Heute ist es zu spät für eine gründliche Untersuchung. Simon und ich sind von der Reise erschöpft. Wir brauchen zuerst ein heißes Bad und dann ein kräftiges Essen." Er verneigte sich vor seiner Mutter und küsste ihre Hand. „Wir sehen uns morgen früh. Gute Nacht, Mutter."

„Das Bad ist angerichtet, Pri..., Herr." Bernhard räusperte sich verlegen und ging ihnen voran in die Badestube, die gleich neben der Küche lag. Dort standen zwei hölzerne Badezuber aus denen Dampf und ein leichter Kräuterduft aufstieg. Zwischen den Bottichen standen mit Stoff bespannte Trennwände. Die Stube war überheizt, im Hintergrund hing ein großer kupferner Kessel über einer Feuerstelle in dem weiteres Wasser heiß wurde.

„Ah, so ein Kräuterbad ist genau das, was ich jetzt brauche." Adrian begann sich aus seinen Kleidern zu schälen. Er warf Simon einen auffordernden Blick zu. „Nur zu, zieh dich aus. Wenn du dachtest, dass du wie zu Hause beim Baden alleine sein kannst, so muss ich dich enttäuschen. Hier auf dem Schloss gibt es Bademädchen, die dir behilflich sind. Falls du dich nicht von ihnen ausziehen lassen willst, so musst du dich beeilen."

Er lachte gutmütig, als er Simons entsetzten Blick sah. „Keine Angst, sie schauen dir nichts weg. Sicher findest du es angenehm, von zarten Händen verwöhnt zu werden."

„Bademädchen?" keuchte Simon und knöpfte sich eilig die Weste auf. Dabei blickte er fast panisch zur Türe. „Wozu, um Himmels Willen braucht man Bademädchen?"

Adrian verschränkte lachend seine Arme vor der nackten Brust. Er war schon ganz ausgezogen und lehnte locker und völlig ungeniert an einem Balken neben dem Bottich. Seine schwarzen Augen glitzerten vor leisem Spott. Aber er bemühte sich, ernsthaft zu schauen, als er seinem Schützling zu erklären versuchte.

„Reiche Leute wie mein Vater haben für jeden Handgriff einen Lakaien. Du glaubst doch nicht, dass meine Eltern sich beim Baden selbst bemühen. Als ich noch hier wohnte war es für mich ebenfalls eine Selbstverständlichkeit, gebadet zu werden. Also mach dir einfach nichts daraus. Lasse dich verwöhnen und genieße es. Es gefällt dir bestimmt."

Er drehte sich um, stieg in den Bottich und ließ sich langsam in das dampfende Wasser gleiten. Simon, der ihn noch immer irritiert anstarre, sah zum ersten Mal Adrians nackten Rücken. Er keuchte entsetzt auf, als er die vielen schlecht verheilten Narben und Wülste darauf erblickte.

„Ich weiß, es ist kein schöner Anblick", erklang die unpersönlich klingende Stimme des Freundes. „Aber ich bin froh, dass ich es überhaupt überlebt habe."

Simon konnte nicht umhin, sich die Tortur, die sein Freund erleiden musste bildlich vorzustellen. Er hatte sich nichts Besonderes dabei gedacht, als er ihm erzählte, er wurde ausgepeitscht. Das war eine durchaus geläufige Art der Bestrafung, die er selbst auch schon aushalten musste. Das dabei Blut floss, oder sich die Striemen entzündeten kam ebenfalls häufiger vor. Aber er hätte nie gedacht, dass eine Peitsche solche schrecklichen Narben verursachen konnte. Kein Wunder, dass Adrian dem alten Knecht gegenüber so ungnädig war. Der Kerl musste zugeschlagen haben, als hätte er einen dickfelligen Ochsen vor sich.

Seine Gedanken wurden durch das leise Klappen der Türe unterbrochen. Zwei junge Frauen betraten den Raum und kamen auf ihn zu. Er war gerade dabei gewesen, sich die Hose über die Füße zu streifen und fiel jetzt vor Schreck beinahe rückwärts in den Zuber.

Die beiden kicherten und kamen unbeirrt näher. Deshalb zerrte er sich nun mit einem wilden Ruck die Hose vollends von den Füßen und hechtete fast in die Wanne.

„Nur ruhig, Simon", hörte er Adrians Stimme durch den Vorhang, „Sie tun dir schon nichts." Er glaubte außerdem ein unterdrücktes Glucksen zu hören, so als ob sich der Freund das Lachen verbeißen müsste. Völlig verstört saß er mit hochrotem Kopf in der Wanne und starrte das Mädchen an, das jetzt artig knickste und ihn dann ansprach.

„Ich bin Elisabeth, junger Herr, Euer Bademädchen. Möchtet Ihr lieber mit dem Schwamm oder mit einem Waschlappen gebadet werden?" Lächelnd hielt sie die beiden Utensilien in die Höhe und schaute ihn fragend an. Sie trug ein leichtes Kleid mit kurzen Ärmeln und freizügigem Ausschnitt. Er konnte kaum den Blick von ihren üppigen Brüsten wenden, als sie sich zu ihm herunter beugte.

„D... den Schwamm..., bitte", flüsterte er schwach. Seine Hände lagen schützend über seinem Geschlechtsteil. Erst als Elisabeth betont darauf starrte und amüsiert die Augenbrauen hob, legte er sie zögernd auf den Rand der Wanne. Von nebenan hörte er Adrians ungezwungenes Geplauder mit der zweiten Bademagd. Er hätte in diesem Moment etwas darum gegeben, wenn er dessen unbekümmerte Selbstsicherheit besessen hätte.

Er wusste schon lange, dass Adrian - was das weibliche Geschlecht anbetraf, kein Kind von Traurigkeit war. In Aschaffenburg gab es gleich mehrere Frauen - meist junge Witwen - die dem Hexer gerne die Abende versüßten. Er machte daraus keinen Hehl, protzte aber auch nicht damit. Und da Simon vor ihm ebenfalls keine Geheimnisse hatte, wusste er dass Simon noch unschuldig war, trotz der heißen Küsse und Berührungen mit Nelia. Deshalb wunderte Simon sich insgeheim, dass der Freund ihn nicht wenigstens vorgewarnt hatte. Konnte er sich nicht denken, wie peinlich ihm die intimen Berührungen fremder Frauenhände waren? Es waren wirklich sehr intime Berührungen. Der dicke Schwamm konnte das nicht abmildern. Simon schwitzte vor Aufregung als der Schwamm sanft über seinen Körper fuhr, sodann über sein Glied und seine Hoden strich.

In Gedanken betete er alle Gebete herunter, die ihm einfielen. Es waren nicht sehr viele und sie konnten seine Erektion nicht verhindern. Dem Mädchen machte es anscheinend nichts aus. Sie betrachtete bewundernd und ungeniert seinen nackten, erregten Körper.

„Ihr gefallt mir, junger Herr", flüsterte sie ihm ins Ohr. „Soll ich Euch heute Nacht das Bett wärmen?"

Simon war nun völlig perplex. Wie meinte sie das? Wollte sie ihm nur eine Wärmflasche ins Bett legen, oder sich selbst? Er musste zugeben, dass er den Gedanken, von ihr im Bett gewärmt zu werden, sehr erregend fand. Also sagte er einfach ja. In diesem Moment dachte er nicht an seine Liebe zu Nelia.

Nach dem Bad saß er mit Adrian zusammen an dem großen Tisch im Speisesaal. Vor ihnen türmten sich üppige Speisen auf den Tellern. Bernhard musste die ganze Küche rebellisch gemacht haben, um ihnen auftischen zu lassen. Der Hexer war schweigsam. Er aß die erlesenen Delikatessen mit solcher Selbstverständlichkeit, dass man alleine an seinen Manieren seine hohe Geburt erkennen konnte. Simon wunderte sich plötzlich warum er das nicht schon früher bemerkt hatte. Er konnte sich sehr gut vorstellen, Adrian als den zukünftigen Herzog zu sehen. Er schien wirklich dafür geboren zu sein. Doch dann traf ihn ein finsterer Blick aus den schwarzen Augen.

„Niemals. Ich werde niemals den Titel annehmen. Regieren liegt mir nicht. Da gehe ich lieber zu meinen Patienten zurück. Oder zaubere in Gaststuben."

„Hast du meine Gedanken gelesen?" fragte Simon neugierig. Er war nicht böse deswegen, eher fasziniert. Doch Adrian schaute schuldbewusst.

„Ja, ein wenig. Tut mir leid, wenn ich nervös bin höre ich fremde Gedanken viel lauter. Ich kann sie dann kaum ausschalten."

„Machst du dir Gedanken wegen deines Vaters? Ein Schlaganfall ist eine sehr ernste Erkrankung, nicht wahr? Kannst du etwas dagegen tun?"

Adrian zuckte die Schultern. „Möglich. Das kommt auf die Schwere des Schlages an. Aber wenn Vaters Befinden so ist, wie Mutter mir berichtet hat, kann ich vielleicht das eine oder andere bewirken." Er seufzte schwer.

„Das wäre mir am liebsten. Ich bringe den alten Herrn wieder auf die Beine, dann kann er weiterhin sein Herzogtum verwalten. Und ich habe meine Ruhe."

„Wie alt ist dein Vater überhaupt?"

Adrian dachte kurz nach. „Er wird bald sechzig. Für einen Mann wie ihn ist das kein Alter. Er hat noch nie körperlich arbeiten müssen, demnach ist sein Körper nicht sonderlich verbraucht. Wenn es mir gelingt, seine Gesundheit zu stabilisieren macht er es sicher noch zehn oder fünfzehn Jahre."

Normalerweise wäre Simon über diese rüden Worte erstaunt gewesen. Adrian sprach im Allgemeinen nicht so abfällig von Patienten. Aber nachdem er seinen Rücken gesehen hatte, konnte er sich noch besser vorstellen, dass er nichts mehr von seinem Vater wissen wollte.

„Nun, morgen kann ich mir selbst ein Urteil bilden." Der Hexer stand vom Stuhl auf und dehnte sich gähnend. „Ich bin müde und werde schlafen gehen. Komm, ich zeige dir dein Zimmer. Es liegt meinem gegenüber. Falls dir heute Nacht jemand was tun will, so brauchst du nur zu rufen." Er zwinkerte anzüglich und grinste breit. Als Simon wie eine Tomate anlief, packte er ihn gutmütig am Hinterkopf und rüttelte ihn leicht.

„Sei doch nicht so empfindlich. Du bist ein junger kräftiger Kerl von neunzehn Jahren. Es wird Zeit, dass du deine Unschuld verlierst. Elisabeth scheint zu wissen, was sie will. Nämlich dich. Vertrau dich ihr einfach an."

Als Simon sein Zimmer betrat, brannten mehrere Kerzen in einem Kandelaber neben dem breiten Bett. Sie tauchten das Zimmer in mildes Licht. Im Kamin glommen ein paar Holzscheite. Aber er hatte keinen Blick dafür - auch nicht für die edlen Möbel oder die schweren Brokatvorhänge. Nein, seine Augen hefteten sich auf die nackte Gestalt, die vor seinem Bett stand und unschuldig zu Boden blickte.

Dann sah er Elisabeths leises Lächeln auf ihrem gar nicht so unschuldigen Gesicht. Schnell ging er auf sie zu und nahm sie in die Arme. Seine Schüchternheit war verflogen, machte seinem Begehren nur allzu bereitwillig Platz. Eigentlich hätten ihm tausend Gedanken durch den Kopf gehen müssen. Gedanken an Nelia, an seine Liebe zu ihr. An die Küsse und Beteuerungen, die sie sich gegenseitig zugeflüstert hatten. An das Versprechen, sie eines Tages zu heiraten.

Aber er dachte an nichts dergleichen, sondern nur an die junge Frau in seinen Armen. Er wollte haben, was sie ihm so freizügig anbot. Jetzt sofort.

Diesmal empfand er keine Scheu, als er sich hastig auszog. Sie half ihm leise lachend dabei und seine Kleider fielen achtlos zu Boden. Und jetzt wurde er auch nicht mehr rot, als ihr Blick über seinen nackten Körper wanderte. Sie kannte ihn ja schon, hatte jeden Zentimeter mit ihrer zarten Hand berührt. Der Gedanke an diese intimen Berührungen ließen ihn die letzten Hemmungen vergessen. Mit einem leisen Stöhnen schloss er Elisabeth in die Arme und ließ sich mit ihr auf das Bett sinken. Seine Lippen, seine Zunge fanden ihren Mund, während sich sein steil aufragendes Glied an ihren Körper presste.

Sie erwiderte seine begehrlichen Küsse und legte ihre Hand um seinen Penis, was ihm ein erneutes Stöhnen entlockte.

Dann ergriff sie seine Hand und führte sie zu den Stellen, an denen sie berührt werden wollte. Er folgte ihr willig zu Stellen, die er bei Nelia nie zu berühren gewagt hatte. Nach einiger Zeit hob ihm Elisabeth ihren Unterleib entgegen und führte seinen Penis mit der Hand.

„Jetzt", flüsterte sie heißer. „Komm zu mir." Bereitwillig folgte er ihr abermals. Er konnte sich kaum noch zurückhalten, so überwältigten ihn die ungeahnten Gefühle. Weich, warm und feucht umschloss ihn ihr Fleisch, rieb sich an ihm bis er vor Wonne erschauerte. Sein Körper führte plötzlich ein Eigenleben, wollte ihm nicht mehr gehorchen. Als ihn das Mädchen jetzt auch noch stöhnend tiefer in sich zog, war es um seine Selbstbeherrschung geschehen. Er stieß immer heftiger zu und ergoss sich schließlich mit einem heißeren Schrei in sie. Auch sie stieß leise Schreie aus und krallte ihm ihre Finger ins Gesäß, er bemerkte es kaum. Nach einer Weile rollte er erschöpft von ihrem Körper. Sie wandte sich ihm zu und küsste ihn leicht auf die Nasenspitze. Er lächelte und schloss zufrieden die Augen. Kurz darauf war er in ihren Armen eingeschlafen.

Gegen Morgen wurde er durch ihre Bewegungen neben sich wach. Als sie merkte, dass er nicht mehr schlief, beugte sie sich zu ihm und küsste ihn auf die Lippen. „Ich muss aufstehen", wisperte sie in sein Ohr. „Mein Arbeitstag beginnt bald."

Aber er wollte sie nicht so einfach gehen lassen. Er nahm ihre Hand und legte sie auf sein erigiertes Glied. „Bleib noch einen Moment", bat er.

„Du hast sicher noch ein wenig Zeit."

Elisabeth zeigte sich nicht abgeneigt und gewährte im abermals den Genuss ihres Körpers. Danach sprang sie aus dem Bett und schlüpfte hastig in ihre Kleider. „Jetzt muss ich mich aber sputen. Die Köchin kann recht ungehalten werden, wenn ich mich verspäte." Sie schaute auf ihn herunter, wie er nackt und aufgedeckt im Bett lag. „Wenn Ihr möchtet, komme ich heute Abend wieder, um Euch das Bett zu wärmen."

Er wollte und sie hauchte ihm noch einen schnellen Kuss auf die Wange bevor sie leise aus dem Zimmer schlüpfte. Seufzend vor Wohlbehagen drehte er sich auf die Seite, zog die Daunendecke über sich und schlief wieder ein.

„Du scheinst ja eine anstrengende Nacht hinter dir zu haben", grinste Adrian gutgelaunt, als er endlich zum Frühstück erschien. „Was immer du heute Nacht getan hast, es hat dir gut getan. Du siehst zwar nicht munter, aber so zufrieden aus wie eine Katze, die von der Sahne genascht hat." Er wurde ein wenig ernster. „Willkommen in der Männerwelt, Simon."

Simon ließ die kleinen Neckereien gutmütig über sich ergehen und grinste nur. Er setzte sich und inspizierte das reichhaltige Angebot auf dem Tisch. Was er und Adrian hier zum Frühstück serviert bekamen, würde ausreichen um zehn Männer satt zu machen. Da lagen Delikatessen auf den goldenen Platten, deren Namen er nicht einmal kannte. Adrian schien zu ahnen, was ihm auf der Zunge lag. „Ich weiß, es ist eine Schande, aber mein Vater hat schon immer aus dem Vollen gelebt. Er wurde mit dem sprichwörtlichen goldenen Löffel im Mund geboren und denkt, all diese Sachen würden wirklich zum Leben gebraucht. Er weiß nicht, wie es ist, zu hungern."

„Weißt du es denn? Du bist sein Sohn, also bist du wohl auch mit einem goldenen Löffel im Mund geboren."

Der Hexer antwortete sehr ernst. „Ja, das bin ich. Aber ich habe auch die andere Seite kennengelernt. Als ich damals vom Schloss ging, nahm ich kaum etwas mit, außer den Kleidern die ich auf dem Leib trug. Meine Reserven waren schnell aufgebraucht. Ich flog aus meinem teuren gemieteten Zimmer und von der teuren Universität. Aber ich wäre lieber verhungert, als meinen Vater um Geld zu bitten. So schlug ich mich etwa ein Jahr lang mehr schlecht als recht durchs Leben. Dann traf ich einen Mann, der mich aufnahm. Den alten Hexer, dessen Haus ich nun besitze. Er half mir wieder auf die Beine und ermöglichte mir sogar, mein Studium zu beenden. Mit seiner Hilfe gelang es mir, mein Leben nach meinen Wünschen und Bedürfnissen zu gestalten. Und es aus eigener Kraft zu bescheidenem Wohlstand zu bringen."

Er deutet auf den Prunk um sich herum. „Das hier ist nicht meine Welt. Und deshalb werde ich meinem Vater gleich eine Absage erteilen. Egal, was er mir anbietet, ich möchte es nicht haben. Ich hoffe, ich kann ihn soweit heilen, dass er weiterhin regieren kann. Danach werde ich wieder gehen. Und nie mehr hierher zurückkehren..."

Kapitel 11: Aussprache zwischen Vater und Sohn

Müßig schlenderte Simon durch die langen Korridore und prächtigen Hallen von Schloss Wolffhardt. Das Schloss war so prächtig ausgestattet, er konnte sich an den Kunstgegenständen und ausgestellten Reichtümern gar nicht satt sehen. Besonders imponierten ihm die prächtigen Ritterrüstungen, die links und rechts an den Treppenaufgängen aufgestellt waren. Sie erinnerten ihn an seine Kindheit. Damals musste er oft mit Falk Ritter und Knappe spielen. Wie gerne wäre er einmal in die Rolle der Ritters geschlüpft, aber das hatte Falk nicht zugelassen. Wenn er diese schweren Rüstungen sah, beneidete er die Ritter nicht mehr so sehr. Heute konnte er erahnen, wie beschwerlich es gewesen sein musste, in solch einem Panzer herumzulaufen. Außerdem verstand er nun besser, weshalb die Ritter so gewaltige Streitrösser gebraucht hatten. Ein normales Pferd wäre unter der Last von Mann und Rüstung zusammengebrochen.

Adrian war nach dem Frühstück schweren Herzens zur Suite seines Vaters aufgebrochen. Er hatte Simon gefragt, ob er ihn begleiten wolle, aber der hatte lieber abgelehnt. Er wollte nicht Zeuge der unausbleiblichen Auseinandersetzung zwischen Vater und Sohn werden. Obwohl er nach den schrecklichen Erzählungen über die Härte des Herzogs sehr neugierig auf den Mann war.

Wieder fielen ihm die schlimmen Narben auf Adrians Rücken ein und er schauderte unwillkürlich. Wie konnte ein Vater es zulassen - nein, noch schlimmer, es anordnen - dass sein Sohn so gequält wurde. Er fragte sich, wie wohl die Narben auf der Seele des Hexers ausschauen mochten. Ein schwächerer Mann wäre sicher daran zerbrochen. Doch Adrian schien daran gewachsen zu sein.

Zum ersten Mal wurde Simon bewusst, dass es nicht in jedem Fall ersehnenswert war, einen Vater zu haben. Bisher konnte er sich nichts Schöneres vorstellen. Er hatte alle beneidet, die noch Vater und Mutter besaßen. Besonders als er noch ein Kind war, hatte er sich in seinen Wachträumen ausgemalt, wie er mit seinem Vater ausritt. Wie sie lange Gespräche miteinander führten oder einfach nur in stummer Eintracht an einem Lagerfeuer saßen. In seiner Vorstellung waren Väter immer stolz auf ihre Söhne und liebten sie. Selbst der mürrische Freiherr zu Kilchenstein konnte seinen Stolz auf seinen Sohn Falk nicht verhehlen.

Adrians Vater hingegen war sein Sohn egal gewesen. Sein zweiter Sohn, denn den ersten hatte er ja abgöttisch geliebt. Und seine Gleichgültigkeit war sogar in mörderischen Hass auf sein eigen Fleisch und Blut übergegangen. Simon konnte plötzlich verstehen, wieso Adrian seinen Vater mied.

Er blieb vor einem Portrait stehen, auf dem die Familie des Herzogs abgebildet war. Eine Frau - Adrians Mutter - saß auf einem Stuhl. Sie hielt einen kleinen Jungen mit schwarzen Locken auf ihrem Schoß. Daneben stand ein etwas älterer Knabe, blond und stämmig. Er schaute ein wenig ärgerlich, wie es schien auf Stiefmutter und -bruder. Hinter den dreien ragte der Herzog auf, groß, breitschultrig mit halblangen blonden Haaren. Seine Hände ruhten besitzergreifend auf den Schultern seiner Frau und seines ältesten Sohnes. Der Blick seiner grauen Augen schien den Betrachter grimmig anzustarren. Simon zog unwillkürlich die Schultern zusammen.

„Genauso wirkte er stets auf mich. Ich zog mich unter diesem stechenden Blick förmlich in mich zurück."

Adrian war lautlos hinter Simon aufgetaucht und betrachtete ebenfalls das Bildnis. Dabei blickten seine schwarzen Augen so ausdruckslos und hart, als seien sie in sein Gesicht gezeichnet. Schließlich wandte er den Blick ab und atmete tief durch.

„Zumindest heute trugen seine Augen einen anderen Ausdruck. Es schien mir fast für einen Moment, als freue er sich tatsächlich, mich zu sehen. Ich muss gestehen, damit hat er mich aus dem Konzept gebracht."

„Und. Wie geht es ihm? Kannst du etwas für ihn tun?"

„Wenn er es zulässt, ja. Es wird zwar nicht möglich sein, die Funktion seines linken Armes und Beines ganz zu normalisieren, aber er kann dennoch ein weitgehend normales Leben damit führen. Im Moment ist seine linke Körperseite noch gelähmt. Doch als ich ihn mit einer Nadel stach, reagierte er darauf. Das gibt mir Hoffnung, dass er zumindest einen Teil seiner Beweglichkeit zurückgewinnt. Wenn er sich dazu aufrafft, an sich zu arbeiten... Ich werde ihm einen Trank zubereiten, der ihm hilft, wieder auf die Beine zu kommen. Assistierst du mir dabei? Hoffentlich hat meine Mutter alle Zutaten, die ich benötige in ihrer Kräuterkammer vorrätig. Bei diesem Schnee möchte ich nicht unbedingt in die nächste Stadt reiten um Kräuter zu besorgen."

Natürlich war Simon sofort bereit, bei der Zubereitung des Trankes zu helfen. Er interessierte ihn, welche Mittel gegen Apoplexie halfen. Und er wollte Adrian auch noch ein wenig über seinen Vater ausfragen. Falls der Hexer das zuließ.

Die Kräuterkammer der Herzogin war ebenso beeindruckend wie die des Hexers. Anscheinend hatte er von seiner Mutter auch die Anlage zum Heilen in die Wiege gelegt bekommen.

„Hier findest du sicher die Kräuter, die du benötigst", meinte er und schaute sich beeindruckt in dem kühlen Raum um. Von der Decke hingen fein säuberlich geordnete dicke Büschel von getrockneten Heilkräutern.

Mittlerweile kannte er ihre Namen und ihre Eigenschaften. Von Adrian hatte er gelernt, bei welchen Krankheiten sie empfehlenswert waren. Und auch, wann sie besser nicht angewendet wurden.

Auf hölzernen Regalen standen Gläser, in denen Wurzeln, Knollen und ähnliches in Alkohol, Öl oder Sud eingelegt waren. Jedes Glas war gut lesbar beschriftet. Auf einige war der Vermerk *Giftig* rot unterstrichen.

Ausgerechnet an diesen Gläsern machte Adrian sich zuerst kundig. Er nahm eines nach dem anderen in die Hand und betrachtete kritisch den Inhalt. Dann stellte er zwei davon nach vorne.

„Was willst du denn mit Maiglöckchenblüten?" fragte Simon und beschnüffelte den Inhalt des geöffneten Glases. „Puh, auch noch in Wein eingelegt. Wie sollen die wirken?"

Adrian erklärte ihm die Wirkungsweise und Zusammensetzung des Trankes, den er zusammenbraute sehr ausführlich. Wie immer ging er äußerst sorgfältig zu Werke.

„Die genaue Dosierung ist das Wichtigste", dozierte er. „Ein Priese zu viel oder zu wenig kann unter Umständen fatale Folgen haben. Nur schade, dass meine Mutter keine Feinwaage besitzt. Ich messe lieber genau nach, als mich auf mein Gefühl zu verlassen."

„Wird dein Vater dir vertrauen und den Trank schlucken? Vielleicht denkt er ja, du willst ihn vergiften."

Adrian lachte leise, während er Kräuter im Mörser zerrieb. „Ich denke, er vertraut mir soweit. Schließlich haben ihm die beiden Quacksalber, die er als Ärzte beschäftigt, bisher keine Linderung verschaffen können. Er weiß zwar genau, wie ich zu ihm stehe, aber nein..., er traut mir nicht zu, dass ich ihn vergiften würde."

„Diese Ärzte, kennst du sie? Du sprichst sonst nicht so abfällig über deine Berufsgenossen."

„Und ob ich die kenne. Sie sind Brüder und schon seit ich denken kann, für das gesundheitliche Wohl der Schlossbewohner zuständig. Allerdings sind mir ihre Methoden schon in der Kindheit mehr als dubios vorgekommen. Und damals besaß ich noch keinen Schimmer von der Heilung des Körpers. Es kann aber sehr gut sein, dass das Misstrauen meiner Mutter auf mich abgefärbt hatte. Sie hat die beiden nicht in meine Nähe gelassen sondern mich lieber selbst kuriert wenn ich einmal krank war."

Er setzte sich auf den Rand des Tisches und schaute sinnend auf die blubbernde Flüssigkeit, die in einem Kupfertopf köchelte. Dann wanderte sein Blick zu Simon zurück. „Einer der beiden war auch dafür verantwortlich, dass ich nach dem Auspeitschen fast gestorben wäre. Er bestrich die eiternden Striemen mit irgendeiner Wundpaste. Ohne die Wunden zuvor zu reinigen. Erst als daraufhin mein Fieber noch anstieg, merkte er, dass er etwas falsch gemacht hatte. Da hat er mir die Wunden dann mit einem Schaber und dem Skalpell *gesäubert*. Ich sage dir, das war die reinste Folter. Danach wurde mir mit Alkohol vermischtes Wasser über den Rücken gegossen. Ich glaube, mein Brüllen war durchs ganze Schloss zu hören..." Er schüttelte sich bei der Erinnerung daran. „So, ich denke, der Sud ist fertig. Ich gieße ihn noch durch ein Tuch. Schau du inzwischen, wo die sauberen Flaschen stehen. Und suche einen passenden Korken dafür. Dann werden wir sehen, ob Vater meinen Heilkünsten vertraut." Nachdem die dickflüssige Medizin abgekühlt war, füllte Adrian sie in die Flasche und verkorkte sie sorgfältig. „So, fertig. Was meinst du, soll ich noch einen Zauber darüber legen? Aber bis hierher ist ja mein Ruf als Hexer ja noch nicht gedrungen."

Simon lachte über den Scherz des Freundes. Er hatte schon oft bei dessen abergläubischen Patienten erlebt, dass sie erst an die Wirkung der Medizin glaubten, wenn der Hexer ein paar geheimnisvolle Beschwörungen darüber murmelte. Adrian hatte ihm lächelnd erklärt, wenn die Leute daran glaubten, solle es ihm recht sein. Hauptsache, sie nahmen die Medizin ein.

Sie trafen sich erst am Abend wieder im Speisesaal. Heute waren sämtliche Schlossbewohner um die riesige Tafel versammelt. Adrian erklärte Simon, es sei hier so Sitte, dass das Abendbrot von allen gemeinsam eingenommen wurde. Selbst die einfachsten Stallknechte saßen manierlich gekleidet und sauber gewaschen am Tisch und langten herzhaft zu. Neben der Tafel gab es noch einen kleineren Tisch um den die zahlreichen Kinder der Bediensteten saßen. Sie wurden von zwei Kindermädchen betreut.

Simon wunderte sich über diese noble Geste des Herzogs. Sie passte so gar nicht zu dem Bild, das er sich von dem Mann gemacht hatte. Er musste unwillkürlich an die Burg denken. Dem Freiherr von Kilchenstein wäre es niemals eingefallen, sich mit gemeinen Dienern an einen Tisch zu setzen.

Adrian schien seine Gedanken zu kennen. Während sie zu ihren Plätzen am Tisch gingen, raunte er ihm zu. „Mein Vater ist nicht die Bestie, als das er dir nach meinen Erzählungen scheinen mag. Bei seinen Leuten ist er sehr beliebt. Sie würden alles für ihn tun." Er machte eine kleine Pause ehe er zynisch fortfuhr. „Sogar seinen Sohn auf seinen Wunsch fast zu Tode peitschen."

Ihr Erscheinen wurde mit neugierigen Blicken und Getuschel registriert. Die älteren unter den Bediensteten konnten sich noch gut an Adrian erinnern. Und an die Bestrafung und das Gottesurteil. Eilig teilten sie ihr Wissen leise den jüngeren mit.

Adrian machten die neugierigen Augen, die ihn anstarrten wie ein seltenes Tier anscheinend nichts aus. Völlig ungerührt ging er zu seinem Platz neben dem Stuhl seines Vaters und setzte sich hin. Dann musterte er die Leute mit einem feinen Lächeln. Er wirkte weder neugierig, noch desinteressiert und doch fesselte er sie alle. In diesem Augenblick war er wieder der Magier, der die Menschen mit seinem Blick in seinen Bann schlagen konnte. Selbst Simon ertappte sich dabei, wie er ihn anstarrte. Er saß Adrian gegenüber, gleich neben dem Stuhl der Herzogin.

Die Plätze des Herzogs und seiner Frau waren noch leer. Simon fragte sich, ob es Adrian gelungen war, seinen Vater aus dem Bett und an den Tisch zu bringen. Er hatte den ganzen Nachmittag in dessen Zimmer verbracht. Doch bislang hatte der Hexer nicht verraten, ob seine Bemühungen von Erfolg gekrönt waren.

Die große Türe des Speisesaales ging auf und der Herzog kam, gestützt auf zwei kräftige Diener herein. Er konnte sich nur mit der rechten Hand auf den Arm des einen Mannes stützen. Links hielt ihn der andere untergehakt. Mit vereinten Kräften schleppten sie den großen, schweren Mann an den Tisch und setzten ihn in seinen bequemen Lehnstuhl. Er machte einen erschöpften Eindruck, doch lag auch ein wenig Stolz auf seine Leistung in seinem Blick. Hinter ihm betrat seine Frau den Saal und setze sich an ihren Platz.

Die Dienerschaft brach in Beifall und Jubel aus. Alle freuten sich, ihren Herrn wieder in ihrer Mitte zu sehen.

Einzig Adrian musterte den kranken Mann schweigend und mit unbewegtem Gesicht. Nur an seiner Schläfe zuckte ein Nerv. Simon musste sich bemühen, den Vater des Hexers nicht allzu sehr anzustarren. Aber er war sehr neugierig auf den Mann. Als Adrian ihn kurz vorstellte, sprang er vom Stuhl auf und verneigte sich vor dem Herzog. Der musterte ihn lange.

„Du bist also der Lehrling meines Sohnes? Er hat mir schon von dir erzählt. Nun, wie mir scheint, hast du in ihm einen guten Lehrherrn gefunden. Ich muss zu meiner Schande gestehen, dass ich bisher kaum etwas über seinen Lebensweg wusste. Aber ich hätte mir eigentlich denken können, dass er sich dem Heilen verschrieben hat. Schon als Junge hat er kranke Tiere gepflegt. Nun, ein zukünftiger Herzog kann ruhig etwas von der Kunst des Heilens verstehen. Das kommt seinen Untertanen nur zugute."

Adrian sagte nichts dazu. Nur seine Augen verdüsterten sich. Anscheinend wollte er vor all den Bediensteten keine Szene machen und hielt sich eisern zurück. Aber seine Miene verfinsterte sich zusehends.

Das Essen verlief jedoch trotz des beharrlichen Schweigens zwischen Vater und Sohn harmonisch. Danach verteilten sich die Bediensteten wieder, gingen an ihre Arbeit zurück oder genossen ihren wohlverdienten Feierabend. Der Herzog war in sein Zimmer zurückgebracht worden. Das Abendessen im Saal hatte ihn sichtlich angestrengt, ihm aber auch gutgetan. Er versprach, nun jeden Tag eine Zeitlang außerhalb seines Bettes zu verbringen.

„Ein kleiner Sieg. Aber immerhin." Adrian machte mit Simon einen Spaziergang durch den verschneiten Schlosspark. Da der Schnee nicht von den Wegen geräumt worden war, mussten sie sich durch hohe Wehen kämpfen. Aber Adrian brauchte unbedingt frische Luft um seinen Frust zu bekämpfen und Simon begleitete ihn wie selbstverständlich.

„Er scheint immer noch zu glauben, du bleibst hier. Hast du ihm schon gesagt, dass das nicht der Fall sein wird?"

„Natürlich. Schon mehrmals. Aber er meint noch immer, ich müsse nach seiner Pfeife tanzen. Das werde ich aber nicht tun. Ich hoffe, die Medizin zeigt bald Wirkung. Wenn er merkt, dass seine Kräfte zurückkommen, überzeugt ihn das hoffentlich, dass er noch nicht so bald sterben muss. Das wird ihn umstimmen, denn für zwei Regenten ist sein Herzogtum zu klein."

„Er ist ein Mann, der es gewohnt ist, seinen Willen durchzusetzen", wandte Simon ein.

„Aber an mir wird er sich die Zähne ausbeißen. Ich bin sein Sohn und ihm ähnlich. Zumindest was den starken Willen betrifft."

„Ja, das scheint mir auch. Aber reizt es dich wirklich kein bisschen, seine Stelle einzunehmen? Ein Herzog. Das kommt gleich nach dem König, oder?"

Adrian blickte ihn mit grimmig gebleckten Zähnen von der Seite an. Dann kickte er wütend in den Schnee, dass er hoch aufstäubte. „Nicht ganz, aber so ähnlich. Dennoch, du weißt ich interessiere mich nicht für Macht. Ich brauche kein Schloss und keine Reichtümer um glücklich zu sein. Und schon gar keinen Titel. Das ist nicht etwa Trotz von mir, so wie mein Vater vermutet. Er denkt, ich ziere mich, um ihn zu bestrafen. Doch das ist nicht wahr. Ich will heute genauso wenig Herzog werden, wie damals. Und er glaubt mir heute so wenig, wie damals. Es ist zum Verzweifeln."

Die nächsten Tage vergingen in ähnlicher Weise. Tagsüber hielt sich Adrian oft bei seinem Vater auf. Er sorgte dafür, dass er pünktlich seine Medizin einnahm, rieb ihm den tauben Arm und das Bein mit Tinkturen ein. Er massierte seine Muskeln und machte Bewegungsübungen mit ihm. Manchmal half Simon mit, den Herzog herumzuführen. Um ihn sicher auf den Beinen zu halten, bedurfte es zwei starker Männer. Nach der zweiten Woche ging es dem Herzog bedeutend besser. Er konnte wieder alleine gehen, wenn auch auf einen Stock gestützt. Selbst seine Hand bekam eine Spur ihres Gefühls zurück, was sogar Adrian verwunderte. Doch vor allem bekam er sein Selbstvertrauen zurück. Und ihm wurde klar, dass er tatsächlich noch nicht sterben würde. Noch lange nicht - wie ihm Adrian versicherte - wenn er sich an gewisse Spielregeln hielt.

Adrian hatte den Tagesablauf sowie den Speisezettel seines Vaters rigoros verändert und die Änderungen vorsichtshalber gleich mit seiner Mutter und der Köchin besprochen. Die beiden Frauen versprachen, fortan auf die Ernährung des Herzogs ein waches Auge zu haben.

„Meine Ärzte hatten bisher nichts gegen Fett und Fleisch einzuwenden", blaffte Walther zu Wolffhardt seinen Sohn ungnädig an.

„Und gegen Kuchen und Desserts hatten sie auch nichts einzuwenden. Du hingegen verbietest mir alles was schmeckt. Sogar meinen Wein willst du reduzieren."

„Aber im Gegensatz zu mir, haben es Eure Ärzte auch nicht geschafft, Euch wieder auf die Beine zu bringen. Bei ihnen würdet Ihr noch immer im Bett liegen. Eure Muskeln würden schwinden und in einem halben Jahr wärt Ihr nur noch ein Schatten Eurer selbst", erwiderte Adrian ungerührt.

Er stützte sich mit beiden Händen auf die Lehnen des Sessels, in dem sein Vater saß und starrte ihm in die Augen. „Langsam müsstet Ihr gemerkt haben, dass meine Methoden anders sind als die Eurer Quacksalber. Ich möchte mich ja nicht selbst loben, aber durch meine - wie Ihr sagt seltsame Art, Krankheiten anzugehen, habe ich schon einige Leben gerettet. Natürlich kann auch ich nicht alle Kranken heilen, aber Euch kann ich helfen. Zumindest kann ich Euer Leben verlängern und dafür sorgen, dass Ihr es auch weiterhin als lebenswert empfindet. Aber Ihr müsst schon ein wenig dazutun."

Der Herzog erwiderte den Blick seines Sohnes ungerührt, wie es schien.

„Du willst dich doch bloß bald wieder davonmachen können. Inzwischen glaube ich dir, dass ich noch ein paar Jahre regieren kann. Deshalb will ich dich auch nicht drängen, zu bleiben. Dennoch musst du dich entscheiden. Du bist mein Erbe und ich verlange von dir, dass du deine Pflicht annimmst."

„Ach Vater." Adrian klang ziemlich genervt. Wie oft hatte es nun schon das gleiche Wortspiel zwischen ihnen gegeben? Er war es langsam leid.

„Ich will nicht Herzog werden. Nehmt einen der Söhne Eures Bruders. Sie stehen in der Erbfolge gleich hinter mir. Ich kann mir denken, Rudolph ist versessen darauf, Herzog zu werden."

Jetzt funkelte ihn sein Vater wütend an und schrie mit polternder Stimme.

„Ich will aber nicht Rudolph als meinen Nachfolger, sondern dich. Es ist deine verdammte Pflicht."

Er schnitt Adrian mit einer wütenden Handbewegung das Wort ab, ehe der den Mund aufmachen konnte. „Nein, lasse mich ausreden. Rudolph ist einfach nicht geeignet. Genauso wenig wie sein Bruder Hermann."

„Und warum nicht?" wandte Adrian trotz des drohend auf ihn gerichteten Blickes furchtlos ein. Er richtete sich zu seiner ganzen imponierenden Größe auf und verschränkte die Arme vor der Brust. Seine Augen ließen die des Vaters nicht los. „Was habe ich, was die beiden nicht aufzuweisen haben?"

„Es ist deine ganze verdammte Art, dein Pflichtgefühl deine Bescheidenheit. Dein Mitgefühl, sogar für deine Feinde. Ich weiß sehr wohl, was es dich an Überwindung gekostet hat meinem Befehl zu folgen. Und mich auch noch gesund zu machen obwohl du mich ebenso mit einem Trank hättest töten können. Das ist wahre Pflichterfüllung die einem Herzog geziemt. Ich möchte mein Land und meine Leute auch nach meinem Tod in Sicherheit und gut regiert wissen. Und ich weiß, du wirst ein guter Regent sein. Rudolph und Hermann sind habgierige Verschwender und nur auf ihre Vergnügungen aus. Sie würden mein Volk durch hohe Abgaben ausbluten. Ich weiß, dass ich dir kein guter Vater war, aber ich war immer ein guter Herzog. Ich hatte für die Bedürfnisse und Sorgen meiner Leute stets ein offenes Ohr. Und so soll es auch sein, wenn ich nicht mehr bin. Deshalb wünsche ich dich als meinen Nachfolger. Bei dir sind die Menschen des Herzogtums gut aufgehoben."

Adrian stand noch immer unbeweglich da. Doch die Unnachgiebigkeit begann aus seinem Blick zu weichen, machte Unsicherheit Platz. Der Herzog sah es und fuhr mit seinen Argumenten fort. „Ich lege das Schicksal sehr vieler Menschen in deine Hände Adrian. Sie vertrauen auf dich. Ob du willst oder nicht, hier liegt deine Bestimmung, deine Aufgabe. Willst du sie wirklich zurückweisen und einfach alles deinen gierigen Vettern überlassen? Kannst du dann noch ruhig schlafen? Sage mir hier und jetzt, dass dich die Menschen im Herzogtum nicht scheren, dann kannst du von mir aus gehen. Aber ich weiß, du wirst es nicht können."

Adrian wirkte plötzlich resigniert. Aus diesem Blickwinkel hatte er sein verhasstes Erbe nie betrachtet. Aber der Herzog hatte Recht. Egal ob er annahm oder nicht, er war für die vielen Menschen verantwortlich. Und wenn es ihnen schlecht erginge, würde er nie mehr ruhig schlafen können.

Simon, der die ganze Zeit schweigend den Disput zwischen den Kontrahenten aus einer Zimmerecke beobachtet hatte, konnte deutlich erkennen, wie der Hexer nachgab. Er musste den Herzog für diesen Schachzug bewundern. Damit hatte er seinem Sohn die Einwilligung abgetrotzt. Wie sehr Adrian die ihm aufgezwungene Rolle auch hassen würde, er würde sein Erbe annehmen. Dessen nächste Worte bestätigten es.

„Also gut, Ihr habt gewonnen. Ich werde der nächste Herzog sein. Aber erst nach Eurem Tod. Ich kann nur hoffen, dass bis dahin noch sehr viele Jahre vergehen." Er sah plötzlich sehr müde aus und ließ sich in einen Sessel fallen. Mit einer fahrigen Bewegung fuhr er sich durch die langen Haare, warf sie aus der Stirn. So saß er eine ganze Weile und starrte auf den Boden unter seinen Füßen. Dann hob er den Kopf und blickte seinen Vater an.

„Wenn ich Euch schon zusage, so will ich wenigstens eine einzige Erklärung von Euch, Vater. Eine Erklärung darüber, warum Ihr mich all die Jahre so sehr gehasst habt. Zumindest das seid Ihr mir schuldig."

Der große Mann schien in seinem Sessel zusammenzusinken. Fast sah es so aus, als wolle er nicht antworten. Er saß kreidebleich da und hielt die Augen geschlossen. Dann, nach einer kleinen Ewigkeit fasste er sich und schaute seinem Sohn fest in die Augen.

„Ich habe dich nicht gehasst, Adrian. Auch wenn es dir so vorgekommen sein mag. Meine schlimme Entgleisung damals... Ich war nicht mehr Herr meiner Sinne. Der Tod deines Bruders..., er hat mich in tiefe Verzweiflung gestürzt. Ich habe mir die schlimmste Sünde zuschulden kommen lassen, indem ich mein eigenes Kind des Brudermordes bezichtigte. Ich weiß, was ich dir angetan habe, kannst du mir nie verzeihen."

Adrian winkte schnell ab. „Das habe ich eigentlich nicht gemeint. Ich dachte an meine Kindheit. Ihr ward nie der Vater für mich, der Ihr für Wernher ward. Warum Vater, ich habe es nie begriffen?"

„Ja, du hast Recht. Und es wird Zeit für eine Erklärung", bekannte der Herzog mit brüchiger Stimme. Er holte tief Luft und fuhr etwas lauter fort. „Als ich damals deine Mutter heiratete, war sie noch sehr jung, erst sechzehn Jahre alt. Und sie war der deutschen Sprache nicht mächtig. Deshalb erlaubte ich ihr, einen Sprachlehrer mitzubringen, als sie auf mein Schloss kam. Ich wollte es ihr so leicht wie möglich machen, sich an das fremde Leben zu gewöhnen. Nun, deine Mutter lernte schnell deutsch. Und sie wurde schon bald nach unserer Hochzeit schwanger. Als sie dich geboren hatte, hätte mein Glück also perfekt sein müssen. Doch das Gegenteil war der Fall. Wir zerstritten und heftig. Und du warst der Auslöser dieses unseligen Streites."

„Ich? Aber ich war ein unschuldiger Säugling. Wie konnte ich einen Streit auslösen?"

„Durch dein Aussehen. Deine kohlschwarzen Haare und Augen. Nun gut, deine Mutter ist genau so dunkel. Dennoch machte ich mir Gedanken darüber. Ich dachte, ein Kind von mir müsse hellere Haut und Haare besitzen. Nicht unbedingt so blonde wie ich, aber doch... hellere eben. Braun vielleicht, eventuell rot aber keinesfalls tiefschwarz. Schließlich bildete ich mir ein, du könntest unmöglich die Frucht meiner Lenden sein. Gute Freunde, die uns nach deiner Geburt besuchten, nährten meine Zweifel. Sie hänselten mich, ich hätte wohl ein Kuckucksei ins Nest gelegt bekommen.

Deine Mutter war natürlich über meine Anschuldigung sehr gekränkt und sprach kein Wort mehr mit mir. Aber ich war nicht zur Vernunft zu bringen. Ich hatte den Deutschlehrer in Verdacht, dein wahrer Vater zu sein. Deine Mutter und er sahen sich täglich mehrere Stunden. Und sie fühlte sich in der ersten Zeit nach unserer Hochzeit sehr unglücklich, so alleine in einem fremden Land. Nur wenn sie mit Giovanni zusammen war, sah ich sie lachen.

Ich sagte ihr meinen Verdacht auf den Kopf zu. Sie beteuerte mir, Giovanni sei nur ein Vertrauter. Selbst als ich erfuhr, er wäre ihr Cousin, glaubte ich ihr nicht. Eine Liebschaft zwischen Cousin und Cousine ist nichts Ungewöhnliches. Auf jeden Fall schickte ich den Mann nach Hause. Ich konnte seinen Anblick nicht mehr ertragen.

Als du älter wurdest, betrachtete ich dich ständig argwöhnisch. Wenn du mein Sohn warst, so dachte ich, müsste doch irgendein winziges Merkmal von mir in dir stecken. Aber ich entdeckte keines.

Ich sprach sogar mit dem Bischof über meinen Verdacht. Aber der konnte mir natürlich auch nicht sagen, ob ich wirklich dein Vater war. Er faselte etwas von Vertrauen und Verzeihen, doch davon wollte ich nichts hören.

Als dann auch noch deine übersinnlichen Fähigkeiten zu Tage traten, war ich endgültig überzeugt. Nein, du konntest nicht mein Sohn sein. Noch nie hatte es in meiner Familie ein Mitglied gegeben, das Gedanken lesen und Unheil voraussagen konnte.

Deiner Mutter zuliebe und auch um mich nicht der Lächerlichkeit preiszugeben, erkannte ich dich natürlich offiziell als mein Kind an. Ich wollte nicht als Hahnrei dastehen. Aber im Innersten war ich vom Gegenteil überzeugt. Und deshalb konnte ich dir auch keine Liebe entgegenbringen. Ich ignorierte dich einfach und setzte meine ganzen Hoffnungen auf meinen erstgeborenen Sohn.

Erst als du zwölf oder dreizehn Jahre alt warst, wurde klar, dass du mein Sohn sein musstest. Denn du bekamst, wenn schon nicht mein Aussehen, so doch meine Statur und meine überragende Körpergröße. Deine Mutter ist ein kleines Persönchen und dieser Giovanni war nicht viel größer als sie. Es war plötzlich sonnenklar, nur ich konnte dein Vater sein.

Zuerst bat ich natürlich deine Mutter um Vergebung, die sie mir auch nach einigem Bedenken gewährte. Gerne hätte ich mich auch mit dir ausgesöhnt, wusste aber nicht, wie ich dir erklären sollte... Du jedenfalls hattest schon lange resigniert, wolltest nichts mehr von mir wissen. Schließlich gab ich auf.

Heute ist mir klar, dass das ein Fehler war. Ich hätte um deine Zuneigung kämpfen müssen.

Als dann diese schreckliche Geschichte passierte, verstand ich die Welt nicht mehr. Wäre mir nicht Wernher ständig mit seinen Beschuldigungen in den Ohren gelegen, du wolltest ihm sein Erstgeburtsrecht nehmen. Ich hätte dir glauben sollen nicht ihm. Schließlich wusste ich sehr genau, wie eifersüchtig er schon immer auf dich war. Und du hast mir oft genug - und in sehr rigoroser Weise - klargemacht, dass du nicht Herzog werden wolltest. Aber als du dann Adelheid verführt hast... Ich wusste einfach nicht mehr, was ich glauben sollte...“

„Und so habt Ihr halt Wernher geglaubt.“

„Ja. Und als du ihn mir dann anbrachtest, tot, über dem Sattel dieses verdammten Gauls...“ Die Stimme des Herzogs schwankte und er wischte sich mit der gesunden Hand unbeholfen über die Augen. Adrian war aufgestanden und legte ihm jetzt die Hand auf die Schulter. „Schon gut. Ihr müsst nicht weitersprechen. Immerhin ist mir nun einiges klarer. Doch ich muss über all das nachdenken. Gute Nacht, Vater.“

Er verließ mit großen Schritten die Suite des Herzogs und Simon beeilte sich ihm nachzugehen. Erst vor seinem Zimmer holte er den Freund ein.

„Kann ich dir irgendwie helfen?“ fragte er scheu. Doch Adrian schüttelte nur den Kopf.

„Nein. Mit dieser Enthüllung muss ich ganz alleine fertig werden. Aber vielen Dank für dein Angebot.“

Er öffnete die Tür seines Zimmers, trat hindurch und schloss sie vor Simons Nase. Der starrte noch eine Weile auf das edle Holz, dann drehte er sich seufzend um und öffnete seine eigene Zimmertür.

Kapitel 12: Friedrich soll hängen

Der Weg zurück nach Hause bereitete ihnen weniger Schwierigkeiten als der Hinweg. Es war Anfang Januar und das Wetter hatte sich gebessert. Zwar war es noch immer eisig kalt, doch es schneite nicht mehr. Die Straßen waren frei vom hohen Schnee, die vielen Fahrzeugreifen, Pferde- und Ochsenhufe hatten ihn zu einem festen Belag gestampft.

Adrian war noch immer ungewöhnlich schweigsam. In den letzten Tagen hatte er viel Zeit bei seinem Vater verbracht. Die beiden hatten noch immer Schwierigkeiten, miteinander zu kommunizieren, doch sie hatten sich redlich bemüht, die jahrelangen Missverständnisse zu bereinigen. Das hatte vor allem Adrian viel abverlangt, schließlich waren diese Missverständnisse für seine schlimmsten Erlebnisse verantwortlich gewesen. Aber zum Schluss hatte sein gutes Herz und die ihm eigene Art, für alles Verständnis aufbringen zu können, gesiegt. Er brauchte dazu nicht seine hellseherischen Fähigkeiten zu bemühen, um zu merken, dass das schlechte Gewissen und die Reue seines Vaters echt waren.

Als er sich von seinen Eltern verabschiedete, versprach er, sie wieder zu besuchen. Aber, so versicherte er nochmals, er würde auf keinen Fall vor dem Tod seines Vaters dessen Aufgaben übernehmen. „Wagt es also nicht, nochmals krank zu werden", hatte er ihm scherzhaft, doch mit ernstem Unterton gedroht. „Es wird Euch nicht helfen. Ihr seid der Herzog und sollt es bleiben." Dann hatte er seinen Vater kurz umarmt, war auf sein Pferd gestiegen und schnell angeritten. So konnte er die verräterischen Tränenspuren in den Augen seines Vaters nicht mehr sehen.

„Du bist so nachdenklich", unterbrach Simon schließlich das lange Schweigen. „Bereust du, deinem Vater zugesagt zu haben?"

Adrian überlegte eine Weile, ehe er antwortete. „Nicht wirklich. Ich habe mich damit abgefunden. Vater hat nicht ganz Unrecht wenn er sagt, es sei meine Pflicht in seine Fußstapfen zu treten. Bisher hat mich meine Sturheit davon abgehalten, meine Verantwortung gegenüber den Menschen des Herzogtums zu sehen."

Er atmete tief die kalte Luft ein und stieß sie als weiße Wolke wieder aus. Dann grinste er gutmütig. „Ich hoffe, Vater ist noch lange in der Lage, sein Land selbst zu regieren. Was danach kommt, wird die Zukunft weisen. Ich habe mir überlegt, dass ich ja nicht gezwungen bin, als Herzog in Saus und Braus zu leben. Und ich muss meine Berufung nicht aufgeben, es gibt auch dort genug Menschen, die einen guten Heiler zu schätzen wissen. Alles kann demnach so weitergehen, wie es mir angenehm ist."

„Du willst dann also nicht in feine Kleider gewandet vor goldenen Tellern sitzen? Keine Diener, die dich von vorne bis hinten bedienen? Ich finde aber, zumindest die Bademädchen solltest du unbedingt behalten." Simon konnte sich ein spöttisches Grinsen nicht verkneifen.

Adrian maß ihn mit einem gespielt bösen Blick. „Das Tragen von Samt und Seide kann ich mir ganz sicher verkneifen. Das passiert höchstens einmal zu hochoffiziellen Anlässen, die aber hoffentlich selten sind. Aber die Bademägde..., na das ist wirklich eine Überlegung wert. Dir haben sie, nachdem du deine anfänglichen Verlegenheit überwunden hast gut gefallen, nicht wahr? Du konntest das abendliche Bad kaum erwarten, schien mir." Er lachte wissend.

Sie flachsten noch eine Weile übermütig, bevor Adrian wieder ernst wurde. „Ich hoffe ehrlichen Herzens, mein Vater möge noch lange leben. Denn ich bin in meinem bescheidenen Haus in Aschaffenburg durchaus glücklich. Auch ohne Bademädchen. Es würde mir nichts ausmachten, dort den Rest meines Lebens zu verbringen."

Nach einer Weile, die sie schweigend nebeneinander her ritten, fragte er plötzlich. „Was wird aus dir und Nelia werden, wenn wir wieder zu Hause sind?"

Simon schaute ihn verwundert an. „Was meinst du damit? Ich kann es kaum erwarten, sie wiederzusehen. Ich hoffe, sie empfindet genauso."

Adrian lachte. Dann schüttelte er leicht den Kopf. „Ich dachte eigentlich an etwas anderes. Du hast auf dem Schloss die Freuden der körperlichen Liebe kennengelernt und offenbar auch weidlich ausgekostet. Wirst du es nicht vermissen, einen weichen, willigen Frauenkörper im Bett zu haben?"

Simon spürte, wie er errötete, schaute Adrian aber unbeirrt in die Augen.

„Vor dir kann man wohl gar nichts verheimlichen." Als Adrian nur lachend die Schultern hochzog fuhr er fort.

„Natürlich war es sehr schön, ich will gar nicht abstreiten, dass es mir gefallen hat. Aber Nelia ist nicht Elisabeth. Elisabeth ist aus freien Stücken in mein Bett gekommen und ich denke, sie hat es ebenfalls genossen. Aber sie liebte mich nicht. Und mein Herz gehört weiterhin Nelia. Deshalb werde ich warten, bis sie bereit ist mir zu gehören."

Nach einer weiteren Weile des Schweigens fragte er neugierig. „Elisabeth hat mir nie verraten, was sie tut um nicht schwanger zu werden. Ich hoffe, sie bekommt kein Kind von mir. Das würde mir ganz und gar nicht gefallen."

„Nun, das fällt dir reichlich spät ein, findest du nicht auch?" Adrian hob belustigt eine schwarze Augenbraue. Doch als er Simons bestürzten Gesichtsausdruck sah, beschwichtigte er ihn.

„Keine Angst, sie hat bestimmt Vorkehrungen getroffen. Mädchen wie sie kennen sich in diesen Dingen aus. Nahe dem Schloss gibt es ein altes Kräuterweib. Sie verdient ihr Geld hauptsächlich mit der Herstellung von Tränken und ähnlichem, um unerwünschte Schwangerschaften bei den Dienstmägden in Grenzen zu halten. Außerdem, falls es doch einmal schiefgeht, unter den Bediensteten gibt es etliche unehelich geborene Kinder. Keine Frau und kein Kind wird dort deswegen scheel angekuckt."

„Trotzdem... Ich wollte eigentlich nur mit Nelia Kinder haben."

Er druckste eine Weile herum, dann platzte er doch mit der Frage heraus.

„Kannst du das eigentlich auch?"

Der Hexer sah ihn fragend an. „Was? Kinder machen? Ich denke, das kann fast jeder gesunde Mann." Grinsend schaute er in Simons inzwischen hochrotes Gesicht. „War das nicht deine Frage?"

„Natürlich traue ich dir zu, eine Frau schwängern zu können. Ich meinte, ob du die Zubereitung solch eines Trankes kennst. Um eine Schwangerschaft zu verhindern."

„Ach das meinst du. Ja, selbstverständlich kenne ich da ein oder zwei Rezepte. Es ist aber kein Trank, sondern eine Tinktur. Ich weiß auch wie man ein unerwünschtes Kind im Körper der Mutter töten kann. Aber so etwas tue ich nur in ganz, ganz seltenen Fällen. Eigentlich habe ich es bisher erst einmal getan. Es ist ein schlimmes Vergehen, wie du weißt. Man kann dafür an den Galgen kommen."

„Trotzdem hast du es gewagt? Und du sagst es mir auch noch freimütig. Hast du keine Angst, dafür gehängt zu werden?"

Adrian hielt jetzt sein Pferd an um Simon besser in die Augen blicken zu können. Er stützte sich mit beiden Händen auf das Sattelhorn und verlagerte sein Gewicht. Völlig überzeugt meinte er nur. „Bei dir ist dieses Geheimnis sicher. Und natürlich möchte ich nicht gehängt werden. Aber der Fall, den ich anspreche ist wirklich zu schlimm gewesen. Ich musste dem Mädchen einfach helfen. Sie war erst zwölf und ist von einer ganzen Horde Männer vergewaltigt worden. Das alleine hat sie schon fast zerstört, körperlich ebenso wie seelisch. Auch noch ein Kind von einem dieser Kerle austragen zu müssen, ging deutlich über ihre Kraft. Ihre Mutter bat mich händeringend, ihr zu helfen. Das habe ich getan, ich gab ihr einen Trank, der das Kind in ihr abtötete. Ich musste dabei sehr vorsichtig zu Werke gehen, denn ich wollte sie nicht noch zusätzlich peinigen. Dann half ich ihr bei der Geburt des toten Fötus. Er war erst ein paar Zentimeter groß. Trotzdem tat mir das unschuldige Würmchen furchtbar leid. Aber es war besser für seine Mutter und auch für das Kind."

Simon erwiderte seinen Blick ebenso offen. „Du tust immer, was du für nötig findest, ja? Egal ob es dich Kopf und Kragen kosten kann. Oder ob es dein Leben grundlegend verändert." Nicht zum ersten Mal empfand er große Bewunderung für den Mann, den er seinen Freund nennen durfte.

Adrian zuckte abermals die Schulter.

„Das Leben ist nicht immer gut zu uns. Aber wir können es manchmal wenigstens für andere ein bisschen besser machen. Wenn schon nicht für uns selbst. Das ist es, was ich an meinem Beruf so liebe. Ich kann manchmal wirklich helfen."

Auch indem du etwas Verbotenes tust?"

„Wenn ich meine, dass es richtig ist. Natürlich denke ich nicht, dass ich unfehlbar bin. Ich kann mich auch irren. Und manchmal habe ich auch Angst. Angst falsch zu entscheiden, und Angst für meine Entscheidungen zur Rechenschaft gezogen zu werden. Doch letztendlich lasse ich stets mein Gewissen entscheiden. Aber wie ist es jetzt mit dem Mittel gegen unerwünschten Kindersegen? Soll ich dir das Rezept verraten? Wer weiß, vielleicht brauchst du es ja doch einmal..."

Die Stadttore Aschaffenburgs kamen schon in Sicht, als Adrian auf einmal unruhig wurde. Er trieb sein müdes Pferd zu schnellerer Gangart an. Simon, der fast im Sattel eingenickt war, schreckte hoch. Was war mit dem Hexer plötzlich los? So aufgeregt kannte er ihn gar nicht. Er schaute sich um. Aber weit und breit war nichts zu sehen, was die Panik im Blick des Freundes gerechtfertigt hätte.

„Ist etwas geschehen?" fragte er atemlos. Das Gesicht Adrians war schneeweiß geworden und er nagte an seiner Unterlippe. Sein Blick zuckte zu Simon. Dann wurde er wieder ruhiger.

„Eine Vision. Es ist etwas geschehen. Bei mir zu Hause, ich kann es deutlich spüren." Er verhielt sein Pferd wieder. „Wir können langsamer reiten, es ist geschehen und nicht mehr zu ändern."

„Was für eine Vision. Du sahst erschreckend aus. Geht es dir gut?"

„Ja, danke. Es kam nur so plötzlich. Ich habe so etwas schon lange nicht mehr erlebt. Deshalb war ich so erschüttert." Er seufzte unglücklich auf. „Es ist Friedrich. Er hat etwas Schlimmes getan. Es ist meine Schuld, ich hätte ihn nicht alleine zurücklassen dürfen."

Simon war nun ganz durcheinander. Friedrich? Was sollte der harmlose Zwerg schlimmes getan haben? Aber Adrian hüllte sich in Schweigen bis sie vor seinem Haus aus den Sätteln sprangen. Ein Pferdeknecht kam aus den Ställen auf sie zugeeilt.

128

„Ah, Herr, gut dass Ihr endlich da seid. Es ist etwas Schreckliches vorgefallen. Friedrich. Er ist verhaftet worden. Soll angeblich eine Magd vergewaltigt und umgebracht haben. Schon morgen soll er dafür gehenkt werden."

Adrian blickte ihn nur stumm an, dann eilte er ins Haus. Simon folgte ihm auf dem Fuße. In der Küche fanden sie die völlig verstörte Ellen und die alte Maria vor, die in ihrem Schaukelstuhl saß und ins Herdfeuer starrte. Beide Frauen schienen aus ihrer Erstarrung zu erwachen, als sie eintraten.

„Oh, Herr", jammerte Maria sofort los. „Unser Friedrich. Sie haben ihn abgeholt und ins Gefängnis geworfen. Er hat sich gewehrt, da haben sie ihn geschlagen. Seine Nase hat furchtbar geblutet. Ihr müsst ihm helfen. Sofort, schon morgen früh wollen sie ihn aufhängen."

„Jetzt mal ganz ruhig Maria. Weißt du, wessen man ihn beschuldigt. Hans hat etwas von Vergewaltigung und Mord gesagt."

„Ja, sie haben gesagt, er hätte eine Magd überfallen, geschändet und sie dann erwürgt. Aber unser Friedrich kann doch zu so etwas Bösem gar nicht fähig sein. Ihr müsst sofort ins Gefängnis gehen und für ihn zeugen."

Nur mit Mühe gelang es Adrian, die völlig aufgelösten Frauen zu beruhigen. Er schickte Simon hinauf in die Hexenküche um die Flasche mit Baldriansaft zu holen. Davon gab er Ellen und Maria je einen großen Löffel. Dann winkte er Simon, ihm in sein kleines Zimmer zu folgen. Sorgfältig verschloss er die Tür hinter ihm und setzte sich auf den Rand des Tisches. Sein Blick ruhte schwer auf dem jungen Freund.

„Leider bin ich nicht so überzeugt von Friedrichs Unschuld wie Maria. Er hat vor Jahren schon einmal versucht, eine Frau zu vergewaltigen. Damals kam ich zufällig dazu und konnte sein Vorhaben vereiteln. Ich habe ihn mit zu mir genommen..."

„Aber..., ich verstehe nicht..." Ratlos blickte Simon auf die Faust die der Hexer in ohnmächtiger Wut ballte. Adrians Knöchel traten weiß hervor.

„Ich fühle mich für Friedrich verantwortlich. Ich versprach ihm damals, ihm zu helfen. Doch ich habe jämmerlich versagt. Das hätte nicht geschehen dürfen."

„Du willst sagen, es stimmt. Er hat getan, weswegen man ihn beschuldigt?"

„Ja, das glaube ich. Und ich werde ins Gefängnis gehen. Ich muss ihm helfen..."

„Aber..." Doch Adrian hörte schon nichts mehr. Die Tür klappte hinter ihm zu und seine schweren Schritte stapften die Treppe in seine Hexenküche hinauf. Simon war unschlüssig, ob er ihm folgen sollte, entschloss sich dann aber dagegen. Sicher wollte der Hexer alleine sein um nachzudenken.

Adrian ging ruhelos in der Hexenküche auf und ab. Seine Gedanken weilten bei Friedrich. Nein, er zweifelte keineswegs an dessen Schuld.

Es war gleichzeitig auch seine Schuld dass die Magd nun tot war. Wie hatte er nur darauf vertrauen können, dass der Liliputaner tatsächlich regelmäßig seine Medizin einnahm? Solange er ihn überwachte, ja. Aber nicht, wenn er wochenlang auf sich selbst gestellt war. Die Versuchung musste für ihn von Tag zu Tag größer geworden sein.

Er blieb vor den Regalen mit den eingelegten Kräutern stehen. Kurz überzog ein Schatten von Unsicherheit sein Gesicht. Dann griff er nach dem Glas mit Digitalis und schraubte es entschlossen auf.

„Ich gehe zum Gefängnis um mit Friedrich zu sprechen. Es kann eine Weile dauern, wartet nicht auf mich."

Simon sprang von seinem Stuhl auf. „Kann ich mit dir kommen?" fragte er hoffnungsvoll, wurde aber enttäuscht.

„Auf gar keinen Fall!" erklärte Adrian kategorisch. „Das ist allein meine Sache." Er griff nach seinem Umhang und warf ihn über die Schultern. Dann nahm er noch seinen Zylinder und klemmte ihn sich unter den Arm. Ehe Simon ihm die verwunderte Frage stellen konnte, was er damit wollte, war er schon zur Türe hinaus. Er eilte zum Stall und befahl Hans ungewohnt barsch, ein Pferd zu satteln. Dann wanderte er nervös im Stallgang auf und ab, bis der Knecht das Pferd brachte. Es war nicht Luzifer, der Hengst stand, wie Simons Stute auch, frisch geputzt in seiner Box und erholte sich mit einer riesigen Portion Hafer beschäftigt, von den Strapazen der Reise.

Adrian bestieg den braunen Wallach und trieb ihn zur Eile an. Bald stand er vor den Toren des Gefängnisturmes. Auf sein Klopfen an der dicken, eisenbeschlagenen Holztür öffnete sich ein kleines vergittertes Fenster.

„Was wollt Ihr, Fremder?" knurrte eine unwirsche Stimme.

„Ich bin Adrian, Prinz zu Wolffhardt und möchte zu meinem Diener, der hier gefangen gehalten wird. Friedrich ist sein Name. Er ist Liliputaner – ein Zwerg" fügte er hinzu, als er das verständnislose Gesicht des Torwärters sah.

Kaum einmal gab Adrian freiwillig einem Fremden seinen Titel preis. Ebenso hasste er es, den Liliputaner als Zwerg zu bezeichnen, er wusste wie gekränkt Friedrich stets auf diese Bezeichnung reagierte. Aber er wollte möglichst schnell zu ihm gelangen, dazu überwand er gerne seine Abneigungen. Der Erfolg gab seiner Überlegung Recht. Der Wärter beeilte sich, das schwere Tor zu öffnen und dienerte tief vor ihm. Adrian drückte ihm die Zügel in die Hand und erkundigte sich nach seinem Vorgesetzten. Er wurde über den kahlen Hof zu einer anderen Tür verwiesen.

„Zu Friedrich, dem Vergewaltiger wollt Ihr?" fragte der diensthabende Wärter abweisend und klapperte gewichtig mit seinem beeindruckenden

Schlüsselring. Es mussten einige Pfund Eisen sein, die er da, an seinen Gürtel gebunden, mit sich herumschleppte. Er zwirbelte die langen Enden seines Schnauzbartes. Dann kratzte er sich nachdenklich am Kopf. „Eigentlich darf ich niemand mehr zu ihm lassen. Er ist verurteilt und wird im Morgengrauen gehenkt. Der Pfarrer war schon da und hat ihm die Beichte abgenommen. Seine letzten Stunden sollte er mit Gebeten und Reue verbringen."

„Ich bin sein Freund und muss ihn noch einmal sprechen, bevor er gehenkt wird", sagte Adrian leise aber bestimmt und schaute dem feisten Mann zwingend in die Augen. Der starrte zuerst verwirrt und begann dann zu strahlen. Mit einer ungelenken Verbeugung dienerte er.

„Ja, sicher könnt Ihr zu ihm, hoher Herr. Geht mir nach, ich bringe Euch zu ihm. Zuvor muss ich Euch jedoch noch durchsuchen." Er hob entschuldigend die Schultern an. „Vorschriften."

„Aber keine Ursache. Was sein muss, muss sein." Der Hexer breitete bereitwillig die Arme aus und ließ seine Taschen nach verborgenen Gegenständen absuchen. Er nahm sogar den Zylinder ab und hielt ihn dem Mann hin. Der winkte verlegen ab und bat ihn dann, ihm zu folgen.

Mit einem grimmigen Lächeln folgte Adrian dem Mann, der plötzlich sehr eilfertig vor ihm herging. Ihr Weg führte durch nach Fäulnis riechende, nur spärlich erleuchtete Gänge bis tief ins Gefängnisinnere. Aus einigen, der Zellen rechts und links schauten teils verzweifelte, teils böse Gesichter durch winzige Luken. Endlich hielt der Wärter vor einer Zellentüre an.

„Hier ist er drin. Aber Ihr könnt nicht alleine mit ihm sprechen. Ich muss mit hineingehen. So ist es Vorschrift." Er nestelte an seinem Schlüsselbund herum und steckte den Schlüssel ins Loch. Ein schabendes Geräusch ertönte, als die verquollene Tür über den Steinboden schurrte.

Adrian holt tief Luft, bevor er den nach Schweiß, Schmutz und Fäkalien stinkenden Raum betrat. Seine Augen waren inzwischen an das hier unten herrschende Dämmerlicht gewöhnt. Er sah mit einem Blick die zusammengesunkene Gestalt auf der groben Holzpritsche. Erst nach einer ganzen Weile hob Friedrich langsam den Kopf und starrte ihn an.

„Friedrich!" Adrian war erschüttert über die Veränderung, die mit seinem Freund vorgegangen war. Man hatte dem Liliputaner die Haare geschoren. Nur noch ein paar ungleichmäßige Stoppeln standen grotesk von dem viel zu großen Kopf ab. Die Augen blickten stumpf und teilnahmslos auf den Besucher.

„Er redet schon seit seiner Verurteilung kein einzig Wort mehr", erklang die Stimme des Wärters hinter Adrian. „Ich schätze, Ihr seid umsonst hierhergekommen."

Adrian drehte sich langsam zu dem Mann um. Er musterte ihn kurz und deutete dann auf dessen rechtes Auge. „Was habt Ihr da im Auge? Lasst mich einmal sehen." Ehe der Mann reagieren konnte, stand er so dicht vor ihm, dass sich ihre Nasen fast berührten. Der Hexer hielt den Kopf gebeugt und heftete seinen Blick fest in die Augen des Wärters. Er schaute ihn zwingend an und der Mann war nicht mehr in der Lage, den Blick abzuwenden. Er verlor sich förmlich in den schwarzen Augen.

Etwa eine Minute standen sie sich so gegenüber. Adrian sagte kein Wort und doch folgte der Mann nun einem Befehl, den nur er hörte. Er lehnte sich gemütlich an die geschlossene Kerkertür und schloss die Augen.

Adrian verlor sofort das Interesse an ihm. Er ließ ihn einfach stehen und ging mit drei schnellen Schritten zu der Pritsche. Friedrich schien aus seiner Erstarrung zu erwachen. „Adrian! Wie kommst du hierher? Ich hätte nicht gedacht, dich in diesem Leben noch einmal zu sehen."

„Was ist geschehen, Friedrich? Wie konnte es nur so weit kommen? Warum hast du den Trank nicht mehr eingenommen? Ich habe es dir doch so dringend ans Herz gelegt."

Der verkrüppelte Mann zuckte die Schulter und schaute trotzig zu ihm auf. Doch seine Fassade zerbröckelte schnell. Tränen traten in seine Augen und er schluchzte trocken auf.

„Ich dachte, ich brauche den Trank nicht mehr. Ich wollte dir beweisen, dass ich auch ohne das Zeug leben kann. Als dann die Gier doch wieder aufloderte war es zu spät. Ich hatte den Trank schon weggeschüttet."

Mit einer müden Geste rieb Adrian sich über die Augen. Was gab es dazu noch zu sagen? Er machte sich schwere Vorwürfe. Warum hatte er nicht noch eindringlicher auf den kleinen Mann eingewirkt? Aber er hatte wirklich geglaubt, nach all den Jahren ohne die *Gier*, hätte Friedrich begriffen, wie wichtig die tägliche Einnahme des Trankes für ihn war.

Wie er Simon schon erzählt hatte, war er vor etwa vier Jahren gerade noch rechtzeitig dazugekommen um Friedrich daran zu hindern, eine junge Frau zu vergewaltigen. Zuerst war er äußerst erbost über dessen Vorhaben gewesen. Er hatte ihn von dem Mädchen heruntergerissen und ihm eine schallende Ohrfeige verpasst. Dann, nachdem er sich von der körperlichen Unversehrtheit des jungen Mädchens überzeugt, sie beruhigt und nach Hause geschickt hatte, wollte er Friedrich eigentlich beim Schultheiß abliefern. Doch auf dem Weg dorthin flehte ihn der Liliputaner an, das nicht zu tun.

Er erzählte Adrian seine Lebensgeschichte, die den Hexer schließlich umstimmte. Friedrich war schon als kleines Kind ausgesetzt worden, wahrscheinlich kamen seine Eltern mit seiner Verkrüppelung nicht zurecht.

Mehr schlecht als recht wuchs er bei einer Bauernfamilie auf. Abgesondert von den Familienmitgliedern musste er im Stall schlafen. Ständig wurde er gehänselt und geschlagen. Die älteren Kinder spielten ihm oft übel mit, sie ließen ihn ihre körperliche Überlegenheit spüren und trieben rüde Scherze mit ihm.

Als Friedrich etwa sechzehn war, machte er sich heimlich davon. Doch für einen jungen Mann mit seiner Gestalt war es nicht einfach, sich durchs Leben zu schlagen. Eine Zeitlang tingelte er mit einer Truppe Schausteller von Markt zu Markt. Doch auch bei ihnen fand er keine Anerkennung.

Als sie ihn zwingen wollten, sich für ein Spiel zur Verfügung zu stellen, das sie *Zwergen werfen* nannten, flüchtete er erneut. Er wollte sich nicht von übermütigen jungen Männern nach aufgestellten Kegeln werfen lassen.

Als er etwas älter wurde, begannen sich bei ihm starke sexuelle Gefühle zu regen. Doch keine Frau war bereit, ihn in ihr Bett zu lassen. Einige machten sich jedoch einen Spaß daraus, ihn zuerst anzuheizen und dann fallenzulassen. Diese Demütigungen und sein starker Geschlechtstrieb ließ ihn schließlich fast zum Vergewaltiger werden. Trotz seiner kleinen Gestalt besaß er enorme Kräfte. Und als ihn wieder einmal eine Frau abweisen wollte, griff er zur Gewalt um sich körperliche Liebe zu erzwingen. Doch da war Adrian dazwischen getreten.

„Was meinst du, soll ich mit dir machen?" hatte ihn der Hexer ein wenig ratlos gefragt. Die Geschichte des Liliputaners berührte ihn einerseits. Andererseits war es gefährlich, den jungen Mann einfach laufen zu lassen.

„Eigentlich ist es meine Pflicht, dich festnehmen zu lassen. Dein Trieb wird dich weiterhin quälen. Und das nächste Mal ist vielleicht niemand in der Nähe, der dich im letzten Moment bremst."

„Kennt Ihr Euch mit solchen Sachen aus?" fragte Friedrich hoffnungsvoll.

„Bisher konnte ich mit niemandem darüber sprechen. Alle lachten mich aus oder jagten mich fort. Aber es plagt mich wirklich sehr. Ich wollte, ich könnte diesen elenden Wurm", er deutete auf seinen Hosenlatz „besser beherrschen. Aber er ist stärker als mein Kopf."

Adrian hatte eine Weile überlegend auf den kleinen Mann herabgeschaut. „Ich kenne mich ein wenig mit solchen Dingen aus. Ich bin Arzt, musst du wissen, ein Heiler. Ich könnte versuchen, mit einem Trank deinen übermäßigen Trieb einzudämmen. Allerdings kann ich dir nicht garantieren, ob es wirklich hilft. Aber einen Versuch wäre es immerhin wert. Wenn du möchtest, so kann ich dir eine Medizin zusammenstellen."

Friedrich wollte natürlich, dämpfte dann aber schnell wieder seine anfängliche Begeisterung. „Nein, es wird nicht gehen. Ich kann Euch nicht bezahlen. Die paar Pfennige in meiner Tasche reichen kaum für mein tägliches Brot."

„Na, daran soll es nicht scheitern. Ich bin sehr interessiert an der Wirkung dieses Trankes. Es gibt sicher noch einige Männer, die das gleiche Problem haben. Wenn meine Medizin bei dir wirkt, kann ich vielleicht auch anderen damit helfen. Allerdings müsstest du bei mir wohnen. Zumindest, bis ich die optimale Zusammensetzung für einen wirkungsvollen Trank gefunden habe. Das kann eine Weile dauern. Wärst du bereit, zu mir zu ziehen? Ich wohne in der Stadt."

Friedrich war dazu bereit gewesen. Und er fühlte sich im Haus des Hexers bald zu Hause. Willig ließ er sich als Testperson benutzen und probierte etliche Zusammensetzungen von Kräutern aus, ehe es Adrian gelang, ein wirksames Mittel zu entwickeln. Danach hätte er wieder seiner Wege ziehen können. Nach der Rezeptur Adrians, wäre jeder Apotheker in der Lage gewesen, ihm seinen Trank zuzubereiten. Doch Friedrich wollte nicht mehr weiterziehen.

Adrian war es recht, dass er blieb. In seinem Haus gab es viele unbenutzte Zimmer. Außerdem hatte er sich mit dem kleinwüchsigen Mann gut angefreundet. Schon seit einiger Zeit erstaunten sie gemeinsam einmal in der Woche ihre Zuschauer durch ihre Tricks. Das Zaubern und Jonglieren hatte ihnen beiden Freude bereitet.

Solange Friedrich seinen Trank regelmäßig einnahm, wurde er nicht von seinem *bösen Hosenwurm*, wie er seinen Penis immer bezeichnete, gequält. Und solange Adrian ihm täglich morgens und abends ans Herz legte, die Medizin zu nehmen. Doch schon vor einiger Zeit wollte Friedrich unbedingt damit aussetzen. Er war überzeugt, er wäre geheilt, weil er keinen Drang mehr verspürte. Adrian warnte ihn jedoch ständig, seine Gier käme zurück, sobald die Wirkung der Medizin nachließe. Das hatte öfters einmal zu kleinen Streitigkeiten zwischen ihnen geführt.

Und das war auch der Grund, warum sich Adrian an Friedrichs Schicksal schuldig fühlte. Er sagte sich immer wieder, er hätte wissen müssen, dass der Liliputaner die Einnahme der Medizin abbrach, sobald er nicht jeden Tag daran erinnert wurde. Genauso war es gekommen. Und nun war eine junge Frau tot und der Freund würde morgen hängen müssen.

„Du musst mir helfen, Adrian. Ich will morgen früh nicht hängen. Diese Schmach..." Friedrich umklammerte den Arm des Hexers, der sich zu ihm auf die Pritsche gesetzt hatte. Er drückte ihn mit solcher Kraft, das es schmerzte. Vorsichtig befreite Adrian sich aus dem Griff.

„Wie soll ich dir helfen Friedrich? Ich kann dich nicht hier herausholen. Zwar wäre das im Moment einfach, da ich den Wärter in Hypnose versetzt habe. Aber es ist keine Lösung. Wir würden beide gejagt werden, wie tollwütige Hunde. Und außerdem hast du wirklich getan, wessen du beschuldigt wirst. Ich kann es in deinen Gedanken lesen, du braucht es nicht zu leugnen."

Friedrich heulte nun wie ein kleiner Junge. Rotz lief aus seiner Nase, er wischte ihn achtlos mit dem Ärmel seines schmutzigen Hemdes weg. „Ich hätte auf dich hören sollen. Aber..., aber ich dachte wirklich, ich wäre geheilt. Ich wollte diese Magd nicht umbringen. Ich schwöre es dir. Ich wollte sie nur einmal küssen. Sie hat mich ausgelacht und verspottet. Und da..., da habe ich sie gepackt und ins Gras gedrückt. Ich weiß nicht einmal mehr, was ich dann getan habe... Als ich wieder zu Verstand kam, da lag sie da..., tot."

Er vergrub sein Gesicht in den Händen und weinte erneut bitterlich. Dann hob er mit einem Ruck den Kopf.

„Ich weiß, du kannst mich nicht entfliehen lassen. Ich habe auch schon mit meinem Leben abgeschlossen." Er blickte bitter. „Es war eh nicht viel wert. Aber ich bitte dich Adrian, erspare mir die Schmach des Hängens. Du hast ebenso wie ich schon einige Hinrichtungen gesehen. Du kennst die Schmähreden, die den Delinquenten zugerufen werden. Ich war mein Leben lang dem Gespött der Leute ausgesetzt. Ich möchte nicht auch noch im Tode verspottet werden. Du bist mein einziger Freund. Hilf mir, erweise mir diesen letzten Freundesdienst. Töte du mich, ich weiß du kannst es."

Adrians Blick blieb ausdruckslos auf dem Gesicht des Zwerges hängen. Seine Gedanken rasten durch seinen Schädel. Warum nur musste es so weit kommen? Friedrich war noch so jung, gerade mal sechsundzwanzig Jahre alt. Warum hatte er nicht auf ihn gehört? Warum hatte er ihn alleine gelassen? Warum hatte er ihn nicht auch mitgenommen? Warum, warum, warum?

Aber es war lange zu spät über all das nachzudenken. Es war geschehen und niemand konnte es mehr ändern. Er konnte nur noch eines tun. Den letzten Wunsch des Freundes erfüllen. Genau aus diesem Grund war er schließlich hergekommen.

„Ach, Friedrich" sagte er leise und konnte nicht verhindern, dass seine Stimme leicht zitterte. „Warum hast du nicht auf mich gehört?" Er nahm seinen Zylinder, den er noch immer unter dem Arm geklemmt trug und legte ihn auf seine Knie. Mit geübten Griffen öffnete er das verborgene Fach darin und entnahm ihm eine kleine, verkorkte Phiole.

„Ich dachte mir, dass das dein letzter Wunsch sein würde. Deshalb habe ich dir etwas zusammengebraut. Digitalis, hochdosiert, und ein kräftiger Schuss eines starken Beruhigungsmittels. Du wirst müde werden und kaum merken, wie dass Digitalis dein Herz stillstehen lässt. Habe keine Angst, du wirst keine Schmerzen verspüren."

Friedrich griff nach der kleinen Flasche und drehte sie in seinen Fingern. Seine Augen leuchteten. Dann warf er einen unsicheren Blick auf Adrian.

„Ich habe keine Angst. Ich muss so oder so sterben. Ob ein paar Stunden früher oder später, darauf kommt es nicht an. Aber was ist mit dir? Wird kein Verdacht auf dich fallen, wenn ich morgen früh tot in der Zelle liege? Ich möchte auf keinen Fall, dass du für mich hängen musst."

Der Hexer quälte sich ein mattes Lächeln ab. Dann beschwichtigte er den Freund. „Mach dir um mich keine Gedanken. Ich habe den Trank so gemixt, dass dein Herz in etwa einer Stunde stehen bleibt. Bis dahin bin ich längst weg. Und man wird dir nicht ansehen, dass du getötet wurdest. Es sieht aus, wie ein ganz normales Herzversagen. Sicher denkt man, du bist vor Angst gestorben..."

„Und was ist mit ihm?" Friedrich war nicht mehr wiederzuerkennen. Seit er sicher war, nicht durch den Strang zu sterben, wirkte er direkt fröhlich. Er deutete mit einem Ruck seines kahlen Schädels auf den Wärter, der noch immer an der Mauer lehnte. Der Mann schien zu Stein erstarrt, nur seine regelmäßigen Atemzüge zeigten, dass noch Leben in ihm war.

Die Augen des Hexers glitten nachlässig über den Mann.

„Der schläft", meinte er sorglos. „Ich werde ihn wecken, sobald ich gehe. Keine Sorge, er wird nicht einmal merken, dass er fast eine ganze Stunde verpasst hat. Er wird sich an nichts erinnern."

„Nun denn, ich trinke auf dein Wohl, mein Freund."

Friedrich zog den Korken aus der Flasche und setzte sie ohne zu zögern an die Lippen. Er verzog ein wenig das Gesicht wegen des bitteren Geschmacks, setzte aber nicht ab, bevor er den letzten Tropfen getrunken hatte. Dann schüttelte er sich leicht und legte die Phiole samt Korken in das Geheimfach des Zylinders zurück. Mit einem kleinen Stups aktivierte er den kaum sichtbaren Mechanismus, der den doppelten Boden zugleiten ließ.

„Wirklich brauchbar, diese Zauberutensilien" meinte er und blickt Adrian erneut in die Augen.

Die verschiedensten Empfindungen spiegelten sich darin.

Adrian musste nicht erst Friedrichs Gedanken lesen, um zu wissen, dass das Sterben ihm mehr Angst machte, als er zugab. Wie jeder junge, gesunde Mensch hing er am Leben, auch wenn er es manchmal wegen seiner Behinderung gehasst hatte. Doch nun war es zu spät. Das Gift war in seinem Körper und begann bereits sein zerstörerisches Werk. Niemand konnte ihm mehr helfen.

„Ich danke dir mein Freund." Friedrichs Stimme kippte, dann fuhr er fort

„Es wird Zeit, dass du gehst. Lebe wohl, wir sehen uns vielleicht in einem anderen Leben wieder."

„Ja, vielleicht." Adrian beugte sich impulsiv zu Friedrich hinab und umarmte ihn fest. Dann ließ er ihn abrupt los und drehte sich zur Türe um. Er legte seinen Finger unter das Auge des Wärters, so wie er es vorhin schon getan hatte. Dann sprach er den Mann an. „Ah, seht Ihr, es war ein kleiner Splitter." Er hielt dem verdutzt Schauenden seinen Zeigefinger unter die Nase auf dem sich tatsächlich ein kleiner Holzsplitter befand. Dann deutete er auf den Verurteilten, der wieder so zusammengesunken auf der Pritsche saß, wie zu Anfang. „Ihr habt Recht, er ist überhaupt nicht ansprechbar. Er sieht schlecht aus, findet Ihr nicht auch?"

Besorgt blickte er von Friedrich zu dem Wärter. „Hoffentlich macht sein schwaches Herz noch bis morgen mit. Hat er Euch erzählt, dass er schwer herzkrank ist?"

Er verwickelte den Wächter in ein angeregtes Gespräch über Krankheiten als sie nebeneinander zur Wachstube zurückgingen. Bevor er sein Pferd wieder in Empfang nahm, fragte er noch, ob er morgen den Leichnam des Freundes ausgehändigt bekäme.

„Ich möchte wenigstens dafür sorgen, dass er ein anständiges Begräbnis bekommt" sagte er traurig. Dann bestieg er sein Pferd und ritt nach Hause zurück.

Kapitel 13: Die Obduktion

„Kommst du mit? Ich lasse das Fuhrwerk anspannen und hole Friedrichs Körper ab." Adrian sah Simon auffordernd an. Er war erst spät in der Nacht zurückgekehrt. Obwohl Simon eigentlich auf seine Rückkehr warten wollte, war er doch eingeschlafen. Die Tage im Sattel und die Kälte hatten ihn strapaziert. Er wunderte sich insgeheim, dass Adrian, der doch über zehn Jahre älter war als er, so munter war. Auch heute Morgen sah er gut ausgeruht aus. Dabei war er gestern den ganzen Tag und dann noch die halbe Nacht im Sattel oder auf den Beinen gewesen.

„Ja, sicher begleite ich dich." Er stand schnell auf und folgte dem Freund in den Flur, wo sie ihre dicken Umhänge anzogen. „Zieh Handschuhe an, es ist eiskalt", riet Adrian noch, dann war er schon draußen.

Es war wirklich klirrend kalt. Die Pferde stießen weiße Wolken aus den Nüstern und tänzelten unruhig in ihren Geschirren. Es passte ihnen nicht, den warmen Stall verlassen zu müssen. Elsa kam mit lautem Quarren von ihrem Lieblingsbaum geflogen und versuchte, von Adrian ein paar Leckerbissen zu erbetteln. Aber der hatte heute keine Zeit für den Vogel.

„Jetzt nicht Elsa. Flieg eine Runde mit deinen Artgenossen." So, als verstünde sie, flog Elsa mit lautem Keckern auf und verschwand hinter den Bäumen.

Adrian stieg auf den Bock und nahm die Zügel auf, Simon setzte sich neben ihn. Die Pferde trabten an, froh, sich in der Kälte bewegen zu können. Willig zogen sie das hölzerne Fuhrwerk über die Straße in Richtung des Gefängnisses. Nach einigen Minute durchbrach Simon das Schweigen. „Willst du etwa bei der Hinrichtung zusehen?" Er schielte unsicher zu Adrian hinüber. „Ich glaube, ich möchte es lieber nicht sehen. Schließlich war Friedrich fast wie ein Freund für mich. Ich kann bestimmt nicht hinschauen, wenn der Scharfrichter den Hebel betätigt."

Er konnte nicht verhindern, dass ihm bei dem Gedanken ein Schauer über den Rücken lief.

„Ich habe lange über all das nachgedacht. Wenn er getan hat, wessen man ihn beschuldigt, so hat er den Tod vielleicht verdient. Dennoch, gehängt zu werden stelle ich mir einfach schrecklich vor. Ich habe gehört, manchmal, wenn der Knoten im Genick nicht richtig platziert ist, leben die Leute noch einige Zeit. Solange, bis sie jämmerlich erstickt sind. Das muss doch fürchterlich sein. Ich finde, Friedrich hätte trotz seines Verbrechens eine humanere Todesart verdient."

„Er wird nicht gehängt werden", ließ sich Adrians tonlose Stimme vernehmen. „Er ist schon seit Stunden tot."

„Was? Wieso, woher willst du das wissen...? Hast du ihn etwa...?" Sein Blick drückte ungläubiges Staunen aus und seine Augen irrten, vor Schreck geweitet über die unbewegten Züge des Hexers. Adrian hielt seinem Blick stand. Er nickte fast unmerklich. „Ich konnte ihm zwar den Tod nicht ersparen, aber ich konnte ihm immerhin helfen, einen Rest Würde zu bewahren. Das war ich ihm schuldig. Und es ist wenig genug, was ich für ihn noch tun konnte."

Er erzählte Simon in knappen Sätzen, wieso er sich für Friedrichs Schicksal verantwortlich fühlte. Und was er getan hatte, um ihm einen letzten Freundschaftsdienst zu erweisen.

„Wird kein Verdacht auf dich fallen, wenn er heute Morgen tot in seiner Zelle liegt?" Nachdem sich Simon von seinem Schreck erholt hatte, dachte er sofort an die Sicherheit des Freundes. Dessen Handeln hatte zwar einiges Entsetzen in ihm ausgelöst, dennoch gelang es ihm nicht, ihn für sein Tun zu verurteilen. Er wusste, was Adrian getan hatte war gesetzwidrig und konnte ihn ebenfalls seinen Kopf kosten. Aber er verstand ihn auch ein Stück weit. In seinem Kopf drehte sich alles, er wusste nicht mehr, was er als Gut, oder als Böse ansehen sollte.

Adrian schien den Zwiespalt seiner Gefühle zu ahnen. Vielleicht wütete in seinem Kopf ja ein ähnliches Chaos. Jedenfalls legte er ihm jetzt beruhigend die Hand auf die Schulter. „Mach dir keine Gedanken um mich. Weder um meine Sicherheit, noch um mein Seelenheil. Ich habe getan, was ich in dem Fall für richtig angesehen habe. Und das kann ich mit meinem Gewissen vereinbaren. Wenn du so willst, habe ich nicht etwa Gott ins Handwerk gepfuscht, sondern nur dem Henker. Friedrich ist tot, sein Schicksal somit erfüllt. Ich habe ihm das Sterben nur ein wenig erleichtert."

Sie schwiegen beide, bis sie vor dem Tor des Gefängnisses anhielten. Simon hatte sich wieder etwas beruhigt. Ja, je länger er nachdachte, desto mehr verstand er Adrians Beweggründe. Ich, an Friedrichs Stelle, dachte er, wäre ihm jedenfalls dankbar für diesen Dienst gewesen.

Auf dem Platz vor dem Gefängnis herrschte ein reges Treiben. Viele Neugierige und noch mehr Sensationslüsterne waren erschienen, um bei der Hinrichtung zuzusehen. Nun ging schon seit geraumer Zeit ein leises Murren und Raunen durch die Menge. Der geplante Beginn des Spektakels war schon lange überschritten. Die Leute fürchteten, um ihren Nervenkitzel zu kommen. Alle Augen schauten gebannt auf das Gefängnistor, ob der Delinquent nicht bald hindurch geführt würde.

„Sieh sie dir an, diese Aasgeier", raunte Adrian erbost in Simons Ohr. „Menschen wie diese hier sind der gewichtigste Grund, weshalb ich Friedrich das Hängen ersparen wollte. Davor hat er sich am meisten gefürchtet."

Wie zur Bestätigung seiner Worte erscholl jetzt eine raue Männerstimme.

„Wo bleibt er, dieser elende Gnom? Will man uns etwa um das Vergnügen bringen, seine kurzen Beine strampeln zu sehen? Hey..., ihr da drinnen, nun bringt diesen Zwerg schon endlich heraus!"

Zustimmendes Gemurmel und gellende Pfiffe unterstrichen die Worte des Mannes. Etliche Zuschauer trugen faule Äpfel oder Eier bei sich. Es war ein beliebtes Vergnügen, die Todeskandidaten mit faulendem Obst und Gemüse zu bewerfen. Ganz Abgebrühte warfen sogar mit Pferdeäpfeln oder Hundekot.

Adrian unterdrückte seinen Groll und schaute ebenfalls zum Tor, das nun aufschwang. Der Scharfrichter in seiner schwarzen Maske trat hindurch und sofort verstummten die Rufe und Pfiffe. Atemlose Stille herrschte, nur ein paar Frauen bekreuzigten sich schnell.

Der Scharfrichter betrat gemessenen Schrittes das Podium und verschränkte die mächtigen Arme vor der Brust. Seine Augen musterten durch die Maskenschlitze hindurch kurz die Schaulustigen. Dann erhob er seine Stimme.

„Ihr könnt wieder gehen, Leute. Es wird keine Hinrichtung geben."

Enttäuschtes Gemurmel entstand und erneut schrillten Pfiffe über den Platz. Der Scharfrichter unterbrach sie mit einer energischen Armbewegung.

„Gott hat es gefallen, den Mann selbst zu richten. Der Delinquent ist heute Nacht gestorben, sein schwaches Herz hat der Aufregung und der Angst vor dem Tod nicht standgehalten. Und jetzt geht nach Hause..." Er verließ das Podium und verschwand wieder hinter der Gefängnistür.

Ein paar enttäuschte Flüche waren zu hören, dann zerstreute sich die Menge langsam. Zum Schluss blieben, außer einem Bettler und einem Händler der heißen Apfelwein verkaufte, nur Simon und Adrian vor dem Tor übrig. Sie stiegen nun vom Bock und klopften an das Tor. Wie schon am Vorabend wurde nur die kleine Luke geöffnet.

„Ich möchte den Körper meines Freundes abholen", erklärte Adrian kurz. Hinter der Luke entstand ein leises Raunen, dann wurde die Türe geöffnet. Sie traten hindurch, Simon mit klopfendem Herzen, Adrian zumindest äußerlich unbeeindruckt. Hinter dem Tor standen ein paar Männer und schauten ihnen neugierig entgegen.

Was, wenn sie den Hexer offen beschuldigten, Friedrich getötet zu haben? Schließlich war er als Letzter bei dem Verurteilten gewesen. Vielleicht hatte ja die Hypnose, die er anwandte nicht hundertprozentig gewirkt und der Wächter konnte sich erinnern. Simon konnte vor plötzlicher Angst um seinen Freund kaum noch einen klaren Gedanken fassen. Sein verstohlener Blick zuckte von den Männern zu Adrian, der keine Miene verzog.

„Was ist geschehen?" hörte er nun dessen Stimme, die keinerlei Angst oder Aufregung, sondern nur aufrichtiges Interesse verriet. An dem Mann ist ein erstklassiger Schauspieler verloren gegangen, musste sich Simon eingestehen. Der Wärter vom vergangenen Abend trat aus der Gruppe auf sie zu. Er zuckte hilflos die Schultern. „Der Verurteilte ist in der Nacht überraschend gestorben. Der Arzt, den wir hinzugezogen haben meint, er hätte vor Aufregung über die bevorstehende Hinrichtung wahrscheinlich einen Herzanfall erlitten. Nun, jedenfalls ist er tot. Hat uns Arbeit erspart. Ihr könnt seinen Körper haben um ihn zu bestatten. Kommt mit, er liegt gleich hier in der ersten Zelle."

Er ging voran und sie folgten ihm in die dämmrige Zelle. Friedrich lag auf dem kalten Boden, es sah aus, als ob er schliefe. Seine Züge waren friedlich und seine Augen geschlossen. Er steckte schon in einem groben Leinensack, nur sein Kopf schaute noch heraus. Der Wärter zog den Sack jetzt ganz über ihn und band ihn mit einem Strick zu. Dann erhob er sich und deutete mit einer Handbewegung auf den verhüllten Körper.

„So könnt Ihr ihn besser transportieren. Wird kein Vergnügen sein, ihn unter die hartgefrorene Erde zu bringen. Aber das ist zum Glück Eure Sache."

Gemeinsam trugen sie Friedrichs überraschend schweren Körper durch den Gefängnishof zum Fuhrwerk und legten ihn auf die Ladefläche. Adrian deckte noch zusätzlich eine Plane darüber, die er extra mitgenommen hatte. Dann machten sie sich unbehelligt mit ihrer stummen Last auf den Weg nach Hause. Erst als das Gefängnis außer Sichtweite war, atmete Simon auf. Er konnte noch immer nicht glauben, dass keinerlei Verdacht auf Adrian lag, obwohl es seiner Meinung nach naheliegend sein musste, dass er an Friedrichs plötzlichem Tod beteiligt war.

„Du machst dir zu viele Gedanken", meinte Adrian lakonisch. „Ich sagte doch, ich habe den Wärter hypnotisiert. Und ich beherrsche diese Kunst gut. Bei der Gelegenheit habe ich ihm gleich all die Informationen übermittelt, die mir wichtig erschienen. Auch, dass ich Friedrichs Körper ausgehändigt bekomme. Es ist eigentlich nicht üblich, Hingerichtete wie normale Verstorbene bestatten zu dürfen. Sie werden im Allgemeinen vor den Stadttoren verscharrt.

„Wo willst du ihn denn beerdigen? Zum Friedhof geht es in die andere Richtung."

„Ich weiß. Aber ich werde ihn erst nach Hause bringen. Friedrich wollte, dass ich seinen Körper nach seinem Tode seziere. Er meinte, ich würde eventuell das Geheimnis seiner Krankheit herausfinden können. Ich halte das zwar eher für unwahrscheinlich, aber er wollte es so."

„Sezieren? Du meinst, du willst ihn aufschneiden?" Alleine bei dem Gedanken lief es Simon eiskalt den Rücken herunter. Wie konnte Adrian nur daran denken, eine Leiche aufzuschneiden? Noch dazu die seines Freundes. Grauste ihm denn vor nichts?

Der Hexer warf ihm einen prüfenden Blick zu. Dann erklärte er ernst.

„Es ist sehr aufschlussreich, den menschlichen Körper auch von innen zu kennen. Besonders in unserem Beruf kann es von unschätzbarem Wert sein. Zwar unterscheiden sich die menschlichen Innereien nicht allzu sehr von den tierischen, aber es gibt doch Unterschiede, die man als Heiler unbedingt kennen sollte. Als ich studierte haben wir einige Körper seziert. Es ist keine schöne Arbeit, aber sobald man Ekel und Abscheu überwunden hat, ist es wirklich sehr interessant, und vor allem lehrreich."

„Du willst doch hoffentlich nicht, dass ich dir dabei helfe? Das kann ich auf keinen Fall. Schon gar nicht, da es sich um Friedrichs Körper handelt. Ich habe einmal einen Hund gesehen, der von einem schweren Fuhrwerk überfahren wurde. Alle Därme, und was weiß ich noch was, hing aus ihm heraus. Es war einfach ekelhaft. Und es stank fürchterlich."

„Tja, wenn du mir nicht helfen möchtest, so werde ich es eben alleine machen. Aber tun werde ich es. Friedrich hat es so gewollt."

Nach einer Weile, während sie schweigend nebeneinander saßen, konnte sich Simon nicht mehr zurückhalten. Er deutete das Schweigen des Hexers als Verstimmung. Deshalb meinte er nun zerknirscht. „Ich kann das wirklich nicht sehen. Es tut mir leid, falls du deswegen böse bist."

Ein leiser Schnalzlaut Adrians ließ die Pferde etwas schneller ausgreifen. Er wandte sein Gesicht seinem Lehrling zu und zog eine Augenbraue hoch. „Ich bin dir nicht böse. Im Gegenteil, ich kann dich sehr gut verstehen. Bei meiner ersten Sektion musste ich aus dem Saal gehen, weil ich mich übergeben musste. Und ein paar meiner Kommilitonen erging es nicht anders. Allerdings waren die Leichen in der Universität nicht mehr besonders frisch. Und es war Hochsommer... „

„Ist es überhaupt erlaubt? Irgendwie ist es doch ein Frevel, oder?"

„Vor nicht allzu langer Zeit war es noch verboten, einen toten Menschen aufzuschneiden. Obwohl fortschrittlichere Ärzte immer gefordert haben, dass zukünftige Heiler den Körper in- und auswendig kennenlernen. Es gab im sechzehnten Jahrhundert einen berühmten Arzt, Andreas Vesalius, der ein wahrer Meister in der Kunst des Sezierens war. Er wurde schon im Alter von dreiundzwanzig Jahren Professor für Anatomie und Chirurgie in Padua. Seine öffentlichen Sektionen wurden hauptsächlich von Medizinstudenten verfolgt. Dank seines Wirkens entwickelte sich Padua zu einer der führenden medizinischen Ausbildungsstätten. Er schrieb sogar ein Buch über seine Arbeit und korrigierte damit zahlreiche anatomische Irrtümer früherer Zeiten."

„Und wo bekam er seine Leichen her? Ich kann mir nicht vorstellen, dass viele Angehörige die Körper ihrer Verstorbenen zur Obduktion freigaben. Und die Kirche ist ganz sicher dagegen, Leichen zu öffnen."

„Du hast Recht, es ist hauptsächlich der Glaube, der die Menschen davon abhält, ihren toten Körper der Wissenschaft zur Verfügung zu stellen. Die meisten befürchten, beim jüngsten Gericht nicht unversehrt vor Gott treten zu können. Deshalb nahm man meist Hingerichtete, die galten als rechtlos. Aber durch Leichenöffnungen können Wissenschaftler interessante Dinge herausfinden. Zum Beispiel, ob und wie jemand ermordet wurde. Außerdem wurden auf diese Weise einige spektakuläre Heilmethoden entdeckt. Die Möglichkeit der Operation zum Beispiel."

Simon verzog das Gesicht. „Operation. Ich bekam einmal eine Kugel aus der Schulter operiert. Es war fürchterlich. Ich dachte, ich müsse sterben, es hat furchtbar wehgetan."

„Ja, ich habe die Narbe an deiner Schulter gesehen. Aber bedenke, ohne die Möglichkeit, dich zu operieren wärst du wahrscheinlich gestorben. Kugeln sind meist aus Blei und das ist Gift für den Körper. Du musst froh sein, dass der Arzt, der dir die Kugel herausschnitt so fortschrittlich war. Manche begnügen sich damit, die Wunde zu verbinden und abzuwarten."

„Hast du auch schon einen Menschen operiert? Ich meine, richtig große Operationen, bei denen der Leib geöffnet werden muss?"

„Schon einige. Aber nicht alle sind gesund geworden. Es gibt immer noch sehr viele Geheimnisse am menschlichen Körper zu entdecken. Und deshalb werde ich Friedrichs letztem Wunsch auch entsprechen und ihn aufschneiden. Vielleicht kann ich durch neue Erkenntnisse anderen Menschen helfen. Es wäre jedenfalls sehr aufschlussreich für dich, einen Körper von innen zu sehen. Aber ich möchte dich nicht drängen..."

Simon dachte den Rest des Weges über das Gesagte nach. Als sie in den Hof zu Adrians Anwesen einbogen hatte er einen Entschluss gefasst. Er holte tief Luft und sagte dann entschlossen. „Ich werde versuchen, dir doch bei der Sektion zu helfen. Ich kann nicht versprechen, ob ich bis zum Schluss durchhalte. Aber ich will es zumindest versuchen."

„Du wirst es ganz bestimmt schaffen", meinte Adrian überzeugt. „Doch zuerst hilf mir, Friedrich in das Gärtnerhaus zu bringen. Ich werde die Sektion auch dort durchführen. Im Haus wäre es zwar bequemer, aber Maria und Ellen sind sicher wenig begeistert, wenn wir auf dem Küchentisch eine Leiche zerschneiden. Noch dazu, wenn es sich um Friedrich handelt. Am besten ist, wir sagen ihnen nichts davon."

Am späten Abend, nachdem die beiden Frauen längst in den Betten lagen, gingen sie an ihr gruseliges Werk. Friedrichs nackter Körper lag auf dem, mit einem Wachstuch abgedeckten Tisch, daneben lagen Adrians Werkzeuge fein säuberlich aufgereiht. Simon musterte mit gemischten Gefühlen die Skalpelle, Messer, Haken und sonstige Gegenstände, deren Verwendungszweck er nicht kannte.

Der Körper des Liliputaners sah entkleidet noch grotesker aus, als angezogen. Der Oberkörper war fast der eines normal großen Mannes. Die Beine im Gegensatz dazu jedoch extrem kurz und verkrümmt. Auch die Arme waren zu kurz, der Kopf dafür viel zu groß.

Friedrich besaß die üppige Körperbehaarung eines Mannes und ein durchaus ansehnliches Geschlechtsteil.

„Eigentlich nicht verwunderlich, dass er die Gelüste eines normalen Mannes hatte, nicht wahr?" Adrian schien die gleichen Gedanken zu haben, wie Simon. „Er war ja auch geistig ein ganz normaler Mann. Wir, die wir einen normalen Körper besitzen, denken oft nicht an die Qualen, die Menschen wie er aushalten müssen. Er sehnte sich ganz genauso wie wir alle nach ein wenig Verständnis, nach Körperkontakt und der Liebe einer Frau. Aber für ihn blieb das unerreichbar.

Die meisten Menschen starrten ihn an, mieden oder ignorierten ihn wie einen Aussätzigen. Oder noch schlimmer, sie verspotteten ihn. Ich habe es selbst oft genug erlebt. Aus diesem Grunde habe ich ihn auch zu mir genommen. Wenigstens in meinem Haus wurde er als ganz normaler Mensch behandelt. Es war das wenigste, was ich für ihn tun konnte. Da ich seine unerfüllten körperlichen Bedürfnisse kannte, habe ich versucht, ihm zu helfen. Ich habe einen Trank gemischt, der seinen Geschlechtstrieb unterdrückte. Sicher keine optimale Lösung, aber mir fiel leider nichts Besseres ein. Höchstens eine Kastration, aber das erschien mir als zu menschenunwürdig. Es hätte seine Gefühle noch mehr verletzt. Andererseits, dann wäre er und auch das Mädchen noch am Leben..."

„Du fühlst dich immer noch für das, was er getan hat verantwortlich, ja? Aber ich denke nicht, dass es deine Schuld war. Du hast dein Möglichstes getan, ihm zu helfen. Den Trank nicht mehr einzunehmen war ganz alleine seine Entscheidung. Wie du sagtest, er war geistig ein ganz normaler Mann. Er hätte wissen müssen, dass es Unrecht war, was er tat."

„Trotzdem. Ich habe versagt."

„Du hast nicht versagt, Adrian. Du bist nur ein Mensch und Menschen sind fehlbar. Du bist nicht Gott."

„Nein, ich bin nur ein Hexer, ein Scharlatan." Es klang ungewohnt bitter. Um ihn ein wenig von Friedrich abzulenken ging Simon auf seine Worte ein. „Du erzählst mir immer, die Leute halten dich für einen Hexer. Aber bist du es wirklich? Gibt es überhaupt echte Hexen und Hexer? Oder sind sie bloß Märchengestalten?"

Sein Trick funktionierte. Adrian lachte kurz auf und verzog belustigt das Gesicht. „Oh, es gibt ganz gewiss Hexen und Hexer. Bestimmt mehr Hexen, Frauen haben im Allgemeinen mehr Gespür für übersinnliche Dinge. Aber ob ich mir selbst diese Bezeichnung zugestehen darf weiß ich nicht. Ganz sicher bin ich in einigen Dingen anders als die meisten Menschen. Du weißt schon, meine besonderen Fähigkeiten. Doch die alleine machen mich nicht zum Hexer. Jedenfalls übe ich keinerlei Rituale aus, wie es manche Hexen zu tun pflegen. Und ich betreibe nur sehr selten Magie, obwohl ich einiges darüber weiß. Mein alter Freund jedoch, der Vorbesitzer dieses Hauses, der war ein echter Hexer. Wer weiß, vielleicht lernst du ihn ja irgendwann einmal kennen."

„Ihn kennenlernen? Ich denke, er ist tot." Simon merkte, wie sich seine Nackenhaare aufstellten.

„Nun, ich erzählte dir zwar, er wäre tot. Aber er ist nicht gestorben, jedenfalls nicht dass ich davon wüsste. Ich wollte dich damals nicht mit solchen Dingen belasten, wir kannten uns noch nicht allzu gut und du hättest mich wahrscheinlich für verrückt gehalten.

Tatsache ist, dass er nicht mehr erreichbar ist. Für keinen Menschen, denn er ist in eine andere Welt gegangen. Frage mich nicht, wie er das angestellt hat und was er dort will. Aber er hat es getan. Außer seinem Haus habe ich seinen wertvollsten Besitz von ihm erhalten, das Buch, aus dem ich den Trank für dich hergestellt habe. Es ist ein sehr altes Buch, handgeschrieben und voller geheimnisvoller Formeln. Der alte Hexer hat es stets wie einen Schatz gehütet. Viele Seiten seines Inhaltes sind jedoch in lateinischer Sprache verfasst. Die konnte er nicht übersetzen, dazu brauchte er mich. Vor allem war er an Formeln und Ritualen interessiert, die eine Reise in eine andere Zeit ermöglichen sollten. Eigentlich glaubte ich nicht, dass so etwas tatsächlich möglich ist. Aber vor einigen Jahren hat er es gewagt. Er hat mir sein Haus und das Buch vermacht und ist verschwunden. Auf sehr spektakuläre Weise. Doch das ist eine komplizierte Geschichte, wir sparen sie uns für ein andermal auf. Jetzt sollten wir uns an die Arbeit machen. Am Morgen will ich fertig sein und Friedrich beerdigen. Ich habe sein Grab schon bestellt."

Obwohl Simon durch die kurze Erklärung Adrians verwirrt war, wurde er durch die folgende Sektion nachhaltig davon abgelenkt. Der Hexer setzte beherzt das

Skalpell unterhalb des Halses des Toten an und machte einen Schnitt über den Brustkorb bis zum Schambein. Die durchtrennte Haut sprang förmlich auseinander und ein wenig geronnenes Blut trat aus. Er hatte nur die obere Haut- und Muskelschicht durchtrennt, die Eingeweide lagen darunter unversehrt in einem Hautsack. Mit einer Säge durchtrennte Adrian die Rippen und spreizte sie dann auseinander. Nun konnte man sehr gut in den Leichnam hinein sehen.

Nachdem er seine erste Scheu und den Ekel überwunden hatte, war Simon richtiggehend fasziniert. Er erkannte, dass die Innereien des Menschen tatsächlich große Ähnlichkeit mit denen von Tieren aufwiesen. Hin und wieder hatte er auf der Burg beim Schlachten eines Schweines helfen müssen. Daher wusste er, wie ein Schwein von innen aussah.

Adrian begann damit, ihm alle Organe und deren Funktionen sehr ausführlich zu erklären. Er zerteilte sie, damit er sie auch von innen betrachten konnte. Mit der Zeit vergaßen sie beide, dass sie den Körper ihres Freundes auf dem Tisch liegen hatten.

Doch wenn Adrian tatsächlich gehofft hatte, einen Hinweis auf die rätselhafte Krankheit zu finden, die Friedrich zum Außenseiter gemacht hatte, so wurde er enttäuscht. Die Innereien des Toten unterschieden sich in nichts von denen anderer Menschen.

Es ging schon auf den Morgen zu, als sie wieder sämtliche Organe in den Körper legten und Adrian die Haut mit groben Stichen zusammennähte. Danach wuschen sie den Leichnam, zogen ihm frische Kleider an und nähten ihn in den Sack ein. Simon öffnete Fenster und Türen um den penetranten Geruch hinaus zu lassen. Adrian wusch derweil die Wachsdecke gründlich ab und legte sie zusammen.

Sie warteten, bis die Kutsche des Leichenbestatters kam und Friedrichs sterbliche Überreste abholte. Die Männer hatten einen Sarg dabei und legten den Leichnam hinein. Dann wuchteten sie den Sarg ins Innere der Kutsche, die speziell für den Transport von Särgen angefertigt war. Langsam rollte das schwarze Gefährt vom Hof.

Die Beerdigung würde schon in wenigen Stunden sein. Es gab also weder für Adrian, noch für Simon Schlaf. Doch Simon war sowieso nicht müde. Im Gegenteil, er fühlte sich merkwürdig aufgekratzt. Die zurückliegenden Stunden kamen ihm wie ein Traum vor. Doch er bemerkte nichts von den Skrupeln, die er eigentlich befürchtet hatte. Wie ihm Adrian schon prophezeit hatte, war alles viel zu aufregend und interessant gewesen, um sich Gedanken über Pietät oder Trauer zu machen. Erst jetzt, als Friedrichs Körper davongefahren wurde, kam die Trauer um den Freund zurück.

„Bist du enttäuscht, weil du keine offensichtlichen Krankheitszeichen für seine Abnormität gefunden hast?" wollte er wissen. Doch Adrian schüttelte den Kopf.

„Es war mir schon vorher ziemlich klar gewesen. Ich denke, wenn überhaupt, so ist die Ursache für solche Verwachsungen im Gehirn zu finden. Oder in bestimmten Erbanlagen. Doch darüber weiß die Medizin noch kaum Bescheid. Es müsste in der Beziehung viel mehr geforscht werden. Nun, immerhin konnte ich dir einen wichtigen Einblick in die menschliche Anatomie gewähren. Irgendwann wirst du die gewonnenen Erkenntnisse bestimmt verwenden können. Wer weiß, vielleicht kannst du dadurch sogar einmal ein Leben retten."

Die Beerdigung Friedrichs dauerte nicht lange. Da er ein verurteilter Verbrecher war, weigerte sich der Pfarrer, ihm ein christliches Begräbnis zu geben. Adrian regte sich darüber auf, war aber letztendlich machtlos dagegen. Auf dem Heimweg schimpfte er leise vor sich hin. Simon konnte nur „verdammter Pfaffe" verstehen, äußerte sich jedoch nicht dazu.

Inzwischen kannte er Adrian gut genug, um zu wissen, dass der mit manchen kirchlichen Gesetzen auf Kriegsfuß stand. Er fand es selbst nicht gut, dass Friedrich ohne Segen in die kalte Erde gelegt worden war. Nun, zumindest hatten er und die beiden Frauen ein kurzes Gebet gesprochen. Adrian hatte nur grimmig geblickt und dann einen kleinen Gegenstand ins Grab geworfen. Er konnte jedoch nicht erkennen, was es war, vermutete jedoch eine ketzerische Hexengabe. Er wollte Adrian bei Gelegenheit danach fragen.

Der Hexer schickte Maria und Ellen mit dem Kutscher zurück. Er wollte zu Fuß gehen, sagte er, Luft schnappen. Simon schloss sich ihm, wie meist an. Schweigend gingen sie nebeneinander her, jeder hing seinen eigenen Gedanken nach. Die Grabbeigabe fiel Simon wieder ein und er fragte danach.

„Ach, das war nur ein Amulett. Aus dem Bestand des alten Hexers. Es soll dem Toten helfen, sein nächstes Leben zu finden. Friedrich hat daran geglaubt, an Wiedergeburt. Er setzte seine ganze Hoffnung hinein, im nächsten Leben bessere Umstände vorzufinden."

„Wiedergeburt? Glaubst du auch daran?"

„Ich habe mir noch nicht viele Gedanken darüber gemacht. Aber möglich ist es schon. Mein alter Lehrmeister hat daran geglaubt. Aber er hat an viele Dinge geglaubt, die ein gewöhnlicher Mensch nicht verstehen kann. Ich fand es immer faszinierend, ihm zuzuhören. Aber auch ich konnte nicht alles nachvollziehen, was er mir zu erklären versucht hat."

„Er muss auf jeden Fall ein interessanter Mann gewesen sein."

Oh ja, das war er ganz bestimmt. Ich habe ihn sehr verehrt. Obwohl er einen schlimmen Ruf hatte. Die meisten Leute fürchteten ihn. Sogar seine eigenen Söhne mieden ihn. Dabei hat er meines Wissens keinem etwas zu Leide getan. Zumindest nicht, solange ich bei ihm war. Mir hat er jedenfalls nur die guten Seiten seines enormen Wissens mit auf den Weg gegeben."

„Du wolltest mir erzählen, wie er... verschwand", erinnerte Simon sich und sah ihn auffordernd an. Adrian lächelte kurz und hauchte in seine kalten Hände. „Verdammt, ich habe in der Eile meine Handschuhe zu Hause vergessen. Was hältst du von einem Glühwein. Dort drüben, die Gaststätte hat sicher schon offen."

Sie nahmen nahe dem bullernden Ofen Platz und bestellten das heiße Getränk. Um diese Zeit herrschte noch wenig Betrieb, so konnten sie sich ungestört unterhalten. Adrian streckte behaglich seine langen Beine aus ehe er begann.

„Erasmus, so nannte sich der alte Hexer – in Wirklichkeit hieß er Adam Baumann - fand vor vielen Jahren in den alten Mauern seines Hauses ein Buch. Unter dem heutigen Haus gibt es noch uralte Gewölbe aus früheren Zeiten. Anstatt alles neu zu bauen hat man diese ‚meist gut erhaltenen und stabilen Grundmauern stehen gelassen und einfach ein neues Haus darauf gesetzt. Dieses Buch hatte Erasmus in einer Nische des Gewölbes entdeckt, zusammen mit einigen okkulten Gegenständen. Es enthält unter anderem Zaubersprüche und -formeln, die zum Teil noch auf alemannische und keltische Mythen zurückgehen. Daneben steht allerlei alchemistischer Kram, teils nachvoll-ziehbare Formeln, teils horrenden Unsinn, wie die Gewinnung von Gold aus Blei. Aber diese Dinge interessierten Erasmus nie besonders. Nein, sein Lebensziel war es, durch die Zeit zu reisen. Als er mir das erste Mal davon erzählte, hielt ich ihn schlicht für ein wenig verrückt. Doch er bestand darauf, dass es möglich wäre. Er zeigte mir eben dieses Buch und schlug den hintersten, uralten Teil auf. Ich sollte ihm bei der Übersetzung helfen. Was ich schließlich auch tat, seine Begeisterung steckte mich an. Ich brauchte fast zwei Jahre bis es mir gelang, die alte Schrift und die Sprache - Latein - zu übersetzen. Was ich herausbrachte war wirklich sehr mysteriös. Nämlich den Weg, den man gehen muss, um in die Vergangenheit zu reisen. Sobald Erasmus die Übersetzung in Händen hielt, war er nicht mehr zu bremsen. Praktisch Tag und Nacht lernte er die komplizierten Zaubersprüche auswendig, suchte Amulette, Talismane und sonstige Dinge zusammen, die ihm die Zeitreise ermöglichen sollten. Ich half ihm dabei, war aber nach wie vor nicht überzeugt, dass es wirklich klappen könnte. Aber ich wollte seine Illusion nicht zerstören. Dann, eines Tages war es soweit. In der Nacht zu Allerheiligen sollte es geschehen. Nach altem Hexenglauben ist es in dieser Nacht am besten möglich, durch ein

Zeitloch zu gehen. Dazu reisten wir extra in den Teutoburger Wald zu den Extern-Steinen. Das ist eine Jahrtausend alte Kultstätte, ein magischer Ort. Ich durfte nicht mit ihm zu den Steinen gehen, er hatte Angst, es würde mich mit ihm in die Vergangenheit reißen. Also beobachtete ich ihn aus der Ferne. Eigentlich war ich hauptsächlich mitgekommen, um ihn seelisch aufzubauen, nachdem er einsehen musste, dass seine Zeitreise nur ein Hirngespinst sei. Und um ihn sicher wieder nach Hause zu bringen. Also beobachtete ich ihn aus der Ferne. Er praktizierte die Riten, sprach die Zauberformeln... und war plötzlich verschwunden."

„Verschwunden? Einfach so?" Simon starrte ihn ungläubig an. Wollte der Hexer ihn veralbern? Aber dessen Blick war todernst. „Genau. Er verschwand einfach, so als löse er sich in Luft auf. Ich habe ihn bis heute nicht mehr gesehen."

Kapitel 14: Besuch vom Freiherrn

Sie befanden sich schon fast auf dem Anwesen des Hexers, da hielt Simon abrupt inne. Adrian streifte ihn mit einem erstaunten Blick, und folgte dann mit den Augen seiner Blickrichtung. „Nanu", murmelte er. „Wir haben hohen Besuch, wie es scheint."

Bei den Männern, die vorm Haus gerade von ihren Pferden stiegen, handelte es sich tatsächlich um ungewohnte Gäste. Im Allgemeinen wurde der Hexer höchstens von Menschen besucht, die sich in irgendeiner Form seine Hilfe erhofften. Mütter zum Beispiel, die ein Medikament für ihr krankes Kind abholen wollten. Oder Männer, die einen bei der Arbeit Verunglückten brachten. Es war auch keine Seltenheit, dass ein Bauer sich einen Rat holte, wie er sein krankes Vieh behandeln sollte. Ein Edelmann mit fünf Mann Gefolge war jedoch noch nie darunter.

„Das ist der Freiherr!" stieß Simon erschrocken hervor. „Nelias Vater. Großer Gott, sollte er erfahren haben, dass sie und ich ein Paar sind bringt er mich um." Panisch schaute er sich um, so als suche er ein sicheres Versteck. Adrian gelang es gerade noch, ihn bei der Schulter zu greifen, ehe er kopflos davon rennen konnte. Mit beruhigender Stimme mahnte er. „Nur mit der Ruhe, Simon. Ich bin auch noch da. Und ich werde nicht zulassen, dass dir jemand in meinem Haus etwas antut. Habe ein bisschen Vertrauen zu mir."

„Aber du kennst den Mann nicht. Er hat mich schon einmal fast totgeschlagen. Du konntest die Blutergüsse noch nach über einer Woche an mir sehen. Hast du das schon vergessen? Ich nicht. Und damals war es nur ein harmloser Kuss, der seinen Wutanfall ausgelöst hat. Er warnte mich, es ja nicht noch einmal zu versuchen. Himmel, hoffentlich hat er Nelia nichts angetan. Ich könnte mir nie verzeihen, sie in Gefahr gebracht zu haben."

Sie standen im Sichtschutz eines großen Baumes, konnten vom Haus aus nicht gesehen werden. Adrian musterte noch immer abschätzend die kleine Gruppe. Dann schüttelte er überzeugt den Kopf. „Ich denke, er ist nicht gekommen um dich zu strafen oder gar zu töten. Der Freiherr hat etwas anderes im Sinn. Was das ist, können wir nur erfahren, wenn wir mit ihm sprechen."

Er trat entschlossen aus dem Baumschatten und ging auf sein Haus zu.

„Nun komm schon", rief er Simon ermunternd über die Schulter zu. „Ich werde ihm schon klarmachen, dass du unter meinem Schutz stehst."

Zögernd folgte ihm Simon. Aber auf seltsam bestimmte Weise war er von Adrians Schutz überzeugt. Nein. Im Hause des Hexers würde ihm keiner etwas antun. Der Mann besaß eine natürliche Autorität, selbst wenn er unbewaffnet war.

Der Freiherr war gerade samt seinen Männern im Haus verschwunden, als sie dort ankamen. Ellen hatte die Männer, vor Aufregung stammelnd, ins Wohnzimmer gebeten und war dann zu Maria in die Küche geeilt. Jetzt fiel ihr sichtlich ein Stein vom Herzen. „Gut dass Ihr da seid, Herr", raunte sie Adrian erleichtert zu, nachdem sie ihm und Simon die Türe geöffnet hatte.

„Es ist sehr hoher Besuch gekommen. Ich wusste nicht, wie ich ihm begegnen sollte. Er hat mich richtig hochmütig angeschaut."

„Immer ruhig Blut, Ellen. Er wird dir nichts tun. Biete den Herren einen heißen Tee oder Glühwein und einen Imbiss an. Sie sehen durchgefroren aus. Simon und ich können ebenfalls etwas Kräftiges vertragen. Trage im Esszimmer auf."

Simon glaubte nicht, dass er auch nur einen Bissen herunter bekam.

Am liebsten wäre er sofort in seinem Zimmer verschwunden und hätte die Türe verrammelt. Aber da der hohe Besuch ganz sicher seinetwegen hier war, konnte er das natürlich nicht tun. Er musste sich dem Freiherrn stellen.

Wie ein geprügelter Hund schlich er hinter dem Hexer ins Zimmer. Er hätte etwas darum gegeben, wenn er nur einen Bruchteil von dessen zuversichtlichem Auftreten zustande gebracht hätte. Aber um Adrian ging es ja auch nicht, sondern um ihn, und um seine Liebe zu Nelia. Der Gedanke an die geliebte Freundin erweckte sein Aufbegehren, er straffte die Schultern und holte tief Luft. Wenn es sein müsste, würde er um seine Liebe kämpfen.

Mit neuem Mut betrat er ebenfalls den Raum.

„Aha, da kommt ja der Herr des Hauses", tönte der Freiherr zu Kilchenstein laut. Wie es seine Art war, schaute er Adrian mit herablassend hochgezogener Augenbraue an. Dann wanderte sein Blick an ihm vorbei zu Simon. „Und unser verlorener Sohn ist auch hier. Wie schön, das erspart mir weitere Nachforschungen nach dir. Ich schätze es nicht, dass du ohne dich zu verabschieden die Burg verlassen hast. Ich habe wohl leider versäumt dir beizubringen, was Manieren sind."

Schon seit geraumer Zeit hielt sich ein Mann im Auftrag des Freiherrn in Aschaffenburg auf. Seit Hunold vermutete, Simon wäre Nelia nachgereist, hatte er anfangs sogar mehrere Männer beauftragt, nach Simon zu suchen.

Doch ihre Nachforschungen blieben vergeblich. Simon war wie vom Erdboden verschluckt. Zum Schluss beließ Hunold dann nur noch einen Mann als Beobachter in Aschaffenburg zurück. Der forschte jedoch ebenfalls vergeblich nach ihm. Es war in einer Stadt wie Aschaffenburg, die immerhin von zirka dreitausend Bürgern bewohnt wurde kein leichtes Unterfangen, einen Neunzehnjährigen zu finden. Simon war zwar nicht gerade ein durchschnittlicher junger Mann und alleine durch seine Größe stach er im

Allgemeinen aus Menschengruppen heraus. Dennoch war er lange unauffindbar gewesen.

Doch Hunold von Kilchenstein konnte die Suche nicht einfach aufgeben. Er musste Simon bis zu dessen einundzwanzigsten Geburtstag gefunden haben, koste es was es wolle. An diesem Tage sollte der Bengel vom Herzog von Rothenburg feierlich sein Erbe übertragen bekommen. Undenkbar, wenn er bis dahin nicht aufgetaucht war. Das würde ganz sicher die gefürchteten Nachforschungen nach sich ziehen. Und die konnten ihn unter Umständen den Kopf kosten. Außerdem war ihm durch langes Nachdenken endlich eine Möglichkeit eingefallen, wie er sich doch noch Simons Güter unter den Nagel reißen konnte. Aber dazu musste er den Jungen erst einmal haben.

Dieser Plan war auch sein einziger Grund gewesen, Nelia über die Feiertage nach Hause zu holen. Er hatte gehofft, sie würde den Aufenthaltsort ihres heimlichen Geliebten verraten. Denn er war davon überzeugt, dass sie sich noch immer mit Simon traf. Doch Nelia hatte Simon mit keinem Wort erwähnt. Heute war Hunold überzeugt, dass es ein großer Fehler gewesen war, die beiden Turteltauben gewaltsam zu trennen. Warum nur hatte er nicht schon damals soweit gedacht? Dabei wäre es die einfachste Sache der Welt gewesen, die aufkeimende Liebe zwischen Nelia und Simon für seine Zwecke zu nutzen. Er hätte zulassen sollen, dass die beiden Verliebten eine Dummheit begingen. Es wäre ihm dann ein Leichtes gewesen, eine Heirat zu erzwingen. Dann hätte er Simon voll und ganz in der Hand gehabt. Und ein bedauerlicher Unfall nach dem Antritt seines Erbes hätte Nelia zur Besitzerin aller Ländereien und Güter gemacht.

Aber in seinem besinnungslosen Zorn auf den Sohn seines Freundes war ihm diese einmalige Gelegenheit gar nicht ins Bewusstsein gedrungen. Und nun war es zu spät. Denn Nelia fürchtete natürlich noch immer die Rache ihres Vaters und verleugnete ihren Kontakt zu Simon hartnäckig. Sie behauptete kategorisch, ihn seit jenem unseligen Tag nicht mehr gesehen zu haben. Voller Frust hatte der Freiherr sie deshalb wieder ins Kloster zurück gebracht. Er hatte fast nicht mehr daran geglaubt, Simon jemals wiederzufinden.

Und dann dieser unglaubliche Zufall gestern Morgen. Um seinen Männern einen kleinen Spaß vor der beschwerlichen Rückreise zu gönnen, hatte er ihnen erlaubt, bei der Hinrichtung eines Mädchenmörders zuzusehen. Daraus war nichts geworden, weil es dem Delinquenten eingefallen war vor der Hinrichtung zu sterben. Als Hunold gerade seine murrenden Männer zum Heimritt zusammenrufen wollte, hatte er das Fuhrwerk gesehen, das etwas abseits an der Gefängnismauer stand. Und - er traute seinen Augen nicht - auf diesem Fuhrwerk saß der lange Vermisste.

Bis er sich gesammelt hatte, war Simon samt Fuhrwerk im Gefängnishof verschwunden. Aber das war dem Freiherrn egal gewesen. Er hatte seinen Goldjungen wiedergefunden, alles andere würde nur noch eine Frage der Zeit sein. Nachdem er seine erstaunten Männer ins Gasthaus zurückgeschickt hatte, war er persönlich darangegangen, Simons Aufenthaltsort zu erkunden. Und er war erfolgreich gewesen.

Adrian machte keine Anstalten, dem Freiherrn die Ehren zu erweisen, die der gewohnt war. Obwohl er durch seine feinen Gewänder, seine protzige Kette und den auffälligen Siegelring unschwer als Adeliger zu erkennen war, nickte ihm der Hexer nur kurz zu. Hunold zog indigniert die Augenbrauen hoch. Er hatte ganz selbstverständlich erwartet, dass er mit ehrfürchtiger Verbeugung willkommen geheißen wurde. Doch der Hausherr maß den ungebetenen Gast so, als wäre der ein ordinärer Bettler. Wobei Adrian niemals einen Bettler so abfällig angeschaut hätte.
Trotz seiner Nervosität konnte sich Simon ein Schmunzeln nicht verkneifen, als er die Reaktion des Freiherrn auf diese offensichtliche Nichtachtung seiner Person sah. Als Adrian jetzt sogar die Arme vor der Brust verschränkte und sich lässig neben der Türe an die Wand lehnte, wurde Hunold bleich vor Zorn. Dieser Affront eines - seiner Meinung nach niedriger gestellten Mannes ließ seine Augen wütend aufblitzen. Doch er verkniff sich die ärgerlichen Worte, die ihm auf der Zunge lagen. Einer seiner Männer besaß jedoch nicht so viel Zurückhaltung. Wütend blaffte er Adrian an. „Habt Ihr keine Augen im Kopf, Mann? Seht Ihr nicht, dass ein Edelmann Eure armselige Hütte besucht? Erweist Ihm gefälligst die gebührende Ehre."
„Muss ich das wirklich?" fragte der Angesprochene ungerührt zurück.
„Ich habe ihn nicht gebeten, meine *armselige Hütte* zu beehren. Außerdem sind zum Glück die Zeiten lange vorbei, in denen man vor einem Adeligen das Knie beugen musste. Also sagt, was Ihr von mir wollt, oder verschwindet wieder." Noch immer hatte er sich keinen Millimeter bewegt.
Der Freiherr wiegelte schnell ab. „Meine Männer sind es gewohnt, mir mit Ehren zu begegnen. Aber Ihr müsst mir natürlich keine Ehrerbietung erweisen. Schließlich kennt Ihr mich ja nicht einmal."

Am liebsten hätte er diesen ungehobelten Kerl, der ihn so frech angrinste auspeitschen lassen, aber hier, in dessen Haus galt sein Titel nichts. Dieser Mann war kein Untergebener, der ihm Gehorsam schuldete. Er wollte nicht auch noch mit Schimpf und Schande aus dem Haus gewiesen werden. Deshalb gab er zähneknirschend klein bei und kam zum Grund seines Besuches.

„Es geht um Euren jungen Knecht, hier. Er ist mir entlaufen und ich möchte ihn gerne zurück haben. Sagt mir, welchen Preis ich Euch für ihn zahlen soll." Er deutete mit einer knappen Bewegung auf Simon, der noch immer unter der Türe stand. Adrian drehte sich erstaunt zu ihm um und musterte ihn so, als sähe er ihn zum ersten Mal.

„Simon?" fragte er und runzelte die Stirn. „Simon ist kein Knecht. Und er ist kein Stück Vieh. Weshalb kommt Ihr auf die Idee, dass er verkäuflich wäre?"

„Aber er ist mir entlaufen!" beharrte der Freiherr. „Eigentlich müsste ich nicht für ihn bezahlen. Ich wollte Euch nur entgegen kommen, Eure Unkosten für sein Essen und die Unterkunft ersetzen." Im Geiste verfluchte er diesen starrsinnigen Kerl. Sicher wollte er ihm nur eine höhere Geldsumme durch sein Getue entlocken.

„Euch entlaufen, wie kann das angehen? Ist er denn Euer Gefangener oder etwa gar ein Leibeigener? Ich dachte bislang, die gibt es überhaupt nicht mehr." Simon konnte spüren, wie Adrian es genoss, den Freiherrn zu ärgern. Denn im Allgemeinen stellte er sich nicht so begriffsstutzig dar. Offensichtlich wollte er den Mann aus der Reserve locken. Der Freiherr ging ihm prompt auf den Leim.

Er wurde rot vor Zorn und auch vor Verlegenheit. Aber er musste eine Erklärung abgeben, weshalb er Simon mitnehmen wollte. Schließlich brummte er unwirsch. „Das ist eine persönliche Sache zwischen dem Kerl und mir. Sie geht Euch nichts an. Auf jeden Fall habe ich die Verantwortung für ihn übernommen. Ich habe seinem Vater versprochen, auf ihn acht zugeben. Und das kann ich nur, wenn er bei mir auf der Burg ist."

Simon wollte verwirrt eine Frage stellen, doch Adrian hielt ihn mit einer fast unmerklichen Handbewegung zurück. Gerade passend kamen Ellen und Maria herein um den Tisch zu decken. Während Hunold und seine Männer kurz abgelenkt waren, legte Adrian schnell den Finger an die Lippen und deutete dann auf sich. Simon verstand. Er würde schweigen und Adrian die Verhandlung führen lassen. Seine Nervosität schwand allmählich. Dennoch wunderte er sich. Offensichtlich ging es um etwas anderes als um seine Liebe zu Nelia. Aber worum? Warum wollte ihn der Freiherr unbedingt wieder auf der Burg haben? Immerhin schien er ihn nicht mit Gewalt zwingen zu wollen, zurückzukehren, sonst hätte er sich seiner schon bemächtigt. Schließlich war er mit seinen fünf Gefolgsleuten in der Überzahl.

„Setzt Euch erst einmal, esst und trinkt eine Kleinigkeit", lenkte Adrian nun scheinbar ein. „Danach fällt uns bestimmt eine, alle Beteiligten zufrieden-stellende Lösung des Problems ein." Er verbeugte sich nun doch zuvor-kommend und machte eine einladende Handbewegung zum Tisch hin.

Der Freiherr sah es gern und ließ sich gnädig auf einem Stuhl nieder. Seine Männer setzten sich auf sein Zeichen ebenfalls.

„Simon, setze dich her zu mir, schließlich geht es hier um dich."

Der Hexer klopfte auf den Stuhl neben sich. Ellen ging derweil um den Tisch und schenkte Glühwein ein. Erst nachdem sie den Raum verlassen hatte, nahm Adrian das Gespräch wieder auf.

„Also, um auf Euer Verlangen zurückzukommen, mein Herr. Ich kann Euch Simon weder einfach so übergeben, noch ihn an Euch verkaufen. Er ist aus freien Stücken bei mir, nicht etwa als Knecht, sondern als mein Lehrling und nicht zuletzt als Freund. Falls er jedoch das Bedürfnis hat Euch zu folgen, so steht ihm das natürlich frei. Weshalb fragt Ihr ihn nicht einfach selbst, ob er zu Euch zurückkehren möchte? Allerdings scheint mir, er schätzt Euch nicht besonders."

Hunold musste ein paarmal schlucken, ob dieser Dreistigkeit. Was bildete sich dieser Kerl ein, ihn so abfällig zu behandeln? Nur mit äußerster Willensanstrengung gelang es ihm, ruhig zu bleiben.

„Er ist Euer Lehrling? Was lehrt Ihr ihn denn?" fragte er mühsam beherrscht.

„Vielleicht ist es ja etwas, was er bei mir ebenso gut erlernen kann. Wahrscheinlich seid Ihr Totengräber", mutmaßte er nach einem arroganten Blick auf Adrians schwarze Kleidung.

„Dazu würde meine Beobachtung passen, wie Ihr mit Simon zusammen eine Leiche aus dem Gefängnis abgeholt habt." Er verzog angewidert das Gesicht.

Jetzt reichte es Simon plötzlich. Was fiel dem Freiherrn ein, Adrian so abfällig zu begegnen? Der war ihm doch mindestens ebenbürtig, obwohl er seinen Titel nicht so protzig zur Schau stellte. In gerechtem Zorn sprang er hoch und funkelte den Freiherrn aufgebracht an.

„Jetzt reicht es mir. Was gibt Euch das Recht, über mich zu verhandeln als wäre ich ein unmündiges Kind? Wie mein Freund schon sagte, ich bin durchaus fähig, für mich selbst zu sprechen. Meine Antwort ist nein, ich werde auf keinen Fall mit Euch zurückkehren. Ich möchte nicht nochmals von Euch halb zu Tode geprügelt werden. Mir gefällt es hier, wo ich wie ein Mensch und nicht wie ein Ochse behandelt werde, den man einfach verprügeln kann. Und was diesen Mann betrifft, den Ihr so abfällig anschaut, er ist keinesfalls Totengräber, sondern ein großartiger Arzt und er lehrt mich ebenfalls die Kunst des Heilens. Das könnt Ihr mir bestimmt nicht bieten."

Er hatte sich richtig in Rage geredet und funkelte den Freiherrn noch immer mit wütenden Blicken an. Der war etwas bleich geworden und schaute ungläubig zu Adrian hin. Ein Arzt? Und er hatte ihn als Totengräber bezeichnet. Aber trotzdem, wenn der Kerl auch studiert hatte, so besaß er doch kein Recht, einen Freiherrn so von oben herab zu behandeln.

Adrian maß ihn mit nachdenklichem Blick. Er ging weder auf Simons aufgebrachte Worte, noch auf den grimmigen Blick seines Gastes ein. Schließlich zuckte er die Schultern. „Ihr habt gehört, dass Simon nicht mit Euch kommen will. Er ist ein freier Mann und kann demnach tun und lassen was er will. Aber wenn es Euch eine Beruhigung ist, bei mir ist er bestens aufgehoben."

Er stand auf, zum Zeichen, dass er die Unterredung für beendet hielt. Hunold zu Kilchenstein fiel keine passende Widerrede mehr ein. Er erhob sich ebenfalls eilig und scheuchte seine Leute hoch.

„Nun, da kann ich nichts machen", versuchte er seine Würde zu wahren.

„Ich habe es nur gut gemeint. Aber ich sehe, dass mein Schützling bei Euch in guten Händen ist." Er nickte knapp und machte dann auf dem Absatz kehrt. Fast fluchtartig verließ er mit seinem Gefolge das Haus. An der Haustüre hielt ihn Adrian nochmals kurz an. Er war ihm gefolgt, nachdem er Simon ein Zeichen gegeben hatte, im Zimmer zu bleiben.

„Was wollt Ihr noch von mir? Ich denke, es ist alles gesagt."

Hunold drehte sich ärgerlich um und maß Adrian mit zusammengezogenen Brauen. Man sah ihm nun deutlich an, wie wütend er war.

„Ich wollte Euch noch eine Warnung zukommen lassen, Freiherr. Denn ich glaube nicht, dass Ihr den weiten Weg zu mir gemacht habt, nur um einen abtrünnigen Knecht zurückzuholen. Simon muss Euch viel mehr bedeuten und ich frage mich, aus welchem Grund. Er hat mir einiges aus seinem Leben erzählt. Zwar ist es nicht viel, was er berichten kann, aber es genügte, mich neugierig auf Euch zu machen. Euer Interesse an ihm kommt nicht von ungefähr. Doch ich warne Euch, ihn weiterhin zu belästigen oder gar zu bedrohen. Er steht unter meinem Schutz und den solltet Ihr nicht unterschätzen."

Zu Kilchenstein schaute ihm zornig nach, als er sich brüsk umdrehte und ins Haus zurückging. Doch die wenigen Worte hatten ihn betroffen gemacht. Was wusste dieser Mann tatsächlich? Er machte einen geheimnisvollen Eindruck. War er wirklich nur Simons Arbeitgeber und Freund? Oder wusste er etwa auch, was der Junge wert war und wollte sich dessen Erbe selbst unter den Nagel reißen?

Je länger er darüber nachdachte, desto unbehaglicher wurde ihm zumute. Sollte er nach allem, was er wegen Simons Erbe riskiert hatte, doch noch leer ausgehen? Er beschloss, diesen Arzt im Auge zu behalten, eine Ahnung sagte ihm, er war gefährlicher als er scheinen wollte.

Mit tadelnd hochgezogener Augenbraue, aber verhaltenem Grinsen rügte Adrian Simon. „War das nötig, dass du so mit meinem Beruf geprahlt hast? Du weißt, ich mag es nicht, mit jeglichen Titeln bedacht zu werden. Noch dazu in dieser Lautstärke. Ganz sicher hat Ellen dein Geschrei bis in die Küche vernommen. Wenn sie morgen auf dem Markt ihren Freundinnen tratscht was hier los war, weiß es bald die ganze Stadt. Na, zum Glück hast du nicht auch noch von meinem Vater erzählt. Ich konnte deutlich sehen, dass es dir auf der Zunge lag."

Zerknirscht schlug Simon die Augen nieder. „Ja, fast wäre es mir herausgerutscht. Entschuldige. Ich habe in meinem Zorn einfach vergessen, dass du nicht magst, wenn man über dich spricht. Aber es hat mir richtig gutgetan, diesem arroganten Mann einmal die Meinung zu sagen. Ist es sehr schlimm?"

„Nun, der Zweck heiligt die Mittel" brummte Adrian besänftigt. „Dieser Kerl ist wirklich widerlich. Und gefährlich. Er ist gewiss nicht wegen des Techtelmechtels zwischen dir und Nelia hier gewesen. Er hat nicht einen Gedanken an seine Tochter verschwendet."

„Du hast in seinen Gedanken gelesen?" wollte Simon aufgeregt wissen. „Und..., was hast du herausgefunden?"

„Komm, setz dich. Was ich gesehen habe ist noch zu verworren, um es genau zu erklären. Du wirst mir dabei helfen müssen. Falls du das kannst. Es hat nämlich mit deinen Eltern zu tun. Aber wenn ich mich recht erinnere, kanntest du die gar nicht, oder? Als sie starben warst du noch sehr klein."

„Ja, das stimmt. An meinen Vater kann ich mich überhaupt nicht erinnern. Und als meine Mutter starb war ich etwa fünf. Aber was hatten sie mit dem Freiherrn zu tun? Ich kann keinen Zusammenhang erkennen."

Der Hexer schloss die Augen, so als wolle er sich ein Bild ins Gedächtnis zurückrufen. Eine ganze Weile saß er so. Dann schaute er Simon zwingend an. „Es war ganz bestimmt das Gesicht deines Vaters, das im Kopf des Freiherrn aufgetaucht ist, als er dich ansah. Du besitzt sehr große Ähnlichkeit mit deinem Vater und das ist ihm wahrscheinlich nicht zum ersten Mal bewusst geworden. Ich konnte deutlich seine Gedanken hören. *Roland*, hat er gedacht. *Er sieht aus wie Roland.* Es war fast wie ein Schrei. Ist dir der Name ein Begriff, hieß dein Vater so?"

Simon zuckte hilflos die Schultern. Nein, er wusste mit dem Namen nichts anzufangen. Enttäuscht ließ er den Kopf sinken. Doch Adrian hatte ihm noch mehr Informationen anzubieten.

„Er hat außerdem an Dokumente gedacht, die verschwunden sind. Und daran, dass er dich keinesfalls nochmals aus den Augen verlieren darf. Dann konnte ich noch *zwei Jahre* verstehen. *Noch zwei verdammte Jahre warten.* Aber was ist in zwei Jahren? Kannst du mir das sagen?"

„Keine Ahnung. Das ist alles so verworren. Warum sucht er mich? Ich bin doch nur einer seiner Knechte gewesen. Und warum hat er meinem Vater angeblich versprochen, auf mich acht zu geben? Er hat sich doch niemals um mein Wohl gekümmert. Außer damals, als mich Falk aus Versehen angeschossen hatte. Trotz meiner Benommenheit war ich verwundert über seine Hysterie gewesen. Ich konnte nicht begreifen, wieso er wegen mir solch einen Aufwand betrieb. Er hat sogar mehrmals seinen Arzt kommen lassen, damit ich ja wieder gesund werde. Das hat er sonst noch nie für einen einfachen Bediensteten getan. Ja, ich durfte sogar in der Burg bleiben, bis er sicher war, ich wäre über den Berg."

„Mir kommt da eine vage Idee, Simon. Und je länger ich darüber nachdenke, desto wahrscheinlicher wird sie mir. Kannst du dich an gar nichts mehr aus deiner frühen Kindheit erinnern? Manchmal bleiben ja ein paar Erinnerungen haften."

„An kaum etwas", musste Simon zugeben. Er zerbrach sich den Kopf, ob ihm wenigstens eine winzige Kleinigkeit einfallen würde. „Höchstens an den Namen Edda. Nelias Zofe hat ihn mir genannt, nachdem mich der Freiherr so übel zusammengeschlagen hatte. Sie erzählte mir, nachdem Nelia im Kloster wäre, würde sie zu ihrer Tante Edda zurückgehen. Als sie den Namen erwähnte, und mir noch sagte, dass diese Edda früher selbst Zofe auf der Burg war, dachte ich, dass ich sie kenne. Der Name war mir irgendwie geläufig. Bevor ich hierher floh, hatte ich sogar erwägt, diese Edda aufzusuchen, es dann aber wieder verworfen. Aber sag, welche Idee in deinem Kopf herumspukt."

„Ich habe mir überlegt, ob du vielleicht jemand anderes bist, als du zu sein scheinst. Es ist doch ungewöhnlich, dass du keinen Nachnamen hast. Dass dir niemals jemand von deinen Eltern erzählt hat. Die anderen Bediensteten auf der Burg müssen doch zumindest deine Mutter gekannt haben. Und wie du schon sagtest, die fast hysterische Angst des Freiherrn, als du angeschossen wurdest. Wenn ich dann noch weiß, dass er dich unbedingt im Auge behalten will und dir sogar nachreist, so gibt mir das zu denken. Und was ist in zwei Jahren?"

Er musterte Simon sehr nachdenklich. Dann fragte er. „Wie alt bist du genau?"

„Neunzehn, denke ich. Mein genaues Geburtsdatum kenne ich nicht. Aber einer der älteren Knechte sagte mir einmal, ich wäre kurz vor Weihnachten im Jahre 1750 geboren. Als ich ihn fragte, woher er das wisse, schaute er mich nur erschrocken an und ging dann eilig davon."

„Neunzehn. Dann bist du in zwei Jahren einundzwanzig. Ein Alter, in dem man allgemein als volljährig angeschaut wird. Und in dem man erbberechtigt ist..."

Jetzt runzelte Simon unsicher die Stirn. „Du meinst, ich erbe vielleicht etwas, was der Freiherr haben will? Was soll das sein? Ich besitze absolut nichts."
„Tja, was könnte das sein? Das alles ist wirklich verworren. Aber das besondere Interesse des Freiherrn an dir lässt sich nicht leugnen. Und seine Suche nach irgendwelchen Dokumenten... Ich glaube, ich sollte einmal meine Beziehungen spielen lassen. Wer weiß, vielleicht erweist sich mein Titel ja einmal für etwas gut. Mein Vater behauptet jedenfalls, ein guter Name öffnete Türen und Tore. Ich kann es ja einmal ausprobieren. Was hältst du davon, wenn wir eine kleine Reise unternehmen? Sobald das Wetter sich bessert. Ich war bislang noch nie in Rothenburg, die Stadt soll sehr schön sein..."

Vorerst ließ das Wetter jedoch keine Reise zu. Zumindest, wenn man nicht unbedingt verreisen musste. Der Winter zeigte sich von seiner grimmigen Seite und schickte Schnee und Eis über das Land. Da ihr Plan, Rothenburg einen Besuch abzustatten nicht dringlich war, beschlossen sie zu warten bis die Wetterverhältnisse sich besserten.
Simon traf endlich Nelia wieder. Seit sie von der Burg ins Kloster zurückgekehrt war, verfügte sie über mehr Freiraum. Ihre Tante, die Äbtissin schien ihr plötzlich viel Vertrauen entgegen zu bringen und schickte sie nun meist sogar ohne die Begleitung der alten Nonne in die Stadt. Nelia und Simon nutzen das natürlich aus und trafen sich immer öfter.
Nelia berichtete ihm von ihrem Besuch beim Vater und seinen Erkundigungen nach ihm. Sie versicherte, dass sie ihr Geheimnis eisern gewahrt habe. Simon wusste nicht recht, ob er Nelia vom Auftauchen des Freiherrn bei Adrian berichten sollte. Er wagte auch nicht, ihr von dem Verdacht zu erzählen, den er und Adrian gegen ihren Vater hegten. Manchmal, wenn sie zusammen waren, grübelte er darüber nach, ob und wie er ihr beibringen sollte, dass der Freiherr eventuell ein übles Spiel betrieb. Immerhin war der Mann Nelias Vater und sie liebte ihn natürlich.
Andererseits liebte sie auch Simon und nach und nach verlangte ihre Liebe immer mehr nach körperlichem Ausdruck. Doch noch immer trafen sie sich heimlich in zugigen Ecken, wo sie sich gegenseitig durch heiße Küsse wärmten.

Eines Tages drückte Adrian Simon einen Schlüssel in die Hand.
„Du kennst doch die kleine Mansardenwohnung in der Stadt. Ich bin, wie du weißt, tagsüber selten einmal dort. Ich dachte mir, dir könnte sie vielleicht gute Dienste erweisen. Falls du mal einen trockenen, warmen Unterschlupf brauchst.

Simon wusste sofort, worauf er anspielte. Die Mansarde in der Innenstadt war eine sehr behaglich eingerichtete kleine Wohnung, in der sich der Hexer normalerweise mit seinen Gespielinnen traf. Da er sich ausschließlich des Abends dort aufhielt, standen die Zimmer tagsüber leer. Ein ideales Liebesnest für ein verliebtes Paar.

Simon wurde nicht verlegen, als er den Schlüssel dankend in Empfang nahm. Schon lange hatte er jegliche Scheu verloren, mit Adrian über seine Liebe zu Nelia zu sprechen. Und so grinste er auch nur, als der Hexer ihn wie beiläufig auf die Flasche mit der besonderen Tinktur aufmerksam machte, die er immer dort vorrätig hielt.

Inzwischen war Simon bestens mit allen geläufigen Tränken oder Pulvern bekannt, die der Hexer für seine Patienten zubereitete. Er konnte die meisten davon eigenständig zubereiten. Nur bei jenen Arzneien, deren Zutaten starke Gifte enthielten, schaute ihm der Hexer noch über die Schulter. Doch die Tinktur, die Adrian zur Schwangerschaftsverhütung zubereitete, kannte er noch nicht. Und auch nicht deren genaue Anwendung. Deshalb fragte er vorsichtshalber noch einmal nach. Bereitwillig erklärte ihm Adrian, was er und Nelia unbedingt beachten mussten.

„Für euer erstes Beisammensein ist die Tinktur nicht geeignet", dozierte er. „Denn sie muss auf einen kleinen Schwamm geträufelt werden, der dann tief in der Scheide platziert wird. Das ist bei einer Jungfrau kaum empfehlenswert, wie du dir denken kannst. Deshalb empfehle ich dir vor eurer ersten Vereinigung die Benutzung der dünnen Schafsdärme, die ich dir gezeigt habe. Sie sind nicht besonders angenehm zu tragen, verhüten aber ziemlich zuverlässig eine ungewollte Schwangerschaft.

Simons Kopf wurde nun doch ein wenig rot. Er dachte daran, wie Adrian ihm die Benutzung der Schafsdarmkondome an einer dicken Möhre demonstriert hatte. Er wusste nicht, was Nelia dazu sagen würde, wenn er sich eine dünne Haut über den Penis zog, bevor er zu ihr kam. Am liebsten wäre es ihm gewesen, wenn er sie so frei und ungezwungen lieben könnte, wie damals Elisabeth auf dem Schloss. Aber andererseits wollte er Nelia auf keinen Fall schwängern. Also doch lieber die Schafskondome.

„Bei euren späteren Liebesspielen ist es dann einfacher."

Adrian übersah geflissentlich Simons rote Backen und machte ein strenges Gesicht.

„Du, oder Nelia taucht einen der kleinen Schwämme in die Tinktur bis er ganz vollgesaugt ist. Ihr müsst nicht damit sparen, ich kann jederzeit neue Tinktur herstellen. Dann wird das Schwämmchen tief in die Vagina eingeführt und dort gelassen. Die Tinktur tötet den Samen ab. Wichtig ist jedoch, dass der

Schwamm nach dem Liebesakt noch mindestens eine Stunde in der Scheide verbleibt. Erst dann darf man ihn an dem angeknüpften Bändchen herausziehen. Hast du alles richtig verstanden?"

Simon nickte tapfer. „Und das ist hundertprozentig sicher?" bohrte er nach. Doch der Hexer schüttelte mit bedauerndem Lächeln den Kopf.

„Nein, hundertprozentig ist es leider nicht. Aber doch so sicher, dass ich denke, ihr könnt eure Liebe unbeschwert genießen. Falls dennoch etwas passiert..., nun dann ist es euch halt so vorbestimmt. Dann müsst ihr eben einen Weg finden, mit einem Kind zu leben."

„Du würdest es nicht... wegmachen?"

Adrian schüttelte ernst den Kopf. „Nur, wenn Nelias Leben durch die Schwangerschaft gefährdet wäre. Du und sie würdet auch bestimmt kein hilfloses, ungeborenes Baby töten wollen. Schon gar nicht euer eigenes. Und ich auch nicht. Aber ich würde mir über Schwangerschaft an deiner Stelle keine allzu großen Sorgen machen. Vertrau einfach meinen Hexenkünsten. Denn die Zubereitung dieser Tinktur ist reinstes Hexenwerk. Das Rezept stammt aus Erasmus' Buch. Bisher hat es immer bestens gewirkt."

Kapitel 15: Ausflug nach Rothenburg

Der Beginn ihrer Reise verzögerte sich durch die anhaltende winterliche Witterung bis Anfang März. Erst dann waren die vom schmelzenden Schnee durchweichten Straßen wieder leidlich passierbar.

Obwohl Simon der Enthüllung seiner Abstammung entgegen fieberte, genoss er doch ebenso sehr die neue Zweisamkeit mit Nelia. Er hatte es schließlich gewagt, und sie gefragt ob sie mit ihm Adrians Mansarde besuchen wollte. Zu seiner großen Freude war sie sofort einverstanden gewesen.

Der Hexer kam ihnen entgegen, indem er Nelia bereitwillig ein paar Patienten abnahm, deren Pflege ihr oblagen. Er wehrte bescheiden ab, als sie und Simon sich überschwänglich bei ihm bedankten. In den letzten Wochen hatte er Nelia näher kennengelernt. Er mochte ihre Spontaneität und fand, dass sie und Simon ein ideales Paar waren. Und Nelia fand ihn ebenfalls sehr sympathisch. Bald vertraute sie ihm genau wie Simon.

Seither trafen sich die beiden Verliebten regelmäßig in der Mansarden-wohnung. Nelia hatte sich kein bisschen erschrocken gezeigt, als Simon ihr ein wenig verlegen von den Verhütungsmitteln erzählte. Ganz wie es ihre Art war, befand sie diese Vorsorge für gut und es war ihr nicht halb so peinlich wie Simon, darüber zu sprechen.

Sie nahm seinen verschämt gebeugten Kopf in ihre Hände und gab ihm einen zärtlichen Kuss auf die Nase. Dann drückte sie ihre Lippen auf seine, was ihn, wie immer sofort von seinen Bedenken ablenkte. Gemeinsam sanken sie auf die weiche Felldecke, die über das Bett gebreitet lag. Wie selbstverständlich zogen sie sich langsam, und durch viele Küsse unterbrochen gegenseitig aus. Da es helllichter Tag war, konnten sie genau ihre nackten Körper betrachten.

Simon war fasziniert von Nelias schlankem, wohlgeformtem Körper, den sie ihm ungeniert darbot. Er fand sie noch viel schöner und erregender als Elisabeth. Und sein eigener Körper schien ihr ebenso zu gefallen. Sie betrachtete ihn voller Neugier und zeigte sich kein bisschen erschrocken über sein steil aufragendes Glied. Schließlich hielt er es nicht mehr aus. Er zog sie dicht an sich heran und bedeckte ihr Gesicht und ihren Leib mit wilden Küssen. Seine Hände wanderten über ihre weiche Haut und erkundeten jeden Teil von ihr. Sie ließ es bereitwillig zu, erforschte ihrerseits seinen Körper.

Leise flüsterten sie sich gegenseitig Worte der Liebe und des Begehrens ins Ohr. Doch als er sich über sie schieben wollte, hielt ihn Nelia sachte zurück. „Denke an das Kondom", murmelte sie leise. Er stöhnte voller Frust auf. An das verdammte Ding hatte er überhaupt nicht mehr gedacht. Ohne seinen Blick von Nelia zu wenden, tastete er mit der Hand auf dem Tischchen herum, das neben dem Bett stand. Endlich fand er das Schälchen, in dem das Schafskondom in einer öligen Flüssigkeit lag, die es elastisch hielt. Mit komischem Gesichtsausdruck hielt er es in der Hand.

Nelia begann zu lachen als sie sein verzweifeltes Mienenspiel betrachtete. „Komm, es ist doch nur dieses eine Mal. Danach benutze ich die getränkten Schwämmchen. Also stell dich nicht so an. Soll ich dir helfen?" neckte sie ihn und griff mit einer Hand nach dem Kondom und mit der anderen an seinen erigierten Penis. „Ich bin Krankenpflegerin, da lernt man, auch intime Körperteile zu berühren. Und diesen speziellen hier fasse ich besonders gerne an."

Gemeinsam mit ihr streifte er das dünne Häutchen über. Es fühlte sich seltsam eng an, aber er vergaß es schnell als Nelia ihn zu sich herunter zog.

„Bist du bereit?" flüsterte er zwischen erneuten Küssen und sie nickte nur. Da legte er sich über sie und stützte sich mit einem Arm ab, damit sie sein Gewicht nicht drückte. Mit der anderen Hand führte er sein Glied an ihre feuchte Scheide. Langsam, um ihr nicht zu sehr weh zu tun, drang er in sie ein. Er spürte wie sie die Luft einen Moment anhielt, als er an das Jungfernhäutchen stieß. Dann hob sie beherzt ihr Becken an und er stieß in sie hinein.

Später lagen sie eng umschlungen nebeneinander. Simon war müde und auch Nelia räkelte sich schläfrig in seinen Armen. Aber leider konnten sie nicht viel länger hierbleiben. Nelia musste pünktlich im Kloster sein, wollte sie keinen Verdacht bei ihrer Tante erwecken. Schließlich löste sie sich mit einem kleine Seufzer von ihm und erhob sich. Er versuchte, sie erneut an seine Seite zu ziehen, aber sie schüttelte lächelnd den Kopf. Dann begann sie, ihr aufgelöstes Haar in einem Zopf zu bändigen. Sie war noch immer nackt und ihr Anblick erweckte neue Lust in ihm. Doch ihre bedauernden Worte ernüchterten ihn wieder.

„Es ist schon zu spät, mein Lieber. Ich finde es ebenso wie du sehr schade, dass wir nicht mehr Zeit füreinander haben. Aber von nun an, können wir uns ja wenigstens öfter hier treffen. Dieses Zimmer hat uns ein Engel geschenkt."

Simon lachte verschmitzt. „Adrian wird es freuen, dass wenigstens du ihn für einen Engel hältst. Ich denke, das bekommt er nicht oft zu hören."

Aber Nelia blieb ernst. „Ich mag ihn sehr. Welches Glück, dass du in Adrian einen so verständnisvollen Mentor hast." Sie küsste ihn nochmals, dann zog sie endlich ihre Kleider über, so dass er wieder klarer denken konnte. Er schaute ihr forschend ins Gesicht. Sie wirkte nun ein bisschen wehmütig.

„Was ist mit dir?" fragte er und bekam ein schlechtes Gewissen. „Tut es dir leid, dass wir es getan haben?"

„Aber nein, natürlich nicht. Ich denke bloß daran, dass wir uns wohl noch sehr lange heimlich treffen müssen. Ach, wäre ich doch nur ein ganz normales Mädchen und nicht die Tochter eines Adeligen. Dann könnten wir heiraten und unser Glück genießen. Diese Heimlichkeiten gefallen mir nicht sehr."
Da konnte Simon ihr nur beipflichten. Er hätte sie jedenfalls vom Fleck weg geheiratet. Aber das würde der Freiherr niemals zulassen. Seine Tochter - von edlem Geblüt - und sein ehemaliger Stalljunge. Nein, daran brauchte er gar nicht erst zu denken. Eher würde Nelias Vater ihn töten, als sie ihm zur Frau zu geben.

An diese heimlichen Stunden voller Liebe und Leidenschaft dachte Simon nun, da er neben Adrian die Straße nach Rothenburg hinauf ritt. Er hatte Nelia nicht gebeichtet wohin ihn seine Reise mit dem Hexer führen würde. Noch immer wagte er nicht, mit ihr über das seltsame Interesse ihres Vaters an seiner Person zu sprechen. Er wollte erst das Ergebnis dieses Rittes abwarten. So hatte er ihr nur erklärt, er würde mit Adrian eine kurze Reise machen. Und ihr versprochen, bald wieder zurück zu sein.
„Du bist so nachdenklich", durchbrach Adrian jetzt das Schweigen.
„Hast du Bedenken, was wir wohl herausfinden werden? Oder ist es der Trennungsschmerz?"

Simon seufzte abgrundtief und klopfte seiner Stute gedankenverloren den Hals.
„Beides. Aber im Moment habe ich mehr an Nelia gedacht. Was meinst du, werden sie und ich jemals heiraten können? Ach, manchmal kommt mir alles so hoffnungslos vor. Nie wäre es mir in den Sinn gekommen, dass Liebe gleichzeitig so schön und auch so schmerzhaft sein könnte. Warum nur muss sie ausgerechnet die Tochter des Freiherrn sein? Was mache ich, wenn es ihrem Vater einfällt sie mit irgendeinem Adeligen zu verheiraten? Das könnte ich nicht verkraften. Und jetzt, da sie keine Jungfrau mehr ist, käme das einer Katastrophe für sie gleich. Und für mich ebenfalls, denn ich würde zu ihr stehen, selbst wenn es mich den Kopf kostet."
„Nun, falls dieser Fall eintritt, werdet ihr beide Farbe bekennen müssen. Sicher wird es nicht leicht werden. Aber ich denke, der Freiherr würde vielleicht doch noch einlenken und dir Nelia zur Frau geben anstatt deinen Kopf zu fordern. Das wäre für ihn immer noch besser, als wenn er sie mit Schande von einem gehörnten adeligen Ehemann zurücknehmen müsste. Wobei ich nicht einmal annehme, Nelia würde sich ohne weiteres mit einem anderen Mann verheiraten lassen. Sie ist trotz ihrer Jugend eine sehr starke Frau. Und sie liebt dich. Du solltest dir nicht allzu viele Gedanken über die Zukunft machen.

Meist geschieht etwas ganz anderes, als man sich vorstellt. Wie es auch kommen mag, ich denke, ihr werdet euer Leben meistern."

In der Ferne kamen endlich die Stadttore Rothenburgs in Sicht. Die Pferde mussten eine beträchtliche Steigung bewältigen, denn die kleine Stadt lag auf dem höchsten Punkt über dem Taubertal. Adrian schütze seine Augen mit der Hand gegen die tiefstehende Wintersonne und musterte die starken Festungsmauern, die Rothenburg umgaben. Beeindruckt schürzte er die Lippen. „Da taten sich Feinde früher sicher schwer, diese Stadt einzunehmen."

„Trotzdem wurde sie 1631 vom Feldherrn Tilly eingenommen. Der damalige Bürgermeister Georg Nusch konnte sie jedoch vor Brandschatzung retten, indem er einen Humpen Wein mit über drei Litern Inhalt in einem Zuge austrank. Das hat dem kaiserlichen Feldherrn so imponiert, dass er die Stadt verschonte. Das Ereignis ging als *Meistertrunk* in die Annalen Rothenburgs ein. Ich kann mich noch gut erinnern, wie Hannes, einer der Knechte die Geschichte zum Besten gab. Er war so stolz darauf, als hätte er selbst den Humpen geleert."

„Was meinst du", fragte er kurze Zeit später, als sie durch das Tor ritten. „Sollen wir zuerst zur Burg reiten, oder wollen wir lieber erst Edda einen Besuch abstatten? Ihr kleines Häuschen müsste das dort drüben sein."

Er deutete auf ein etwas windschiefes Haus, das dringend einen neuen Anstrich gebraucht hätte. Das Mauerwerk bröckelte an einigen Stellen ab und gab den Blick auf gekalkte Balken frei. Anscheinend besaß Edda nicht das nötige Geld, die Reparaturarbeiten bezahlen zu können.

„Ich denke, es ist noch früh genug am Tag, um diese Edda aufzusuchen. Vielleicht kann sie uns ja zumindest ein paar Anhaltspunkte geben. Auf der Burg werden wir kaum Neuigkeiten erfahren. Oder meinst du, der Freiherr lädt uns eventuell zum Übernachten ein?"

Das konnte sich Simon beim besten Willen nicht vorstellen, und Adrian hatte es auch nicht ernst gemeint. Nach dem Besuch bei Edda wollten sie sich in einem Gasthaus eine Unterkunft suchen.

Aus einem der Fenster drang Licht, Edda schien also zu Hause zu sein. Sie stellten die Pferde in der Seitengasse ab und gingen durch den winzigen Garten, in dem noch letzte Reste Schnee lagen auf das Haus zu. Auf Adrians Klopfen tat sich erst einmal nichts. Sicher war die alte Dame erschrocken, wer sie wohl am frühen Abend noch besuchte. Doch dann kamen schlurfende Schritte auf die Türe zu.

„Wer ist da?" ertönte eine misstrauische Frauenstimme durch die Türe hindurch. Adrian erwiderte unbestimmt. „Wir hätten einige Fragen an Euch. Würdet Ihr bitte öffnen, damit wir besser reden können."

Er ließ seine Stimme möglichst sanft klingen, damit die Frau keine Angst bekam. Simon konnte oft feststellen, dass der Hexer alleine durch seine Stimmlage Menschen oder auch Tiere beeinflusste. Meist gelang es ihm mühelos, damit aufgeregte und ängstliche Leute zu beruhigen. So auch jetzt. Ein Schlüssel wurde im Schloss herumgedreht und die Türe einen Spalt geöffnet. Eddas Augen weiteten sich dennoch erschreckt, als sie die zwei großen, männlichen Gestalten erblickte. Ihr Blick zuckte von Adrian zu Simon, der hinter ihm stand. Doch dann reagierte sie auf überraschende Weise. Sie riss die Türe förmlich auf und starrte Simon ins Gesicht.

„Simon?" hauchte sie, dann wurde sie lauter. „Simon, welch eine Freude dich zu sehen!"

Nun war es an Simon, perplex zu schauen. Denn ihm kam die ältere Frau keinesfalls bekannt vor. „Ihr kennt mich?" fragte er erstaunt und trat einen Schritt vor.

„Aber selbstverständlich. Du bist deinem Vater wie aus dem Gesicht geschnitten. Mein Gott, welch eine unglaubliche Ähnlichkeit." Erst jetzt kam sie auf die Idee, ihre Gäste ins Haus zu bitten. „Aber kommt erst einmal herein. Dann können wir reden."

Edda führte sie in ein kleines Zimmer, das mit alten Möbeln bestückt war, die ihre besten Zeiten längst hinter sich hatten. Alles war jedoch penibel sauber und aufgeräumt. Sie wurden aufgefordert, sich an den Tisch zu setzen und Edda bestand darauf, ihnen einen heißen Apfelwein zu servieren. Bis sie zurückkam, unterhielten sie sich leise.

„Ganz offensichtlich sind wir hier gleich an der richtigen Adresse gelandet", meinte Adrian zufrieden. „Die Frau kennt dich und deine Familie. Wir werden von ihr sicher interessante Dinge erfahren.

So war es dann auch. Schon als Edda mit den dampfenden Bechern das Zimmer betrat, meinte sie entschuldigend. „Verzeiht mir, Herr Graf. Aber in der Freude, Euch zu sehen habe ich völlig vergessen, dass Ihr kein Kind mehr seid, sondern schon bald der Graf zu Hohenberger sein werdet."

Simon starrte sie an, als sähe er einen Geist. „Der was?" fragte er verdattert und fügte schnell hinzu. „Ich bin kein Graf und werde es auch nicht werden."

Nun verwandelte sich Eddas Miene in eine grimmige Maske. „Er hat es Euch also tatsächlich nicht gesagt, dieser Verbrecher. Meine Nichte hat schon angedeutet, dass der einzige Simon auf der Burg ein gewöhnlicher Pferde-knecht sei. Aber ich habe es nicht glauben wollen."

Es bedurfte keines Drängens von Seiten der beiden Besucher, um Edda zum Reden zu bewegen. Und Simon klappte im Verlaufe ihres Berichtes der Unterkiefer in fassungslosem Staunen herunter.

„Ihr seid der Sohn des Grafen Roland zu Hohenberger", begann Edda ihre unglaubliche Erzählung. „Dem einstigen Besitzer von Burg Hohenberg. Er wurde durch eine Intrige bezichtigt einen Mordanschlag auf den Herzog zu Rothenburg begangen zu haben und dafür hingerichtet. Eure Mutter Freija ließ sich leider von den schönen Worten seines besten Freundes, des Freiherrn zu Kilchenstein blenden und heiratete ihn. Doch schon bald darauf wurde sie sehr krank und starb als Ihr gerade fünf Jahre alt ward. Ein Heiler, der sie untersuchte meinte, sie wäre wahrscheinlich über Jahre hinweg mit Arsen vergiftet worden. Doch er konnte ihr nicht mehr helfen. Ich war Ihre Zofe und einzige Vertraute. Aber erst als Freijas Leben schon zu Ende ging, hegten wir beide den Verdacht, Euer Stiefvater wäre der Initiator dieses bösen Spiels, dem auch schon Euer Vater zum Opfer gefallen war. Doch Eure Mutter war schon zu schwach, um noch hieb- und stichfeste Beweise erbringen zu können. So galt ihr einziges Trachten, wenigstens Euch das Leben zu erhalten. Denn nach ihrem Tod wart Ihr der einzige, der noch zwischen dem Freiherrn und der Burg samt Ländereien und Vermögen stand. In aller Heimlichkeit und Schnelle entwarfen wir einen Plan, der es Euch ermöglichen sollte, wenigstens das Alter von einundzwanzig Jahren zu erreichen. Denn an Eurem einundzwanzigsten Geburtstag werdet Ihr die Burg und große Ländereien erben.

Um es dem Freiherrn unmöglich zu machen, eventuell das Testament zu fälschen oder ganz verschwinden zu lassen, stahl ich es auf Geheiß Eurer Mutter aus seinem Arbeitszimmer. Ich fand noch ein paar andere Dokumente, die mir wichtig erschienen und nahm sie ebenfalls an mich. Eure Mutter nähte sie alle in einen Stoffhund ein, den sie Euch am Tage ihres Todes schenkte."

„Kleiner Prinz!" ächzte Simon fassungslos. Edda nickt mit Tränen in den Augen.

„Genau, kleiner Prinz, so nanntet Ihr den Hund. Mit eben diesen Kosenamen hat Euer Vater Euch immer bedacht. *Simon, du bist mein kleiner Prinz*, hat er oft gesagt. Woher Ihr den Kosenamen noch wusstet, war Eurer Mutter ein Rätsel, denn als Euer Vater starb ward Ihr gerade mal zwei Jahre alt."

Sie sah Simon angstvoll an. „Habt Ihr den Hund noch? Er, vielmehr sein Inhalt ist sehr wertvoll."

„Äh..., ja, ich glaube, ich muss ihn noch irgendwo haben."

Er schaute zu Adrian hin. „Er war in meinem Beutel, als ich zu dir kam. Aber ich habe die Tasche schon ewig nicht mehr in der Hand gehabt. Hoffentlich wurde sie nicht weggeworfen."

Der Hexer schüttelte überzeugt den Kopf.

„Der Beutel liegt noch immer in der Truhe in deinem Zimmer. Mach dir keine Sorgen."

„Das ist sehr gut", mischte sich Edda wieder ein. „Wie gesagt, in dem Stoffhund sind alle wichtigen Dokumente eingenäht. Sogar ein zweites Testament Eures Vaters, das ihm wahrscheinlich abgepresst wurde, als er im Kerker lag. Wir mussten nach seinem Tod feststellen, dass er grausam gefoltert worden war. Ganz sicher, um ihn zum Unterschreiben dieses zweiten Testamentes zu zwingen. Sogar die Zunge hat man ihm herausgeschnitten, damit er nicht mehr verraten konnte, wer für diese Gräueltat verantwortlich war."

Bei dem Gedanken an ihren geliebten Herrn traten Edda die Tränen in die Augen. Auch Simon spürte einen Kloß im Hals. Sein armer Vater. War tatsächlich der Freiherr für sein schreckliches Schicksal verantwortlich? Er konnte es kaum glauben. Edda sagte doch, die beiden wären Freunde gewesen.

Die einstige Zofe fragte ihn nun aus. Sie wollte wissen, ob es wirklich stimmte, dass er wie ein gewöhnlicher Knecht arbeiten musste. Als er es bestätigte, ballte sie voller Zorn die Fäuste. „Deswegen hat er mich damals von der Burg gejagt. Er wusste, ich würde niemals zulassen, dass man Euch so behandelt. Aber warum haben die übrigen Bediensteten geschwiegen? Sie wussten alle, dass Ihr der rechtmäßige Erbe seid. Und alle hatten sie Eure Eltern verehrt. Ich kann einfach nicht glauben, dass sie Euch im Stich gelassen haben."

Sie schüttelte fassungslos das ergraute Haupt. Simon versuchte sie zu trösten. „Ich glaube nicht, dass mir die Bediensteten etwas Böses wollten. Und eigentlich waren alle immer sehr nett zu mir. Nur sagen durften sie mir halt nichts. Ihr kennt doch den Freiherrn, er kann fürchterlich zornig werden, wenn jemand seine Befehle missachtet. Und er schreckt nicht vor drakonischen Strafen zurück. Da kann man es den Leuten nicht verübeln, dass sie lieber den Mund hielten."

Seine Worte ließen Edda erneut aufschluchzen. „Ihr seid ganz wie Euer Vater. Er war auch solch ein verständnisvoller, weichherziger Mann. Wenn ich bedenke, welch ein grausames Schicksal er erleiden musste..."

Eine Stunde später saßen sie im Wirtshaus *zum Greifen*, dem ältesten Gasthaus Rothenburgs. Der Wirt brachte ihnen zwei Humpen dunkles Bier und eine Platte mit allerlei Fleisch- und Wurstwaren. Dazu gab es kräftiges, frischgebackenes Brot und sauer eingelegtes Gemüse. Während sie darauf warteten, dass ihnen Zimmer hergerichtet wurden, griffen sie herzhaft zu.

Schließlich ergriff Simon das Wort. „Ich kann noch immer nicht glauben, was ich heute gehört habe. Aber Edda lügt gewiss nicht. Sie war meiner Mutter treu ergeben." Er schaute ratlos an die dunklen Balken der Decke, dann senkte er den Blick wieder in die Augen des Hexers. „Was soll ich denn jetzt bloß tun, Adrian? Diese Neuigkeiten überschreiten fast mein Begriffsvermögen."

„Ich rate dir, erst einmal abzuwarten. Bis du tatsächlich an dein Erbe heran kannst, vergehen noch eineinhalb Jahre. Bis dahin solltest du unbedingt bei mir bleiben, da bist du auch vor deinem Stiefvater sicher. Obwohl ich nicht glaube, er wird dir etwas tun, bevor du geerbt hast. Dazu hätte er schon genügend Gelegenheit gehabt, als du noch unter seiner Obhut warst. Aber danach musst du auf der Hut sein. Er wird irgendwie versuchen, dir dein Erbe abzunehmen. Und dass er keine Skrupel hat, zeigt wie er mit deinem Vater umgesprungen ist."

„Das ist auch eines der Dinge, die mir nicht in den Kopf wollen. Edda sagte, mein Vater und er wären die besten Freunde gewesen. Wie kann er ihm da so etwas Grausames antun?"

Adrian zuckte die Schultern und seufzte leise. „Wenn es um viel Geld geht, bedeutet Freundschaft manchmal sehr wenig. Ich kenne den Freiherr zu Kilchenstein zwar kaum, aber was ich von ihm weiß, lässt mich ihm zutrauen, dass er seinen besten Freund ans Messer, - oder in diesem Fall an den Galgen geliefert hat. Ich glaube, für Geld und Macht würde er alles tun."

„Als Freiherr müsste er doch selbst über Geld und Güter verfügen. Warum will er unbedingt noch mehr."

Adrian lachte auf. Vermutlich war von Kilchenstein einmal vermögend gewesen. Aber wie Edda sagte, neigte er zur Spielsucht. Dadurch hat schon mancher sein Vermögen verloren. Der Freiherr besitzt anscheinend nicht mehr viel und ist hinter seinem großartigen Getue arm wie eine Kirchenmaus. Aber das werden wir morgen herausfinden. Morgen werden wir den Herzog von Rothenburg aufsuchen."

„Den Herzog? Meinst du, er wird uns einfach so empfangen?" Simon wiegte zweifelnd den Kopf. Herzog Albrecht war dafür bekannt, dass er nicht sehr leutselig war. Er verließ kaum einmal sein Schloss und empfing auch selten Besucher. Aber Adrian zeigte sich zuversichtlich.

„Oh, ich bin sicher, er wird uns empfangen. Er und mein Vater haben früher gemeinsam studiert. Mein Name ist ihm also ein Begriff. Und wenn ich schon gezwungen bin, meinen Titel zu tragen, dann kann ich auch damit hausieren gehen. Und dich kennt er ebenfalls, denn er und dein Vater waren einst befreundet. Du wirst es erleben, ein kleiner Schwatz unter uns *Blaublütern* wird sicher alles an den Tag bringen, was wir wissen möchten."

Simon hatte den Hexer staunend betrachtet, als der am Morgen zum Frühstück erschien. Adrian trug eine feine Robe, die seinem Titel alle Ehre machte.

Die weinrote Seide kleidete ihn ausgezeichnet und selbst das spitzenbesetzte Hemd wirkte an ihm kein bisschen lächerlich. Seine wallende schwarze Mähne, die er gewöhnlich offen trug, war heute ordentlich im Nacken zusammengebunden.

„Mach den Mund zu", sagte er ein wenig unwirsch und tippte Simon unter das Kinn. „Und sage lieber nichts zu meinem Aufzug. Gut dass du meinem Rat gefolgt bist und dich ebenfalls in Schale geworfen hast. So komme ich mir nicht alleine lächerlich vor." Unbehaglich zupfte er am Spitzenbesatz seines Hemdsärmels und setzte sich Simon gegenüber.

Der Wirt kam herbeigeeilt und verbeugte sich tief. Ein bisschen zu diensteifrig nach Adrians Geschmack nahm er die Bestellung auf. Dann eilte er in Richtung Küche davon.

„Er ärgert sich, dass er uns nicht seine teuersten Zimmer angeboten hat", raunte der Hexer Simon lächelnd zu. „Ich rieche förmlich die Geldgier, die ihn bei unserem unvermuteten Anblick gepackt hat. Er vermutet, bei uns wäre jede Menge zu holen. Wetten, er bietet uns spätestens nach dem Frühstück seine besten Räume an?"

„Warum haben wir uns eigentlich so herausgeputzt?" fragte Simon neugierig. „Das ist doch gar nicht deine Art. Ich sehe dir an, wie unwohl du dich in den Kleidern fühlst. Obwohl sie dir blendend stehen", fügte er ehrlich hinzu.

Der Hexer seufzte theatralisch und wieder einmal bewunderte Simon sein schauspielerisches Talent. Adrian machte als Edelmann einen genauso echten Eindruck wie als Arzt oder Zauberer. Egal in welchem Gewand er auftrat, schien er genau der zu sein, der er zu sein vorgab.

„Du kennst doch den Ausspruch: Wer mit den großen Hunden pinkeln gehen will, sollte das Bein heben können", meinte er jetzt grinsend. „Und genau das werden wir tun." Er zog eine wertvolle goldene Taschenuhr aus seiner Tasche und ließ sie aufspringen. „Gleich neun Uhr. Bis wir beim Herzog sind ist es mindestens zehn. Ich hoffe, bis dahin hat er ausgeschlafen."

Der Wirt kam zurück, mit einem riesigen Tablett auf dem Arm. Hinter ihm kam ein Dienstmädchen, das eine Kanne mit heißer Milch trug. Gemeinsam bewirteten sie die Gäste mit übertriebener Aufmerksamkeit. Schließlich wurde es Adrian zu bunt. „Es reicht, guter Mann. Wer soll das alles essen? Wir sind nur zu zweit. Was Ihr uns auf den Tisch packt, könnte eine sechsköpfige Familie satt machen."

„Aber Ihr sollt Euch bei mir wohlfühlen, verehrte Herren. Mein Gasthaus ist dafür berühmt. Hier haben schon die höchsten Adeligen gewohnt. Falls Euch Eure Zimmer nicht gefallen, ich hätte auch noch schönere anzubieten.

Sie waren gestern leider noch nicht frei. Aber wenn Ihr wollt, so könnt Ihr sie heute haben."

Sein feistes Gesicht strahlte so, als hätte er ihnen das Paradies angeboten. Doch Adrian enttäuschte ihn. „Nein, macht Euch keine Umstände. Wahrscheinlich reisen wir schon morgen früh wieder ab. Es lohnt also den Aufwand nicht."

Als der Wirt enttäusch abgezogen war, zwinkerte er Simon lachend zu. „Schade, dass du nicht mit mir gewettet hast. Das wäre leicht verdientes Geld gewesen."

Kapitel 16: Gespräch mit Herzog Albrecht

Der Herzog zu Rothenburg empfing sie tatsächlich sofort. Adrian hatte den Wachmännern, die das schmiedeeiserne Tor bewachten seinen Namen genannt und sie dann einen Blick auf den goldenen Siegelring werfen lassen, den er heute ausnahmsweise am Finger trug. Dieses Attribut öffnete ihnen sofort die Türen zum herzoglichen Schloss. Nun warteten sie in einem prunkvoll ausgestatteten Raum auf das Erscheinen des Herzogs.

„Dieser Prunk, fast wie im Schloss deines Vaters", stellte Simon fest, der neugierig die kostbaren Möbel und Teppiche begutachtete.

Adrian verzog ein wenig das Gesicht, äußerte sich aber nicht.

„Ich bin gespannt, welche Geschichte wir hier erfahren", meinte er stattdessen.

„Wir müssen vorsichtig sein. Laut Eddas Worten sind der Freiherr und der Herzog immer noch gute Freunde. Wir dürfen ihn vorerst nicht allzu misstrauisch machen. Sonst gibt es womöglich komplizierte Verhöre bei beiden Seiten. Und ich bin mir nicht sicher, auf welcher Seite der Herzog letztendlich steht. Wenn du einverstanden bist, werde ich die Fragen stellen. Aber natürlich sollst du dich nicht von mir bevormundet fühlen. Schließlich geht es um dich und deine Familie."

„Nein, nein. Es ist mir sogar lieber, wenn du redest. Du kennst dich viel besser im Umgang mit hohen Persönlichkeiten aus. Und ich vertraue dir vollkommen. Kennst du den Herzog eigentlich persönlich?"

„Nein, aber ich befürchte, er kennt mich. Zumindest was meine leidige Geschichte betrifft. Das war damals Tagesgespräch unter dem Adel des Landes und ist ganz sicher auch bis hierher gedrungen."

„Meinst du wirklich? Wie kann sich so etwas soweit herumsprechen?"

„Keine Ahnung, wie sich Gerüchte verbreiten, aber sie tun es. Geklatscht wird halt überall, da macht die sogenannte feine Gesellschaft keine Ausnahme. Obwohl es diese Herrschaften bestimmt nicht klatschen, sondern wohl eher *wichtige Neuigkeiten austauschen* nennen. Wir werden ja gleich erfahren, welche wilden Geschichten dem Herzog von mir zugetragen wurden."

Simon schaute ihn unsicher an. „Ist es dir peinlich, wenn er darüber Bescheid weiß? Entschuldige, soweit habe ich gar nicht gedacht. Es war nicht meine Absicht, dir Unannehmlichkeiten zu bereiten."

Der Hexer winkte lachend ab. „Kennst du mich immer noch nicht, Simon? Du müsstest langsam wissen, dass mir jeglicher Rummel um meine Person gleichgültig ist. Mir ist nur die Meinung sehr weniger Menschen wichtig. Du gehörst zu diesen Personen, der Herzog nicht. Also mache dir um Himmels Willen keine Gedanken."

Der Herzog kam herein und musterte kurz seine Gäste. „Prinz Adrian zu Wolffhardt" grüßte er und deutete eine knappe Verbeugung an. „Welche Ehre, Euch in meinem Hause begrüßen zu dürfen. Ich kenne Euren Vater gut. Wie geht es ihm? Ich hoffe gut."

Adrian verbeugte sich ebenfalls vor dem älteren Mann. „Danke der Nachfrage. Mein Vater erlitt vor kurzem einen Schlaganfall, aber mittlerweile befindet er sich wieder wohlauf." Mit wenigen Sätzen schilderte er die gesundheitliche Situation seines Vaters. Dann kam er auf den Grund ihres Besuches zu sprechen. „Mein Freund hier ist..."

„Der junge Graf Simon zu Hohenberger, ich weiß. Ich erkenne den jungen Mann. Er sieht seinem Vater -Gott hab ihn selig - zum Verwechseln ähnlich. Wie geht es Euch, mein Junge? Ich habe Euch schon einige Jahre nicht mehr gesehen."

„Auch Simon kam der Herzog vage bekannt vor. Allerdings hatte er noch niemals ein Wort mit ihm gewechselt, dessen war er sich sicher. „Ihr kennt mich, Hoheit?" fragte er ungläubig. „Darf ich fragen, woher?"

„Na von meinen Besuchen auf der Burg Eures Vaters. Als ich das letzte Mal mit Euch sprach, wart Ihr allerdings noch ein kleiner Bengel. Aber ich habe mich stets bei Eurem Stiefvater nach Eurem Wohlergehen erkundigt. Das habe ich Eurer Mutter auf dem Totenbett versprochen. Die arme Freija. Sie musste so früh von uns gehen. Aber wenigstens hat Ihr zweiter Gemahl, der Freiherr von Kilchenstein sein Versprechen gehalten und aus Euch einen prächtigen jungen Mann gemacht. Sicher seid Ihr ihm sehr dankbar dafür. Er hat weder Kosten noch Mühen gescheut, Euch zu einem würdigen Nachfolger Eures Vaters zu machen."

Simon wusste vor Staunen nichts darauf zu erwidern. Er versuchte sich zu sammeln und klappte den Mund zu, der ihm kurz offen gestanden war. Doch der Herzog schien seine Verwirrung nicht zu bemerken. Munter plauderte er fort. „Hunold hat mir über die teure Universität berichtet, in die er Euch geschickt hat. Nun seid Ihr sicher nach Hause gekommen, um einmal wieder Heimatluft zu schnuppern. So ist's recht, mein Junge. Aber was führt Euch zu mir?"

Adrian, der Simons Verwirrung deutlich spürte, ergriff schnell das Wort. Sie mussten ihre Pläne ändern denn anscheinend war es dem Freiherrn gelungen, dem Herzog in Bezug auf Simon einen mächtigen Bären aufzubinden. Jetzt hieß es Fingerspitzengefühl zu bewahren. Deshalb improvisierte er. „Ach, wir weilen gerade in der Gegend und da wollten wir Euch einen Besuch abstatten. Mein Vater bat mich darum, Euer beider alten Freundschaft wegen. Es freut ihn sicher zu hören, dass Ihr Euch bester Gesundheit erfreut. Er erzählte mir einige Abenteuer aus Eurer gemeinsamen Jugend." Er lächelte wissend und der Herzog verzog glücklich den Mund.

„Ach ja, wir haben wirklich sehr schöne Zeiten erlebt, Euer Vater und ich. Aber kommt, lasst uns sitzen. Da redet es sich gemütlicher. Ihr habt doch hoffentlich etwas Zeit mitgebracht?"

Er zog an einem Glockenstrang und kurz darauf erschien lautlos ein Diener.

„Bringe uns eine Auswahl an Getränken und etwas Gebäck", befahl er und der Diener entfernte sich eben so leise, wie er erschienen war.

„Lebt Ihr wieder zu Hause bei Eurem Vater?" fragte er dann ungeniert und blickte Adrian forschend an. „Da gab es doch vor Jahren diese unschöne Geschichte. Euer Bruder kam ums Leben, wenn ich mich nicht irre. Und Ihr hattet Euch mit Eurem Vater entzweit."

„Eine tragische Verwicklung von Missverständnissen und Zufällen", erwiderte der Hexer scheinbar ungerührt. „Aber die Zeit heilt manche Wunden. Auch die meines Vaters. Wir haben uns ausgesprochen und alles ist bestens."

„Das freut mich zu hören. Walther hat es nicht verdient, gleich zwei Söhne zu verlieren. Ihr werdet also seine Nachfolge antreten?"

Jetzt seufzte Adrian doch leise auf. Aber er nickte knapp.

„Ja, das werde ich tun. Aber ich hoffe, meinem Vater sind noch viele Jahre vergönnt, in denen er seinen Pflichten selbst nachkommen kann. Wie ich schon sagte, es geht ihm gesundheitlich wieder gut..."

Eine Weile unterhielt er sich mit dem alten Herzog ausführlich über seinen Vater.

Simon hörte mit halbem Ohr zu, ohne die beiden zu unterbrechen. Seine Gedanken schweiften mehr und mehr zu seinen eigenen Problemen ab. Er merkte erst wieder auf, als sich der Herzog über die Bekanntschaft zwischen Adrian und ihm wunderte.

„Das ist reiner Zufall", bemerkte Adrian und für Simon hörte sich seine Stimme seltsam sanft, ja fast einschläfernd an. Die weiteren Worte schienen von weit her zu kommen und ihr Sinn verwischte in seinem Kopf.

„Du sollst nicht einschlafen, Simon", holte ihn plötzlich Adrians normale Stimme in die Gegenwart zurück. „Du willst doch wissen, was es mit dem Freiherrn auf sich hat. Dazu musst du hellwach und konzentriert sein."

Er erwachte wie aus einem Traum, riss die Augen auf und starrte in das grinsende Gesicht des Hexers. Dann wanderte sein Blick zum Herzog, der wie selbstvergessen in seinem Sessel saß.

„Ich habe ihn hypnotisiert. Das ist die einfachste Art, ihn auszufragen ohne sein Misstrauen zu erwecken. Keine Angst, sobald er erwacht ist, weiß er nichts mehr von unseren Fragen. Wir werden uns artig von ihm verabschieden und gehen, er wird nicht ahnen, was er uns verraten hat. Und, das Wichtigste, in der Hypnose kann er nicht lügen. Was er sagt, ist die reine Wahrheit."

Er begann mit ruhiger Stimme, den Herzog auszufragen und der antwortete sachlich und knapp auf alle seine Fragen. So erfuhr Simon sämtliche Einzelheiten über die tragische Geschichte, die seinen Vater das Leben gekostet hatte. Herzog Albrecht war noch immer bekümmert über den sinnlosen Tod seines Freundes und versicherte unter Tränen, dass er ihn leider nicht verhindern konnte, da er damals selbst mit dem Tode rang. Er glaubte bis heute nicht, dass Roland zu Hohenberger den Überfall auf ihn verübt hatte. Über dessen Folterung wusste er jedoch nichts. Von dem erpressten zweiten Testament hatte er ebenfalls keine Ahnung.

Und er hegte auch keinerlei Verdacht gegen den Freiherrn, den er ebenfalls seinen Freund nannte. Er war sich sicher, Simon sei bei ihm in guter Obhut.

Adrian befragte ihn noch zu dem versiegelten Brief, den er von Simons Mutter am Tage ihres Todes bekommen hatte. Aber der Herzog meinte nur, er habe noch keine Veranlassung gehabt, den Brief zu lesen, da sich Simon ja offensichtlich bei guter Gesundheit befinde. Er tat die Sorge Freijas um ihren Sohn als geistige Verwirrung einer Sterbenden ab.

Schließlich fragte Adrian ihn noch eingehend über die Vermögensverhältnisse des Freiherrn aus. Der Herzog war darüber bestens im Bilde und er missbilligte den lockeren Lebenswandel, der Hunold zu Kilchenstein fast an den Bettelstab gebracht hatte. Allerdings hegte er anscheinend keinerlei Argwohn gegen den alten Freund, obwohl so vieles gegen ihn sprach.

So war Hunold zu Kilchenstein bis über die Haarwurzel verschuldet gewesen, als der Anschlag auf den Herzog stattgefunden hatte. Erst nach der Hochzeit mit Freija zu Hohenberger konnte er dann wenigstens die gröbsten seiner Schulden zurückzahlen. Doch er musste sich fortan sehr einschränken, denn Simons Vermögen blieb für ihn unantastbar. Das Testament Rolands sagte ihm nur eine Apanage zu, die zwar großzügig bemessen, aber für einen Mann mit Honolds Ansprüchen trotzdem viel zu wenig war.

„Tja, es scheint, als wüsste er nicht mehr viel", meinte Adrian schließlich und schaute Simon fragend an. „Falls dir noch etwas Wichtiges auf der Seele brennt, so äußere dich. Ansonsten werde ich ihn wieder aufwecken. Jeden Moment kann ein Diener hereingeschneit kommen, es macht keinen guten Eindruck, wenn der Herzog dann nicht Herr seiner Sinne ist."

Simon fiel jedoch keine Frage mehr ein, so weckte Adrian den Herzog wieder auf. Zu Simons Verwunderung hatte der Mann tatsächlich keine Ahnung davon, dass er ihnen fast eine halbe Stunde lang Rede und Antwort gestanden hatte. Nachdem sie noch eine Weile über Belangloses geredet hatten erhob sich Adrian.

„Wir haben Euch lange genug von Euren Geschäften abgehalten. Es freut mich, Euch einmal persönlich kennengelernt zu haben. Falls es Eure Zeit erlaubt, würde mein Vater sich sicher sehr freuen, Euch als Gast auf Schloss Wolffhardt begrüßen zu dürfen. Macht doch einmal eine kleine Reise in den Schwarzwald, dort ist es im Frühjahr besonders schön."

Der Herzog war von dem Vorschlag sehr angetan und beschloss, seinem alten Freund sofort eine Botschaft zu schicken. Nachdem sie noch ein paar höfliche Floskeln ausgetauscht hatten, verabschiedeten sich Adrian und Simon von ihm. Auf dem Weg zum Tor kamen sie an ein paar vergitterten kleinen Fenstern vorbei, die anscheinend zu den Kerkern des Schlosses gehörten. Simon blieb unwillkürlich stehen. „Ob mein Vater dort unten festgehalten und gefoltert wurde? Ich kann mir noch immer nicht vorstellen, dass er solch ein schlimmes Ende finden musste. Und das sein bester Freund ihm das angetan hat. Meinst du, es widerfährt ihm Gerechtigkeit für seine Leiden? Oder wird sein Opfer für ewig ungesühnt bleiben?"

Adrian umfasste tröstend seine Schultern. „Das kann keiner wissen. Aber wenn es in unserer Macht steht, so werden wir ihm eine späte Gerechtigkeit widerfahren lassen."

Kaum waren sie wieder zu Hause, stürmte Simon in sein Zimmer und riss die Truhe auf. Er wühlte unter den wollenen Strümpfen herum, dann hatte er den Beutel in der Hand. Triumphierend hielt er ihn in die Höhe und leerte den Inhalt dann auf sein Bett. Er rümpfte die Nase, als ihm ein modriger Geruch entgegen stieg. „Puh, hoffentlich sind die Dokumente nicht verschimmelt. Ich habe gar nicht mehr daran gedacht, dass mir der Beutel in den Main gefallen ist."

Mit spitzen Fingern griff er nach dem Stoffhund, der äußerst unansehnlich aussah. Die Naht am Hals war noch mehr aufgegangen und graue, klumpige Schafwolle quoll daraus hervor. Einen Moment hielt er das Stofftier unschlüssig in der Hand. Dann bohrte er entschieden den Zeigefinger in die offene Naht.

„Da ist tatsächlich etwas darin", stieß er aufgeregt hervor und weitete die Naht noch mehr indem er den Hundekopf zurück bog. Ein fester länglicher Gegenstand kam zum Vorschein. Voller Spannung packte er ihn mit zwei Fingern und zog ihn heraus. Adrian trat neben das Bett und starrte gleich ihm auf die kleine Rolle. Sie war oben und unten abgebunden wie eine Wurst, mit Faden umwickelt und mit Wachs ummantelt.

„Man könnte fast meinen, meine Mutter hätte geahnt, dass der Hund ins Wasser fällt", meinte Simon kopfschüttelnd. Mit einem Messer zerschnitt er vorsichtig den Faden und zog ihn ab. Die dicke Wachsschicht bröckelte und Krümel fielen auf sein Bett.

„Wahrscheinlich hat sie nur alle Eventualitäten bedacht. Schließlich mussten die Dokumente fast zwei Jahrzehnte darin überstehen. Dennoch grenzt es an ein Wunder, dass der Hund in der langen Zeit nicht verlorengegangen ist."

„Irgendwie hatte ich meinem Inneren stets das Gefühl, ihn unbedingt behalten zu müssen. Was meinst du, kann es sein, dass ich mich unbewusst an die eindringliche Mahnung meiner Mutter erinnerte? Edda sagte doch, Mutter hätte mir vor ihrem Tode dringend ans Herz gelegt, kleiner Prinz nicht zu verlieren."

„Es kann schon sein, dass dein Unterbewusstsein diesen letzten Wunsch deiner Mutter nie vergessen hat. Ich kann es mir jedenfalls sehr gut vorstellen."

Unterdessen hatte Simon vorsichtig die Dokumente aus ihrer Hülle befreit, jetzt entrollte er sie gespannt. Es waren mehrere Blätter, die sich zum Glück noch in leidlich gutem Zustand befanden. Er hatte befürchtet, sie wären durch das Bad im Main unleserlich geworden, sie sahen jedoch nur ein wenig zerdrückt aus.

Mit klopfendem Herzen legte er vier Dokumente und einen Brief nebeneinander aufs Bett. Es handelte sich dabei um seine Geburtsurkunde, das offizielle Testament seines Vaters, das erpresste Testament und um eine Besitzurkunde, in der all seine zukünftigen Besitztümer aufgelistet standen.

Adrian schaute ihm über die Schulter. Der Brief war von Simons Mutter. Darin äußerte sie ihren Verdacht gegen ihren zweiten Mann. Außerdem richtete sie noch persönliche Zeilen an ihren Sohn, den sie so früh verlassen musste. Als Simon die bewegenden Worte las, kamen ihm die Tränen.

Der Hexer entfernte sich diskret von ihm. Die an Simon gerichteten Zeilen gingen ihn nichts an. Er stand eine Weile am Fenster und blickte in den Garten hinunter. Als das leise Schluchzen hinter ihm verstummte, drehte er sich wieder um. Simon war nun wieder gefasst, er hielt unschlüssig die Dokumente in der Hand. „Was mache ich nun damit?"

Adrian trat neben ihn und nahm sie ihm aus der Hand. Sorgfältig las er nochmals jedes einzelne durch. Schließlich meinte er beeindruckt:

„Wenn alle Besitztümer, die da aufgeführt stehen noch da sind, dann bist du bald ein sehr reicher Mann, Simon. Dein Vater besaß große Landgüter und hat sein Vermögen durch Umsicht noch zu mehren gewusst. Kein Wunder, dass der Freiherr alles versucht hat, um daran zu kommen. Und das er gnadenlos das Leben seines Freundes und seiner Frau dafür opferte. Einem habgierigen Mensch wie ihm ist sicher keine Schandtat zu schlimm, um an solch ein Vermögen zu kommen."

Simon konnte den Blick nicht von den Dokumenten wenden. Schließlich schüttelte er den Kopf. „Ich kann es noch immer nicht glauben. Es kommt mir wie ein Traum vor."

„Ein Traum, der leicht zum Alptraum werden kann. Denn der Freiherr wird ganz bestimmt Himmel und Hölle in Bewegung setzen, um doch noch an deine Besitztümer zu gelangen. Ich möchte dir keine Angst machen, aber ich fürchte, sobald du einundzwanzig bist, ist dein Leben in akuter Gefahr."

Simon starrte ihn beklommen an. Hilflos meinte er: „Aber ohne die Dokumente hat er doch nichts in der Hand, oder? Und ich werde sie ihm gewiss nicht freiwillig aushändigen. Zum Glück ahnt er nicht, dass ich sie besitze. Er würde gewiss nichts unversucht lassen, sie mir abzujagen. Dieses zweite, erpresste Testament macht ihn zu meinem Erben, sollte mir etwas geschehen. Welch ein Glück, dass meine Mutter ihn durchschaut hat. Ohne ihre Briefe an den Herzog und den Bürgermeister wäre ich wahrscheinlich schon lange tot."

Adrian schürzte nachdenklich die Lippen. Er wollte Simon nicht unnötig beunruhigen, aber er bezweifelte nicht, das Hunold von Kilchenstein immer noch nach einem Weg suchte, sich Burg und Ländereien anzueignen. Er war nur noch für eineinhalb Jahre Treuhänder über Simons Besitz. Danach stand er ohne einen Gulden auf der Straße. Er musste sich also etwas einfallen lassen, wollte er nach Ablauf der Frist kein mittelloser Mann sein. Und er war bestimmt nicht zimperlich, sein Ziel doch noch zu erreichen. Doch leider wussten sie nicht, welche Pläne er in seinem Gehirn wälzte.

„Ich denke, du bist noch eine Weile vor ihm sicher", meinte Adrian beruhigend. „Wie du sagtest, weiß er nicht, dass sich die Dokumente in deinem Besitz befinden. Also wird er vor allem darüber nachdenken, wie er dir dein Erbe nach deinem einundzwanzigsten Geburtstag abspenstig machen kann. Bis dahin bist du bei mir in Sicherheit..."

Das war auch Simons Meinung. Dennoch wurde er fortan vorsichtig und verließ meist nur in Begleitung des Hexers das Haus. Nur wenn er sich mit Nelia traf war Adrian nicht dabei. Aber in den Räumen unter dem Dach des Stadthauses fühlte er sich sicher. Niemand außer Adrian wusste, dass er sich dort aufhielt...

Leider ahnten sie beide nichts von der Intrige, die Hunold zu Kilchenstein inzwischen ausgetüftelt hatte. Er ließ seinen Stiefsohn heimlich beobachten und erfuhr so nicht nur wo sich Simon aufhielt, er wusste auch bald, mit wem er sich dort traf. Und in seinem Gehirn entstand ein perfider Plan.

So tauchte er eines Tages völlig überraschend in der Dachmansarde auf. Und wie er erhofft hatte, erwischte er dort Simon und Nelia in einer sehr eindeutigen Situation.

Mit einem lauten Knall flog die Türe ins Zimmer und Simon fuhr erschrocken hoch, während sich Nelia mit einem Schrei die Decke um den Körper raffte. Der Freiherr stürzte wutschnaubend ins Zimmer und baute sich mit drohend in die Hüften gestemmten Fäusten vor dem Bett auf.

„Habe ich es mir doch gedacht", brüllte er und eine Zornesader schwoll an seiner Schläfe. Sein Gesicht war krebsrot vor Wut.

Simon konnte vor Schreck und Entsetzen keinen klaren Gedanken fassen. Wie schützend lag er vor Nelia, die Arme ausgebreitet, so als könne er sie vor dem Zorn ihres Vaters schützen. Es war ihm gar nicht bewusst, dass er selbst vollkommen nackt und schutzlos war. Hinter dem Rücken des Freiherrn standen ein paar Männer und starrten teils grimmig, teils wollüstig grinsend auf die beiden Verliebten.

„Packt den Kerl!" rief der Freiherr und machte eine herrische Handbewegung. Daraufhin traten zwei Männer vor zerrten Simon vom Bett und hielten ihn dann an den Armen fest.

„Und du Flittchen", brüllte Hunold weiter und funkelte seine Tochter an.

„Du ziehst dich auf der Stelle an und reitest mit einem meiner Männer ins Kloster zurück. Mit dir spreche ich später. Zuerst muss ich diesem Kerl hier zeigen, was es heißt, meine Tochter zur Unzucht zu verleiten und zu entehren."

„Er hat mich nicht entehrt. Denn er liebt mich und ich liebe ihn.", verteidigte Nelia Simon. Mit einem Ruck warf sie die Decke von sich und stand auf. Splitternackt ging sie zu dem Stuhl, auf dem ihr Kleid hing. Dabei würdigte sie die gaffenden Männer keines Blickes. Der Freiherr bekam fast einen Herzanfall.

„Raus mit euch!" tobte er und wies mit dem Finger auf die Türe. Dann raffte er die Decke vom Bett und hielt sie vor Nelia, entzog sie so den lüsternen Blicken seiner Männer. Nur unwillig trollte sich die Schar aus dem Zimmer, Simon in ihrer Mitte. Erst als Nelia angezogen war, durften die zwei Männer, die Simon hielten, wieder mit ihm die Stube betreten. Nelia stand mit aufgelöstem Haar mitten im Zimmer und warf ihrem Vater drohende, wilde Blicke zu.

„Wagt es nicht, ihm etwas zu tun. Ihr tötet sonst den Vater Eures Enkelkindes. Ich bin schwanger von Simon." Sie sagte es mit so viel Überzeugungskraft, dass selbst Simon ihr glaubte. Fassungslos starrte er sie an.

Auch ihr Vater war sprachlos. Erst nach einer ganzen Weile fand er seine Stimme wieder. Er befahl einem der Männer knapp.

„Bringt sie ins Kloster zurück." Zu ihr gewandt meinte er nur mürrisch.

„Ich werde mich später um dich kümmern."

Trotz ihres Protestes wurde Nelia am Arm gepackt und von dem Mann aus dem Zimmer gezerrt. Als sie an ihm vorbeikam, warf sie einen verzweifelten Blick auf Simon. Man sah ihr deutlich an, welche Angst sie um ihn ausstand. Er versuchte, ihr Mut zu signalisieren, aber sein Gesicht verzerrte sich nur zu einer unglücklichen Fratze.

Als Nelia verschwunden war, baute sich der Freiherr vor ihm auf. Sein Blick war voller Hass. „Am liebsten würde ich dich langsam zu Brei schlagen. Ja, das würde mir gefallen. Aber das wäre unklug von mir. Am Ende bist du wirklich der Vater meines Enkels. Wundern würde es mich nicht, die Situation war eindeutig genug. Jetzt zieh dich an, bevor ich mich doch noch vergesse."
Simon tat stumm, wie ihm geheißen war, es blieb ihm nichts anderes übrig. Sechs kräftige Männer umstanden ihn, nur allzu bereit, sich auf einen Wink ihres Herrn auf ihn zu stürzen. Seine Gedanken rasten, doch es wollte ihm kein Ausweg einfallen. Seine Angst um Nelia überwog die um sich selbst bei weitem. Außerdem fragte er sich, ob es stimmte, dass sie schwanger war. Sie hatte ihm gegenüber nichts Derartiges erwähnt. Er hoffte, sie hätte nur gelogen um ihren Vater zu besänftigen. Ein Kind würde ihrer beider Situation noch mehr komplizieren.
Als er angezogen war, schleifte man ihn die Treppen hinunter und aus dem Haus. Ein paar Passanten blieben stehen und begafften die Männer, die ihn zu ihren Pferden zerrten. Aber keiner griff ein. Er wurde genötigt ein Pferd zu besteigen und ein Mann stieg hinter ihm auf. An Flucht war also nicht zu denken.
Er rätselte, wohin sie ihn wohl bringen würden, wollte aber nicht fragen. Bald wurde es ihm auch so klar. Die Reiterschar trabte aus der Stadt, genau in Richtung von Adrians Haus. Was um Himmels Willen wollte der Freiherr bei dem Hexer? Der hatte mit der Sache doch wirklich nichts zu tun.
Doch er wurde schnell eines Besseren belehrt. Denn in der Nähe des Hauses warteten bereits weitere Männer auf sie. Simon konnte den Schultheiß unter ihnen ausmachen. Er war an seiner Uniform deutlich zu erkennen. Nun wurde ihm erst richtig mulmig zumute. Was ging hier vor? Plötzlich hoffte er inbrünstig, der Hexer wäre nicht zu Hause.
Aber Adrian war da und öffnete ahnungslos die Türe. Sofort stürmten ein paar Mann ins Haus, drängten ihn zurück und überwältigten ihn, ehe er wusstet wie ihm geschah. Als Simon ins Haus geführt wurde, saß Adrian auf einem Stuhl, umringt von grimmig blickenden Männern. Ihre Blicke trafen sich und Simon konnte nur hilflos den Kopf schütteln. Adrian blickte von ihm zum Freiherrn, der nun ins Zimmer trat.

„Was verschafft mir die Ehre Eures erneuten Besuches?" fragte der Hexer spöttisch und zog fragend eine Augenbraue hoch. Er sah keinesfalls verschreckt aus, obwohl er allen Grund dazu gehabt hätte. Denn nun baute sich Hunold zu Kilchenstein vor ihm auf. Anklagend deutete er auf ihn.

„Ich möchte, dass Ihr diesen Mann verhaftet", befahl er dem Schultheiß, der neben ihn trat. „Er hat sich der Kuppelei schuldig gemacht. Er hat diesem Kerl", er fuhr herum und zeigte auf Simon „seine Mansardenwohnung zur Verfügung gestellt, damit er darin meine Tochter verführen konnte. Sie wurde nicht nur entehrt, sondern ist auch noch schwanger, wie sie mir gebeichtet hat. Deshalb muss dieser Mann vor Gericht gestellt werden."

„Das ist nicht wahr", warf Simon schnell ein. „Mein Lehrmeister hat mir die Wohnung nicht zur Verfügung gestellt. Ich habe den Schlüssel heimlich genommen. Er wusste nichts davon."

Ebenso verzweifelt, wie vergeblich versuchter er sich aus den Händen seiner Wärter zu befreien. Sie hielten ihn eisern zurück. Adrian schien noch immer nicht beunruhigt. Er machte eine begütigende Handbewegung zu Simon hin und wandte sich dann an den Freiherrn zu Kilchenstein. „Was versprecht Ihr Euch von dieser Farce? Kuppelei! Das würde bedeuten, ich hätte Geld dafür genommen, meinen Lehrling und Eure Tochter zusammenzubringen. Findet Ihr nicht auch, dass Ihr Euch damit nur lächerlich macht?"

„Ihr werdet es schon noch ernst nehmen. Bitter ernst." Der Freiherr zischte es gehässig und so leise, dass nur Adrian es hören konnte. „Erst einmal landet Ihr im Gefängnis. Und wer weiß, vielleicht finde ich ja noch etwas heraus, dessen ich Euch zusätzlich bezichtigen kann." An den Schultheiß gewandt sagte er laut. „Nehmt ihn fest. Ich wünsche, dass der Mann vor Gericht gestellt wird."

Dem Befehl wurde augenblicklich Folge geleistet und Adrian wurde vom Stuhl hoch gezerrt. Als er an Simon vorbei geführt wurde und dessen verwirrtes, bleiches Gesicht sah, riet er ihm beruhigend. „Kümmere dich zuerst um dich und Nelia, ich kann alleine für mich sorgen."

Dann war er draußen und die Türe klappte hinter ihm, dem Schultheis und seinen Handlangern zu. Der Freiherr kam auf Simon zu und baute sich vor ihm auf. Die grauen Augen musterten ihn kalt und die leise ausgesprochenen Worte ließen ihn zusammenzucken. „Und nun zu dir, mein Junge." Der Freiherr hob die behandschuhte Hand und schlug sie Simon rechts und links ins Gesicht.

Kapitel 17: Hochzeit und Kerker

Simon wurde von Grauen gepackt, schon einmal hatte er diese gnadenlose Kälte in den Augen Hunolds zu Kilchenstein gesehen. Er konnte sich nur zu gut an die Schläge erinnern, die darauf gefolgt waren. So zog er jetzt instinktiv den Kopf zwischen die Schultern und schloss die Augen. Doch zu seiner maßlosen Verwunderung blieb der erwartete Schmerz aus. Nur ein Zeigefinger stach in seine Brust und ließ ihn nervös zusammenzucken.

Er öffnete die Augen und starrte in die des Freiherrn. Der stand unmittelbar vor ihm und lächelte zynisch. „Hast wohl Angst, wie? So gefällst du mir. Es würde mir auch große Freude bereiten, dich so lange zu schlagen, bis du dich nicht mehr rührst." Er seufzte bedauernd. „Aber das wäre äußerst unklug. Ich warne dich jedoch, mich noch mehr zu erzürnen. Nun, da dein seltsamer Freund in sicherer Verwahrung ist, wird dir niemand beistehen, sollte ich dir doch noch eine Abreibung verpassen."

„Was wollt Ihr von mir?" fragte Simon und versuchte seine Stimme so emotionslos wie möglich klingen zu lassen. „Ich werde nichts leugnen, falls Ihr das befürchtet. Was Ihr gesehen habt war ja eindeutig genug."

„Das war es allerdings" fauchte der Freiherr in neu erwachender Wut. „Stimmt es, dass du Kornelia geschwängert hast?"

„Wenn sie es sagt, wird es wohl stimmen. Allerdings..."

Harsch wurde er unterbrochen. „Kann es überhaupt möglich sein? Einen Bauch hat sie noch nicht."

„Natürlich kann es möglich sein..." Simon konnte sich ein anzügliches Grinsen nicht verkneifen, was ihm aber sofort einen Faustschlag in den Magen einbrachte. Er krümmte sich leicht zusammen und ächzte. Aber er vollendete seinen Satz „... auf diese Weise werden Kinder doch gemacht."

„Wie lange geht das schon zwischen euch beiden?"

Er richtete sich langsam wieder auf. „Es passierte zum ersten Mal, als Nelia wieder nach Aschaffenburg gekommen ist. Vor zirka sechs Wochen, es kann also durchaus stimmen, dass sie schwanger ist. Allerdings habe ich bisher selbst nichts davon gewusst."

Der Freiherr knirschte mit den Zähnen und starrte ihn unfreundlich an. Dann befahl er überraschend. „Du wirst sie heiraten und zwar gleich morgen. Das würde mir gerade noch fehlen, dass mich ein uneheliches Balg zum Gespött der Leute macht. Schlimm genug, dass ich meine Tochter weit unter ihrem Stand verheiraten muss. Aber mit einem Kind im Bauch nimmt sie natürlich kein anständiger Mann mehr."

Simon schaute ihn ebenso empört wie sprachlos an. Das er vom Freiherrn beleidigt wurde war er inzwischen gewohnt. Nelia hatte es jedoch nicht verdient, von ihrem Vater so behandelt zu werden. Doch zu seiner Schande musste er sich eingestehen, dass er nicht den Mut hatte, laut zu protestieren. Außerdem lenkte ihn etwas anderes ab. Er durfte Nelia heiraten? Nein, er musste sie sogar heiraten, so lautete der ausdrückliche Befehl des Freiherrn. Sein größter Wunschtraum ging in Erfüllung. Einfach so. Der Gedanke ließ ihn vor Überraschung keuchen, doch der überraschte Laut brachte ihm sofort einen misstrauischen Blick ein. Der Freiherr bellte aufgebracht.

„Was ist, willst du dich etwa plötzlich drücken? Das dürfte dir nicht gelingen. Du heiratest sie und damit basta. Solltest du jedoch auf eine Mitgift hoffen, so muss ich dich enttäuschen. Ich zahle ihr keinen Gulden. Ihr müsst schon alleine sehen, wie ihr klarkommt. Schließlich habt Ihr auch gegen meinen strikten Befehl miteinander geschlafen."

Am nächsten Morgen wurde Simon aus seinem Zimmer geholt, in das ihn der Freiherr vorsichtshalber eingeschlossen hatte. Er hatte wohl Angst, sein zukünftiger Schwiegersohn würde sich heimlich aus dem Staub machen. Das lag natürlich nicht im Entferntesten in Simons Absicht. Nichts hätte ihn mehr davon abhalten können, Nelia zu heiraten, ob sie nun tatsächlich schwanger war oder nicht.

Selbst die endlose Unterredung des vergangenen Abends konnte ihm die Freude nicht vergällen, die ihn erfüllte. Der Freiherr hatte ihm allerlei Auflagen gestellt, die er aber kategorisch abgelehnt hatte. Vor allem wollte er mit Nelia keinesfalls auf der Burg wohnen, sondern hier bei Adrian bleiben.

„Wer weiß, ob und wann der Mann wieder freikommt", hatte der Freiherr unwirsch geknurrt. „Ich werde jedenfalls meine Klage nicht zurückziehen. Hätte dieser Kerl dir nicht ermöglicht meine Tochter zu entehren, so könnte ich sie einem reichen Mann zur Frau geben. Nein, diesen Frevel soll er mir büßen." Es nützte nichts, dass Simon wiederholt versicherte, Adrian träfe keine Schuld. Hunold blieb hart. Ja er kündigte sogar an, dem Hexer noch mehr anzuhängen, wie er sich ausdrückte. Simon wurde bei diesen Worten angst und bange um den Freund. Doch der Freiherr wollte sich nicht weiter über seine Pläne auslassen. Er wechselte das Thema.

„Da wäre noch die Frage deines Namens zu klären. Meine Tochter soll wenigstens einen Nachnamen aufweisen können.

„Wisst Ihr denn, wie mein Nachname lautet?"

Simon schaute scheinbar überrascht hoch. „Bisher konnte ihn mir niemand verraten."

Er war gespannt, welche Lüge ihm sein zukünftiger Schwiegervater auftischen würde. Ganz gewiss nichts, was der Wahrheit nahekam, vermutete er.

Doch da sah er sich getäuscht.

„Dein Name ist Hohenberger, Simon Hohenberger. Du bist der uneheliche Sohn des früheren Grafen zu Hohenberger. Er hat dich mit einer Magd gezeugt, die bald nach deiner Geburt starb. Eigentlich steht dir sein Name nicht zu, aber in Anbetracht der Tatsache, dass du meine Tochter heiratest, denke ich es ist angebracht dass du ihn trägst. Ich habe schon einen Boten zum Bürgermeister von Rothenburg geschickt um das zu regeln. Morgen in der Kirche wirst du diesen Namen angeben."

Simon war wirklich erstaunt. Der Freiherr hatte sich mit seiner Geschichte näher an der Wahrheit gehalten als er gedacht hätte. Anscheinend hegte er keinerlei Verdacht, dass Simon inzwischen seine wahre Herkunft kannte. Und er beschloss, ihm so lange als möglich in diesem Glauben zu belassen.

Um neun Uhr am nächsten Morgen fand die kurze Trauungszeremonie in der altehrwürdigen Stiftskirche statt. Der Pfarrer schien ein wenig verstimmt über die ungebührliche Eile der Brautleute. Zuerst wollte er sich sogar weigern, sie zu trauen da sie nicht einmal ein Aufgebot bestellt hatten. Doch der fremde Adelige hatte auf eine sofortige Hochzeit bestanden und ihn schließlich mit einem Säckchen Gulden bestochen.

Immer wieder rutsche der Blick des Pfarrers von den Seiten seines Messbuches ab und blieb auf Nelias Leibesmitte haften. Er konnte keine Anzeichen einer Schwangerschaft erkennen, was ihn trotzdem nicht versöhnlich stimmte. Für ihn war die kurze Verlobungszeit von einem Tag ein untrügliches Zeichen, dass das vor ihm kniende Paar gesündigt hatte. Doch weder Nelia, noch Simon kümmerten die strengen Blicke des Geistlichen. Sie freuten sich über die aufgezwungene Hochzeit. Nur die Tatsache, dass Adrian derweil im Kerker schmachtete trübte ihr Glück.

Eine Hochzeitsfeier gab es nicht. Der Freiherr bestieg nach der Trauung sein Pferd und verabschiedete sich knapp von seiner Tochter. Er war verstimmt darüber, dass er das Paar nicht überreden konnte, mit ihm zu kommen. Aber Nelia wollte ebenso wie Simon lieber im Haus des Hexers bleiben.

„Ich werde rechtzeitig zur Verhandlung wieder hier sein", versprach er und seine grimmige Miene tat ihnen kund, wie ernst es ihm war. „Und ich werde diesen Mann nicht schonen. Es wird ihm noch leidtun, sich mit mir angelegt und meine Pläne durchkreuzt zu haben."

Er gab seinem Pferd die Sporen und ritt an der Spitze seiner Leute davon. Simon und Nelia schauten ihm nach, bis er ihren Blicken entschwand. Dann sahen sie sich gegenseitig stumm an und fielen sich in die Arme. Egal, was ihnen die Zukunft bringen würde, sie gehörten endlich vor Gott und der Welt zusammen. Simon zog seine Frau in den Schatten eines Torbogens und küsste sie leidenschaftlich.

„Ich bin der glücklichste Mann der Welt", flüsterte er in ihr Ohr und sie lachte übermütig. „Warte bis du mich richtig kennenlernst. Vielleicht hast du ja eine richtige Kratzbürste geheiratet."

„Ich kann es kaum erwarten, von dir gekratzt zu werden. Jetzt komm, wir wollen mal sehen, ob wir wenigstens zu Hause etwas zu essen bekommen. Ich komme fast um vor Hunger." Er nahm sie bei der Hand und ging mit ihr zum Haus des Hexers zurück.

Das Haus gehörte zwar Adrian, aber Simon hob Nelia vor der Haustüre trotzdem auf seine Arme und trug sie über die Schwelle. Sie lachte verliebt und küsste ihn so heftig, dass er praktisch blind über die Schwelle stolperte. Im Haus erwartete sie eine Überraschung in Form eines Hochzeitsessens, das Ellen und Maria gezaubert hatten. Die beiden Frauen und die übrigen Bediensteten Adrians überhäuften sie mit Glück- und Segenswünschen für ihre Ehe.

Dann setzten sich alle an die liebevoll geschmückte Tafel. Da es jetzt, Ende März noch keine Blumen gab, hatte man immergrüne Pflanzen genommen und sie mit bunten Bändern und Schleifen verziert. Es war für eine Person mehr gedeckt. Auf Adrians Platz stand ein Teller und ein Krug. Aber sein Stuhl blieb verwaist, was die Stimmung am Tisch deutlich dämpfte.

Schließlich stand Simon auf und hob seinen Krug an. „Lasst uns an diesem Tag nicht traurig sein, dass wäre nicht im Sinne des Hausherrn. Gleich morgen werde ich zum Gefängnis gehen und nicht eher ruhen, bis ich zu ihm vorgelassen werde. Ich verspreche, alles in meiner Macht stehende zu tun, um ihn schnell dort herauszuholen."

Beifälliges Gemurmel ertönte, dann machten sich alle über die Speisen her. Ellen und Maria hatten ihr Bestes gegeben und die junge Braut lobte die beiden Frauen. Dann beugte sie sich zu der alten Maria und flüsterte ihr ins Ohr. „Gleich morgen müsst ihr mir beibringen, solch herrliche Gerichte zuzubereiten. Leider habe ich weder auf der Burg, noch im Kloster kochen gelernt." Maria tätschelte ihr wohlwollend die Hand und nickte eifrig, glücklich wieder eine Aufgabe zu haben.

Sie feierten noch den ganzen Nachmittag, dann zerstreute sich die kleine Gesellschaft. Jeder ging seinen abendlichen Pflichten im Stall oder in der Küche nach. Nur das Brautpaar begab sich in den oberen Stock, wo Simons Zimmer lag. Er nahm Nelia erneut auf den Arm und trug sie über die Schwelle zu seinem Bett. Die Türe stieß er mit dem Fuß hinter sich zu. Sanft legte er seine Frau auf die bunt bestickte Überdecke und schob sich halb über sie. Sie umarmte ihn sofort und zog ihn zu sich herab um ihn zu küssen. Seine Finger knöpften wie von selbst die zahlreichen kleinen Knöpfchen ihres Hochzeitskleides auf.

„Stimmt es eigentlich tatsächlich?" fragte er zwischen zwei Küssen. „Bekommen wir wirklich ein Kind?"

Sie zerrte ungeduldig an der Schnalle seines Gürtels herum, unterbrach aber ihr Tun für einen Moment um ihm in die Augen zu sehen. „Bis jetzt noch nicht", wisperte sie und lächelte verschwörerisch. „Aber wenn du dich ein bisschen bemühst..."

Simon erwachte am nächsten Morgen zeitig und öffnete irritiert die Augen als leise Atemzüge an sein Ohr drangen. Doch die Erinnerung kam sofort zurück. Er war ja verheiratet, ab jetzt würde er immer neben Nelia erwachen. Ein wahres Glücksgefühl überschwemmte ihn bei diesem Gedanken.

Sachte, um sie nicht zu wecken, drehte er sich zu seiner Frau um und betrachtete lange ihr schlafendes Gesicht. Sie sah entspannt und zufrieden aus, ja er glaubte sogar ein leichtes Lächeln um ihre Mundwinkel zu entdecken. Wie oft hatte er sich ausgemalt, sie am Morgen neben sich zu finden. Doch die Wirklichkeit übertraf noch seine Träume. Sie war einfach wunderschön, wie sie mit ihrem aufgelösten, wirren Haar dalag.

Sanft griff er an ihre Schulter, wo ihr Nachthemd verrutscht war und die obere Hälfte ihrer linken Brust preisgab. Der Anblick reichte aus, ihn zu erregen. Er konnte nicht anders und schob seine Hand in den Ausschnitt. Seine Finger strichen zart über die üppige Rundung, fanden die Brustwarze und umspielten sie leicht.

Nelia erwachte von der Berührung und schaute ihn an. Als sie seinen begehrlichen Blick sah, lächelte sie. „Bekommst du denn nie genug? Ich dachte, nach dem gestrigen Abend würdest du mindestens bis zum Mittag schlafen."

„Schlafen kann ich noch genug, wenn wir einmal ein altes Ehepaar mit vielen Kindern sind. Aber im Moment ist mir die Zeit zu wertvoll, um sie mit Schlaf zu vergeuden."

Ohne eine Antwort abzuwarten, hob er ihren Teil der Decke an und schlüpfte darunter. Bereitwillig begab sie sich in seine Arme und schmiegte sich an seinen nackten Körper.

„Du brauchst unbedingt ein Nachthemd", murmelte sie an seinem Mund. „Sonst erfrierst du mir eines Nachts."

„Nicht, solange du mich wärmst", erwiderte er undeutlich. Mit der Zunge strich er ihre Lippen nach und wanderte dann ihren Hals herunter bis zu ihren Brüsten. Seine Finger hatten schon die störenden Knöpfe des Nachthemdes aufgeknöpft. Er küsste begierig die freigelegte Brustwarze, umschloss sie mit seinen Lippen. Nelia stöhnte leise und kam ihm noch mehr entgegen. Doch sie entwand sich ihm nochmals um sich des Nachthemdes zu entledigen. Schnell streifte sie es über den Kopf und ließ es achtlos aus dem Bett fallen. Dann kuschelte sie sich wieder in seine Arme...

Viel später erschienen sie zum Frühstück im Esszimmer. Ellen brachte ihnen Hagebuttentee und frisch gebackene Brötchen. Sie lächelte wissend und ließ das junge Paar dann wieder alleine.

„Ich werde mich nachher gleich zum Gefängnis aufmachen", sagte Simon, während er die verschiedenen Marmeladensorten in den Töpfchen inspizierte. „Ah, Holunder, meine Lieblingssorte, die musst du unbedingt probieren. Eine Spezialität Ellens." Er gab einen großen Klecks auf ein halbiertes Brötchen und ließ Nelia davon abbeißen.

„Mmh, die ist wirklich gut. „Sie leckte sich genießerisch mit der Zungenspitze über die Lippen, was ihn auf der Stelle vom Frühstück ablenkte. Lüstern sah er sie an, wurde aber getadelt. „Nicht schon wieder. Ich glaube, ich habe einen Lüstling geheiratet. Denke lieber an den armen Adrian, der im Kerker schmachtet. Du wolltest ihn heute besuchen."

„Das habe ich keinesfalls vergessen. Gleich nach dem Frühstück werde ich aufbrechen."

„Wo wurde Adrian überhaupt hingebracht? Es gibt zwei Gefängnisse in der Stadt."

Simon zuckte die Schultern. „Ich werde zuerst zum Hexenturm in die Friedrichstraße gehen. Sollte er da nicht sein, werden sie ihn wohl in den Folterturm geworfen haben."

„Folterturm?" fragte Nelia entsetzt. „Du willst doch nicht sagen, dass in Aschaffenburg heute noch gefoltert wird? Das wäre ja barbarisch."

„Nein, nein" beruhigte er sie schnell. „Heutzutage gibt es zum Glück keine Folter mehr. Dem Gefängnisturm ist nur der Name geblieben. So wie der Hexenturm heute noch an die Hexenprozesse erinnert. Dabei fand die letzte Hexenverbrennung meines Wissens Mitte des 17. Jahrhunderts hier statt. Wir brauchen uns also um das körperliche Wohlbefinden Adrians keine allzu großen Sorgen zu machen. Dennoch möchte ich ihn so schnell als möglich wieder aus dem Gefängnis wissen. Schließlich ist er wegen mir dort. Also muss ich ihm helfen, möglichst bald wieder herauszukommen."

„Hoffentlich hat es sich mein Vater inzwischen anders überlegt. Adrian der Kuppelei zu bezichtigen!" Empört schüttelte sie den Kopf. „Das Gericht wird das doch nicht ernst nehmen, oder?"

Da war sich Simon nicht so sicher. Doch er wollte Nelia nicht unnötig ängstigen. Und er wollte ihr auf keinen Fall von den gemeinen Plänen ihre Vaters erzählen. Natürlich würde ihm irgendwann nichts anderes übrig bleiben als ihr reinen Wein einzuschenken. Aber nicht heute. Deshalb zuckte er nur unbestimmt die Achseln. Dann stand er auf und küsste sie auf die Stirn.

„Bald weiß ich hoffentlich mehr. Solange wirst du dich gedulden müssen." Er ging in den Flur und nahm seinen Umhang von der Garderobe. Sie kam ihm nach und schlang ihre Arme um seine Hüften. „Am liebsten würde ich dich begleiten." Doch er wehrte ab.

„Ein Gefängnis ist kein Ort für eine Frau. Es würde dich nur deprimieren. Außerdem glaube ich nicht, dass Adrian möchte, dass du ihn dort siehst. Es trifft ihn sicher auch so hart genug." Sicher werden unangenehme Erinnerungen ihm wach, dachte er, erwähnte Nelia gegenüber aber nichts von seiner Befürchtung. Stattdessen küsste er sie nochmals und entwand sich ihren Armen. „Ich bin bald wieder zurück."

Er fand Adrian im Hexenturm, dem kleineren Gefängnis der Stadt. Der Wärter wollte ihn zuerst nicht zu ihm lassen, da Adrian noch nicht vernommen worden sei. Aber der unauffällige Wechsel einiger Gulden ließen ihn seine Meinung schnell ändern. „Aber höchstens eine halbe Stunde!" mahnte er und schlurfte vor Simon her den Gang entlang. Er schloss eine der Zellentüren auf und ließ ihn eintreten. Die Türe fiel hinter ihm ins Schloss und der Schlüssel wurde herumgedreht.

Adrian stand, ihm den Rücken zuwendend in der Nähe des hoch angebrachten Zellenfensters. Ein kümmerlicher Sonnenstrahl drang durch die Gitter und fiel genau auf sein Gesicht. Jetzt drehte er sich langsam zu seinem Besucher um. Seine Miene war ausdruckslos, hellte sich jedoch sofort auf als er Simon erkannte. Mit zwei Schritten war er bei ihm.

„Simon. Gott sei Dank geht's dir gut. Ich habe mir schreckliche Sorgen um dich gemacht."

„Das sieht dir ähnlich. Steckst selbst bis zum Hals im Schlammassel und machst dir Gedanken um mich." Spontan umarmte er den Freund. „Wie geht es dir?"

Der Hexer breitete die Arme aus und grinste verzerrt. „Wie soll's einem im Gefängnis schon gehen? Ich langweile mich. Seit man mich hier hereingebracht hat, habe ich außer dem Wärter keinen Menschen mehr gesehen." Er machte eine einladende Geste zur Pritsche hin, die mit Ketten an der Wand befestigt war. Trocken meinte er. „Setz dich. Leider kann ich dir nichts anbieten. Höchstens einen Schluck abgestandenes Wasser."

Simon sah sich schnell in dem düsteren Raum um. Die Zelle war klein, der gestampfte Lehmboden mit dreckigem Stroh bestreut. Auf der Holzpritsche lag eine Decke, die aussah als hätte sie noch nie einen Tropfen Wasser gesehen. Sie lag zusammengerollt am äußersten Rand. So wie sie aussah, wäre Adrian sicher lieber erfroren, als sie sich umzulegen.

„Diese Decke ist lebendig", bestätigte der Hexer jetzt. Er war dem Blick Simons gefolgt und meinte erklärend: „Auf ihr gibt es mehr Flöhe als auf einem Straßenköter. Aber erzähle mir lieber, was mit dir geschehen ist. Als ich abgeführt wurde, sahst du nicht sehr glücklich aus. Hat dich der Freiherr wieder geschlagen?" Prüfend glitten seine schwarzen Augen über Simons Gesicht und Gestalt. Doch der schüttelte den Kopf.

„Nein, wenn man von ein paar Ohrfeigen und einem Hieb in den Magen absieht. Aber dieses Mal konnte ich ihn sogar verstehen. Es ist gewiss für jeden Vater ein Schock, seine nackte Tochter unter einem ebenso nackten Mann liegend vorzufinden. Noch dazu wenn dieser Mann ich bin."

„Arme Nelia", murmelte Adrian. Anscheinend hielt sich sein Mitleid mit dem Freiherrn in Grenzen. „Hoffentlich hat sie sich von dem Schreck erholt. Wo ist sie jetzt? Im Kloster oder hat er sie mit zur Burg genommen?"

Jetzt musste Simon trotz der deprimierenden Umgebung lachen. „Das errätst du nie, Adrian. Sie ist bei dir zu Hause. Und dort wird sie auch bleiben. Denn sie ist seit gestern meine Frau. Ihr Vater hat mich gezwungen, sie zu heiraten. Er dachte zumindest, er hätte mich gezwungen. Dabei hat er mir den größten Gefallen erwiesen."

Adrian freute sich natürlich mit ihm, warnte ihn aber auch, dass das wohl zur Taktik des Freiherrn gehörte, ihn zu überwachen. „Es wunderte mich eh schon, dass ihm dieser Schachzug nicht eher eingefallen ist. Auf diese Weise weiß er wenigstens genau, wo er dich finden kann."

„Vielleicht war seine Antipathie gegen mich noch größer als seine Gier nach meinen Besitztümern", mutmaßte Simon. „Denn er hat mir unmissverständlich zu verstehen gegeben, dass unsere Verwandtschaft nichts an unserer Beziehung zueinander ändert. Aber ich lege sowieso keinen Wert darauf, ihn mit Schwiegervater anzureden. Es tut mir nur Nelias wegen leid. In gewisser Weise steht er zwischen uns. Er ist ihr Vater und sie liebt ihn, egal welch ein Mensch er ist."

„Nun, irgendwann wirst du ihr die Augen öffnen müssen. Ich finde, sie hat ein Recht darauf, zu erfahren dass du durch ihren Vater in Gefahr bist."

Simon stieß mit der Schuhspitze in das Stroh und seufzte leise. Dann richtete er den Blick entschlossen in Adrians Gesicht. „Ja, ich werde es ihr bei einer günstigen Gelegenheit zu erklären versuchen. Aber jetzt sollten wir von dir sprechen. Schließlich ist es alleine meine Schuld, dass du hier bist."

Der Hexer winkte ärgerlich ab. „So ein Unsinn. Es ist weder deine, noch meine Schuld. Obwohl dein Schwiegervater nicht einmal ganz falsch lag. Immerhin habe ich euch ermöglicht, euch zu treffen..."

„Trotzdem, dir Kuppelei vorzuwerfen ist schändlich. Was meinst du, wird solch ein Vergehen hart bestraft? Der Gedanke, für deine Gefangenschaft verantwortlich zu sein macht Nelia und mir schwer zu schaffen."

Aber Adrian wusste auch nicht, was auf das ihm vorgeworfene Verbrechen stand. „Ich kann mir nicht vorstellen, dass ein Richter wirklich glaubt, ich hätte euch verkuppelt. Das wäre schwachsinnig. Ich denke, ich komme mit einer Geldstrafe davon."

Simon nahm sich vor, diese Geldstrafe aus eigener Tasche zu zahlen, sagte aber nichts da er einen Wortwechsel vermeiden wollte. Sie hatten Dringenderes zu besprechen. „Da ist noch etwas. Ich fürchte, der Freiherr will dir noch etwas anderes in die Schuhe schieben. Er hat sich diesbezüglich geäußert, mir allerdings nicht verraten was er vorhat. Aber ich habe ein schlechtes Gefühl. Was könnte er dir sonst noch vorwerfen, hast du eine Ahnung?"

„Nein", sagte Adrian spontan. „Ich bin mir keiner Schuld bewusst. Vielleicht hat er es ja bloß so daher gesagt. Er war wütend und aufgebracht, da sagt man manchmal unüberlegte Sachen. Wir sollten einfach abwarten, was die Verhandlung erbringt. Spätestens dann muss er sich ja äußern. Es wird schon nicht so schlimm werden."

Simon war sich da nicht so sicher, aber weder er noch der Hexer konnten im Moment etwas anderes tun als abwarten. „Wann wird denn dein Fall verhandelt?" fragte er.

Aber Adrian wusste es nicht, er zuckte die Schulter. „Ich hoffe, bald. In drei, vier Tage vielleicht. Heute will mich Richter Herold verhören. Ich kenne ihn flüchtig, er ist ein gerechter Mann."

Der Schlüssel wurde wieder im Schloss gedreht und die Türe schwang auf. „Ende der Besuchszeit", erklärte der Wärter knapp und blieb mit verschränkten Armen unter der Tür stehen.

„Mach dir keine Gedanken", meinte Adrian tröstend und lächelte ihn aufmunternd an. „In ein paar Tagen bin ich sicher wieder zu Hause. Genieße dein Glück mit Nelia. Ich komme hier schon zurecht."

Simon blickte ihn stumm an. Warum wurde er das Gefühl nicht los, dass Adrian selbst nicht glaubte, was er sagte? Als er sich nun von ihm verabschiedete, meinte er kurz, Angst in den schwarzen Augen des Hexers aufflackern zu sehen.

Der Hexer blickte lange auf die Kerkertüre, die ihn nun wieder von der Außenwelt ausschloss. Er hoffte, Simon den Eindruck eines optimistischen Mannes vermittelt zu haben. In Wahrheit fühlte er sich keineswegs optimistisch. Und die Kunde, der Freiherr suchte nach weiteren Gründen ihn im Gefängnis zu halten, gab ihm zusätzlich zu denken. Er wusste, dass der Mann ihn hasste seit er vergeblich versucht hatte, Simon von ihm wegzuholen.

Er hatte in den Gedanken des Mannes gelesen, als er ihm damals vorm Haus die kurze Warnung zukommen ließ. Und diese Gedanken hatten ihm offenbart, dass der Freiherr in ihm einen Konkurrenten um Simons Erbe sah. Deshalb wollte er ihn aus dem Verkehr ziehen. Und Adrian befürchtete, der Freiherr würde vor nichts zurückschrecken um sein Ziel zu erreichen.
Er setzte sich auf den Rand der Pritsche, weit genug entfernt von der Decke um deren Bewohner nicht auf sich aufmerksam zu machen. Allerdings war das keine Garantie, nicht dennoch von Flöhen und Läusen befallen zu werden. Die lästigen Blutsauger waren sicher ebenso in dem muffigen Stroh zu Hause, das den Boden bedeckte. Doch Floh- oder Läusebefall war im Moment sein geringstes Problem. Viel mehr machte ihm die Phobie zu schaffen, die er vor solchen Räumen empfand.
Diese Angst war ein Überbleibsel jener schrecklichen Tage, in denen er zwischen Tod und Leben im Kerker seines Vaters gedarbt hatte. Sie kroch in sein Gemüt und zermürbte ihn. Und je länger er hier saß, desto weniger konnte er sich ihrer erwehren. Es handelt sich nur einen ungemütlichen Raum, versuchte er sich selbst zu beruhigen. Aber es gelang ihm nicht. Er meint, die Wände würden sich langsam und unaufhaltsam um ihn zusammenziehen um ihn zu erdrücken.
Wenn er tatsächlich für längere Zeit in solch einem Loch darben müsste, würde er ganz sicher im Wahnsinn enden, fürchtete er. So war ihm praktisch jede Unterbrechung recht, die ihn ein wenig von seiner Einzelhaft ablenkte. Sogar den tumben Wärter, der ihm sein Essen brachte und den Toilettenkübel leerte versuchte er in ein Gespräch zu verwickeln. Allerdings vergeblich, der Mann grunzte nur unverständliches Zeug und schlurfte wieder davon.
Adrian starrte voller Widerwillen auf die graubraune Masse, die eine Mahlzeit sein sollte. Er konnte nicht einmal erkennen, um welche Speisen es sich handelte. Angeekelt schob er den Napf von sich. Statt zu essen griff er nach dem Krug mit Wasser. Er war schmuddelig, doch trinken musste er, also

schloss er die Augen und nahm einen tiefen Schluck. Dann stellte er ihn zurück. Voller Galgenhumor überlegte er, wie lange er wohl freiwillig hungern würde, bis es ihm gelang, dieses Essen anzurühren.

Das erneute Öffnen der Zellentür riss ihn aus seinen düsteren Gedanken. Er atmete erleichtert auf, als er den Richter erkannte, der zu seiner Vernehmung kam. Mit diesem Mann konnte er sich vernünftig unterhalten. Er würde ihm sicher sagen können, wie seine Chancen in dem anstehenden Prozess standen. „Wie lautet eigentlich Euer vollständiger Name?" begann der Richter das Gespräch. Er blieb nahe der Türe stehen, dort wo kein Stroh den Boden bedeckte. Anscheinend hatte er selbst schon unliebsame Begegnung mit dem Ungeziefer gemacht und hielt sich aus dem Gefahrenbereich. „Im Protokoll des Schultheiß steht nur Adrian, und als Berufsbezeichnung Arzt. Ist Adrian Euer Nachname?"

„Nein, mein Vorname. Mein Nachname lautet Wolffhardt..." Er verkniff es sich seinen Titel hinzuzufügen. Er wollte nicht als Adeliger in Erscheinung treten. Obwohl ihm das sicher gewisse Erleichterungen eingebracht hätte. Aber er befürchtete, dadurch seinen Vater in seine Angelegenheiten zu ziehen. Und das wollte er auf keinen Fall

Der Richter schrieb den Namen in ein kleines Büchlein und begann sodann mit seiner Befragung. Adrian blieb bei seiner Aussage, Simon und Nelia nicht zur Unzucht angestiftet zu haben. Der Schlüssel zu seiner Stadtwohnung wäre jedermann in seinem Haushalt zugänglich gewesen. Allerdings hätte er seinem Lehrling auch nicht verboten, das Zimmer zu benutzen. Und natürlich, versicherte er, habe er weder Geld noch sonstige Leistungen verlangt.

Sorgfältig notierte der Richter alle Angaben in seinem Buch. Schließlich fragte ihn Adrian, ob es denn gerechtfertigt sei, ihn für ein solch geringes Vergehen einzukerkern. „Es ist doch nichts Schlimmes passiert. Außer dass die beiden jungen Leute den Bund fürs Leben geschlossen haben. Was soll daran strafbar sein?"

„Eigentlich pflichte ich Euch bei", erwiderte Richter Herold ernst und rieb sich das Kinn. „Und normalerweise würde ich auch von einer Inhaftierung absehen und Euch mit einer Geldstrafe belegen. Aber heute Morgen kamen zwei Männer zu mir, die behaupteten, Ihr wärt für das Verschwinden Ihres Vaters verantwortlich. Sie bezichtigen Euch sogar des Mordes an dem alten Mann."

Adrian wurde es plötzlich sehr heiß. Er brauchte nicht erst zu fragen, welchen Mann er ermordet haben sollte. Trotzdem fragte er nun. „Von wem sprecht Ihr? Ich habe niemanden ermordet." Abermals nahm der Richter sein Buch zu Hilfe. Er blätterte zurück und las einen Eintrag. „Es handelt sich um Adam Baumann, auch Erasmus der Hexer genannt."

„Erasmus war mein Lehrmeister als ich vor über zehn Jahren in die Stadt kam. Seine Söhne haben sich nie um ihn gekümmert und als er starb habe ich ihnen das Haus abgekauft. Das ist schon Jahre her. Wieso behaupten sie plötzlich, ich hätte ihren Vater ermordet?"

Richter Herold zuckte die Achseln. „Ich weiß nicht, wieso sie jetzt erst zu mir kamen. Angeblich hatten sie, solange Ihr ein freier Mann ward Angst vor Euch. Sie behaupten, Ihr besäßet Hexenkräfte mit denen Ihr sie verzaubert habt um ihnen das Haus abzuluchsen."

Adrian lachte, aber es klang ein wenig gezwungen. Zu viel stand für ihn auf dem Spiel, als dass er die Beschuldigungen der Gebrüder Baumann auf die leichte Schulter nehmen würde. „Ich habe für das Haus bezahlt. Darüber besitze ich ein Dokument, das Ihr jederzeit einsehen könnt."

„Ja, aber sie behaupten, Ihr habt sie verhext und das Haus weit unter seinem tatsächlichen Wert erworben. Sie bezichtigen Euch deshalb des Mordes und der Hexerei."

Kapitel 18: Der Prozess

„Das gibt es doch gar nicht. Hexerei, Mord. Dabei kann es sich doch nur um einen schlechten Scherz handeln." Simon wanderte aufgebracht in der winzigen Zelle auf und ab. „Und du sagst, dieser Richter nimmt das ernst?"

„Sonst säße ich nicht noch immer hier in diesem Loch. Und bevor ich nicht im Prozess meine Unschuld bewiesen habe, werde ich auch nicht freikommen." Adrian sah abgezehrt und übernächtigt aus. Zwei Wochen Haft hatten ihre Spuren an ihm hinterlassen. Unter seinen Augen lagen bläuliche Schatten und seine Wangenknochen standen hervor. Er könne kaum schlafen, hatte er gesagt, und das Essen sei nahezu ungenießbar. Ganz davon abgesehen, dass ihm der Appetit inzwischen gründlich vergangen sei. Seine schwarzen Augen, die sonst so viel Ruhe ausstrahlten, huschten unruhig hin und her.

Simon war es erst heute gestattet worden, dem Hexer einen erneuten Besuch abzustatten. Jeden Tag war er zum Gefängnis gekommen und jeden Tag wieder abgewiesen worden. Die Ermittlungen laufen noch, hatte es geheißen, er würde den Angeklagten nur beeinflussen. Heute nun endlich durfte er zu Adrian. Und war entsetzt über dessen schlechtes Aussehen. Doch der Hexer winkte matt ab. „Es ist hauptsächlich diese Zelle. Die Enge macht mich krank. Den ganzen Tag und die halbe Nacht starre ich die Mauern an, ich kann dir mittlerweile jede Unebenheit in den Steinen aufzählen. Wie geht es meinen Patienten?" lenkte er dann ab, „Lebt der alte Franz noch? Er muss unbedingt jeden Tag seine Medizin einnehmen."

„Ja, den Patienten geht es soweit gut. Ich behandle sie genau nach deinen Aufzeichnungen weiter. Es klappt schon. Den meisten geht es besser als dir würde ich sagen. Sage mir, wie ich dir helfen kann, ich werde alles versuchen, was mir möglich ist."

„Du kannst beim Prozess aussagen. Ihnen über meine angebliche Hexerei berichten. Allerdings weiß ich nicht, ob es gut oder schlecht für mich ist. Sie können mir meine Zaubereien so oder so auslegen. Ebenso wie sie meine unkonventionellen Heilmethoden als Hexerei darstellen können."

„Hattest du mir nicht erzählt, die letzte Hexe wäre vor über hundert Jahren hier verbrannt worden? Werden sie erneut damit beginnen?" Simon schauderte bei dem Gedanken an Folter und Scheiterhaufen. Sie waren doch nicht mehr im Mittelalter.

„So schlimm wird es nicht werden", winkte Adrian mit gequältem Lächeln ab. „Sie werden mich gewiss nicht verbrennen. Aufhängen schon eher. Allerdings wäre mir das lieber als endlose Haft. Einen jahrelangen oder gar lebenslänglichen Aufenthalt in einem Gefängnis würde ich nicht durchstehen.

Deshalb musst du mir versprechen, mir bei deinem nächsten Besuch das kleine Fläschchen mitzubringen, das ich in meiner Hexenküche im Giftschrank deponiert habe. Ich sage dir nicht, was darin ist, deshalb kannst du dich auch in keiner Weise schuldig fühlen."

Voller Abwehr hob Simon die Hände. „Nein, das kannst du nicht von mir verlangen. Ich werde dir kein Gift bringen. Das..., nein...!"

„Dann muss ich mir etwas anderes einfallen lassen" Der Hexer wischte sich resigniert über das Gesicht und vergrub es dann in seinen Händen. Dumpf sagte er durch seine Finger. „Ich werde jedenfalls nicht hier verrückt werden. Aber du hast Recht, ich kann das nicht von dir verlangen. Es gibt andere Mittel und Wege. Ich bin sicher, mir fällt etwas ein... Und vielleicht werde ich ja sowieso gehängt."

„Adrian!" Simon schrie es fast, dämpfte dann aber schnell seine Stimme wieder, aus Angst, der Wärter würde aufmerksam werden und ihn wegschicken. „Was ist los mit dir? So kenne ich dich gar nicht. Wo, zum Teufel ist dein Kampfgeist geblieben?"

„Oh, keine Angst, ich werde kämpfen. Aber es kann sein, dass ich dennoch verliere. Und ich entscheide für mich, dass ich in dem Fall nicht für unbestimmte Zeit in einer Zelle vegetiere. Du weißt, leben um jeden Preis war noch nie meine Devise. Dazu bin ich zu sehr Egoist. Aber lasse uns von etwas anderem reden. Ich denke, der Freiherr hat mir diese schlimmen Anschuldigungen eingebrockt. Ich bin eine Gefahr für seine Pläne, solange ich zwischen ihm und dir stehe. Er denkt, ich will ebenfalls an dein Erbe. Falls ich also nicht freigesprochen werde, so packe schleunigst deine Sachen, nimm Nelia und gehe zu meinem Vater. Er mag dich und er wird Nelia mögen. Und was das Wichtigste ist, er wird euch beschützen."

Am Abend, als Simon neben Nelia im Bett lag, meinte er kopfschüttelnd. „Es ist direkt unheimlich, welche Veränderung mit Adrian vorgegangen ist. Nicht nur körperlich ist er nur noch ein Schatten seiner selbst. Das Gefängnis macht ihn kaputt, falls er verurteilt wird, wird er sterben. Er kam mir wie ein Vogel vor, der in einem Käfig gefangen ist."

„Er ist ein Freigeist. Solche Menschen darf man nicht einsperren. Deshalb müssen wir tun, was in unserer Macht steht, um ihm zu seiner Freiheit zu verhelfen. Warum lehnt er eigentlich einen Anwalt ab?"

„Er sagte mir, der einzige Anwalt hier in der Stadt wäre bestechlich. Und einem Fremden vertraut er ebenso wenig. Da er sich unschuldig fühlt, meint er, sich selbst am besten vertreten zu können. Vielleicht hat er ja Recht damit. Wenn er wenigstens seinen Titel preisgeben würde. Aber er hat sogar mir verboten, zu erwähnen wer er ist. Manchmal kann er so stur sein. Dabei hat er den Disput mit seinem Vater längst beigelegt. Wenn der alte Mann wüsste..."

Er stockte und plötzlich hatte er die rettende Idee. „Adrian wird mir wahrscheinlich auf ewig seine Freundschaft kündigen, aber ich werde seinen Vater benachrichtigen. Wenn der Herzog zu Wolffhardt für ihn spricht, wird es der Richter nicht wagen, ihn zu verurteilen."

Er sprang voller neuer Zuversicht aus dem Bett und setzte sich nackt wie er war an den kleinen Schreibsekretär. Mit fliegenden Fingern schrieb er eine Nachricht aufs Papier und streute dann Sand darüber. Sorgfältig faltete er den Brief zusammen. „So, fertig. Morgen früh werde ich aus Adrians Zimmer seinen Siegelring holen und den Brief durch einen Eilboten senden. Wenn wir ein wenig Glück haben, schafft es sein Vater noch, bis zur Verhandlung hier zu sein."

Er kam zum Bett zurück und kroch unter die warmen Decken. Nelia bemerkte die Gänsehaut, die seinen gesamten Körper überzog. Schnell schlüpfte sie auf seine Seite um ihn mit ihrem Leib zu wärmen.

Erst weitere zwei Wochen später, am Verhandlungstag konnte Simon Adrian wieder sehen. Bis dahin war er stets unter einem anderen Vorwand weggeschickt worden. Er machte sich die größten Sorgen um den Hexer. Wie mochte es ihm mittlerweile ergehen? Und was mochte er von ihm denken, da er ihn nicht mehr besucht hatte?

Er war einer der Ersten, die im Verhandlungssaal Platz nahmen. Er hoffte, Adrian würde zeitig vorgeführt, so dass er vielleicht noch ein paar Worte mit ihm wechseln konnte. Im Ärmel seines Hemdes verborgen, hielt er die kleine Flasche mit dem Gift. Inzwischen hatte er eingesehen, dass für den Hexer der Tod besser wäre, als ein Leben in einer dunklen Zelle. Natürlich hoffte er immer noch, die Gerechtigkeit würde siegen und sein Freund als freier Mann nach Hause geht. Aber es sah schlecht aus.

Denn was sollte Adrian über das Verschwinden des alten Hexenmeisters sagen? Dass er in eine andere Zeit gegangen war? Nein, das würde ihm selbst der Gutgläubigste nicht abnehmen. Die Brüder Baumann hingegen hatten einige Zeugen aufgetan, die über Adrians angebliche Zauberkräfte aussagen wollten. Sie wurden noch vom Freiherrn angestachelt, der noch immer auf seiner Anschuldigung der Kuppelei bestand. So lautete die Anklage gegen den Hexer denn auch auf Kuppelei, Hexerei und Mord aus Habgier.

Der einzige Gegenzeuge war Simon. Nelia wollte ebenfalls aussagen, war aber vom Gericht nicht zugelassen worden, weil sie angeblich ein verblendetes Opfer sei. Simon vermutete, dass ihr Vater dabei seine Hände im Spiel hatte.

Zu seinem großen Kummer hatte sich der Herzog zu Wolffhardt nicht gemeldet. War ihm sein Sohn doch gleichgültiger, als es vor einigen Monaten den Anschein hatte? Es sah ganz so aus, als wolle der Herzog nicht in eine dubiose Gerichtsverhandlung gezogen werden. Vielleicht schämte er sich auch, weil sein Sohn als Hexer und Mörder angeklagt war.

Die Türe wurde geöffnet und Adrian hereingebracht. In dem hellen Gerichtssaal sah er erschreckend fahl und dünn aus. Simon verspürte bei seinem Anblick einen schmerzhaften Stich in der Magengegend. Doch heute blickten die schwarzen Augen nicht so unstet. Sie waren fest auf ihn gerichtet.

„Adrian!" Er eilte zur Barrikade und umarmte ihn stürmisch. Dabei drückte er ihm unauffällig das Fläschchen in die mit Handschellen gefesselten Hände. Adrian blickte ihm einen Moment dankbar in die Augen. Mit der ihm eigenen Geschicklichkeit ließ er die Giftflasche in seinem Ärmel verschwinden. Dann grinste er fast fröhlich. „Ah, Simon, schön dich zu sehen. Wie geht's Nelia?" Er war tatsächlich guter Dinge. Wahrscheinlich war ihm alles lieber, als weiterhin in der stickigen Zelle eingesperrt zu sein.

„Danke, gut. Aber du siehst besch...eiden aus, um es zahm auszudrücken." Adrian grinste. „Es geht nichts über die ehrliche Meinung eines guten Freundes. Aber keine Sorge. Ab heute wird es besser. So oder so..."

Der Wärter zog ihn zurück und nötigte ihn, auf einem Stuhl Platz zu nehmen. „Keine Gespräche mit dem Angeklagten", schnauzte er zu Simon gewandt.

Der Saal füllte sich schnell. Viele Neugierige waren gekommen, schließlich wurde nicht alle Tage Gericht über einen leibhaftigen Hexer gehalten. Die Leute tuschelten aufgeregt und starrten Adrian an, als wäre er ein Kalb mit zwei Köpfen. Doch das schien den Hexer nicht zu berühren. Abgesehen von seiner ausgezehrten Erscheinung war er wieder ganz er selbst. Ruhig musterten seine Augen alle Anwesenden und blieben dann auf dem Freiherrn hängen. Seine spöttisch hochgezogene Augenbraue machte überdeutlich, was er von dem Rummel um seine Person hielt. Hunold zu Kilchenstein blickte jedenfalls ziemlich griesgrämig drein. Ihm hätte Angst um sein Schicksal an dem Hexer entschieden besser gefallen.

Endlich begann die Verhandlung. Zuerst wurde der Freiherr angehört, der Adrian mit anklagendem Gesichtsausdruck der Kuppelei beschuldigte. Danach wurde der Angeklagte aufgefordert, Stellung zu nehmen. Er erhob sich und meinte lakonisch. „Zu dieser dummen Anschuldigung habe ich schon alles gesagt, was es zu sagen gibt."

Er setzte sich wieder und überließ es dem Richter, zu sprechen. Der schlug den Vorwurf der Kuppelei dann auch nieder und kam zum nächsten Punkt, der Hexerei.

Adrian wurde zuerst befragt. „Wie kommt es", fragte Richter Herold und blickte streng in die Runde, damit Ruhe einkehrte. „Wie kommt es, dass Ihr überall als der Hexer bezeichnet werdet? Sagt Ihr selbst, dass Ihr ein Hexer seid?"

„Ich würde es nicht als Bezeichnung meines Berufes sehen. Ich bin ein Arzt und Heiler. Allerdings heile ich manchmal nach uralten Methoden, die vor hunderten von Jahren schon von weisen Frauen und Männern angewandt wurden. So gesehen, kann man meine Tätigkeit als Kunst der weißen Magie bezeichnen."

„Aber Ihr habt schon des Öfteren Zaubersprüche über Arzneien gesprochen..."

„Ein bisschen Hokuspokus. Es gibt viele abergläubische Leute, die denken, eine besprochene Medizin wirkt besser. Wenn sie es glauben, mir ist es Recht..."

„Und Eure Zaubervorstellungen?"

„Ein Freizeitvergnügen von mir. Wenn Ihr wollt, verrate ich Euch einige der Tricks. Ihr würdet staunen, mit welch einfachen Fingerübungen man Leute zum Narren halten kann. So wie meine Entfesselungstricks." Er hob seine gefesselten Hände in die Höhe. „Meint Ihr, wenn es wirklich so einfach möglich wäre, sich aus eisernen Fesseln zu befreien stände ich heute noch so vor Euch? Ich wäre längst entflohen."

Simon staunte, mit welcher Leichtigkeit Adrian diese kleine Lüge über die Lippen brachte. Er hatte schon mehr als einmal gesehen, dass der Hexer sich aus jeder Fessel befreien konnte. Es wäre ihm sicher auch irgendwie möglich gewesen, aus dem Gefängnis zu entfliehen. Aber Adrian fühlte sich unschuldig und wollte von dem Verdacht freigesprochen werden. Das war der alleinige Grund, warum er so lange ausgeharrt hatte. Ein Leben auf der Flucht war nichts für ihn.

Der Richter rief nun einige der Zeugen auf, die den Hexer schon bei seinen Vorführungen gesehen hatten. Sie erzählten bis ins kleinste Detail, welch wundersame Dinge er vollbringen konnte. Er hingegen entkräftete ihren Vorwurf der Hexerei, indem er genau erklärte, wie die Tricks ausgeführt wurden. Einige führte er sogar langsam vor, so dass jeder sehen konnte, wie es gemacht wurde. Endlich schien der Richter zufrieden. Doch dann fiel ihm noch etwas ein. „Wie macht Ihr das eigentlich mit der brennenden Hand? Das erscheint mir wahrlich als Hexenkunst."

Adrian seufzte leise. Das war sein Lieblingstrick, mit dem er jedermann in Erstaunen versetzen konnte. Er verriet nicht gerne, wie es gemacht wurde. Doch es musste sein. „Mein Lehrling soll Euch erklären, wie es funktioniert.

Indem Ihr ihm zuhört, glaubt Ihr mir vielleicht eher, dass es nur ein Trick ist. Darf ich dich bitten, Simon?"

„Simon war froh, endlich zur Entlastung seines Freundes beitragen zu können. Er trat vor und begann zu erklären. „Man benutzt eine farblose Paste, die aus brennbaren Materialien hergestellt wird. Der Trick dabei ist, die Hand nur so dünn zu bestreichen, dass die Paste verbrannt ist, ehe das Feuer die Haut erreicht. Es erlischt, bevor Schaden entsteht."

„Aber verbrennt man sich nicht? Feuer auf der Haut, das schmerzt doch sehr." Der Richter war ungläubig. Aber Simon schüttelte den Kopf. „Ich habe es selbst schon ausprobiert, es wird sehr heiß, aber nein, es schmerzt kaum. Auch die Haut bleibt unversehrt."

„Er lügt doch, um ihn zu schützen", warf jetzt der Freiherr erzürnt ein.

„Von wegen, Paste. Das ist reinstes Hexenwerk. Echte Hexen sind gegen Feuer immun. Sie verbrennen selbst auf dem Scheiterhaufen nicht. Er soll beweisen, dass er ein Mensch und kein Hexer ist."

Der Richter warf ihm einen ärgerlichen Blick zu. „Und wie soll er das? Wir können ihn schwerlich anzünden, nur um zu sehen ob er eventuell nicht brennt."

„Dann soll er seine Hand über eine brennende Kerze halten. Holt er sich eine Brandblase, ist er menschlich. Passiert ihm nichts, dann ist erwiesen, dass er ein Hexenmeister ist."

Richter Herold schüttelte erbost den Kopf. „Wir sind hier in einem Gerichtssaal und nicht in einem Folterkeller des Mittelalters. Ich werde den Angeklagten nicht mit einer Flamme verbrennen lassen, um zu beweisen, dass er kein Hexer ist."

Doch Adrian mischte sich ein. „Ich bestehe auf diese Feuerprobe. Wenn es zur Bestätigung meiner Unschuld beiträgt, dann werde ich mich einer solchen Prozedur unterziehen. Lieber eine Brandblase, als die dumme Anschuldigung eines abergläubischen Mannes länger zu ertragen." Bei diesen Worten hefteten sich seine Augen fest auf den Freiherrn. Der starrte wütend zurück, sagte aber nichts mehr.

Also wurde eine Kerze entzündet und Adrians Hand wurde von dem Wärter gehalten, so dass er sie nicht von der Flamme abwenden konnte. Nach einigen Sekunden stieß er ein ersticktes Keuchen aus und versuchte, seine Hand zurückzuziehen. Doch der Wärter ließ ihn erst auf ein Zeichen des Richters los. Die Hand wurde umgedreht und Richter Herold gezeigt. Es befand sich eine hässliche, schwarz umrandete Brandwunde auf dem Handteller, die intensiv nach verbranntem Fleisch roch. Das Gesicht des Hexers war blass vor Schmerz und winzige Schweißperlen standen auf seiner Stirn.

Der Richter musterte ihn mitleidig und warf dann einen vernichtenden Blick zu Hunold von Kilchenstein hin. „Seid Ihr nun zufrieden, Freiherr? Das ist eindeutig eine Brandwunde, der Mann ist also ein Mensch."

Einem Gerichtsdiener befahl er Verbandszeug zu holen und dem Hexer die Hand zu verbinden. Erst als das geschehen war, wurde die Verhandlung fortgesetzt.

Simon wurde nun aufgefordert, Zeugnis darüber abzulegen was er von seinem Lehrherrn gelernt hatte und wie der mit seinen Patienten umging. Endlich konnte er sich über die vielseitigen guten Eigenschaften seines Freundes auslassen. Er begann, wie ihn der Hexer krank gefunden und gesund gepflegt hatte, „Ohne ihn wäre ich gestorben" sagte er überzeugt, „denn keiner der Bürger wollte mir helfen."

Dann berichtete er, wie Adrian die vielen Armen der Stadt kostenlos behandelte. „Er lässt sich nur von begüterten Patient bezahlen. Und das Geld für die Medizin der Bedürftigen zahlt er aus eigener Tasche oder verwendet die gesammelten Beträge, die er für seine Zaubervorstellungen erhält. Er bringt ärmeren Familien auch oft Lebensmittel mit und Spielzeug für die Kinder."

Adrian saß während dieser Lobrede mit geschlossenen Augen auf seinem Stuhl. Simon ahnte, wie peinlich es ihm war, als selbstloser Engel der Armen dargestellt zu werden. Er war mit seinen Taten nie hausieren gegangen und hatte seine Mildtätigkeit stets im Verborgenen angewandt. Aber jetzt war einfach nicht der richtige Zeitpunkt, um auf seine Gefühle Rücksicht zu nehmen. Wenn er sicher gewesen wäre, damit bei Richter Herold Eindruck zu schinden, hätte Simon den Freund sogar einen Heiligen genannt. Doch er beschränkte sich auf Tatsachen.

Der Richter schien tatsächlich beeindruckt und musterte den Gefangenen mit neuem Interesse. Er war selbst als Mann bekannt, der versuchte, den Armen zu mehr Rechten zu verhelfen. Dennoch meinte er jetzt streng: „Aber mir ist auch zu Ohren gekommen, dass Ihr außer Lebensmitteln auch Mittel an die Armen verteilt, mit denen man angeblich unerwünschten Kindersegen verhindert. Das ist zumindest in den Augen der Kirche eine große Sünde. Was habt Ihr dazu zu berichten?" Die Frage war nun wieder an Adrian direkt gerichtet. Er stand von seinem Platz auf und schaute den Richter furchtlos an.

„Ja, das habe ich getan. Mag sein, dass es die Kirche als Sünde ansieht, ich tue das nicht. Denn zu viele Kinder sind meist das größte Unglück armer Leute. Sie bringen sie nicht satt, so dass letztendlich viele sterben müssen, die eigentlich leben könnten. Ich denke, wenn ein Vater nur vier oder fünf Mäuler zu stopfen hat, so kann er das bewältigen. Alle haben eine Chance, das Erwachsenenalter zu erreichen. Hat er aber acht, zehn oder mehr Kinder, so werden davon auch nur drei oder vier überleben. Die anderen sterben jämmerlich an Unterernährung und Krankheiten. Da finde ich es besser, sie werden gar nicht erst geboren. Und man muss auch die Gefahr für die Mütter bedenken. Bei jeder Schwangerschaft wird es für eine Frau gefährlicher."

Der Richter schwieg eine Weile nachdenklich. Dann räusperte er sich.

„Nun, darüber lohnt es sich zumindest einmal nachzudenken. Ich finde, solange Ihr keiner Frau helft, ein unerwünschtes Kind loszuwerden, müsst Ihr Euer Tun alleine mit Eurem Gewissen abmachen. Für die Verhandlung soll es nicht relevant sein. Ich werde auch den Vorwurf der Hexerei niederschlagen. Bleibt noch der angebliche Mord an Adam Baumann übrig. Darüber wollen wir morgen verhandeln."

Er schlug mit einem hölzernen Hammer auf den Tisch und erklärte die Gerichtsverhandlung für den heutigen Tag als beendet. Sie sollte am nächsten Morgen um zehn Uhr fortgesetzt werden.

Bevor Adrian wieder in seine Zelle geführt wurde, meldete sich Simon zu Wort und bat darum die Hand seines Freundes ordentlich versorgen zu dürfen. Der Wächter wollte mürrisch ablehnen, doch Richter Herold hörte die Bitte und stimmte zu.

„Lasst den Mann zu ihm in die Zelle. Brandwunden können gefährlich werden, wenn sie nicht richtig behandelt werden. Nur ein Verband reicht nicht aus. Wir wollen ja nicht, dass der Angeklagte an Blutvergiftung stirbt."

Nachdem Simon beim Apotheker einen Kräutersud hatte herstellen lassen, ging er damit zum Gefängnis zurück. Er wurde sogleich in Adrians Zelle geführt. Der Wärter drückte sich eine Weile an der offenen Zellentüre herum, dann wurde er weggerufen, weil ein neuer Gefangener in seiner Zelle randalierte.

„Ich komme später, Euch hinaus zu lassen", knurrte er und schlug die Türe zu. Seine eiligen Schritte verstummten schnell.

Endlich konnten sie ungestört miteinander reden. Währen Simon die Brandwunde vorsichtig mit dem Sud auswusch fragte er aufgebracht.

„War das wirklich nötig, dich auch noch verbrennen zu lassen? Die Narbe wird dir ewig bleiben. Und sie wird noch einige Tage schmerzen. Wem wolltest du damit was beweisen?"

„Ach, pfeif doch auf die Narbe. Eine mehr oder weniger, darauf kommt es nicht an." Adrian zischte leise durch die Zähne als der Sud in der Wunde brannte.

„Vielleicht wollte ich nur mir selbst etwas beweisen, ich habe keine Ahnung. Ist auch nicht so wichtig. Viel schlimmer ist, dass ich noch eine Nacht voller Ungewissheit in diesem Loch verbringen muss. Mir wäre lieber gewesen, es hätte heute schon ein Urteil gegeben."

„Aber ist es nicht besser, nichts zu überhasten? Immerhin hat Richter Herold schon zwei Anklagepunkte verworfen. Ich bin eigentlich zuversichtlich. Der Mann nimmt seine Aufgabe ernst." Simon war mit der Wundversorgung fertig, wickelte nun einen sauberen Verband um Adrians Hand und steckte ihn fest. Dann hob er den Blick in die Augen des Hexers. Er war erstaunt, wie düster er blickte.

„Was ist? Bist du nicht zuversichtlich? Bisher ist es doch bestens gelaufen. Ich habe zwar einen Schreck gekriegt, als der Richter über Abtreibung sprach. Aber ganz sicher weiß er nichts." Die letzten Sätze hatte er nur leise gemurmelt, aus Angst, jemand könne zuhören. Verstohlen blickte er zur Türe, aber niemand war da.

Der Hexer schüttelte den Kopf. „Davon kann er unmöglich wissen. Das passierte nicht hier. Nein, mir macht der morgige Prozess Kopfzerbrechen. Ich habe keinerlei Beweise, dass ich meinen alten Lehrmeister nicht umgebracht habe. Das heute..." er machte eine wegwerfende Handbewegung, „das hat mir wenig ausgemacht. Ich wusste, dass ich den Vorwurf der Hexerei irgendwie zerpflücken kann. Und der Vorwurf der Kuppelei hat mich keine Sekunde belastet. Den Vorwurf durch Erasmus' Söhne kann ich jedoch nicht so einfach widerlegen. Schließlich ist ihr Vater ja tatsächlich vom Erdboden verschwunden. Im wahrsten Sinne des Wortes. Wie soll ich etwas erklären, das ich selbst nicht verstehe? Und die beiden werden nicht klein beigeben. Ich habe sie die ganze Zeit beobachtet. Sie und den Freiherrn. Ich bin mir ganz sicher, diese Anklage ist auf seinem Mist gewachsen. Er hat ihnen ständig zugeflüstert." Seine Augen verdüsterten sich noch mehr. „Ich sehe schwarz für morgen..."

Simon wusste darauf keine Erwiderung. Er hätte den Hexer gerne getröstet, so wie der ihn schon so oft getröstet hatte. Aber es gab keine Worte, die ihm Zuversicht gegeben hätten. Etwas anderes fiel ihm ein.

„Die Flasche, du wirst sie doch nicht benutzen?" Er bereute bereits, dass er sie überhaupt mitgebracht hatte. Adrian zauberte sie jetzt aus seiner Hosentasche und betrachtete sie wie einen Schatz. Simon fragte sich nur flüchtig, wie er sie wohl trotz der Handfesseln unbemerkt vom Ärmel in die Hosentasche gebracht hatte. Solche Kunststücke waren für den Magier kein Problem.

„Heute noch nicht", versprach Adrian ihm. Er sah sich suchend in seinem Gefängnis um. Dann wickelte er die Flasche einfach in die verlauste Decke. „Da greift keiner hinein", meinte er grimmig. Dann hielt er die Decke gedankenverloren auf dem Schoß. Er brauchte keine Angst mehr vor dem Ungeziefer zu haben. Mittlerweile war er zwangsläufig von den lästigen Tierchen befallen. Simon merkte es daran, dass er sich andauernd an irgendeiner Körperstelle kratze. Er tat es ganz unbewusst, anscheinend hatte er sich mit dem Flohbefall längst abgefunden.

„Wenn ich dir nur irgendwie helfen könnte. Mir will partout nichts einfallen."

„Du hast mir heute sehr geholfen." Seine Stimme klang ehrlich und seine Augen blickten dankbar. „Obwohl du meiner Meinung nach etwas dick aufgetragen hast. Die Leute haben mich angeschaut, als wäre ich ein Held. Es war mir richtig peinlich."

Jetzt musste Simon doch grinsen. „Sagst du nicht selbst immer; der Zweck heiligt die Mittel? Ich habe mich nur an deine Worte gehalten."

Darauf wusste Adrian nichts zu erwidern, er grunzte nur unwillig. Simon musterte ihn, wie er so zusammengesunken auf der harten Pritsche saß.

„Du solltest dich zwingen, etwas mehr zu essen" meinte er besorgt. „Du hast bestimmt etliche Kilo abgenommen."

„Wozu? Damit der Henker einen stärkeren Strick braucht? Den Fraß hier würde ich nicht einmal einem Schwein vorsetzen. Gestern gab es halbgaren Gerstenbrei, ungewürzt. Die einzige Beilage waren zwei Kakerlaken."

Simon seufzte. Was sollte er darauf erwidern? Wenn es ihm erlaubt worden wäre, hätte er jeden Tag Essen ins Gefängnis gebracht. So meinte er nur lahm. „Wenn du wieder zu Hause bist, werden Maria und Ellen dich mästen. Und Nelia wird dir einen Kuchen backen. Sie bäckt phantastische Kuchen."

Der Hexer mühte sich, ein Lächeln zustande zu bringen, es wollte ihm nicht so recht gelingen. Stattdessen vertieften sich die Falten um seinen Mund. „Nelia" brachte er schließlich hervor. „Wie geht es ihr? Ist sie tatsächlich schwanger?"

„Jetzt schon", erwiderte Simon stolz. „Ihre Tage sind jedenfalls ausgeblieben. Zuvor hat deine Tinktur jedoch hundertprozentig gewirkt."

„Gratuliere. Sicher wird es ein ganz besonderes Kind. Bei den Eltern."

„Ach Adrian." Simon schaute ihn unglücklich an.

„Sei doch nicht so deprimiert. Wo ist dein Enthusiasmus geblieben? Du machst mir direkt Angst."

„Ich habe auch Angst, Simon. Soviel Angst, wie noch nie in meinem Leben."

Kapitel 19: Schwere Beschuldigung

Der nächste Verhandlungstag war angebrochen und es sah tatsächlich schlecht um Adrians Freiheit aus. Gerade wurden die Gebrüder Baumann vernommen. Sie ließen kein gutes Haar an dem Hexer.

„Er hat unseren Vater gegen uns aufgehetzt", erklärte Eberhard, der ältere der Beiden gerade. „Er hat ihn beeinflusst, seinen eigenen Söhnen zu misstrauen."

„Das ist nicht wahr", erwiderte der Hexer ruhig, als er zu den Vorwürfen befragt wurde. „Adam Baumann hatte sich schon enttäuscht von seinen Söhnen abgewendet, als wir uns das erste Mal begegneten. Sie schämten sich seiner, weil er in der Stadt als Hexer galt. In den acht Jahren, die ich bei ihm wohnte, kamen sie höchstens einmal im Jahr vorbei um zu sehen, ob er noch lebte. Und als er eine lebensgefährliche, ansteckende Krankheit bekam, habe ich ihn gesund gepflegt. Seine Söhne ließen sich kein einziges Mal blicken. Sie haben sich noch nicht einmal nach seinem Befinden erkundigt."

„Und wie ging es weiter? Was ist mit Adam Baumann geschehen. Ihr sagtet, er wäre wieder gesund geworden. Aber wo ist er jetzt?"

„Er hat ihn ermordet und irgendwo verscharrt", behauptete Josef, der Jüngere. „Denn kurz nach seiner Genesung war Vater plötzlich verschwunden. Ohne sich von uns zu verabschieden. Das hätte er nie gemacht."

„Auch das ist nicht wahr." Adrian ließ sich noch immer nicht aus der Ruhe bringen. Obwohl er nach wie vor nicht wusste, wie er dem Richter das Verschwinden seines Mentors erklären sollte. „Warum sollte ich Erasmus erst heilen, um ihn danach umzubringen?"

„Wegen des Hauses. Ihr wart von Anfang an scharf auf sein Haus. Deshalb habt Ihr sein Vertrauen erschlichen, ihn mit Euren Hexenkräften beeinflusst. Ihr wusstet, dass er ein Mann mit wirrem Geist war. Das habt Ihr Euch zunutze gemacht um ihm sein Haus abzuluchsen."

„Was hat es nun tatsächlich mit dem Haus auf sich?" wollte Richter Herold von Adrian wissen. „Habt Ihr es überschrieben bekommen? Wie kam es dazu, da Adam Baumann doch rechtmäßige Erben hatte?"

„Adam Baumann hat es mir tatsächlich nach seiner Genesung überschreiben wollen. Aus Dankbarkeit. Denn, so sagte er mir, seine Söhne hätten nicht verdient, ihn zu beerben. Er wollte, dass sein Haus, an dem er sehr hing, mir gehörte. Er meinte, nur ich könne das Haus und seine Einrichtung richtig würdigen. Er mochte mich und ich sah in ihm so etwas wie einen Ersatzvater."

„Ihr meint wohl, er hing an seinem Hexenkram. Das Haus ist vollgestopft damit. Ein unheimlicher Hexenbau ist dieses Gemäuer. Mein Bruder und ich haben uns immer darin gegruselt. Dennoch, es gehört eigentlich rechtmäßig uns. Und die Tatsache, dass Vater spurlos verschwunden ist, ohne eine Nachricht zu hinterlassen, könnt Ihr wohl nicht leugnen." Es war wieder Eberhard, der diese Worte in den Raum schleuderte.

„Euer Vater ist nicht ohne Nachricht verschwunden, er hat Euch einen Brief hinterlassen, in dem er angab, er wolle eine lange Reise machen. Darin hat er sogar vermerkt, dass er vielleicht nie mehr hierher zurückkehren wollte. Ich besaß eine Abschrift dieses Briefes, sie lag zusammen mit den Dokumenten über den Hauskauf in meinen Unterlagen."

Richter Herold horchte auf.

„Na, dann ist doch alles bestens. Weshalb habt Ihr das nicht schon eher erwähnt? Lasst diese Dokumente und die Abschrift bringen. Wenn sie bestätigen, was ihr sagt, dann seid ihr ein freier Mann."

Adrian schüttelte niedergeschlagen den Kopf. „Sowohl die Abschrift als auch die Papiere, die bestätigen, dass ich den Brüdern Baumann die Summe von hundert Gulden für die Überlassung des Hauses gezahlt habe wurden mir leider gestohlen."

Erst kurz vor der Verhandlung hatte er durch Simon von dem Diebstahl erfahren. Zwei Tage zuvor waren drei Männer vor der Türe erschienen, die einen angeblich Bewusstlosen zur Behandlung bringen wollten. Maria hielt sich zu dem Zeitpunkt alleine im Haus auf. Nelia und Ellen waren auf dem Markt um einzukaufen, Simon war bei Patienten unterwegs. Maria hatte die Leute arglos ins Haus gebeten, wo sie nach dem Bewusstlosen sehen wollte, bis Simon zurück war. Als sie in der Küche Wasser holte, musste sich einer der Männer heimlich die Treppe hinaufgeschlichen und die Räume durchsucht haben. Die anderen erklärten Maria sein Fehlen, indem sie behaupteten, er wäre im Hof auf der Toilette. Die alte Frau wurde nicht argwöhnisch. Auch nicht, als sich der Bewusstlose kurz darauf auf wundersame Weise erholte und die Männer plötzlich ziemlich eilig das Haus verließen.

Als Simon auf Adrians Bitte hin die Papiere herausholen wollte, um sie heute dem Richter vorzuzeigen, waren sie verschwunden. Er hatte sofort alle im Haus befragt. Maria erzählte von den fremden Männern. Nur sie kamen als Diebe in Frage.

Für den Hexer war klar, dass das Fehlen dieser Papiere seine endgültige Verurteilung bewirken würde. Sie waren sein einziger Trumpf gewesen. Nur die Baumannbrüder hatten außer ihm von den Dokumenten gewusst. Sie mussten den Diebstahl in Auftrag gegeben haben. Aber wie sollte er das beweisen?

So wunderte es ihn nicht, als Richter Herold jetzt finster den Kopf schüttelte. „Diese Geschichte erscheint mir doch sehr konstruiert. Es ist doch seltsam, dass die Dokumente just in dem Augenblick gestohlen wurden, als Ihr sie bräuchtet. Warum habt Ihr den Diebstahl nicht gemeldet?"

„Ich habe ja erst heute davon erfahren. Gestern bat ich meinen Freund, sie hierher zu bringen. Ich dachte mir, dass Ihr sie sehen wollt. Aber sie waren nicht mehr da..."

Der Richter musterte ihn misstrauisch. Man sah ihm an, dass seine Sympathie für den Angeklagten ins Wanken geriet. Aber er war ein gerechter Mann und wollte nicht voreilig urteilen. Deshalb fragte er weiter: „Ihr behauptet also, Ihr hättet für das Haus bezahlt. Wieso, wenn Adam Baumann es Euch doch schenken wollte?"

„Ich wollte nicht, dass seine Söhne sich übervorteilt fühlten. Außerdem wusste ich um ihre Missgunst mir gegenüber. Um bösem Blut vorzubeugen, bot ich ihnen deshalb an, das Haus zu kaufen. Sie waren damit einverstanden, denn wie Ihr schon hörtet, wollten sie selbst nicht darin wohnen. Für sie war es ein Hexenhaus."

Richter Herold schüttelte verwirrt den Kopf. „Ich habe noch nie gehört, dass jemand für etwas bezahlen will, dass ihm angeblich geschenkt wurde. Deshalb kann ich Eurer Geschichte auch wenig Glauben schenken. Und Tatsache ist, Adam Baumann ist seit zwei Jahren spurlos verschwunden und ihr lebt in seinem Haus. Was würdet Ihr an meiner Stelle denken?"

Der Hexer antwortete nicht, er wusste selbst, wie unglaubwürdig seine Geschichte klang. Es gab nichts mehr zu sagen. Sein Schicksal schien besiegelt. Starr blickte er zu dem Freiherrn hin, der auch heute wieder der Verhandlung beiwohnte. Der Mann erwiderte seinen Blick mit einem höhnischen Feixen, das Adrian bestätigte, wer der heimliche Initiator dieser üblen Farce war.

Richter Herold fuhr mit der Verhandlung fort. Aber nun war ihm deutlich anzumerken, dass er dem Angeklagten keinerlei Sympathie mehr entgegenbrachte. Selbst die meisten Zuschauer murmelten aufgebrachte Worte. „Dieser Mann ist ein gemeiner, abgefeimter Lügner", ereiferte sich Eberhard nun erneut. Anklagend deutete er mit dem Finger auf den Hexer. „Nicht nur, dass er unseren Vater wegen des Hauses umgebracht hat, jetzt behauptet er auch noch dreist, er hätte dafür hundert Gulden bezahlt. Hundert Gulden! Womit hätte er die denn bezahlen wollen? Als er sich bei Vater einschlich besaß er gerade das, was er auf dem Leib trug. Dieser Mann ist ein elender Habenichts, ein Betrüger und Mörder."

„Dieser Mann ist Prinz Adrian zu Wolffhardt, und der zukünftige Herzog zu Wolffhardt", erscholl es jetzt dröhnend von der Eingangstüre her. Schon eine Weile zuvor war sie aufgegangen und ein paar Männer waren hereingekommen. Niemand hatte jedoch darauf geachtet, die Blicke der Zuschauer waren allesamt gespannt auf den Hexer und seine Ankläger gerichtet gewesen. Doch nun flogen die Köpfe aller Anwesenden herum. Jeder wollte sehen, wer sich da so lautstark Gehör verschaffte.

Der alte Herzog zu Wolffhardt schritt energisch den Gang entlang auf die hölzerne Barriere zu, hinter der sein Sohn stand. Sein Stock klopfte den Takt zu seinen Schritten. Vor Adrian blieb er stehen und schaute ihn kurz kopfschüttelnd an. Dann wandte er den Blick zu Richter Herold hin. Laut und deutlich sagte er.

„Dieser Mann, Prinz Adrian zu Wolffhardt ist weder ein Betrüger noch ein Mörder. Und ganz gewiss ist er kein Habenichts. Als meinem Sohn und Erben gehören ihm Ländereien, die in ihren Ausmaßen diese Stadt und das umliegende Land um das Vielfache übertreffen. Außerdem besitzt er ein Schloss und wenn er wollte, könnte er mehr Häuser kaufen als er je bewohnen kann. Er hat es gewiss nicht nötig, einen alten Mann wegen eines Hauses umzubringen. Aber da Worte nicht ausreichen, seine Unschuld zu beweisen, habe ich hier einen Mann mitgebracht, der an dem Diebstahl der verschwundenen Dokumente beteiligt war. Meine Männer haben ihn vorhin in einer Wirtschaft entdeckt, wo er mit seinen Taten geprahlt hat. Er wird Euch berichten, was er über den Diebstahl und die Anstifter weiß."

Er gab seinen Begleitern einen Wink und die stießen einen gefesselten Mann nach vorne. Der Herzog kümmerte sich nicht um ihn, sondern meinte warnend in die Runde. „Wer es also wagt, meinen Sohn nochmals zu beschuldigen, den werde ich zur Verantwortung ziehen. Ich verlange seine sofortige Freilassung und die Inhaftierung dieser Männer. Sie haben sich der Falschaussage und Verleumdung schuldig gemacht." Er deutete auf die Brüder Baumann, die ihn mit offenen Mündern fassungslos anstarrten.

Auch Adrian starrte ihn ungläubig an. Wie, zum Teufel, kam sein Vater hierher? Nicht, dass er nicht dankbar über dessen Erscheinen gewesen wäre. Noch nie in seinem Leben war er so glücklich gewesen, seinen Vater zu sehen. Aber sein rettendes Eingreifen in den Prozess konnte doch kein Zufall sein.

Argwöhnisch blickte er zu Simon hin und als er dessen befreites Grinsen sah, wusste er Bescheid. Aber er konnte dem Freund für seine eigenmächtige Einmischung nicht wirklich böse sein.

Sein Vater blickte ihn jetzt zum ersten Mal voll an. Dann schüttelte er erneut den Kopf. Er sah bekümmert aus. „Deine Sturheit wird dich irgendwann noch einmal den Kopf kosten. Kannst du mir noch immer nicht verzeihen? Ist dir mein Name so zuwider, dass du lieber am Galgen stirbst, als dich dazu zu bekennen?"

Adrian musste plötzlich um seine Fassung kämpfen. Die Nervenanspannung der letzten Wochen machten sich überdeutlich bemerkbar. Er hob schnell die gefesselten Hände hoch, um sich mit dem Ärmel seiner Jacke über die Augen zu wischen. Mit leichtem Stammeln brachte er heraus. „Ich habe einfach nicht daran gedacht. Ich meine..., ich dachte...“

„Du dachtest, du wirst es dem alten Narren schon zeigen, dass du auch ohne ihn zurechtkommst, ich weiß. Aber damit ist nun Schluss. Du bist ein zukünftiger Herzog und ich will nicht, dass du das noch einmal vergisst.“

Trotz seiner mürrischen Worte riss er Adrian spontan in seine Arme und drückte ihn fest an seine Brust. Sein Stock fiel polternd zu Boden.

„Du wirst dir Flöhe holen“, sagte der Hexer mit erstickt klingender Stimme und versuchte halbherzig, sich aus den Armen seines Vaters zu befreien.

„Den Biestern ist adeliges Blut genauso lieb, wie bürgerliches.“

Der Richter unterbrach den entstandenen Tumult im Gerichtssaal durch lautes Klopfen mit seinem Hammer. Dann gab er eine Erklärung ab. „Ich werde die ganze Angelegenheit gründlich überprüfen lassen. Aber ich denke, wir können den Angeklagten einstweilen entlassen. Ihr, Herzog bürgt mir dafür, dass er in der Stadt bleibt. Aber ich bin mir sicher, alles wird sich aufklären. In einigen Tagen, wenn ich mir ein klares Bild über all die verwirrenden Aussagen gemacht habe, werde ich eine erneute Sitzung einberufen.“

Er klopfte nochmals energisch mit seinem Hammer auf den Tisch und erklärte die Verhandlung vorerst für beendet. Adrian wurde von seinen Fesseln befreit und durfte das Gerichtsgebäude verlassen. Er würdigte die Brüder Baumann keines Blickes, als er an ihnen vorbeiging. Die beiden würden sich peinliche Fragen gefallen lassen müssen, das hatte der Richter schon angekündigt.

Adrians Blick wanderte zu dem Platz des Freiherrn. Der saß noch immer auf seinem Stuhl und sah ihn mit vor Schreck geweiteten Augen an. Aber selbst für seinen Feind hatte der Hexer im Moment wenig Interesse. Er wollte nur noch aus diesem Gebäude heraus. Mit seinem Vater an der einen und Simon an seiner anderen Seite verließ er den Gerichtssaal.

„Ahh..., was für eine Wohltat. Du glaubst nicht, wie sehr ich ein heißes Bad vermisst habe. Reich mir die Flasche mit dem Kräutersud, bitte. Das Zeug stinkt zwar zum Himmel, hilft aber zuverlässig gegen Läuse und Flöhe.“

Simon reichte ihm die Flasche. Adrian saß in dampfend heißem Wasser in einem großen Holzzuber und schrubbte sich die Haut mit einer Bürste ab. Sie waren alleine in der Badestube. Der Herzog hatte es sich mit Nelia als Gesellschafterin im Wohnzimmer gemütlich gemacht und ließ sich von einer total ehrfürchtigen Ellen bedienen. Die junge Frau war durch den hohen Besuch und der unvermuteten Tatsache, dass sie die Bedienstete eines richtigen Prinzen war, ganz aus dem Häuschen.

„Morgen weiß es die ganze Stadt", prophezeite Adrian düster. „Fortan wird mir jeder mit unterwürfigem Gebaren begegnen. Wahrscheinlich wagt es kaum noch einer, meine Heilkünste in Anspruch zu nehmen. Wer lässt sich schon von einem leibhaftigen Prinzen einen Furunkel am Arsch aufschneiden?"

„Es tut mir leid", meinte Simon zerknirscht. „Es ist meine Schuld. Aber ich sah keine andere Möglichkeit, als deinen Vater zu benachrichtigen..."

„Ist ja schon gut", besänftigte Adrian ihn schnell. „Ich gebe es ja nur ungern zu, aber ich war wirklich sehr erleichtert, als ich im Gerichtssaal die befehlsgewohnte Stimme meines alten Herrn vernahm. Zum ersten Mal in meinem Leben war ich glücklich, einen so einflussreichen Vater zu haben." Er seufzte reuig. „Ich hätte wirklich selbst auf die Idee kommen können, meine Herkunft preiszugeben. Wenigstens dieses eine Mal. Aber vielleicht hätte man mir ja gar nicht geglaubt."

„Nun, jetzt glaubt man dir ganz sicher. Der Auftritt des Herzogs war wirklich stark. Dabei dachte ich, er würde gar nicht kommen. Deshalb habe ich dir auch nichts davon gesagt. Ich wollte nicht, dass du dich noch zusätzlich grämst."

Adrian seufzte erneut und ließ sich tiefer ins Wasser gleiten. Seine Haare schimmerten gelblich von der Tinktur, die er sich hinein geschmiert hatte. Das Zeug stank wirklich bestialisch nach Kräutern und Schwefel. Das konnten die Läuse nicht überleben.

Seine Kleider, die er all die Wochen im Gefängnis zu tragen gezwungen war, hatte er nach dem Ausziehen zusammengeknüllt und ins Herdfeuer geworfen.

„Wie kann ein Mensch nur so stinken", hatte er schaudernd gemeint und sich angewidert von oben bis unten betrachtet. „Den Dreck kriege ich nie mehr von meiner Haut. Im Kerker hat es keine Möglichkeit gegeben, sich zu waschen. Das Wasser war so knapp bemessen, dass es gerade Mal für meinen Flüssigkeitsbedarf gereicht hat."

Nur vor dem Prozess durfte er sich am Brunnen mit eiskaltem Wasser notdürftig waschen um danach wieder in seine stinkenden Kleider zu schlüpfen.

Simon hingegen war weniger über seinen strengen Geruch, als über seine hagere Figur entsetzt gewesen. Die Gefängniswochen hatten den Hexer ausgezehrt. Jede Rippe stand ihm hervor. Seine breiten Schulterknochen verstärkten noch den Eindruck der Unterernährung. Es würde eine ganze Weile dauern, bis er seine einstige, muskulöse Gestalt zurückbekam. Maria stand schon in der Küche und bereitete seine Lieblingsspeisen zu. Als sie ihn gesehen hatte, war sie in Tränen ausgebrochen.

„So, ich denke, das Mittel hat genug eingewirkt. Gießt du mir Wasser über den Kopf?" Er hielt sich einen Lappen vors Gesicht, damit die aggressive Flüssigkeit nicht in die Augen lief und Simon goss ihm heißes Wasser aus dem Eimer über die Haare. Dann reichte er ihm angewärmte Handtücher, damit er sich trocken rubbeln konnte.

Mit einem wohligen Grunzen schlüpfte Adrian schließlich in saubere Sachen. „Ich fühle mich wie neugeboren", seufzte er zufrieden. „Kaum zu glauben, was ein bisschen Wasser ausmacht."

Wenig später saßen sie bei den anderen im Wohnzimmer. Maria trug gemeinsam mit Ellen das Essen auf. Noch immer war die alte Frau ganz außer sich vor Kummer. Adrian nahm sie schließlich in seine Arme und drückte sie sanft.

„Es ist mir doch nichts passiert, Maria", tröstete er sie. „Mich umzubringen, bedarf es etwas mehr als Intrigen. Und dank deines ausgezeichneten Essens werde ich sehr bald wieder ganz der Alte sein."

Nach der Mahlzeit machten sie es sich gemütlich um endlich die Ereignisse der letzten Zeit zu besprechen. Vor allen der Herzog wollte ganz genau wissen, was überhaupt vorgefallen war. In Simons Schreiben waren nur die nötigsten Fakten aufgeführt gewesen. Nelia hatte sich nach dem Essen in ihres und Simons Schlafzimmer verzogen. Nach den Mahlzeiten wurde sie nun meist von Übelkeit gequält. Außerdem fühlte sie sich oft müde und schlapp. Adrian, - schon wieder ganz Arzt - wollte später nach ihr schauen und sie untersuchen wenn sie damit einverstanden war. Allerdings zeigte er sich nicht so besorgt wie der werdende Vater.

„Die ersten Schwangerschaftswochen sind eine große Umstellung für den weiblichen Organismus", hatte er Simon beruhigt. „Das gibt sich meist von ganz allein."

Auf diese Weise erfuhr Nelia nichts von dem Verdacht, der immer schwerer auf ihrem Vater lastete. Simon wollte sie auch nicht damit belasten. Natürlich war ihm klar, dass er sie nicht ewig im Unklaren lassen konnte. Aber während ihrer Schwangerschaft war Aufregung nicht gut für sie. Wenn es ihm möglich war, würde er deshalb alles Aufregende von ihr fernhalten.

Der Herzog äußerte die Absicht, bis nach der Gerichtsverhandlung im Hause seines Sohnes zu wohnen. Seine Männer wurden derweil im Gärtnerhaus untergebracht, das über mehrere freie Zimmer verfügte. Nur einen Mann hatte er zurück zu seinem Schloss geschickt. Er sollte Adrians Mutter, die natürlich äußerst besorgt um das Schicksal ihres Sohnes war, so schnell als möglich die beruhigenden Nachrichten zukommen lassen.

Der Herzog hatte seinem Sohn und Simon erzählt, wie sie den Dieb ertappt hatten. „Es war wirklich ein großer Zufall", gab er zu. „Da wir von der weiten Reise hungrig und durstig waren, habe ich meine Männer zuerst in ein Gasthaus geführt. Und da saß dieser Kerl am Nebentisch und erzählte lautstark wie er mit seinen Kumpanen in das Haus des Hexers eingedrungen sei. Er lachte über die Gutmütigkeit und Hilfsbereitschaft der alten Haushälterin, die sie arglos eingelassen hatte. Und er schmähte dich, mein Sohn, mit üblen Worten. Voller Hohn meinte er, er würde etwas darum geben, dein Gesicht sehen zu dürfen, wenn dir bewusst wird, dass deine einzigen Beweisstücke verschwunden wären. Daraufhin habe ich den Kerl sofort von meinen Männern überwältigen lassen und bin zum Gericht geeilt. Den Rest kennst du. Ich hoffe, man hat den Mann inzwischen zum Reden gebracht. Denn es ist offensichtlich, dass er und seine Komplizen nur Handlanger waren. Doch wenn ich ehrlich bin, so komme ich immer noch nicht dahinter, weshalb all das geschah. Bist du irgendjemandem zu nahe getreten? Oder hast du sonst eine Dummheit begangen, von der ich wissen müsste?"

„Nein, Vater. Auch wenn du mich vielleicht immer noch für einen aufbrausenden Dummkopf hältst, diese ganzen verwirrenden Intrigen sind nur gesponnen worden, um mich von Simon fernzuhalten..."

Er begann ausführlich, die Geschichte seines jungen Freundes zu erzählen. Als er geendet hatte, starrte der alte Herzog Simon mit neu erwachtem Interesse an. „Ihr seid der Sohn des Landgrafen zu Hohenberger? Der Name ist mir ein Begriff. Sein angeblicher Angriff auf meinen alten Freund, Herzog Albrecht war damals lange Zeit das Tagesgespräch. Alle haben an die Schuld Eures Vaters geglaubt. Alle außer Albrecht, aber der konnte nicht reden. Und dann war es zu spät, Euer Vater war tot. Und Ihr meint, der Freiherr wäre derjenige, der das zu verantworten hätte?" Er starrte eine Weile grübelnd ins Kaminfeuer, schließlich meinte er grollend. „Vielleicht sollte ich auf meiner Rückreise dem Freiherrn zu Kilchenstein einmal einen Besuch abstatten."

„Ich halte das für keine gute Idee", wandte Adrian ein. „Der Freiherr ahnt noch immer nicht, wieviel wir inzwischen wissen. Aber leider können wir ihm nichts beweisen. Ich denke, es ist das Beste, ihn nicht weiter zu reizen, sonst versucht er noch mehr unabwägbare Dinge, um Simon wieder unter seine Fittiche zu bringen. Ich vermute, er wird sich fortan zurückhalten, nun da er weiß, wer ich wirklich bin."

„Aber was wird in eineinhalb Jahren sein, wenn Simon sein Erbe antritt? Dann ist er in akuter Gefahr. Oder meinst du, der Freiherr würde es sich plötzlich anders überlegen weil er die Kinder Simons und seiner Tochter auf den Knien schaukelt?"

Simon mischte sich in das Gespräch ein. „Eine Möglichkeit wäre das schon. Denn schließlich bleibt mein Besitz so in seiner Familie. Aber ich fürchte, er wird sich nicht damit begnügen, von dem zu leben, was wir ihm zugestehen. Er will alles haben, für sich selbst und für Falk, seinen Sohn. Schließlich gehört den beiden rechtmäßig überhaupt nichts. Sie lebten nur die ganzen Jahre auf meine Kosten wie die Maden im Speck." „Außerdem", fuhr er aufgebracht fort, „außerdem muss der Tod meiner Eltern irgendwann gesühnt werden. Ich denke nicht daran, einen gemeinen Intriganten und Mörder zu begnadigen. Ich will ihm seine schlimmen Taten irgendwie nachweisen. Er soll dafür seine gerechte Strafe erhalten."

Einige Tage später kam es zu der erneuten, vom Richter angekündigten Gerichtsverhandlung. Sie war jedoch schnell vorüber, denn es gab keine Ankläger mehr. Der Dieb, den Adrians Vater festnehmen ließ, hatte eifrig ausgesagt. Er nannte die Namen seiner Komplizen, die daraufhin ebenfalls festgenommen wurden. Gemeinsam belasteten sie die Gebrüder Baumann schwer. Sie wären von ihnen zu dem Diebstahl angestiftet und auch dafür bezahlt worden, als sie die Dokumente ausgehändigt hatten. Doch die Brüder konnten nicht mehr zu den Vorwürfen befragt werden. Sie waren in der Nacht nach dem unvermuteten Ausgang der Gerichtsverhandlung bei einem Brand ihres Hauses ums Leben gekommen. Das Geheimnis um ihre wahren Gründe war mit ihnen in den Flammen verbrannt.
Für Adrian und Simon gab es keinen Zweifel, dass der Freiherr zu Kilchenstein zwei weitere Morde auf sein Gewissen geladen hatte. Sie konnten ihm jedoch wiederum nichts beweisen. Auch Adrians Dokumente, die seine Unschuld bezeugen konnten, tauchten nicht wieder auf. Doch Richter Herold genügte die Aussage der Spitzbuben, die Papiere aus seinem Haus gestohlen zu haben. Er sprach den Hexer von allen Anklagepunkten frei. Danach entschuldigte er sich für sein Misstrauen und die wochenlange Haft, der Adrian ausgesetzt war. Der winkte jedoch großmütig ab.
„Euch trifft ja keine Schuld. Und ich weiß selbst, wie unglaubwürdig meine Verteidigung stellenweise geklungen haben muss. Mein Vater hat mich gehörig ausgeschimpft, weil ich meinen Titel verschwiegen habe. Doch ich wollte freigesprochen werden, weil ich unschuldig war, nicht weil ich der Sohn eines Herzogs bin."
Dann, als der Richter die Verhandlung schließen wollte, fiel Adrian noch etwas ein. „Es gäbe da doch noch etwas, was ich zu beanstanden habe. Es betrifft die Zellen des Gefängnisses. Ihr solltet etwas gegen die Flohplage dort unternehmen. Flöhe sind nicht nur lästige Blutsauger, sie können auch

gefährliche Krankheiten übertragen. Und da ihr tagtäglich mit Gefangenen in Berührung kommt, kann Euch und Eure Leute solch eine Krankheit ebenfalls befallen."

Richter Herold bedankte sich aufrichtig für diesen Rat. Schon öfter wäre er mit einem Floh nach Hause gekommen. Und seine Frau würde ihn dann immer ausschimpfen, wo er sich denn herumtriebe, berichtete er lachend.

Er versprach, für sofortige Abhilfe zu sorgen und ließ sich vom Hexer noch Ratschläge geben, wie man der Flohplage Herr werden konnte.

„Warum machst du dir weiterhin Gedanken über die Flöhe im Gefängnis?" fragte Simon ihn auf dem Heimweg. Adrian lachte unbekümmert.

„Man kann ja nie wissen. Falls ich jemals wieder dort lande, möchte ich wenigstens ruhig schlafen können."

Kapitel 20: Eine komplizierte Operation

Bald erinnerte kaum noch etwas an den unliebsamen Vorfall. Adrian erholte sich schnell von den Strapazen der Haft, zumindest zeigte er keine offensichtlichen Nachwirkungen. Nur manchmal, wenn der Hexer sich unbeobachtet wähnte, konnte Simon leichte Anzeichen von Melancholie an ihm entdecken. Dann starrte er ganz in sich versunken in den Abendhimmel, oder er kraulte Elsa selbstvergessen, was die Elster sich mit schief geneigtem Köpfchen gerne gefallen ließ.

Es brauchte jedoch eine ganze Weile, bis Adrian seine normalen Proportionen und sein altes Gewicht wieder erreichte. Er sah noch immer ein wenig hager aus, was ihn noch mehr wie einen richtigen Hexer wirken ließ.

Vom Freiherrn hörten sie nichts mehr. Der Mann hatte anscheinend Angst bekommen, für seine Intrigen zur Rechenschaft gezogen zu werden. Noch nicht einmal zu Nelia nahm er Verbindung auf, worüber die sehr bekümmert war. Simon hatte es noch immer nicht gewagt, sie über die Schandtaten ihres Vaters aufzuklären. Aber nach der Geburt ihres Kindes - so nahm er sich fest vor - wollte er Nelia endlich reinen Wein einschenken. Deshalb ließ er seine Frau auch noch immer im Unklaren über seinen richtigen Namen und den Titel, den ihm bald zustehen würde.

Nelia liebte ihn auch als den einfachen Mann innig, der er ihrer Meinung nach war. Nie erwähnte sie mit einem Wort die Annehmlichkeiten, die sie früher ganz selbstverständlich genossen hatte. Sie schien nichts davon zu vermissen. Ja sie bestand sogar trotz ihres immer runder werdenden Leibes darauf, im Haushalt tatkräftig mitzuhelfen. Ganz besondere Freude bereitete ihr das Kochen. Sie entlockte der alten Maria immer neue und immer kompliziertere Rezepte. Simon und Adrian bekamen dann die Speisen vorgesetzt und mussten sie testen. Sie waren des Lobes voll, nicht nur um ihr damit eine Freude zu machen. Es schmeckte ihnen wirklich hervorragend.

„Wenn ich weiter so viel esse, bin ich bald runder wie du", behauptete Adrian lachend und klopfte sich auf seinen flachen Bauch. Er betrachtete Nelia mit den wachsamen Augen des Arztes, der eine Patientin begutachtet. Bisher war ihre Schwangerschaft ohne Komplikationen verlaufen. Sie war jetzt im neunten Monat und sah blühend aus. Der Ehestand und die bevorstehenden Mutterfreuden hatten aus dem jungen Mädchen eine schöne, erblühende Frau gemacht.

Sie lachte über seinen Scherz und küsste Simon rasch auf die Stirn als er ihr die Hand auf den Bauch legte um eventuell ein Strampeln des Kindes zu spüren. „Bis du so dick bist wie ich, habe ich sicher zehn und mehr Kinder.

Mir scheint, du hast kein Gramm zugenommen, seit du aus dem Gefängnis gekommen bist. Ich mache mir hingegen eher Sorgen, nach der Entbindung wieder schlank zu werden."

„Ich liebe dich auch, wenn du mollig bleibst", behauptete Simon ernsthaft, was sie mit skeptischem Kopfwackeln erwiderte. Adrian unterbrach ihr Geplänkel und brachte sie auf ein Thema, das ihm am Herzen lag.

„Warst du schon bei der Hebamme, Nelia? Du solltest dich ihr langsam vorstellen, damit sie sich ein Urteil über den Zeitpunkt der Geburt machen kann. Es ist wichtig, dass sie Bescheid weiß, du willst dein Kind doch nicht ohne Beistand bekommen, oder?"

„Wozu brauche ich eine Hebamme? Du bist doch auch noch da", erwiderte Nelia sorglos. „Oder kennst du dich in der Geburtshilfe nicht aus?"

„Doch, natürlich. Obwohl ich bisher erst bei zwei Geburten dabei wahr. Allerdings auch nur, weil es zu Komplikationen kam, mit denen die Hebamme überfordert war. Die meisten Frauen lassen einen Mann erst dann ans Kindbett, wenn sie zu sterben drohen. Geburten sind eine Frauendomäne."

„Nun, ich bin nicht die meisten Frauen. Da ich weiß, welch ein fähiger Arzt du bist, habe ich keine Bedenken, dir mein Leben und das meines Kindes anzuvertrauen. Simon sieht das sicher ganz genauso. Ich hätte auch gerne, dass er bei der Geburt dabei ist. Eine Hebamme würde das gewiss nicht dulden."

Da musste ihr Adrian Recht geben. Er bewunderte Nelia für ihre unkonventionelle Meinung, schaute aber fragend zu Simon hin. Der zuckte nur die Schultern. „Wenn Nelia dich, anstatt einer Hebamme haben will, so habe ich nichts dagegen einzuwenden. Du bist der beste Geburtshelfer, den ich mir für meine Frau und mein Kind wünschen kann. Bisher konnte ich dich zwar nur bei Tiergeburten beobachten, aber wer Fohlen und Kälbern so sanft auf die Welt hilft, der kann das auch bei menschlichen Kindern."

Simon hatte den Hexer schon oft begleitet, wenn der von Bauern zu kranken Tieren gerufen wurde. Adrian machte wenig Unterschiede wenn es galt Krankheiten zu behandeln, er half Tieren ebenso bereitwillig wie Menschen. In dieser Hinsicht unterschied er sich gravierend von den meisten seiner Berufskollegen, die sich kaum einmal die Hände in einem Stall schmutzig machten.

„Nun, wenn ihr das so seht, dann versuche ich selbstverständlich nach Kräften, euer Vertrauen in mich zu rechtfertigen. Aber bis Nelia niederkommt, ist es ja noch eine Weile hin. Du Simon, kannst mir helfen, einen Trank zuzubereiten, den ich morgen für die Operation an deinem Schwager brauche."

Simon und auch Nelia sahen ihn besorgt an. „Wirst du Falk helfen können?" fragte Nelia besorgt. Adrian schaute sie offen an. „Nur, wenn ich ihm den Fuß amputiere. Ich war vorhin bei ihm und habe alles noch einmal mit ihm besprochen. Er ist jetzt doch mit dem Eingriff einverstanden."

Nelia setzte sich auf einen Stuhl und seufzte mit einer Mischung aus Angst und Erleichterung. „Gott sei Dank, ist er endlich vernünftig geworden. Ich habe mir solche Sorgen gemacht. Jetzt wird alles wieder gut."

Falk war vor mehr als einer Woche gekommen, um seiner Schwester einen längst fälligen Besuch abzustatten. Adrians anfängliche Skepsis hatte sich gelegt, nachdem er unauffällig in die Gedanken des überraschenden Gastes geblickt hatte. Falk wollte wirklich nur Nelia wiedersehen. Er hatte keinen heimlichen Auftrag seines Vaters, Simon zu bespitzeln. Da Nelia vor Freude ganz aus dem Häuschen war, hatte Adrian ihrem Bruder bereitwillig ein Zimmer zur Verfügung gestellt.

Eigentlich wollte Falk nur für einige Tage bleiben. Er befand sich auf einer Geschäftsreise mit der Absicht, nach Frankfurt weiterzureisen. Am Tage seiner geplanten Abreise passierte das Unglück. Die Kutsche war bereits beladen und die Pferde eingespannt. Eines der Tiere begann nervös zu tänzeln, als ein Schäfer seine Herde vorbei trieb. Die Nähe der Schafe behagte ihm nicht und als auch noch ein Hund auftauchte, der laut bellte, stieg es wiehernd auf die Hinterbeine. Das zweite Pferd ließ sich von der Panik anstecken und steilte ebenfalls. Vergeblich versuchte der Kutscher, die Pferde unter Kontrolle zu bekommen, wie auf ein geheimes Kommando rasten die Tiere plötzlich los.

Falk, gerade im Begriff einzusteigen, wurde durch den unvermuteten Ruck ins Straucheln gebracht und geriet so unglücklich mit dem Bein unter die Kutsche, dass das Hinterrad sein linkes Bein knapp oberhalb des Fußes überrollte.

Gemeinsam mit Simon und dem völlig verstörten Kutscher hatte Adrian Falk in sein Behandlungszimmer gebracht. Nach der gründlichen Untersuchung des Beines kam er zu der niederschmetternden Erkenntnis: der Fuß und ein Teil des Unterschenkels mussten amputiert werden. Das Fußgelenk war völlig zertrümmert.

Doch Falk weigerte sich, der Amputation zuzustimmen. Obwohl er grausame Schmerzen hatte, verbot er dem Hexer die Abnahme des Fußes. Der versuchte sein bestes, den Knöchel wieder zurecht zu flicken, entfernte mehrere Knochensplitter und schiente den Fuß dann. Aber er konnte Falk keine Hoffnungen machen. Nachdem er ihm ein starkes Schlafmittel verabreicht hatte, beratschlagte er sich mit Simon und Nelia.

„Versuche du ihn zur Amputation zu überreden", riet er Nelia. „Er ist dein Bruder, vielleicht hört er ja auf dich."

„Was wird sein, wenn er nicht zustimmt?" fragte sie ihn angstvoll.

„Ich befürchte, der Fuß wird brandig werden", erwiderte der Hexer ernst. „Der Knochen ist total zersplittert, es wäre ein Wunder, wenn er wieder zusammenwächst. Schon jetzt wird der Fuß nicht mehr richtig mit Blut versorgt, er ist kalt und blau. Das ist ein schlechtes Zeichen. Du weißt selbst, wenn der Fuß abstirbt und nicht bald amputiert wird, so muss Falk sterben."

Nelia versuchte am nächsten Tag, ihren Bruder umzustimmen. Aber er weigerte sich immer noch. „Ohne Fuß bin ich ein Krüppel", rief er gequält aus. „Wie soll ich so weiterleben können? Nein, lieber sterbe ich."

Nach zwei weiteren Tagen wurde es offensichtlich. Der Fuß war schwarz und fühlte sich kalt an. Außerdem gelang es Falk nicht, die Zehen zu bewegen. Sowohl Simon als auch Nelia redeten ihm gut zu, doch er stellte sich noch immer stur. Adrian hatte ihn abermals aufgesucht und ihm schonungslos die Wahrheit über seinen Zustand mitgeteilt. Nach langem Zögern hatte Falk dann endlich nachgegeben und der Amputation zugestimmt.

„Wie hast du ihn herumgekriegt?" fragte Nelia neugierig und erleichtert zugleich. „Hast du etwa deine besonderen Fähigkeiten benutzt? Nicht dass ich dich deswegen tadeln wollte. Hauptsache er hat endlich eingesehen, dass ihn nur eine Amputation retten kann. Dazu ist mir jede Methode recht."

Der Hexer schüttelte den Kopf und tat entrüstet. „Was denkst du von mir? Meinst du, ich hätte ihn hypnotisiert? Nein, ich habe ganz vernünftig von Mann zu Mann mit ihm gesprochen. Nun, vielleicht habe ich ein wenig seinen Willen ausgeschaltet, damit er zugänglicher wird. Aber wirklich nur ein bisschen..., jedenfalls hat er mir seine Ängste anvertraut, und ich habe sie so gut ich konnte zerstreut. Ich versprach ihm, den besten Prothesenmacher zu beauftragen, ihm einen neuen Fuß zu verpassen. Sobald der Stumpf verheilt ist, wird er ein Holzbein bekommen. Da ich nur ein kleines Stück seines Unterschenkels amputieren werde, ist das Anfertigen einer gut sitzenden Prothese kein Problem. Er wird schnell lernen, damit umzugehen. Höchstwahrscheinlich wird er nicht einmal stark hinken. Es war nur seine Eitelkeit, die ihn so unüberlegt entscheiden ließ. Er hatte Angst, sein restliches Leben als Krüppel zu fristen."

„Männer", seufzte Nelia, aber sie strahlte trotzdem übers ganze Gesicht. „Nur einem Mann kann es einfallen, lieber sterben zu wollen, als behindert zu sein. Aber Falk war schon immer sehr eitel, nicht wahr Simon? Du kennst seine kleinen Eigenheiten doch noch von früher, oder?"

„Allerdings. Aber euer Vater hat die Eitelkeit deines Bruders ja auch noch unterstützt. Er hat ihm immer eingeredet, dass er etwas Besonderes wäre und dementsprechend auftreten muss. Ich bin nur froh, dass er dich nicht mit der gleichen Energie zu einer Edeldame machen wollte. Sonst hättest du mich bestimmt nicht zum Mann genommen."

„Ach du Dummer", schalt sie ihn und zog ihn an sich. „Weißt du denn nicht, dass ich schon als Kleinkind in dich vernarrt war? Du warst und bist meine einzige große Liebe."

„Komm mit mir nach oben in die Hexenküche" forderte der Hexer Simon wenig später auf und erhob sich von seinem Stuhl. „Wir werden einen speziellen Trank für deinen Schwager herstellen."
Gemeinsam gingen sie ins obere Stockwerk um das benötigte Gebräu herzustellen.
„Was gibt das für einen Trank und wozu genau benötigst du ihn?", fragte Simon interessiert als der Hexer das uralte Buch aus dem Schrank holte. „Ich dachte, du wolltest ein stärkeres Schmerzmittel zusammenstellen. Aber dazu brauchst du doch dieses Hexenbuch nicht."
„Nein, nein. Kein Schmerzmittel." Adrian blätterte eifrig bis er die richtige Seite gefunden hatte. „Ah, da ist es ja. Es handelt sich um ein Betäubungsmittel, das den Patienten zuverlässig während des ganzen Eingriffes schlafen lässt. Eine so komplizierte, und vor allem schmerzhafte Operation wie eine Amputation kann ich nicht durchführen, solange Falk mehr oder weniger bei Bewusstsein ist. Da wäre barbarisch."

Simon trat neugierig neben ihn und starrte ebenfalls in das Buch. „Und da drin steht tatsächlich ein Rezept für solch ein Betäubungsmittel? Warum stellst du es nicht immer her? Wäre das nicht eine revolutionäre Erfindung für alle Ärzte?"
„Ja, natürlich. Aber es ist sehr kompliziert in der Herstellung. Man braucht dazu Kräuter, die sehr selten und teuer sind. Also nichts, was man in Massenproduktion herstellen könnte. Außerdem muss man bei der Dosierung äußerst gewissenhaft vorgehen. Ein paar Tropfen zu viel und der Patient erwacht nie wieder."
Willst du es dann überhaupt riskieren? Was, wenn Falk stirbt? Du kennst doch seinen Vater mittlerweile zur Genüge. Nichts wäre dem Freiherrn lieber, als dir einen erneuten Prozess wegen Hexerei und Tötung anzuhängen. Amputiere doch lieber auf die alte Art und Weise. Oder nimm deine Hypnose zu Hilfe."
„Nein, der Hypnoseschlaf ist nicht tief genug. Falk würde durch den Schmerz erwachen. Und nur mit der herkömmlichen, unzulänglichen Betäubung..., das ist furchtbar, finde ich. Du kannst dich sicher noch daran erinnern, wie schlimm es ist. Du hast doch auch schon eine Operation überstanden."

„Oh ja." Simon schauderte bei dem Gedanken daran. „Der Doktor pulte mir die Kugel damals ohne Betäubung aus der Schulter. Er hat mir nur zuvor Schnaps eingeflößt, damit ich betrunken wurde. Aber es war trotzdem grauenhaft, schließlich bin ich ohnmächtig geworden."

„Das war dein Glück. Aber nicht alle werden ohnmächtig. Und wenn du schon bei dieser Operation solche Schmerzen hattest, kannst du dir sicher vorstellen, wie weh eine Amputation tut. Es dauert lange, bis der Knochen durchgesägt ist. Danach noch das Verschließen der riesigen Wunde... Wenn ich ein Wundarzt wäre, so ginge es wenigstens schnell. In Kriegszeiten, als die Ärzte viele Amputationen vornehmen mussten, gab es großartige Spezialisten auf dem Gebiet. Da es auf den Schlachtfeldern meist keinerlei Betäubung gab, amputierten sie ein Bein oder einen Arm in etwa einer Minute. Aber das kann ich nicht, dazu fehlt mir die Routine. Außerdem braucht man dazu etliche kräftige Männer, die den Patienten festhalten. Und nicht wenige sterben danach dennoch am Schock. Nein, so eine Prozedur will ich niemandem zumuten, da riskiere ich lieber das Betäubungsmittel."

Er begann konzentriert zu arbeiten und Simon schaute ihm genau dabei zu. Es brauchte wirklich viele Zutaten, bis der Trank in einem äußerst komplizierten Verfahren fertiggestellt war. Nun musste das Gebräu nur noch abkühlen, dann war es gebrauchsfertig.

Adrian erklärte. „An einigen Universitäten gibt es Wissenschaftler, die sich nur damit beschäftigen, ein wirksames Betäubungsmittel herzustellen, das für viele Patienten anwendbar ist. Bisher scheiterte alles entweder an der Kostenfrage, oder die Mittel besitzen zu viele Nebenwirkungen oder sind zu unsicher. Es müssen starke Gifte hinein, die leicht tödlich wirken können."

„Hast du keine Angst, dass du Falk damit umbringen könntest? Simon las nervös die Namen der Zutaten die der Hexer verwandte. Es waren etliche hochgiftige darunter.

„Nein, sonst würde ich es nicht tun. Ich habe das Mittel schon einige Male hergestellt. Bisher hat es immer zu meiner Zufriedenheit gewirkt. Ich habe eine Abschrift des Rezeptes einem meiner früheren Professoren geschickt, um es von ihm wissenschaftlich untersuchen zu lassen. Er forscht noch immer damit. Aber es ist zu kompliziert und zu teuer in der Herstellung, es wird nie für die breite Allgemeinheit zur Verfügung stehen."

Simon fragte sich nicht, ob Adrian auch für einen armen Waldarbeiter oder Bauern diesen Trank herstellen würde, der die Kosten nie bezahlen konnte. Er kannte den Hexer inzwischen so gut, dass er wusste, er machte keine Unterschiede in der Behandlung seiner Patienten. Er versorgte die Armen ebenso zuverlässig, wie die Reichen. Unterschiede machte er nur bei der Erstellung seiner Rechnungen.

So verlangte er für seine Arbeit und die Medizin von einem Bauern meist nur einen Schinken, oder höchstens ein Huhn oder Kaninchen. Die meisten Leute waren zwar nicht reich, aber auch nicht bettelarm. Adrian behauptete, es stärke ihr Selbstwertgefühl, wenn sie ihn für seine Leistungen bezahlten. Nur ganz armen Menschen verlangte er nichts ab, die Reichen ließ er hingegen kräftig für seine Dienste bezahlen. Seine Rechnung ging stets auf. Und er verdiente auf diese Weise noch nicht einmal schlecht.

„Stell dir mal vor", unterbrach Adrian jetzt Simons Gedanken „wenn es eine ebenso sichere wie kostengünstige Art der Betäubung gäbe. Das würde die Geschichte der Medizin revolutionieren. Man könnte zum Beispiel Operationen am geöffneten Bauch vornehmen. Das ist bisher nur theoretisch möglich, denn wer hält es schon aus, dass sein Bauch bei vollem Bewusstsein aufgeschnitten wird. Es könnten viele Krankheiten geheilt werden, an denen die Menschen heute noch jämmerlich sterben. Ein vereiterter Appendix zum Beispiel. Es wäre eine Kleinigkeit, ihn zu entfernen, würde der Patient während der Operation fest schlafen. Die geläufige Methode, Kranke mit Schnaps zu betäuben kann bei einer solchen Operation fatale Folgen haben. Und ein betäubender Schlag auf den Kopf, was auch oft gemacht wird, kann sogar tödlich ausgehen. Aber komm, lasse uns anfangen. Je eher Falk seinen abgestorbenen Fuß loswird, desto besser ist es für ihn."

Falk schaute ihnen unruhig entgegen, als sie sein Zimmer betraten. Zwar wollte er nicht zeigen, wie sehr er sich vor der Amputation fürchtete, konnte aber seine Nervosität und Angst nicht ganz verbergen. Adrian setzte sich zu ihm auf den Bettrand und drückte ihm beruhigend den Arm. „Ihr werdet nichts spüren", versicherte er. „Zumindest nichts von der Operation. Den nachträglichen Wundschmerz kann ich Euch leider nicht völlig ersparen, aber ich versichere Euch, es wird weniger wehtun als die Schmerzen, die Ihr jetzt leidet."

Er reichte ihm einen Becher, in dem er das Betäubungsmittel mit etwas Wasser vermischt hatte. „Trinkt den Becher bitte zügig ganz leer. Ihr werdet danach schnell schläfrig werden. In zehn Minuten gebe ich Euch dann einen Löffel unverdünnte Medizin. Ihr werdet erst morgen früh wieder erwachen."

Falk schluckte gehorsam den Inhalt des Bechers und schüttelte sich. „Pfui Teufel, das schmeckt ja schrecklich." Adrian lachte wissend. „Aber es ist ein vortreffliches Mittel. Ihr werdet schon sehen."

Nach ein paar Minuten konnte der Patient kaum noch die Augen offen halten. Sein Blick war glasig auf den Löffel gerichtet, den der Hexer ihm nun reichte. Falk würgte, als er die dicke Flüssigkeit schluckte.

„Tief atmen", hörte er die Stimme des Arztes und versuchte, ihr zu folgen. Er holte einige Male tief Luft und der Brechreiz ließ nach. Adrian ließ ihn nun langsam in die Kissen sinken. Kurz darauf war Falk fest eingeschlafen.

„So, betäubt ist er. Nun müssen wir nur dafür sorgen, dass die Betäubung dauerhaft anhält. Das ist deine Aufgabe, Simon. Alle fünf Minuten tauchst du deinen Finger in den Becher und streichst ihm eine kleine Menge weit hinten auf die Zunge. Er wird reflexartig schlucken, wenn nicht, massierst du ihm leicht die Kehle. Achte darauf, dass sein Kopf zur Seite geneigt bleibt, damit er sich nicht verschluckt. Du weißt, was du tun musst, falls er sich übergibt."

Simon nickte bestätigend und stellte die Sanduhr auf den Nachttisch. Sie zeigte ihm an, wann fünf Minuten herum waren. Adrian breitete unterdessen eine schwere Lederplane unter den Beinen Falks aus. Darauf legte er saubere Tücher und die Werkzeuge, die er zur Amputation benutzte. Als alles bereitlag, nahm er einen breiten Ledergurt und legte ihn um Falks Wade, zog den Gurt stark an, damit das Blut gestaut wurde. Nun stellte er eine große, flache Schale unter das verletzte Bein und begann ohne Zögern mit der Amputation. Zuerst schnitt er weit im gesunden Fleisch rund um die Wade, ließ einen großen Hautlappen stehen, der nachher die Wunde abdecken würde. Das gestaute Blut fing er in der Schale auf und stellte sie dann beiseite. Die Operationsstelle war nun nahezu blutleer, nur ein paar Tropfen sickerten aus den durchtrennten Adern. Falk gab keinen Mucks von sich und was noch wichtiger war, er zuckte mit keinem Muskel.

Nun kam die Säge zum Einsatz. Vorsichtig trennte Adrian den dicken Unterschenkelknochen durch und entfernte danach gewissenhaft kleine Knochensplitter. Danach vernähte er zuerst die großen Blutgefäße und löste die Stauung. Kein Blut trat aus. Dann klappte er den Hautlappen über die Wunde und nähte ihn mit kleinen Stichen an.

„So. Fertig. Wie geht es ihm?" Er wandte sich zum ersten Mal Simon zu, der gerade ein letztes Mal von dem Betäubungsmittel auf Falks Zunge strich.

„Gut. Er atmet regelmäßig und hat eine normale Gesichtsfarbe." Simon betrachtete nun interessiert das Werk des Hexers. Die Amputation hatte kaum eine halbe Stunde gedauert. Der Beinstumpf sah sauber und durchblutet aus. Nur ein paar kleine Blutstropfen drangen durch die Nahtstellen. Adrian machte sich daran, den Beinstumpf mit einigen Tüchern locker zu umwickeln. Dann räumte er seine Werkzeuge, die durchgebluteten Tücher und zum Schluss die Plane zusammen.

Simon griff nach der Schüssel, in der Falks abgeschnittener Fuß in gerinnendem Blut lag. Doch Adrian hielt ihn zurück. „Warte, decke lieber ein paar Tücher darüber. Wenn dir Ellen im Flur begegnet fällt sie in Ohnmacht.

Du weißt, wie zart besaitet sie ist. Ich will nicht noch einen Patienten verarzten müssen.

„Bleibe du bei ihm", riet Simon. „Ich räume auf und mache die Werkzeuge sauber. Dann kann ich auch gleich Nelia über den Ausgang der Operation berichten. Sie ist sicher schon gespannt wie ihr Bruder die Operation überstanden hat."

Zwei Tage später ging es Falk bereits wieder recht gut. Er hatte die Nachwirkungen der Betäubung und der Amputation gut überstanden. Dank Adrians Schmerzmitteln hielt sich der Wundschmerz in Grenzen. Die Narbe heilte gut, es gab keinerlei Anzeichen für eine Infektion. Jetzt saß er im Bett und ließ sich das Essen schmecken, das ihm Nelia gebracht hatte. Sie hatte sich eine Weile an sein Bett gesetzt, um ihm Gesellschaft zu leisten. Doch fühlte sie sich heute nicht wohl, weshalb er schließlich darauf bestand, dass sie sich hinlegte.

An ihrer statt war Simon gekommen, um ihm ein wenig die Zeit zu vertreiben. Und um Falk auszufragen. Denn bisher hatte er keine Gelegenheit gefunden, mit seinem Schwager alleine zu sein.

Falk schien ebenfalls das Bedürfnis zu haben, mit dem Gefährten aus Kindertagen zu reden. „Mensch, Simon", begann er in seiner großspurigen Art. „Wer hätte gedacht, dass du tatsächlich meine Schwester zur Frau ergatterst. Das hätte ich dir gar nicht zugetraut. Früher warst du immer so ängstlich darauf bedacht, meinen Vater nicht wissen zu lassen, was du für Nelia empfindest. Und dann lässt du dich von ihm mit ihr im Bett erwischen. Ehrlich gesagt, wundert es mich, dass er dich nicht dafür getötet hat." Er lachte, verzog aber gleich schmerzlich das Gesicht, als er versehentlich mit seinem Beinstumpf an den Bettrand stieß.

„Sei vorsichtig", ermahnte ihn Simon „damit die Naht nicht aufplatzt. Aber du hast Recht. Ich kann es auch manchmal noch nicht glauben, dass er mir erlaubt, ja sogar befohlen hat, Nelia zu heiraten. Ich kann mein Glück noch immer kaum fassen. Was macht dein Vater eigentlich zurzeit? Wir haben schon lange nichts mehr von ihm gehört?"

Falk zuckte die Schulter. „Ich habe Nelia nichts davon gesagt, um sie nicht zu beunruhigen. Aber ich bin schon vor einem halben Jahr von der Burg weggegangen. Ich habe es mit dem Alten nicht mehr ausgehalten. Andauernd wollte er mich mit einer reichen Erbin verheiraten. Dabei war ihm völlig egal, wie alt die jeweilige Dame war, oder wie sie aussah. Er meinte, es wäre meine Pflicht, standesgemäß zu heiraten. Aber das will ich nicht. Im Vertrauen, ich habe da ein entzückendes Mädchen kennengelernt. Ich werde sie heiraten..., falls sie mich noch will mit diesem Bein." Er schlug sich unglücklich auf den Oberschenkel.

„Wenn sie dich liebt, so nimmt sie dich auch mit dieser kleinen Behinderung", beeilte Simon sich, ihm zu versichern. „Warte, bis der Prothesenbauer dir einen neuen Fuß angemessen hat. Danach wird keiner merken, dass dir ein kleiner Teil deines Körpers fehlt. Aber erzähle, wer ist die Glückliche?"

„Die Tochter eines Kaufmannes. Ich mache seit langem Geschäfte mit ihrem Vater. Er würde sich freuen, wenn ich in sein Geschäft, er handelt mit Stoffen und Pelzen, einheiraten würde. Aber Vater ist gegen die Verbindung. Wie gesagt, er will unbedingt, dass ich eine Adelige heirate."

„Außerdem", fuhr er nachdenklich fort „wird Vater immer seltsamer. Stell dir vor, er sucht nun schon jahrelang nach irgendetwas, keiner weiß, wonach. Er hat schon alle möglichen Stellen in der Burg aufklopfen lassen. Mittlerweile sieht es aus wie auf einer Baustelle. Wenn ich ihn frage, was er denn sucht, knurrt er bloß, das gehe mich nichts an. Manchmal habe ich das Gefühl, er ist nicht mehr ganz richtig im Kopf."

Simon hätte ihm sagen können, dass der Freiherr noch normal war und nach den verschwundenen Dokumenten suchte. Aber er verkniff es sich, er wollte Falk nicht in sein Geheimnis einweihen. Der plauderte munter weiter.

„Es wundert mich jedenfalls sehr, dass Vater eurer Heirat zugestimmt hat. Ich erinnere mich noch gut daran, wie sehr er dich immer gehasst hat. Damals, als er dich zum ersten Mal mit Nelia erwischte, habe ich ehrlich um dein Leben gefürchtet. Aber dann hat er sich zum Glück damit begnügt, die zusammen-zuschlagen."

„Na, mir hat es gereicht", murmelte Simon gequält. „Ich habe ebenfalls keinen Pfifferling mehr für mein Leben gegeben. Deshalb bin ich auch abgehauen."

Sie sprachen noch ein wenig von alten Zeiten, aber Falk kannte sonst keine Neuigkeiten, die Simon interessierten. Schließlich verabschiedete er sich. „Ich will einmal nach Nelia sehen. Die fortschreitende Schwangerschaft macht ihr in letzter Zeit zu schaffen. Wir sind beide froh, wenn das Kind endlich da ist."

Falks Beinstumpf heilte ohne Komplikationen und er fand sich überraschend gut damit ab, *ein Krüppel* zu sein, wie er oft scherzhaft verlauten ließ. Bald humpelte er auf Krücken durchs Haus. Nach zwei Wochen kam der Prothesenmacher und maß ihm sein neues Beinteil an. Eine weitere Woche später kam der große Moment. Falk probierte sein Holzbein an und versuchte damit zu laufen. Die frische Wunde schmerzte ihn natürlich noch, doch er übte jeden Tag tapfer, zu gehen. Es klappte recht gut.

Als dann eine liebevolle Nachricht seiner Verlobten ins Haus flatterte, hielt ihn nichts mehr. Er reiste zu ihr, um sich weiterhin von ihr umsorgen zu lassen. Nelia verabschiedete sich von ihm mit einem weinenden und einem lachenden Auge. Ihre Schwangerschaft war nun so weit vorangeschritten, dass das Kind praktisch jeden Moment kommen konnte. Sie war froh, sich nur noch um sich selbst kümmern zu müssen.

Adrian befand zwar alles in Ordnung, ließ sie aber trotzdem kaum noch aus den Augen. Er fieberte dem neuen Erdenbürger genauso entgegen wie alle übrigen Hausbewohner. Selbst Maria ließ es sich nicht nehmen, Nelia zu umsorgen und Simon las ihr schier jeden Wunsch von den Augen ab. Nelia sah von ihnen allen der bevorstehenden Geburt noch am gelassensten entgegen. Es war ihr fast peinlich, so gehätschelt und umsorgt zu werden.

Doch als sie Simon mitten in der Nacht weckte und ihn bat, Adrian Bescheid zu geben, schwang in ihrer Stimme zum ersten Mal ein nervöser Unterton mit.

Kapitel 21: Die Falle

Der Hexer war sofort hellwach als Simon an seine Türe klopfte. Er sah ein wenig zerzaust aus und sein Morgenmantel hing schief an ihm, aber seine schwarzen Augen blickten konzentriert und abwägend wie immer, wenn ein Patient ihn brauchte.

„In welchen Abständen kommen die Wehen?" fragte er sachlich, während er kurz den Inhalt seiner großen Arzttasche überprüfte. Natürlich hätte es dieser Prüfung nicht bedurft, Simon konnte sich nicht erinnern, dass sie einmal nicht ordnungsgemäß gefüllt gewesen wäre.

„Alle zwei Minuten. Nelia hat mich selbst nicht eher geweckt", verteidigte er sich schnell als Adrian mit skeptischer Miene tadelnd den Kopf schüttelte. „Erst als das Fruchtwasser abging hat sie mir Bescheid gesagt. Du kennst doch ihren Dickkopf..."

„Na, ja. Zwei Minuten sind immerhin noch im Toleranzbereich. Jetzt komm, lasse uns zu ihr gehen, sonst bringt sie euer Kind noch alleine zur Welt." Gemeinsam hasteten sie die Treppe hinauf.

Nelia lag nicht etwa im Bett, sondern ging unruhig im Zimmer auf und ab. Sie versuchte, sich ihre Schmerzen nicht anmerken zu lassen, doch ihr junges Gesicht war unnatürlich blass. Nur zwei rote Flecken auf ihren Wangen zeigten an, wie nervös sie war. Als sie ihren Mann und Adrian erblickte, seufzte sie erleichtert auf.

Adrian trat zu ihr und führte sie zum Bett, bat sie, sich hinzulegen. Dann fühlte er ihren Puls, der ziemlich schnell ging. Beruhigend lächelnd sprach er ihr gut zu und legte die Hände auf ihren gewölbten Leib. Er wartete die nächste Wehe ab und zählte in Gedanken die Sekunden bis sich ihr Leib erneut anspannte. Etwas mehr als eine Minute. Das Kind schien es eilig zu haben.

Inzwischen hatte Simon auch Ellen geweckt. Sie kam mit einem Eimer heißen Wassers angelaufen und brachte auch gleich Seife und ein Handtuch mit. Alles zusammen stellte sie auf den Tisch und sah sich fragend um, ob noch etwas gebraucht wurde. Doch niemand achtete auf sie.

Adrian wusch seine Hände gründlich mit heißen Wasser und Seife. Ellen hielt schon seit einer Woche ständig ein Feuer am Brennen, damit sofort heißes Wasser verfügbar wäre. Jetzt lief sie in die Küche zurück, um den Kessel wieder aufzufüllen.

Adrian kam zum Bett zurück um Nelia kurz zu untersuchen. Simon saß an ihrer Seite und sie umklammerte seine Hand. Sie keuchte kurz auf, als die Hände des Hexers sie berührten, aber ihr Blick war voller Vertrauen in sein Gesicht gerichtet.

„Es dauert nicht mehr lange, das Köpfchen ist schon zu ertasten."

Adrian betrachtete seine Hand, die voller Blut war. Aber er schien weder über dessen dunkle Färbung, noch über die Menge besorgt zu sein.

„Das Baby scheint es besonders eilig zu haben. Es liegt richtig, wenn es nicht allzu kräftig ist, müsstet ihr es beide in etwa einer Stunde überstanden haben. Versuche, dich ein wenig zu entspannen, Nelia. Du auch Simon, du siehst aus, als wolltest du jeden Moment ohnmächtig werden. Am besten ist, ihr atmet gemeinsam langsam und tief ein und aus. Das löst die Verkrampfungen."

Er lächelte Nelia aufmunternd zu und setzte sich auf einen Stuhl neben das Bett. Seine Hand lag auf Nelias Bauch und immer wenn er eine Wehe spürte, gab er ihr leise Anweisungen.

Nach einer weiteren halben Stunde begannen die Presswehen und kurz darauf kam das Kind zur Welt. Adrian nahm es sofort in Empfang und nabelte es ab.

„Herzlichen Glückwunsch", sagte er zu den frischgebackenen Eltern.

„Es ist eine prächtige kleine Tochter." Vorsichtig wischte er den Säugling mit einem feuchten, warmen Tuch ab und legte es dann Nelia in die Arme. Simon saß mit offenem Mund neben den beiden und starrte stumm auf Frau und Kind.

„Was ist mit dir, Simon? Bist du enttäuscht, dass es ein Mädchen ist?" fragte Nelia ihn leise. Da erwachte er endlich aus seiner Erstarrung. „Was? Warum soll ich enttäuscht sein? Ich bin..., bin einfach überwältigt. So ein winziges Wesen..., so zart und schön. Es ist ein Wunder..."

„Na, bei den Eltern muss sie ja ein bezauberndes Wesen geben", meinte Adrian und küsste Nelia auf die Stirn. „Sie ist dir wie aus dem Gesicht geschnitten. Sie hat sogar schon deine rotblonden Löckchen. Wie soll sie denn heißen?"

„Freija", meinte Simon schnell und sah Nelia fragend an. „Sie blickte ein wenig erstaunt, lächelte aber dann. „Freija. Das ist ein sehr schöner Name."

Sie stupste dem winzigen Wesen mit der Fingerspitze ans Näschen.

„Wie gefällt dir der Name, den dein Papa für dich ausgesucht hat?"

Freija öffnete ihre blauen Babyaugen und begann heftig zu saugen. Ziellos suchte ihr kleiner Mund auf Nelias Brust herum. Als sie die Brustwarze nicht fand, begann sie zornig zu weinen.

„Aha, eine energische kleine Persönlichkeit", meinte Adrian lachend und drehte sich dann weg, während Nelia die Knöpfe ihres Nachthemdes öffnete um ihrer Tochter die ersehnte Mahlzeit zukommen zu lassen. Während die kleine Freija gierig saugte, gab der Hexer Ellen Anweisungen, die blutbesudelten Tücher gegen frische auszutauschen und nochmals heißes Wasser zu bringen.

Erst als die Nachgeburt geboren war und Adrian sich von ihrer Vollständigkeit, sowie von Nelias allgemeinem Gesundheitszustand überzeugt hatte, war er zufrieden. Er tippte Simon, der noch immer wie verzaubert auf seine kleine Familie starrte mit dem Finger an. „Ich denke, du solltest Nelia und das Kind nun eine Zeitlang schlafen lassen. Ellen bleibt bei ihnen, damit es ihnen an nichts fehlt. Komm mit ins Wohnzimmer. Ich werde nun den Vater mit einem kräftigen Schluck wieder auf die Beine bringen. Du machst immer noch den Eindruck, als hättest du das Kind höchstpersönlich zur Welt gebracht."

Der Säugling brachte frischen Wind in Adrians Hexenhaus. Fortan kamen die Männer an zweiter Stelle. Freija und ihre Bedürfnisse standen bei allen Frauen des Haushaltes im Mittelpunkt. Sogar die alte Maria ließ es sich nicht nehmen, das Kind auf ihren Armen zu wiegen. Sie strickte eifrig warme Decken, in die das Baby eingeschlagen werden konnte. Nelia ließ sie lächelnd gewähren, obwohl Freija bestimmt schon mehr Wickeltücher besaß, als jedes andere Kind in der Stadt.

Nelia erholte sich schnell von den Strapazen der Schwangerschaft und Geburt. Ihre Figur wurde wieder schlank, doch war jetzt kein mädchenhafter Zug mehr an ihr zu entdecken. Sie war zu einer wunderschönen, jungen Frau erblüht. Simon konnte sie kaum aus den Augen lassen. Und er sehnte die Zeit herbei, wo sie ihm auch im Ehebett wieder gehören würde. Adrian hatte ihm strenge Auflagen gemacht, nicht zu früh mit seiner Frau zu schlafen. Natürlich hielt er sich an den ärztlichen Rat, doch die Zeit wurde ihm unendlich lange. Die Wochen der Enthaltsamkeit kamen ihm wie eine Ewigkeit vor.

Jeden Abend nahm er sich einige Bücher aus Adrians Bibliothek mit ins Schlafzimmer. Die Lektüre konnte ihn aber nur unzureichend von seinen begierigen Gedanken ablenken. Seine Frau so nah neben sich zu spüren, und keine Erfüllung bei ihr zu finden, empfand er als schlimmste aller Foltern. Heute Abend war es besonders schlimm. Nachdem sie Freija gestillt und in die Wiege gelegt hatte, setzte sich Nelia neben ihn aufs Bett.

Sie trug ein besonders verführerisches Nachthemd, das nichts wirklich enthüllte, aber jede Rundung ihres Körpers erahnen ließ. Als sie spielerisch über seine nackte Brust fuhr, stöhnte er gepeinigt auf.

„Nicht Nelia. Du weißt nicht, was du mir mit deiner Berührung antust."

Sein Penis, der sich unter der Decke begierig aufrichtete, sprach eine deutliche Sprache. Sie lachte leise und hob ungeniert die Decke an, betrachtete eingehend was er ihr zu bieten hatte. Dann schlüpfte sie zu ihm unter die Decke und presste sich an ihn.

Das Buch fiel aus dem Bett und landete mit lautem Klatschen auf dem Boden. Keiner von ihnen beachtete es. Nelia küsste ihn voller Leidenschaft und legte ihre Hand auf seinen Bauch. Ihre Berührung brachte ihn fast um den Verstand.

„Nein" keuchte er, presste sie aber gierig an sich. „Wenn du nicht loslässt, kann ich für nichts garantieren."

„Na, das hoffe ich doch" erwiderte sie leise. „Genau das ist es, was ich von dir will."

„Aber..."

„Nein, kein aber. Adrian findet, du hast genug gedarbt. Und ich auch. Mein Körper hat sich von der Geburt erholt und ist bereit für dich..."

Fast ein Jahr war seit Freijas Geburt vergangen. Der Tag von Simons einundzwanzigstem Geburtstag rückte langsam in greifbare Nähe. Noch immer hatten sie vom Freiherrn weder etwas gehört noch ihn zu Gesicht bekommen. Manchmal grübelte Simon darüber nach, ob der Mann es inzwischen aufgegeben hatte, nach seinem Besitz zu trachten.

Noch immer ahnte Nelia nichts von den Schandtaten ihres Vaters. Obwohl Simon es sich immer wieder fest vornahm, es ihr endlich zu erzählen, zögerte er doch, den endgültigen Schritt zu wagen.

Das lag hauptsächlich daran, dass er um Nelias großer Liebe zu ihrem Vater wusste. Er konnte immer wieder spüren, wie es sie quälte, dass er nichts von sich hören ließ. Sie hatte ihm geschrieben, dass er Großvater geworden sei, aber keine Antwort erhalten.

Falk war im Sommer erneut zu Besuch gekommen. Man merkte ihm seine Behinderung kaum noch an und er war wieder zu dem lebensfrohen Mann geworden, der er vor dem Unfall war. Er brachte seine junge Frau mit, die er trotz des Widerstandes seines Vaters geheiratet hatte. Die beiden sahen ebenfalls Elternfreuden entgegen, aber auch die Aussicht, ein zweites Mal Großvater zu werden, stimmte den alten Freiherrn nicht gnädig. Er weigerte sich, Falk und seine Frau zu empfangen.

Zumindest nach außen nahm Falk den Bruch mit seinem Vater gelassener als Nelia hin. Er besaß mittlerweile ein schönes Haus in der Nähe Frankfurts und seine Geschäfte liefen gut. So legte er keinen Wert auf ein Erbe. Dass ihm Burg Hohenberg rechtmäßig gar nicht zustand ahnte er so wenig wie Nelia. Für Simon war es jedenfalls eine Erleichterung, dass Falk nicht auf die Burg spekulierte. Er und sein Schwager waren inzwischen zu guten Freunden geworden.

Auch Adrian war sich nicht mehr sicher, ob der Freiherr noch immer hinter Simons Erbe her war. Mit seinen fast sechzig Jahren hatte Hunold von Kilchenstein einen Lebensabschnitt erreicht, in dem Besitz nicht mehr wichtig für ihn sein sollte. Und nach seinem Bruch mit Falk besaß er auch keinen Erben mehr, dem er Burg und Ländereien hätte vererben könnte. Dennoch riet der Hexer Simon, weiterhin auf der Hut zu sein.

Der Dezember war schon halb vorüber und Simons einundzwanzigster Geburtstag lag nicht mehr allzu fern. Adrian war schon vor einigen Wochen zu einem Besuch bei seinen Eltern aufgebrochen. Das Herzogtum feierte dreihundertjähriges Jubiläum und der Herzog zu Wolffhardt hatte auf die Anwesenheit seines Nachfolgers bei den Feierlichkeiten bestanden. Auch Simon und Nelia waren eingeladen, aber eine Reise mit der kleinen Freija schien den jungen Eltern im Winter zu beschwerlich.

Adrian hatte versprochen, auf jeden Fall bis zu Simons Geburtstag wieder zu Hause zu sein. Bis dahin waren es noch fünf Tage, der Hexer musste also bald zurück sein.

Ellen klopfte an Simons Zimmertüre und sagte ihm, ein Knabe wolle ihn dringend sprechen. „Wohl ein Notfall" meinte sie. „Der Junge sieht ziemlich abgehetzt aus."

Natürlich ging Simon sofort hinunter, um sich zu erkundigen, was denn los sei.

Während Adrians Abwesenheit oblag ihm die Versorgung der Patienten. Inzwischen bereiteten ihm die Behandlung der meisten Krankheiten und Verletzungen keinerlei Schwierigkeiten mehr. Adrian war sogar so zufrieden mit seiner Arbeit, dass er ihm geraten hatte Medizin zu studieren, um dann selbst als Arzt tätig zu sein. Der Gedanke erschien Simon verlockend. Aber er wollte erst sein Erbe antreten und mit Nelia auf der Burg heimisch geworden sein, ehe er sich endgültig entschied.

Vor der Türe stand ein etwa zwölfjähriger Junge und drehte nervös seine Kappe zwischen den schmutzigen Finger. Als er Simon erblickte, sprudelte er hervor. „Ein Unfall beim Holzfällen. Ihr müsst sofort kommen."

„Wo ist der Unfall passiert?" fragte Simon und bedeutete Ellen, seine Tasche und den Umhang zu holen. „In der Nähe der Obernauer Kapelle. Dort haben sie den Verletzten hingebracht. Beeilt Euch, ich glaube, er ist schwer verletzt. Er blutet stark..."

„Warte..." rief Simon dem Jungen nach, aber der war schon zum Tor hinaus und rannte die Straße entlang. Simon verzichtete darauf, ihn zurückzuholen. Er kannte den Weg zur Obernauer Kapelle und war mit dem Pferd auf jeden Fall eher dort als der Junge. Schnell warf er sich seinen Umhang über die Schultern und wandte sich zum Stall, wo der Knecht schon ein Pferd für ihn sattelte. Er hängte die Arzttasche ans Sattelhorn, bestieg das Tier und presste ihm die Fersen in die Flanken.

Schon im Anreiten begriffen rief er Ellen zu. „Sage meiner Frau Bescheid, ich hoffe, ich bin gegen Abend wieder zurück." Sie nickte und verschwand im Haus.

Simon trieb das Pferd an. Bis zum Obernauer Wald war es ein langer Weg. Wenn der Waldarbeiter schwer verletzt war, konnte jede Minute über sein Leben entscheiden. Das Pferd keuchte, als er es über den steil ansteigenden Waldweg trieb. Es hatte in diesem Winter schon früh zu schneien begonnen, der Schnee lag hoch und der Weg war nicht geräumt. Nach etwa zwanzig Minuten Ritt kam die kleine Kapelle in sein Sichtfeld. Sie schien verlassen.

Seltsam, dachte er. Wenn der Unfall hier passiert war, so müssten doch ein paar Leute zu sehen sein. Jetzt fiel ihm auch auf, dass er dem Jungen nicht mehr begegnet war. Hatte sich der Bengel etwa einen schlechten Scherz erlaubt und ihn bei dieser Kälte umsonst in den Wald gelockt? Leiser Unmut stieg in ihm auf. Aber nun war er schon so weit gekommen, da konnte er auch noch bis zur Kapelle reiten um einen Blick hinein zu werfen. Vielleicht warteten die Männer ja dort, um den Verletzten versammelt auf ihn.

Tatsächlich waren Fuß- und Hufspuren vor dem Eingang der kleinen Kirche auszumachen. Und irgendwo im Hintergrund wieherte ein Pferd. Aber Menschen waren nicht zu sehen, es kam auch niemand heraus, um ihn zu dem Verunglückten zu führen. Simon schüttelte irritiert den Kopf, stieg aber dennoch vom Pferd und hängte seine Tasche ab. Eilig ging er auf den Eingang zu und drückte die schwere Holztür auf.

Da es draußen schon dunkel wurde, herrschte in der Kirche fast Finsternis. Nur ein paar Opferkerzen brannten auf dem Altar. Simon kniff die Augen zusammen, um sich an das diffuse Dämmerlicht zu gewöhnen. Er sah keinen Menschen, fühlte aber, dass er nicht alleine in dem Raum war. Doch in dem Moment, als ihm der Gedanke an eine Falle kam, war es schon zu spät. Die Türe fiel schwer hinter ihm ins Schloss und fast gleichzeitig spürte er harte Fäuste, die seine Arme packten.

„He, was soll der Unsinn?", rief er erschrocken aus und versuchte, sich aus dem Griff zu befreien. Die Tasche fiel mit dumpfem Laut zu Boden.

„Soll das ein schlechter Scherz sein? Ich habe kein Geld bei mir, falls ihr darauf scharf seid. Und in meiner Tasche sind nur medizinische Utensilien."

Er wandte den Kopf um zu sehen, wer ihn da so eisern festhielt. Aber er konnte nur die Umrisse von drei Männern ausmachen. Ihre Gesichter lagen im Dunkeln verborgen.

„Wir wollen kein Geld von dir", erklang jetzt die brummige Stimme eines Mannes. „Und deine Tasche interessiert uns schon gar nicht. Wir haben nur den Auftrag, dich an einen bestimmten Ort zu bringen."

„An welchen Ort? Wer ist euer Auftraggeber? Sicher verwechselt ihr mich mit jemand anderem." Er konnte sich wirklich keinen Reim auf den Überfall machen. Es musste sich um einen Irrtum handeln. Aber die Worte des Mannes belehrten ihn eines Besseren.

„Du bist doch Simon Hohenberger, oder nicht? Dann bist du unser Mann. Ich rate dir, uns keine Schwierigkeiten zu machen. Wir sollen dich zwar lebend zu unserem Auftraggeber bringen, aber er hat nicht gesagt, dass wir dich nicht schlagen dürfen, falls du nicht spurst. Also mach keine Faxen, das würde dir schlecht bekommen."

Simon ließ es zu, dass sie seine Hände zusammenbanden. Was hätte er auch schon dagegen tun können? Das waren drei kräftige Kerle, die bereit schienen, ihren Auftrag notfalls mit Gewalt durchzuführen. Es half ihm wenig, wenn er sich wehrte und dafür Prügel bezog. Also ergab er sich erst einmal notgedrungen in sein Schicksal.

Sie bugsierten ihn zur Kapelle hinaus und befahlen ihm, sein Pferd zu besteigen. Einer der Männer holte die Pferde, die sie hinter der Kirche angebunden hatten. Inzwischen war es fast vollends dunkel geworden, nur der Schnee und ein blasser Mond erhellten die beginnende Nacht. Die Männer schienen ihren Weg genau zu kennen. Zielstrebig ritten sie voran, einer führte Simons Pferd am Zügel, damit er nicht entwischen konnte. Sie sprachen kaum und gaben ihm auf seine Fragen einfach keine Antwort. Schließlich gab er es auf. Er würde ja noch früh genug erfahren, wohin er gebracht wurde.

Er grübelte darüber nach, wie er wohl heimliche Zeichen setzen konnte, die es Verfolgern ermöglichten zu erkennen wohin er gebracht wurde. Er war sicher, Nelia würde bald die Knechte ausschicken um nach ihm zu suchen. Seine Tasche lag noch in der Kapelle, sie würde ihnen sofort zeigen, dass etwas nicht stimmte. Und die Spuren der Pferde waren im Schnee leicht zu verfolgen. Zumindest bis zur Straße, dann verloren sie sich in denen der anderen Reiter und Wagen.

Spätestens in ein, zwei Tagen würde Adrian wieder da sein. Simon war sich sicher, der Hexer würde sich sofort auf die Suche nach ihm machen. Aber auch er konnte nicht wissen, wo er ihn suchen sollte. Bis er seinen Aufenthaltsort herausfand konnte er unter Umständen schon tot sein.

Aber eine innere Stimme sagte ihm, dass er nicht sterben würde. Man hatte etwas mit ihm vor. Was ihn erneut rätseln ließ, wer ihn entführen ließ.

Natürlich fiel ihm als erster, und eigentlich als einziger Urheber der Entführung Hunold zu Kilchenstein ein. Aber er konnte sich beim besten Willen nicht erklären, was er jetzt schon von ihm wollte. Es waren noch einige Tage bis zu seinem Geburtstag. Und dem Freiherrn war sicher klar, dass Simon höchstpersönlich beim Herzog von Rothenburg erscheinen musste um sein Erbe einzufordern. Was lag also näher, als dass er dem Herzog berichtete, was die wahren Absichten seines Schwiegervaters waren. Mit seiner Aussage, entführt worden zu sein konnte er den betrügerischen Freiherrn auf der Stelle in Ketten legen lassen. Nein, hinter der ganzen Sache musste etwas anderes stecken. Dennoch war er mit jedem Meter, den sie ihrem Ziel näherkamen sicherer, dass der Freiherr seine Entführung veranlasst hatte.

Gegen Morgen wurde seine Vermutung zur Gewissheit. Im beginnenden Tageslicht sah er die Mauern von Rothenburg auf dem Hügel über sich liegen. Ihre Pferde waren sichtlich erschöpft, die Männer hatten den Tieren keine Pause gegönnt. Auch die stoppelbärtigen Gesichter seiner Entführer zeigten Anzeichen von Müdigkeit. Er betrachtete sie jetzt genau, erkannte aber niemanden von ihnen. Wahrscheinlich waren die Männer gewöhnliche Handlanger, die nur einen gut bezahlten Auftrag ausführten.

Simon selbst fühlte sich kein bisschen müde, dazu war er zu aufgeregt. Außerdem fror er erbärmlich, das hielt ihn zusätzlich wach. Sein Umhang war ihm schon beim Aufsitzen an der Kapelle verrutscht. Da seine Hände an den Sattelknauf gebunden waren, besaß er keine Möglichkeit, ihn ordentlich vor der Brust zusammenzuziehen. Und seine Häscher wollte er nicht bitten. Er hoffte nur, sich durch die Kälte nicht etwa eine Bronchitis oder gar eine Lungenentzündung zugezogen zu haben. Sein Blick fiel auf seine blaugefrorenen Hände. Vom eisigen Wind und den Schneeflocken war die Haut aufgesprungen. Aber er ahnte, dass der Zustand seiner Hände eher nichtig war, in Anbetracht dessen, was ihm vielleicht blühte.

Weil zu dieser frühen Morgenstunde kaum ein Mensch auf der Straße war, erreichten sie unbehelligt die Burg. Auf das energische Klopfen von einem der Männer wurde das Tor geöffnet. Simon erkannte den alten Hannes, der ihn mit vor Schreck geweiteten Augen anblickte. Aber seine Häscher ließen ihm keine Zeit, ein Wort mit dem Knecht zu wechseln. Sie ritten bis vor die große Treppe, ein Mann beugte sich zu ihm herüber und zerschnitt den Strick, der seine Hände an den Sattel fesselte. Mechanisch rieb Simon sich die starren Finger um die Blutzirkulation in Gang zu bringen. Dann sprang er ohne Aufforderung vom Pferd und stieg steifbeinig die Stufen empor. Sein Herz klopfte zum Zerspringen, aber er versuchte, so unbeteiligt wie möglich zu wirken.

Die Männer eilten ihm nach, einer öffnete die Tür und stieß ihn hindurch. Von ihnen flankiert ging er bis zum großen Saal und blieb dort nahe dem Kamin stehen. Die wärmenden Flammen taten ihm gut, doch das leichte Zittern seiner Hände ließ selbst dann nicht nach, als er sie über dem Feuer rieb.

Seine Entführer wichen nicht von seiner Seite, und sprachen noch immer kein Wort. Es war offensichtlich, dass sie auf den Burgherrn warteten, um endlich ihren Schergenlohn in Empfang zu nehmen.

Als er nach einigen träge verstrichenen Minuten die Tür öffnete und den Raum betrat, blickten sie ihm breit grinsend entgegen.

„Da ist ja mein heißgeliebter Schwiegersohn", tönte der Freiherr und lachte hämisch. Simon konnte es sich trotz seiner zunehmenden Nervosität nicht verkneifen, zu sagen.

„Wenn Ihr solche Sehnsucht nach mir hattet, hätte eine einfache Einladung genügt. Eure Tochter und Eure Enkelin warten schon lange darauf."

„Bei dem, was ich mit dir vorhabe, ist meine Tochter nur hinderlich. Meinst du, ich will mir ihr endloses Geflenne anhören?"

„Was habt Ihr denn mit mir vor?", fragte Simon und versuchte, seine Stimme kühl und uninteressiert klingen zu lassen. Aber seine Magenmuskeln zogen sich schmerzhaft zusammen vor Angst. Doch sein Schwiegervater winkte nur unwirsch ab und zog ein Säckchen mit Münzen aus seinem Überrock. Er hielt es einem der Männer hin.

„Schafft mir den Kerl noch nach unten, dann gehört das Geld euch. Und merkt euch, ich verlasse mich auf eure Verschwiegenheit. Niemand darf wissen, dass er hier ist."

„Keine Sorge, Herr", versicherte der Anführer der drei und streckte begierig seine Hand aus. Der Lederbeutel verschwand mit leisem Klimpern in seiner Hosentasche und er grinste verschwörerisch.

„Niemand hat uns gesehen, außer Eurem Knecht. Aber der ist Eure Angelegenheit."

Er packte Simon rau am Arm und zog ihn in Richtung der Tür. Die anderen beiden Kerle flankierten ihn rechts und links, so dass er gar nicht erst den Versuch machte, sich zu widersetzen.

Wer weiß, was mir noch blüht, dachte er düster und ließ sich klaglos abführen. Es war unsinnig, schon jetzt seine Kräfte sinnlos zu vergeuden. Außerdem wollte er dem Freiherrn nicht die Genugtuung gönnen, zu sehen, wie er hilflos in den Kerker geschleift wurde.

Es ging aufrecht die Treppen hinunter, sie führten in einen Teil der Burg, den er nicht kannte. Aber der modrige Geruch und die dunklen Gänge ließen ihn nichts Gutes ahnen. Als dann eine stabile Holztür geöffnet, und er hindurch gestoßen wurde, bestätigte sich seine angstvolle Vermutung. Das war eine kalte, dunkle Zelle, in der in früheren Zeiten Gefangene darbten. Der Boden bestand aus gestampftem Lehm und es gab ein winziges Fenster weit über seinem Kopf. Ein schäbiger Strohsack lag auf der Erde und in der Ecke stand ein hölzerner Kübel mit einem Deckel. Sonst gab es nichts außer steinernen Wänden und den rostenden Ketten an der Wand...

Der Freiherr war nicht mit in den Keller gekommen, er überließ es seinen Handlangern, den Gefangenen an die Wand zu ketten. Als Simon der eiserne Halsring umgelegt werden sollte, erwachte Panik in ihm. Zum ersten Mal seit seiner Gefangennahme setzte er sich energisch zur Wehr. Er stieß den Mann mit dem Ring in den Händen von sich und versetzte dem, der ihn am Arm festhielt einen Faustschlag ins Gesicht.

Doch sein Fluchtversuch endete gleich darauf, als ihn der dritte im Bunde mit seinem schnell vorgestreckten Fuß zu Fall brachte. In der nächsten Sekunde hingen alle drei Männer auf seinem Rücken und pressten ihn zu Boden. Eine Hand griff in sein Haar und zerrte schmerzhaft seinen Kopf in den Nacken. Er sah noch eine Faust auf sich zuschießen, dann wurde es schwarz um ihn.

Nach einiger Zeit erwachte er aus der kurzen Bewusstlosigkeit. Er war allein. Blind tastete er in seinem dunklen Gefängnis umher, doch das einzige, das er zu fassen bekam war die Kette um seinen Hals, die ihn an die kalte Steinwand fesselte.

Kapitel 22: Ein perfider Plan

Nelia überfiel Adrian, kaum dass er das Haus betreten hatte und warf sich aufschluchzend in seine Arme. Er drückte sie kurz und schaute ihr dann alarmiert in die Augen. „Was ist passiert? Dreht es sich um Simon?"

Sie schluchzte hilflos und wischte sich dann die Augen. „Er ist verschwunden. Spurlos." Sie erzählte ihm mit tränenerstickter Stimme was sie wusste. Von dem Jungen und dem angeblichen Unfall. Und von der Arzttasche, die wie achtlos weggeworfen auf dem Boden der Kapelle gelegen hatte.

„Die Hufspuren von vier Pferden führten durch den Wald in Richtung Obernau. Dort verloren sie sich dann auf der Straße nach Miltenberg. Dass sie in diese Richtung geritten sind, konnte Peter der Stallknecht an den großen Trittspuren der Rappstute erkennen. Er schwor, sie genau erkannt zu haben, da er der Stute erst vor ein paar Tagen zum Schmied gebracht hatte, wo sie neue Eisen angepasst bekam. Aber dann verlor sich die Spur schnell in den vielen anderen auf der Straße."

Für Adrian war schon bei Erwähnung der Richtung offensichtlich, wohin Simon gebracht worden war. Schon auf dem Heimweg hatten ihn Visionen einer sich anbahnenden Katastrophe geplagt. Es war ihm jedoch unmöglich gewesen, noch schneller zu reiten. Er hatte seinem Hengst schon das Letzte abverlangt. Hätte er das Tier noch mehr angetrieben, wäre es unter ihm zusammengebrochen.

Allerdings blieb es dem Hexer ein Rätsel, weshalb Simon schon jetzt, vor seinem folgenschweren Geburtstag verschwunden war. Wie Simon sich selbst auch, wähnte Adrian den Freund bis dahin in absoluter Sicherheit.

Er strich Nelia, die noch immer an seiner Brust schluchzte beruhigend über den Rücken. Dabei überlegte er, was er ihr erzählen sollte. Er wusste, dass Simon ihr noch immer nichts über seine wahre Identität und somit auch nichts über die verbrecherischen Machenschaften ihres Vaters gebeichtet hatte. Doch wie es aussah, war nun der Zeitpunkt gekommen sie aufzuklären. Er seufzte innerlich bei dem Gedanken daran.

„Komm erst einmal mit ins Wohnzimmer", bat er Nelia leise und führte sie dort behutsam zu einem Stuhl. Er setzte sich ihr gegenüber und wartete bis Ellen ihnen beiden ein Glas Wein hingestellt hatte. Nachdem er Nelia genötigt hatte, einen großen Schluck zu trinken begann er mit seinem Bericht. So schonend wie es unter diesen Umständen möglich war, erzählte er ihr alles, was er über Simon, sein Erbe und seine Verbindung zu ihrem Vater wusste.

Nelia hörte ihm schweigend zu, nur ihre Augen wurden immer größer und füllten sich schließlich erneut mit Tränen.

„Simon gehört in Wahrheit Burg Hohenberg?" stieß sie endlich noch immer ungläubig hervor. „Und mein Vater will sie ihm abnehmen? Aber warum, um Himmelswillen? Er ist doch ein reicher Mann, dem selbst Land und Besitztümer gehören."

„Eben nicht. Oder besser gesagt, schon lange nicht mehr. Dein Vater war schon zu Zeiten deiner Geburt total verschuldet. Er hat am Spieltisch sein gesamtes Hab und Gut verloren. Damit er mit dir und Falk nicht mittellos auf der Straße stand, kam er auf die Idee, seinen besten Freund, Simons Vater unter falschen Anschuldigungen in den Kerker werfen zu lassen. Dort hat er ihm dann ein Testament abgepresst, indem Roland ihm Burg und Ländereien überschrieb. Nach Roland zu Hohenbergers Tod schlich er sich als selbstloser Freund bei dessen Witwe ein und heiratete sie schließlich. Doch sie war ihm ebenso im Weg wie Simon, der rechtmäßige Erbe. Deshalb vergiftete er Freija langsam mit Arsen und wollte nach deren Tod auch Simon sterben lassen. Doch Freija kam ihm - leider zu spät - auf die Schliche. Sie bat vor ihrem Tod den Herzog, den Bürgermeister und den Pfarrer von Rothenburg an ihr Krankenbett. Sie überreichte ihnen Briefe, die im Falle von Simons Tod geöffnet werden sollten. In diesen Briefen belastete sie deinen Vater, jedoch ohne endgültige Beweise seiner Schuld erbringen zu können. Dennoch fürchtete der Freiherr diese Enthüllungen so sehr, dass er sich nicht mehr wagte, auch noch Simon aus dem Weg zu schaffen. Aus diesem Grunde steckte er ihn zu seinen Bediensteten und ließ ihn fortan als Stallbursche für sich arbeiten."

„Aber warum hat mir Simon das nicht selbst erzählt? Warum hat er mich jahrelang in dem Glauben gelassen, nur ein Knecht zu sein? Hatte er so wenig Vertrauen zu mir?" Nelia brach erneut in Tränen aus, so dass Adrian sich beeilte, ihr zu versichern:

„Er hat selbst erst kurz vor eurer Hochzeit erfahren, wer er wirklich ist. Es war für ihn ebenso ein Schock wie für dich jetzt. Er wagte nicht, dir davon zu berichten, weil er dann deinen Vater schwer belasten musste. Und er liebt dich so sehr, dass er dir diesen Kummer so lange als möglich ersparen wollte. Nur deshalb hat er die Preisgabe dieser schlimmen Enthüllungen immer wieder verschoben."

Nelia dachte eine Weile über seine Worte nach. Dann nickte sie wehmütig und sah Adrian offen in die Augen. Ihr Blick wurde hart. „Wenn es mein Vater war, der ihn entführen ließ, so werden wir zu ihm reiten und Simon befreien. Simon bedeutet mir alles, mein Vater hingegen nichts mehr. Wenn er meinem Liebsten etwas angetan hat, dann werde ich ihn eigenhändig töten."

Adrian war nicht zum ersten Mal von der inneren Stärke Nelias beeindruckt. Sie besaß nicht das kleinste Fünkchen der Ehrlosigkeit ihres Vaters.

Und sie war bereit zu kämpfen. Aber er musste sie zurückzuhalten. Streng meinte er: „Ich werde alleine losreiten um Simon zu helfen. Du musst hier bei eurer kleinen Tochter bleiben. Sie braucht dich. Und Simon wäre sicher noch mehr in Sorge als er es ohnehin schon ist, wenn er wüsste, dass du unterwegs bist um dich mit deinem Vater anzulegen. Nein. Ich werde alleine reiten. Und ich verspreche dir hoch und heilig, ich bringe ihn dir gesund zurück.“

Er musste noch lange auf sie einreden, bis sie schließlich nachgab. Schließlich erhob sich der Hexer und dehnte müde seine Glieder. Am liebsten wäre er sofort losgeritten, aber das war unmöglich. Er war von der tagelangen Reise erschöpft und musste wenigstens ein paar Stunden schlafen. Auch der Hengst benötigte dringend eine längere Ruhepause. Ein anderes Pferd stand Adrian im Moment nicht zur Verfügung. Simon hatte die Stute mitgenommen und der graue Wallach lahmte.

Er würde also vor dem nächsten Morgen nicht wegkommen. Simons Geburtstag war am nächsten Tag. Bis dahin ging es dem Burgerben sicher einigermaßen gut, davon war Adrian überzeugt. Aber nachdem er sein rechtmäßiges Erbe angetreten hatte war Simon Freiwild für Hunold von Kilchenstein. Und der Hexer wagte nicht sich auszumalen, zu welchen Gräueltaten der Freiherr fähig war um endlich an die lange ersehnten Besitztümer zu gelangen.

Simon überhörte fast, wie sich die Türe seiner Zelle öffnete. Er war nun schon seit zwei Tagen hier gefangen. Zwei endlos lange Tage, die er hungernd und frierend auf einer dünnen Strohmatratze verbracht hatte. Niemand hatte es in dieser Zeit für nötig gefunden, ihm Essen zu bringen. Und er hatte nicht darum gebeten, dazu war er noch zu stolz. Aber sein Magen machte ihm deutlich, dass er nicht viel länger durchhalten konnte.

Nur ein Krug Wasser war ihm gebracht worden. Gleich beim ersten Schluck schmeckte er die Medizin heraus, die darin enthalten war. Er hatte den Krug entschlossen mit dem Fuß umgestoßen.

Jetzt kauerte er mit auf den Knien verschränkten Armen auf der Matratze und starrte stumpfsinnig den Boden zwischen seinen Füßen an. Ein Scharren ertönte und elegante schwarze Lederschuhe mit silbernen Schnallen schoben sich in sein begrenztes Sichtfeld. Er hob langsam den Kopf. Der Freiherr stand vor ihm, starrte aus kalten Augen auf ihn herab. Seine ebenso kalte Stimme erklang. „Warum hast du den Krug umgestoßen? Hast du keinen Durst?“

Simon erhob sich von seinem Strohsack und blickte dem Freiherrn fest in die Augen. „Durst schon, aber kein Verlangen mich durch irgendeine Medizin vergiften zu lassen. Was für ein Zeug habt Ihr in das Wasser gemischt? Wollt Ihr mich ebenso umbringen, wie Ihr es mit meiner Mutter getan habt?"

„Woher weißt du...?" Dem Freiherrn verschlug es einen Moment die Sprache. Er war erstaunt, wieviel Simon wusste. Er hatte ihm doch all die Informationen über sein Erbe und seine wahre Identität so sorgsam vorenthalten. Doch seine Fassung kehrte schnell zurück. Mit geringschätzigem Achselzucken überging er Simons Anklage.

„Ach, das ist jetzt eh egal. Nein, in dem Wasser ist kein Gift. Zumindest keines, das dich tötet. Denn ich brauche dich noch. Du wirst mir endlich zu dem Reichtum verhelfen, der mir schon lange gebührt."

Simon war trotz seiner wachsenden Unruhe empört. „...Euch gebührt? Das einzige, das Euch gebührt ist der Strick. Ihr seid ein infamer Mörder. Und außerdem, wozu braucht Ihr meine Burg und meine Ländereien noch? Ihr seid ein alter Mann, Euer Sohn und Erbe hat sich längst von Euch abgewandt. Eure Tochter scheint Euch gleichgültig, außerdem ist sie meine Frau und somit gehört ihr, was auch mir gehört. Für wen oder was - um Himmels Willen, wollt Ihr all das haben?"

Hunold zu Kilchenstein starrte seinen Schwiegersohn einen Moment lang schweigend an. Dann brach sich sein jahrelanger Hass Bahn. Böse geiferte er. „Ich will es haben, weil es mir zusteht. So lange Jahre habe ich darum gekämpft. Du hast Recht, ich bin alt. Natürlich habe ich all das in gewisser Weise für Falk getan, damit er meinen Namen in Ehren fortträgt. Aber dieser Versager hat gegen meinen Willen eine Bürgerliche geheiratet und arbeitet wie ein gewöhnlicher Mann aus dem Volk. Doch mehr noch als für meinen Erben habe ich es für mich selbst getan. Die Treuhänderschaft über deine Besitztümer erlaubte mir gerade mal, nicht zu verhungern. All die Jahre konnte ich mir nicht erlauben, zu leben wie es einem Mann meines Standes gebührt. Jetzt will ich endlich nachholen, was mir so lange versagt war. Auch wenn mein Leben nur noch ein paar Jahre währen sollte, ich will sie genießen und die Früchte meiner jahrelangen Plackerei ernten."

„Ihr meint wohl die Früchte Eurer jahrelangen Betrügereien und Mordtaten." Simons Empörung überwog allmählich seine Angst vor seinem ungewissen Schicksal. Selbst wenn er nicht mit dem Leben davonkam, so nahm er sich vor - er würde dem Freiherrn niemals zum endgültigen Besitz seines Erbes verhelfen.

Zornig behauptete er:

„Ihr werdet nichts erhalten. Selbst wenn Ihr mich foltert, wie Ihr es mit meinem Vater getan habt. Ich werde niemals und auf keinen Fall irgendein Dokument unterzeichnen, dass Euch mein Eigentum überschreibt."

Es gab ihm Genugtuung, zu sehen wie der Freiherr die Fassung verlor. Auch wenn er sich vor dessen Reaktion auf seine Worte fürchtete. Seine Furcht schien nicht unberechtigt. Zuerst sah es aus, als wolle sich sein Schwiegervater auf ihn stürzen. Aber dann beherrschte er sich mühsam.

„Du weißt sehr viel", gab er zähneknirschend zu. „Schade, dass ich keine Zeit habe, zu erkunden wer dir das alles gesteckt hat. Aber dein Wissen wird dir nichts mehr nützen. Genauso wenig wie deine tapfere Weigerung. Du erinnerst mich immer stärker an deinen Vater. Es würde mich interessieren, ob du zäher bist als er es war. Auch er schwor mir damals, niemals zu unterschreiben. Doch mein Folterknecht hat ihn dann doch eines besseren belehrt."

Er sah Simon lauernd an und der spürte, wie sich seine Kopfhaut zusammenzog. Hatte er seine Provokation übertrieben? Würde der Freiherr ihn tatsächlich foltern lassen? Doch der grinste nur und meinte jovial. „Nein, du brauchst keine Angst zu haben..., ich werde dich nicht foltern lassen. Obwohl es mir in den Fingern juckt, dich vor mir kriechen zu sehen. Aber nein. Ich habe mir für dich etwas anderes ausgedacht."

„Und was soll das sein?" Simon fragte es ungerührt, obwohl ihm äußerst mulmig zumute war. „Ich werde mich weder durch Folter, noch durch sonstige Gemeinheiten von Euch zwingen lassen."

Jetzt lachte der Freiherr hämisch. „Oh doch, das wirst du. Es bleibt dir gar nichts anderes übrig, als mir zu gehorchen. Ich werde dich nämlich vollkommen willenlos machen. Morgen, an deinem Geburtstag werden wir gemeinsam zum Herzog gehen. Und er wird mich erneut zu deinem Vormund machen. Doch dieses Mal gehört dein Besitz endgültig mir. Nun, vielleicht nicht wirklich mir, sondern Kornelia. Aber das kommt auf das gleiche heraus."

Die unerschütterliche Überzeugung, mit der er das sagte, machte Simon Angst. Das war nicht nur leeres Gerede um ihn einzuschüchtern. Hunold zu Kilchenstein schien tatsächlich einen Weg gefunden zu haben, sein Erbe an sich zu reißen.

Mit sichtlicher Genugtuung sah der Freiherr wie Simon erblasste. Er tätschelte ihm fast zärtlich die Wange und meinte süffisant.

„Ja, das macht dir zurecht Angst, mein Junge. Aber keine Sorge, ich werde dir nicht wehtun. Zumindest nicht, wenn du vernünftig bist. Leider warst du schon unvernünftig, indem du den Krug umgestoßen hast, anstatt zu trinken. In dem Wasser war ein starkes Beruhigungsmittel. Es hätte dir einiges erspart. Schau mich nicht so ungläubig an. Dein Freund der Hexer hat mich im Grunde auf die Idee gebracht. Ich habe mir einfach jemanden gesucht, der ebenso gut mit Kräutern umgehen kann. Vielleicht ist die Frau, die ich fand nicht von ganz so edler Gesinnung wie dein Freund. Aber für meine Zwecke war sie genau die

Richtige. Leute mit Skrupeln kann ich nicht gebrauchen. Also, ich hatte die Absicht, dir zuerst dieses Beruhigungsmittel zu verabreichen. Dann, wenn du schläfrig und willenlos geworden wärst hätte ich dir die eigentliche Medizin verabreicht. Nun, du wolltest es anscheinend anders. Dann musst du deinem Schicksal eben bei vollem Bewusstsein entgegen sehen. Aber schlucken wirst du den Trank, dafür werde ich sorgen."

„Was ist das für ein Mittel? Wie wirkt es und vor allem, was bewirkt es?" Simon musste sich zwingen, ruhig zu bleiben. Welches Teufelszeug wollte ihm der Freiherr verabreichen? Was würde es aus ihm machen? Er zweifelte keinen Moment daran, dass man ihn zwingen konnte, das Zeug zu schlucken. Selbst wenn er sich wehrte, würde er letztendlich verlieren. Sein Gehirn suchte fieberhaft nach einem Ausweg. Aber er fand keinen. Höchstens, dass er die Medizin erbrach. Aber selbst da gab es Wege, das zu verhindern.

Hunold strich sich selbstgefällig über das Kinn. Es gefiel ihm sehr, sein Opfer zu quälen indem er seinen genialen Plan genau erklärte. Auf diese Weise war es ihm vergönnt, seinen verhassten Schwiegersohn zittern zu sehen.

„Ein wahres Teufelszeug", versicherte er grinsend. „Dein Hexenfreund wäre beeindruckt. Der Trank wird dich zum sabbernden Kretin machen. Er tötet dich nicht, aber du wirst dir sicher bald wünschen, tot zu sein. Denn die Wirkung dieses Mittels lässt sich nicht mehr umkehren. Du wirst bedauerlicherweise ein Pflegefall bleiben. Die arme Kornelia wird alle Hände voll zu tun haben, dich zu füttern und zu wickeln. Gut für mich. Derzeit kann ich mir ungestört meinen Lebensabend mit deinen Reichtümern verschönen. Ich werde endlich wieder an den Spieltisch gehen können, ohne die ständige Angst, mittellos zu werden. Denn bei deinen ausgedehnten Ländereien kann ich einige Male am Spieltisch verlieren, ehe nichts mehr da ist. Es wird reichen, bis ich sterbe. Und wenn dann alles weg ist..., nun, dann haben Kornelia und deine Tochter eben Pech gehabt. Aber vielleicht nimmt sich ja dein Hexenfreund ihrer an. Hattest du eigentlich noch nie Angst, er würde ein Auge auf deine junge Frau werfen? Nun ja, als Herzogin wäre sie wenigstens aus dem Schneider, meinst du nicht auch?"

Vor Simons Augen begann sich alles zu drehen. Was ihm dieser bösartige alte Mann antun wollte, war einfach perfide. Auf sein Geschwätz, Nelia und Adrian betreffend ging er nicht ein, das war zu absurd. Aber die Aussicht, bald nur noch ein seelenloses menschliches Wrack zu sein, erschütterte ihn zutiefst. Er musste mit allen Mitteln verhindern, diese Medizin eingetrichtert zu bekommen. Notfalls wollte er sich bis zum letzten Atemzug wehren und lieber sterben. Zwar hatte er noch niemals von solch einer teuflischen Medizin gehört, aber er zweifelte nicht daran, dass jemand mit wenig Skrupel etwas Derartiges herstellen konnte.

Der Freiherr weidete sich an seiner offensichtlichen Panik.

„Da staunst du, nicht wahr. Tja, du und deine verdammte Familie, ihr habt mich eben doch unterschätzt. Aber jetzt haben wir genug geredet. Es wird Zeit für dich, den Trank einzunehmen. Schließlich soll er bis morgen zuverlässig wirken. Wirst du vernünftig sein und ihn freiwillig nehmen?"

Als Simon nur stumm den Kopf schüttelte, meinte er lakonisch.

„Ich dachte es mir. Aber du wirst ihn austrinken, bis auf den letzten Tropfen. Und je mehr du dich dagegen wehrst, desto größeren Spaß habe ich daran."

Er ging zur Türe und ließ zwei Männer herein. „Haltet ihn fest", befahl er barsch. „Aber wendet nicht allzu viel Gewalt an. Er soll morgen keine verdächtigen blauen Flecken aufweisen, die ich dem Herzog erklären muss."

Die beiden Männer ließen Simon nicht den Hauch einer Chance. Sie packten ihn rechts und links bei den Armen und drehten sie ihm kurzerhand auf den Rücken. Dann zwangen sie ihn auf die Knie. Eine harte Hand hielt sein Haar gepackt und zwang seinen Kopf in den Nacken. Vergeblich presste er die Lippen zusammen, der Freiherr hielt ihm einfach so lange die Nase zu, bis er verzweifelt nach Luft schnappte. Schnell wurde ihm ein hölzerner Keil zwischen die Zähne geschoben. Es gelang ihm nicht, ihn mit der Zunge heraus zu drücken, er musste hilflos die dicke Flüssigkeit aufnehmen, die ihm eingetrichtert wurde. Auch seine Weigerung zu schlucken nützte ihm nichts. Sein Schwiegervater hielt ihm erneut die Nase zu. Wollte er jetzt atmen, musste er zuerst schlucken.

Simon kam zwar kurz der Gedanke, einfach die Medizin einzuatmen. Lieber wollte er ersticken, als das Schicksal anzunehmen, das ihm zugedacht war. Aber sein Lufthunger erwies sich als stärker als sein Vorsatz zu sterben. Fast wie von selbst schluckte er bevor er gierig Atem holte. Das Teufelszeug befand sich in seinem Magen.

„Bindet ihm die Hände auf dem Rücken zusammen, damit er sich nicht den Finger in den Hals steckt", befahl Hunold und seine Männer beeilten sich, dem Befehl nachzukommen. Mit einem weichen, aber unzerreißbaren Lederband wurden Simons Hände hinter seinem Rücken gefesselt. Dann bekam er noch ein großes Tuch vors Gesicht gebunden, damit er nicht etwa das schmutzige Stroh vom Boden hinunterwürgen konnte, um sich dann zu erbrechen. Sein Peiniger hatte wirklich an alles gedacht.

Mit gnadenloser Härte sah der Freiherr auf ihn herab, prüfte nochmals mit kritischem Blick, ob sein Opfer auch wirklich nichts tun konnte um den Trank zu erbrechen. Aber Simon lag hilflos wie ein neugeborenes Kind vor ihm. Seine Augen waren geschlossen und sein Mund zuckte unter dem Tuch.

„Ich glaube, wir können ihn alleine lassen. Das Zeug wird bald zu wirken beginnen, dann kann er sowieso nichts mehr machen."

Hunold bückte sich zu ihm herunter und klopfte ihm den Rücken wie einem braven Hund. „Du hat es bald überstanden. Sobald die Medizin wirkt, wirst du nichts mehr um dich herum mitbekommen. Der Herzog wird morgen dein schreckliches Schicksal sehr bedauern. Er ist ein mitfühlender Mann und wird mich für meine selbstlose Bereitschaft, meinen geliebten Schwiegersohn bis zu seinem Tode zu pflegen mit deinen Besitztümern belohnen."

Er erhob sich und verließ laut lachend die schäbige Zelle.

Simon öffnete die Augen, als die Tür ins Schloss fiel. Ein trockenes Schluchzen entrang sich seiner Kehle, aber er wollte sich nicht die letzten Minuten, in denen er noch klar denken konnte in Selbstmitleid ergehen. Vielmehr versuchte er mit aller Kraft, den Inhalt seines Magens herauszuwürgen. Er drückte dazu seine Zunge soweit ihm das möglich war seinen Schlund hinunter. Und tatsächlich begann er zu würgen. Aber es reichte nicht aus, zu erbrechen. Auch das Reiben seines Kopfes auf dem rauen Boden brachte nicht den gewünschten Erfolg. Das Tuch war so fest über Mund, Nase und Kinn gebunden, dass es ihm nicht gelang es abzustreifen. Einzig seine Wangenknochen schürfte er auf.

Schließlich gab er auf und blieb schwer atmend liegen, horchte in sich hinein. Begann das Zeug schon zu wirken? Seine Finger wurden bereits taub, aber das konnte auch von den Fesseln kommen. Nein, jetzt spürte er das seltsame Kribbeln auch in den Füßen. Langsam breitete es sich in seinen Armen und Beinen aus.

Grenzenlose Panik bemächtigte sich seiner und er wand sich wie eine Schlange auf dem Boden. Sein Kopf wurde schwer und er meinte, seine Zunge würde immer dicker werden. Er spürte undeutlich, wie Speichel aus seinen Mundwinkeln lief und das Tuch durchnässte. Aber er war nicht mehr fähig, zu schlucken. Seine Gedanken begannen durch sein Gehirn zu kreisen und er fiel in einen Dämmerschlaf.

Plötzlich schreckte er hoch. War da jemand in seiner Zelle? Mühsam, weil es ihm unheimlich schwerfiel, drehte er den Kopf zur Seite. Zwei Gestalten, die ihm bekannt vorkamen standen neben ihm und blickten auf ihn herab.

Es dauerte eine Weile, bis er erkannte, dass es sich um einen Mann und eine Frau handelte. Wie kamen sie hierher? Und was wollten sie von ihm? Jedenfalls waren sie nicht gekommen um ihn zu quälen. Ein seltsam friedliches Gefühl ging von ihnen aus.

Er zwang sich, genauer hinzusehen. Der Mann besaß sein Gesicht. Die gleichen Züge, die gleiche Augen- und Haarfarbe. Und die Frau war seine Mutter, er erinnerte sich genau an sie. Die Beiden sprachen zu ihm, aber er konnte sie nicht hören. Warum konnte er sie nicht verstehen?

Seine Mutter beugte sich zu ihn und strich ihm über das Haar. Ihre Berührung war wie ein Windhauch. Sie bewegte abermals die Lippen und nun meinte er, ihre Worte zu verstehen. „Gib nicht auf, Simon", sagte sie sanft. „Alles wird gut werden." Sie strich ihm sachte über die Lider und er schloss dankbar die Augen. Als er sie wieder öffnete, waren die Gestalten verwunden. Er war allein.

Am Morgen kam der Freiherr zurück. Er bückte sich zu Simon und knotete das Tuch auf, nahm es ihm ab. Dann tat er dasselbe mit den Fesseln an seinen Händen. Er war sich ganz sicher, dass von seinem Schwiegersohn keinerlei Gegenwehr kam.

Simon sah, wer neben ihm kauerte. Er erkannte den Mann sogar. Aber er konnte nichts zu ihm sagen und er konnte sich nicht gegen ihn wehren, als er ihm erneut den Becher mit dem Trank an die Lippen hielt. Willenlos ließ er die Flüssigkeit seine Kehle hinab rinnen. Er hörte die Worte seines Peinigers, doch sie drangen nur bruchstückhaft in sein Gehirn und interessierten ihn nicht. Erschöpft schloss er die Augen und schlief ein.

Irgendwann später wurde er hochgezogen und aus der Zelle geführt.

Es bereitete ihm große Schwierigkeiten, einen Fuß vor den anderen zu setzen, er spürte seine Beine kaum. Auch seine Arme waren taub, sie gehorchten den Befehlen seines Gehirns nicht mehr. Nur ab und zu zuckten sie unkontrolliert. Er wurde in eine Kutsche gesetzt. Während der Fahrt pendelte sein Kopf auf seiner Brust und Speichel rann ihm aus dem Mund. Er bemerkte es nicht. Auch der beißende Kotgeruch, der auf einmal das Innere der Kutsche durchzog, störte ihn nicht. Es wurde ihm gar nicht bewusst, dass er in die Hose gemacht hatte. Der Besuch beim Herzog ließ ihn ebenso kalt, wie dessen mitleidige Blicke. Er hörte seine Worte und die Antworten des Freiherrn, aber er verstand nicht was gesagt wurde. Er merkte kaum, dass er wieder in die Kutsche gesetzt und zurück transportiert wurde.

Er wurde in ein Zimmer gebracht und auf ein Bett gelegt. Eine ältere Frau und ein Mann zogen ihn aus und wuschen ihn von Kopf bis Fuß. Dann wurde er wieder angezogen. Starr lag er auf dem Bett und stierte an die Decke. Später wurde ihm ein Löffel mit weichem Brei in den Mund geschoben. Erst nach einiger Zeit gelang es ihm zu schlucken. Am Wasser, das man ihm einflößte verschluckte er sich und erbrach es mitsamt dem Brei. Es kümmerte ihn nicht und er schloss die Augen um zu schlafen.

Kapitel 23: In tödlicher Gefahr

„Es ist mir egal, ob der Herzog gerade schläft. Mein Name ist Prinz Adrian zu Wolffhardt und ich muss seine Hoheit ganz dringend sprechen. Also weckt ihn gefälligst." Adrian blickte den Wachsoldaten so finster und anmaßend an, wie es ihm nur möglich war, obwohl ihm der arme Tropf ganz leid tat, wie er so stotternd vor ihm stand. Er brachte jedoch im Moment einfach nicht die Geduld auf, freundlich zu dem Mann zu sein. Und sein Anliegen duldete keinen Aufschub.

„Ja... jawohl, Eure Hoheit. Ich werde sofort Bescheid geben, dass Ihr den Herzog zu sprechen wünscht. Wenn Ihr inzwischen Platz nehmen wollt." Der Wachmann verneigte sich ehrerbietig und eilte davon. Adrian wischte sich die geschmolzenen Schneeflocken aus dem Gesicht und versuchte, sich zu entspannen. Er war den ganzen Weg nach Rothenburg in Windeseile geritten, hatte nur zweimal kurz Halt gemacht um Luzifer eine Pause zu gönnen. Jetzt war es drei Uhr nachmittags, er hatte die weite Strecke im Rekordtempo zurückgelegt. Dennoch war er natürlich viel zu spät dran, um noch einschneidend in das Drama eingreifen zu können. Er konnte nur hoffen, dass sein junger Freund noch am Leben war. Am liebsten wäre er sofort zu Burg Hohenberg geritten um nach Simon zu suchen, aber das wäre unklug gewesen. Erstens hätte ihn der Freiherr wahrscheinlich gar nicht eingelassen. Zweitens, was viel gravierender war, er war allein. Und allein konnte er nichts ausrichten.

„Mein lieber Prinz zu Wolffhardt, was gibt es denn so Dringliches?" unterbrachen entrüstete Worte seine Gedanken. Er blickte auf und sah dem alten Herzog entgegen. Der hatte sich anscheinend in Eile einen Überrock angezogen, er war noch damit beschäftigt, den Gürtel umzubinden während er mit unüberhörbarem Tadel in der Stimme grollte. „Es ist nicht üblich, ohne Anmeldung in mein Schloss zu platzen. Ich bin ein alter Mann und brauche meinen Mittagsschlaf. Was habt Ihr denn auf dem Herzen, das keinen Aufschub duldet?"

„Es tut mir furchtbar leid, Euren wohlverdienten Schlaf zu stören", log Adrian unverfroren „aber es ist wirklich sehr wichtig. Es geht um Graf Simon zu Hohenb..."

. „Ach ja, der arme junge Graf." Die Miene des Herzogs verzog sich mitleidig und er ließ ihn nicht aussprechen. „So jung und schon solch ein tragisches Schicksal. Ich kann Euch versichern, sein Anblick heute Morgen hat mich zutiefst erschüttert. Dabei war er doch vor einem Jahr noch bei bester Gesundheit. Aber zum Glück hat er wenigstens einen treusorgenden

Schwiegervater. Der Freiherr hat sich wirklich rührend seiner angenommen. Ich hätte es ihm ehrlich gesagt gar nicht zugetraut, aber er kümmert sich wirklich vorbildlich."

Adrian schaute ihn irritiert an. Was hatte Hunold zu Kilchenstein mit Simon angestellt? Nun, zumindest schien er noch am Leben zu sein. Eine Welle der Erleichterung durchströmte ihn. Doch sogleich hakte er nach:

„Ich verstehe nicht..., was ist denn mit dem Grafen? Ich bin bei Euch weil er vor einigen Tagen entführt wurde. Seine Frau macht sich schreckliche Sorgen."

Nun war es am Herzog, verdutzt zu schauen. „Entführt sagt Ihr? Aber das kann nicht sein, der Freiherr hat mir glaubhaft versichert, er wäre schon seit Wochen schwer erkrankt. Ich konnte mich selbst von seinem elenden Zustand überzeugen. Es ist entsetzlich, einen so jungen Menschen so hilflos zu sehen. Der Freiherr beteuerte mir aber ernsthaft, alles Menschenmögliche getan zu haben, seinem Schwiegersohn zu helfen. Doch selbst die besten Ärzte konnten nichts ausrichten..."

„Vor drei Tagen war Simon noch kerngesund", unterbrach Adrian jetzt respektlos den Redeschwall. „Man hat ihn unter einem Vorwand von zu Hause weg gelockt und er wurde seither nicht mehr gesehen. Da er heute, an seinem Geburtstag bei Euch erscheinen sollte um sein Erbe zu übernehmen, bin ich in der Hoffnung hierher geritten, sein mysteriöses Verschwinden aufzuklären. Ich glaube, dass er von seinem Schwiegervater entführt wurde, um ihm seine Erbschaft streitig zu machen."

Er maß den ungläubig dreinschauenden Herzog mit nachdenklichem Blick, dann zeigte er mit einer Handbewegung auf eine Sitzgruppe.

„Ich denke, es ist besser wir setzen uns. Ich habe Euch ein paar unerfreuliche Dinge zu erklären. Das kann eine Weile dauern..."

Er erzählte ihm in knappen Sätzen, was er über die unheilvolle Bewandtnis zwischen Simon und seinem Vormund wusste und ließ auch den Verdacht nicht aus, den Edda gegen ihren einstigen Herrn geäußert hatte.

„Wenn Ihr noch weitere Bestätigung braucht, so wird Euch die Frau sicher bereitwillig Rede und Antwort stehen", endete er schließlich. „Aber ich denke, ihre Aussage wird nicht notwendig sein. Ihr habt doch sicher noch den Brief, den Euch Freija zu Kilchenstein an ihrem Todestag überreicht hat? Ich denke, nun ist es an der Zeit, ihn zu öffnen. Ich bin mir sicher, sein Inhalt deckt sich mit dem, was ich Euch soeben berichtet habe."

Der Herzog zeigte deutlich, dass er verunsichert war. Er eilte schweigend zu einem Sekretär, der in einem der Nebenzimmer stand und kramte eine Weile darin herum. Dann kam er mit einem versiegelten Brief zurück. Triumphierend hielt er ihn in die Höhe. „Ich hätte nie gedacht, ihn jemals öffnen zu müssen", bekannte er und erbrach das Siegel. „Ich muss bekennen, dass ich Freijas Verdacht für die wirren Phantasien einer Sterbenden gehalten habe. Und bisher gab es auch keine Veranlassung für mich, den Brief zu lesen.

Hunold versicherte mir stets, Simon erfreue sich bester Gesundheit. Bis er ihn dann heute Morgen brachte... Ich habe ihm jedenfalls geglaubt, als er mir unter Tränen erklärte, sein Schwiegersohn litte seit kurzem unter einer mysteriösen Krankheit."

Er schüttelte bekümmert sein ergrautes Haupt. „Wisst Ihr, Prinz, Euer Bericht hat meinen Glauben an Freundschaft stark erschüttert. Ich kann gar nicht glauben, dass mein langjähriger Freund Hunold der Initiator einer so bösen Intrige sein soll. Wenn es stimmt, dass die Kugel, die mich damals fast tötete von ihm abgefeuert wurde... Der Mann ist jahrelang in meinem Schloss ein- und ausgegangen. Ich nannte ihn meinen Freund...“

Er brach sichtlich erschüttert ab und starrte auf das Schreiben in seinen Händen. Er las es langsam, so als könne er nicht begreifen, was darin stand. Endlich ließ er das Papier mit zitternder Hand sinken.

„Roland hat ihm ebenfalls vertraut. Und ist vom ihm gnadenlos in den Tod geschickt worden. Warum habt Ihr mir nicht eher erzählt, was Ihr wusstet?“

„Simon und ich wissen auch erst seit etwa einem Jahr über das wahre Ausmaß dieser Intrige Bescheid. Und genau wie Freija hatten wir leider nur den schlimmen Verdacht aber keinerlei stichhaltige Beweise. Ihr hättet uns vielleicht nicht geglaubt. Aber ich denke, wir sollten jetzt schnell etwas unternehmen, damit Simon nicht auch noch ein Opfer des Freiherrn wird. Gebt mir ein paar Eurer Männer und ich werde diesen Verbrecher zu Euch bringen, damit er seine gerechte Strafe bekommt. Und betet, dass ich herausfinde, was er mit Simon angestellt hat. Ich fürchte, er hat ihm - wie schon vor Jahren Freija, ein langsam wirkendes Gift verabreicht. Eile ist geboten. Ich könnte mir nie verzeihen, dass Simon stirbt weil ich zu spät gekommen bin...“

Der alte Herzog sah sofort ein, dass nur beherztes Eingreifen noch Rettung für den jungen Grafen bringen konnte. Er rief laut nach dem Hauptmann seiner Truppen und befahl ihm, zehn Mann bereitzustellen. Sie sollten notfalls die Burg stürmen und keinesfalls ohne den Freiherrn zurückkommen. Er betonte noch, dass er den Mann auf jeden Fall lebend haben wolle.

Die Männer waren schon bald bereit und ritten gemeinsam mit dem Hexer zur Burg hoch. Dort verlangten sie lautstark Einlass und drohten, das Tor einzurammen, wenn ihnen nicht geöffnet würde. Ein vor Angst schlotternder Knecht öffnete schließlich das schwere Holztor und drückte sich dann eilig in eine Nische, damit ihn die vorüberstürmenden Soldaten nicht über den Haufen rannten.

Adrian überließ es den Soldaten und ihrem Hauptmann, den Freiherrn gefangen zu nehmen. Seine einzige Sorge galt Simon. Er nahm die Treppe zum Eingang mit Riesenschritten und rannte dann durch die Halle auf die Treppe zum Obergeschoß zu. Eine ältere Frau trat ihm in den Weg und sah ihn mit großen, erschrockenen Augen an.

„Wo ist der junge Burgherr?" herrschte er sie an. Sie deutete mit der Hand die Treppe hinauf. „Ich zeige Euch den Weg zu seinem Zimmer. Aber der junge Herr ist sehr schwer krank."

Adrian bezähmte mühsam seine Ungeduld und seine Angst. Wie würde er Simon vorfinden? Die Aussagen des Herzogs über seinen Zustand ließen ihn das Schlimmste befürchten. Schon auf dem Weg hierher hatte er darüber nachgegrübelt, welch ein Mittel wohl solche Symptome, wie die geschilderten auslösen konnten. Denn ihm war klar, dass der Freund nicht aus heiterem Himmel so heftig erkrankt war. Nein, die Krankheit war ihm irgendwie beigebracht worden. Wohl, indem man ihn zwang, irgendeine gefährliche Medizin zu schlucken.

Er bereute plötzlich, dass er sich bisher kaum mit der schwarzen Magie beschäftigt hatte. Natürlich kannte er die Wirkung aller gebräuchlichen Kräuter und darüber hinaus mancher Gifte. Und er konnte durchaus einen todbringenden Trank herstellen, wie er bei Friedrich bewiesen hatte. Aber er würde vielleicht sehr lange herumrätseln müssen, womit Simon vergiftet worden war und er wusste nicht, ob der Freund solange durchhalten würde bis er ein wirkungsvolles Gegenmittel gefunden hatte.

Die ältere Frau öffnete eine der Türen und ließ den Hexer in das verdunkelte Zimmer treten. Betreten deutete sie auf das Bett. Adrian eilte zuerst zum Fenster und riss den Vorhang zur Seite. Er brauchte gute Sicht. Als er nun zu der verkrümmten Gestalt blickte, blieb er wie angewurzelt stehen. Der Anblick erschütterte selbst ihn, der er es gewohnt war, Elend und menschliches Leid zu sehen. Er musste sich einen Ruck geben, um zum Bett zu gehen. Angstvoll beugte er sich über das leichenblasse Gesicht und griff nach Simons schlaffer Hand.

Der Kranke hatte zwar die Augen geöffnet, doch sie nahmen nichts wahr. Sein leerer Blick war starr auf einen unbestimmten Punkt gerichtet und er ließ keinerlei Reaktion erkennen. Sein Mund stand leicht offen und dicke Speichelfäden sickerten aus seinen Mundwinkeln über seinen Hals und in das Kissen. Seine Zunge bewegte sich, so als sauge er, aber er war offensichtlich nicht in der Lage zu schlucken.

Der Arzt bewegte vorsichtig Simons Glieder, versuchte seinen in den Nacken gedrückten Kopf zu bewegen. Aber der Patient war so steif wie ein Brett.

Wollte man seine Gelenke bewegen, musste man es mit Gewalt tun, und dann würden sie vielleicht brechen. Sein ganzer Körper schien zu vibrieren, ein untrügliches Zeichen, wie stark die Krämpfe in ihm tobten.

Der Hexer blickte ratlos auf den Freund nieder. Er fühlte sich hilflos, wie noch nie zuvor. Welches teuflische Zeug hatte man Simon gegeben? Es fiel ihm auf Anhieb kein Mittel ein, dass solche starken Symptome auslösten.

Sein Grübeln wurde durch Lärm und Geschrei unterbrochen. Anscheinend widersetzte sich der Freiherr seiner Festnahme. Vielleicht kamen ihm auch seine Bediensteten gegen die Soldaten zu Hilfe, obwohl sich Adrian das nicht vorstellen konnte. Die Burgbewohner waren nicht allzu gut auf ihren Herrn zu sprechen, das wusste er von Simon. Aber er hatte keine Zeit, sich um die Festnahme des Freiherrn zu kümmern. Der besorgniserregende Zustand seines Freundes ging vor. Er musste versuchen, wenigstens die Krämpfe zu lösen, die Simons Körper stark schwächten. Doch dazu brauchte er einige Dinge.

„Wo ist die Burgapotheke?" fragte er die alte Frau, die noch immer hinter ihm stand und besorgt auf den jungen Patienten starrte.

„Ich muss ihm schnellstmöglich einen Trank bereiten, der die Krämpfe löst. Sonst setzt sein Herz aus. Was immer man ihm gegeben hat, es war eine starke Überdosis."

Die Frau eilte ihm erneut voraus, führte ihn in die Kräuterkammer. Dort zeigte sie ihm bereitwillig, wo sich die Arzneien und Kräuter befanden und half ihm dann wie selbstverständlich bei der Zubereitung des Trankes. Während er sich auf die Rezeptur konzentrierte drang immer wieder Geschrei an sein Ohr. Anscheinend war es den Soldaten immer noch nicht gelungen, des Freiherrn habhaft zu werden. Wahrscheinlich hatte er sich in irgendeinem Zimmer verbarrikadiert, denn jetzt drangen dröhnende, dumpfe Schläge durch die Gänge der Burg.

Endlich war der Trank fertig und soweit abgekühlt, dass er versuchen konnte, ihn dem Kranken einzuflößen. Wie er das anstellen sollte, wusste er allerdings noch nicht. Fest stand nur, dass er das Gebräu irgendwie in Simons Magen bekommen musste. Er schaute sich in der Apotheke nach einem Hilfsmittel um. Nach einigem Suchen fand er ein langes, etwa fingerdickes Glasrohr. Das war besser als gar nichts, er nahm es mit.

Die Frau kam auf seine Bitte wieder mit ihm zurück in Simons Zimmer. Er konnte Hilfe dringend gebrauchen und sagte ihr nun, was sie tun musste. Schwacher Rauchgeruch drang plötzlich in seine Nase, aber er konnte sich nicht darum kümmern. Der Patient ging vor. Die Krämpfe schüttelten Simon jetzt noch stärker als vorhin. Man sah ihm an, dass sein geschwächter Körper nicht mehr lange durchhalten konnte.

„Haltet seine Schultern mit aller Kraft, die Ihr aufbringen könnt nach unten", befahl Adrian der Frau. „Es ist sehr wichtig, dass er sich nicht bewegen kann. Da er unfähig ist zu schlucken, werde ich versuchen, ihm das Glasrohr durch den Hals in die Speiseröhre zu schieben. Ich kann nur hoffen, dass es nicht dabei zerbricht. Aber anders kriege ich das Gegenmittel nicht in seinen Magen."

Die Frau zeigte, dass sie trotz ihres fortgeschrittenen Alters durchaus noch kräftig war. Und klug, denn sie stieg zu dem Patienten aufs Bett, setzte sich kurzerhand rittlings auf seine Brust und drückte seine Oberarme mit ihren Knien nieder. Dann nahm sie seinen Kopf in ihre Hände und hielt ihn fest. Mit vereinten Kräften schafften sie es, Simons Kopf so weit nach hinten zu überstrecken, dass der Hexer vorsichtig das Röhrchen in dessen Hals einführen konnte. Seine Angst war groß, Simon würde reflexartig würgen und das Glas zerbrechen. Aber der schien den Fremdkörper in seinem Schlund nicht einmal zu bemerken.

Nachdem er sich überzeugt hatte, dass das Rohr auch richtig in der Speiseröhre platziert war, goss Adrian mit Hilfe eines kleinen Trichters die Medizin in das Rohr. Er musste immer wieder absetzen und an dem Glas zupfen, damit die Flüssigkeit hindurch rann. Aber schließlich war es geschafft. Simon hatte den größten Teil der Flüssigkeit im Magen.

Adrian zog das Röhrchen heraus und wischte sich seufzend den Schweiß von der Stirn. In ein paar Minuten würde sich zeigen, ob die Medizin nützte. Natürlich konnte er den Freund nicht damit gesund machen. Aber wenn es ihm gelang, die Krämpfe einzudämmen, war schon viel gewonnen. Vielleicht würde der Freiherr ja verraten, welch ein Teufelszeug er seinem Schwiegersohn eingetrichtert hatte. Dann bestand zumindest eine kleine Chance, eventuell ein wirksames Gegenmittel herzustellen.

Zu Adrians grenzenloser Erleichterung wirkte seine Medizin tatsächlich. Die Krämpfe ließen merklich nach und Simons Körper entspannte sich ein wenig. Aber er kam nicht zu sich und reagierte weder auf Stimmen, noch auf leichtes Schütteln.

Erst jetzt bemerkte der Hexer bewusst den Rauchgeruch. Alarmiert öffnete er die Türe und spähte hinaus. Stickige Rauchfahnen zogen durch die Gänge der Burg. Und da kam auch schon einer der Soldaten die Treppe herauf gehastet. „Die Burg brennt!" rief er keuchend und hustete. „Der Burgherr hat die unteren Zimmer in Brand gesteckt. Das Feuer zieht sehr schnell weiter, wir können es nicht unter Kontrolle bringen. Verlasst so schnell als möglich die Burg."

„Ihr müsst mir helfen, den Patienten herauszuschaffen", rief Adrian ihm zu und verschwand im Zimmer. „Geht nach draußen ins Freie, damit Euch nichts passiert", riet er der alten Frau und schob sie zur Türe. „Ich werde Simon zusammen mit dem Soldaten hinunter bringen. Sorgt bitte dafür, dass ein Wagen bereitsteht, in dem wir ihn transportieren können."

Er achtete nicht mehr auf die Frau, sondern eilte zum Bett um Simon auf seine Arme zu heben. Der Soldat kam ihm zu Hilfe und gemeinsam trugen sie den schlaffen Körper die Treppen hinunter und zur Türe hinaus.

Hier, im unteren Stockwerk verdichtete sich der beißende Qualm merklich. Die Bediensteten eilten mit Eimern hin und her, versuchten zu löschen oder wertvolle Gegenstände vor den Flammen zu retten. Adrian beachtete sie nicht weiter. Er trug Simon in den Hof, wo sich ein Großteil des Rauchs mit dem kräftigen Wind verflüchtigte. Endlich kam ein Knecht mit einem Pferd am Zügel aus dem abseits gelegenen Stall. Er spannte das Tier vor einen Wagen, der in einer offenen Remise stand. Bis der Mann soweit war, bettete Adrian Simon auf den harten Wagenboden. Dann stieg er zu ihm und befahl dem Knecht, zum Schloss des Herzogs zu fahren.

Als der Wagen zum Tor hinaus ratterte, blickte der Hexer ein letztes Mal zur Burg hin. Es sah nicht so aus, als würden die Leute den Brand schnell unter Kontrolle bringen. Aber darum konnte er sich jetzt nicht kümmern. Simons Leben und Gesundheit war wichtiger als sein Besitz. Die Bediensteten waren nicht in Gefahr, ebenso wenig die Soldaten. Vom Freiherrn war weit und breit nichts zu sehen. Adrian hoffte jedoch, die Soldaten konnten ihn der Flammenhölle entreißen. Der Mann sollte für seine Untaten am Galgen und nicht in den Flammen enden.

Der Herzog stellte Adrian zwei große, nebeneinander liegende Zimmer zur Verfügung, in denen er versuchen konnte, Simon zu retten. Außerdem gestattete er ihm, seine Apotheke zu benutzen und wenn er wollte, auch seinen Leibarzt zu Rate zu ziehen. Der Hexer nahm dankbar an und beratschlagte lange mit dem älteren Kollegen über Simons Zustand. Aber auch zu zweit kamen sie nicht darauf, welches Mittel den elenden Zustand des Patienten ausgelöst haben konnte.

Zumindest wirkte die entkrampfende Medizin auch weiterhin. Adrian verabreichte sie Simon alle paar Stunden aufs Neue. Nun konnte der Patient wenigstens wieder selbständig schlucken, wenn auch ein Teil des Trankes wieder aus seinen Mundwinkeln sickerte.

Am späten Abend kam der Herzog nochmals vorbei um sich nach dem Befinden des Kranken zu erkundigen. Bekümmert stand er vor dem Bett und tätschelte Simons schlaffe Hand. Man sah Albrecht an, dass er sich wirklich Sorgen um den Sohn seines einstigen Freundes machte. „Wie können wir ihm nur helfen?", fragte er besorgt. „Es ist, als läge ein Fluch über der Familie zu Hohenberger. Alle müssen sie früh sterben. Und alle durch die Hand eines angeblichen Freundes."

„Noch ist Simon nicht tot", knurrte Adrian unwirsch. „Und wenn es in meiner Macht steht, so wird er auch nicht sterben. Vielleicht kann uns der Freiherr ja sagen, welches Gift er ihm eingeflößt hat. Habt Ihr ihn schon gefragt? Eventuell könntet Ihr Hoffnung in ihm erwecken, durch die Preisgabe des Giftes ein milderes Urteil zu erwirken."

„Er wird auf jeden Fall am Galgen enden", entgegnete der Herzog hart.

„Er hat schon all seine Schandtaten zugegeben, aus Angst, auf der Folter zu landen. Dabei würde es mir nie einfallen, einen Mann foltern zu lassen. Es muss wohl sein eigenes schlechtes Gewissen sein, das ihn so etwas befürchten lässt."

Das brachte Adrian auf eine Idee. „Lasst mich zu ihm gehen. Allein. Ich werde ihm zum Schein mit Folter drohen, sicher glaubt er mir. Er fürchtet mich schon lange, weil er mich für einen Hexer hält."

Herzog Albrecht warf ihm einen seltsamen Blick zu, der Adrian sagte, dass er ihm wohl auch nicht ganz geheuer war. Aber es war ihm völlig gleichgültig, was der Herzog oder sonst wer von ihm hielt. Er wollte Simon wieder gesund machen und dazu war ihm fast jedes Mittel recht.

„Also gut", willigte Albrecht schließlich zögernd ein. „Geht zu ihm. Aber ich verbiete Euch, ihn wirklich zu foltern. Auch wenn er es verdient hätte. Hunold zu Kilchenstein wird einen gerechten Prozess bekommen und dann am Galgen enden, so wie es das Gesetz vorschreibt."

In Adrian erwachten ungute Gedanken, als er durch die dunklen Gänge geführt wurde, hinunter in den Schlosskeller, wo die Verliese lagen. Doch er schob seine aufkeimenden Ängste rigoros beiseite. Heute war nicht er der Gefangene, sondern der Freiherr. Und das einzig Wichtige war, die Zutaten der Arznei zu erfahren, die Simons Leben bedrohte.

Der Freiherr fuhr erschrocken hoch, als sich seine Kerkertür öffnete. Noch mehr erschrak er, als er erkannte, wer seine Zelle betrat. Und seine Angst steigerte sich fast zur Panik, nachdem der Soldat, der Adrian begleitete die Zelle wieder verließ und hinter ihm abschloss.

Er sprang von seiner Pritsche hoch und stellte sich mit dem Rücken zur Wand. Lauernd und aschfahl im Gesicht sah er zu seinem Besucher auf. „Was wollt Ihr von mir?", stieß er heiser hervor und seine Augen suchten unstet nach einem Fluchtweg. „Ich habe Euch nichts zu sagen. Wo ist der Herzog? Sollte er nicht dabei sein, wenn ich verhört werde?"

Adrian ließ den Mann eine Weile schwitzen. Er lehnte seine große Gestalt lässig an die Kerkerwand und verschränkte die Arme vor der Brust.

Seine schwarzen Augen ruhten unverwandt auf dem Gesicht seines Gegenübers. Endlich meinte er, den Freiherrn genügend eingeschüchtert zu haben. Mit tiefer Stimme sagte er. „Der Herzog weiß nichts von meinem Besuch bei Euch. Ich habe einen der Wächter bestochen, mich hereinzulassen. Ein paar lumpige Geldstücke..., Ihr wisst ja wie das geht."

„Was wollt Ihr von mir?", wiederholte der Gefangene. Deutlich war Panik in seiner Stimme zu erkennen und auf seinem Gesicht erschienen winzige Schweißperlen. „Ihr werdet nicht wagen, mir etwas anzutun... Man wird meine Wunden bemerken..., ich werde schreien!"

„Wieso sollte ich Euch verschonen? Und wer sollte mich daran hindern? Was die Wunden betrifft, es ist einfach, jemanden so zu foltern dass kaum sichtbare Spuren zurückbleiben. Das wisst Ihr genauso gut wie ich. Und Ihr könnt hier schreien so viel Ihr wollt. Der Wärter kam mir ziemlich schwerhörig vor. Er stört uns bestimmt nicht bei unserem netten, kleinen Plausch. Aber natürlich könnt Ihr Euch die Sache vereinfachen. Ich bin eigentlich nicht versessen darauf, Euch zu foltern. Ich vergieße nicht gerne Blut, und das Geschrei macht mich nervös. Allerdings schrecke ich auch nicht davor zurück, es notfalls doch zu tun. Nicht nachdem ich meinen Freund in der Burg gefunden habe."

„Er ist krank geworden...", Hunold schrie es fast. „Ich habe nichts damit zu tun. Im Gegenteil, ich habe ihn pflegen lassen..."

„Tss, tss. Wir wissen beide, dass das eine Lüge ist. Aber Ihr könnt einen Teil Eurer vielen Sünden wieder gutmachen, indem Ihr mir sagt, was Ihr ihm gegeben habt. Es würde Euer Gewissen erleichtern, und es würde Euch vor allem viele Schmerzen ersparen. Also, sagt es mir..."

Adrian stieß sich mit der Schulter von der Wand ab und kam langsam auf den Freiherrn zu. Der wich vor ihm noch mehr zurück und tastete sich an der Wand entlang. Aber natürlich konnte er nirgendwo hin, wo ihn der Hexer nicht erreicht hätte.

Als die dunkle Gestalt sich drohend vor ihm aufrichtete klappte Hunold zusammen. Er hob abwehrend die Hände und legte sogar die Zeigefinger zu einem Kreuz zusammen, so als wolle er einen Dämon abwehren. Adrian lachte über diese abergläubische Geste und schlug ihm die Hände herunter. „Das nützt nichts gegen Hexen. Nur der Name des Mittels kann Euch vor mir schützen..."

„Ich kenne das Teufelszeug nicht, keine einzige Zutat... Ich habe es extra anfertigen lassen. Von einem Kräuterweib, die als Hexe verschrien ist. Ich sagte ihr, was ich wollte und sie hat mir einen Trank zusammengebraut. Ich brauchte Simon nur zu zwingen, ihn zu schlucken. Aber ich schwöre bei Gott, ich weiß nicht, was es war." Er zitterte wie Espenlaub bei seinen geschrienen

Worten. Adrian merkte sofort, dass er die Wahrheit sagte. Erneut griff die Angst nach seinem Herzen. Aber er gab nicht auf.

„Dann sagt mir den Namen dieser Hexe und wo ich sie finde. Ich warne Euch, mich in die Irre zu führen. Falls Simon stirbt, wird mich niemand davon abhalten, Euch einen grauenhaften Tod zu bereiten. Also...?"
Der Freiherr glaubte ihm aufs Wort. Er sprudelte die Information förmlich heraus. „Die Hexe heißt Griseldis. Ihren Nachnamen kenne ich nicht. Sie bewohnt eine schäbige Hütte außerhalb der Stadtmauer. Direkt an der Tauber. Ihr könnt das Häuschen nicht übersehen..." Er beschrieb Adrian ganz genau den Weg und riet ihm sogar noch, ein geheimes Klopfzeichen anzuwenden, das er mit der Hexe ausgemacht hatte.

Der Hexer hatte es plötzlich eilig, den Kerker zu verlassen. Er würdigte den zitternden Mann keines Blickes mehr, sondern pochte laut an die Kerkertüre, ein Zeichen, ihn hinaus zu lassen. Dann eilte er aus dem Gewölbe und bestieg sein Pferd, das gesattelt im Schlosshof bereit stand.
So schnell es die winterlichen Verhältnisse zuließen, jagte er aus dem Städtchen und in die angegebene Richtung. Hoffentlich ist die Hexe zu Hause dachte er bang. Als er Rauch aus dem Schornstein der Hütte aufsteigen sah, beruhigte das seine Nerven ungemein. Vor dem verwitterten Gartentor hielt er sein Pferd an und band die Zügel an die kahlen Zweige eines Weidenbaumes. Dann eilte er auf die Hütte zu und klopfte das Zeichen, das ihm der Freiherr genannt hatte. Tatsächlich wurde gleich darauf die Türe geöffnet.
„Hat der Trank etwa nicht ausgereicht?" fragte eine mürrische Frauenstimme. „Das sollte mich wundern." Griseldis schrak heftig zusammen, als sie die fremde Gestalt vor ihrer Hütte ausmachte. Schnell wollte sie die Türe wieder ins Schloss werfen, doch Adrian streckte geistesgegenwärtig den Fuß vor. „Was wollt Ihr von mir? Verschwindet!" plärrte die Frau lauthals, und versuchte vergeblich die Türe zuzudrücken. Doch Adrian stieß sie einfach in ihre Hütte hinein folgte ihr schnell und warf die Türe hinter sich zu. Normalerweise wäre er nie auf die Idee gekommen, mit einer Frau so ruppig umzuspringen. Aber diese Hexe hatte den Trank gebraut, der Simon so leiden ließ. Und er hatte weder Zeit, noch Lust, Höflichkeitsfloskeln auszutauschen.

„Genau wegen Eures Trankes bin ich hier. Welches Teufelszeug habt Ihr da zusammengebraut? Nennt mir die Zutaten." Er lehnte sich mit dem Rücken an die Türe und warf einen schnellen Blick durch den düsteren Raum. Außer der Hexe gab es keine weiteren Bewohner. Seine schwarzen Augen hefteten sich prüfend auf die Frau, musterten sie eindringlich.

Sie war um die fünfzig und für eine Frau ziemlich groß. Ihr Gesicht war früher sicher schön gewesen, jetzt verliehen ihm tiefe Falten einen verbitterten Eindruck. Eine graue Haarsträhne lugte unter einem turbanähnlich geschlungenen Kopftuch hervor. Misstrauische Augen musterten ihn wachsam. Griseldis fasste sich überraschend schnell.

„Wozu möchtet Ihr das wissen? Wollt Ihr ebenfalls jemanden todkrank machen? Mit solchen Dingen sollte man kein Schindluder treiben."

Adrian beugte sich vor um ihr besser in die Augen zu sehen. Die Frau machte eigentlich keinen bösartigen Eindruck auf ihn. Sie blickte intelligent, unter anderen Umständen hätte er ihr sicher zugetraut, eine gute Hexe zu sein. Aber sie hatte sofort zugegeben, die Medizin hergestellt zu haben.

„Ja, das denke ich auch. Warum habt Ihr es dann getan?"

Sie zuckte die Schultern, drehte ihm den Rücken zu und ging zu einem Hocker, wo sie sich niedersetzte. „Hätte ich es nicht getan, so jemand anderes. Für den Unglücklichen, den es betrifft kommt es auf das gleiche heraus. Der Freiherr ist nicht gerade für seine Nachsicht bekannt. Er hat mir gedroht, mich von meinem kleinen Besitz zu vertreiben, sollte ich nicht tun, was er verlangt. Ich bin eine alte Frau, die Hütte ist mein einziger Besitz und sie liegt auf seinem Land. Was hätte ich Eurer Meinung nach tun sollen?"

„Ich, an Eurer Stelle hätte mich trotzdem geweigert."

„Ihr seid ja auch ein Mann, noch dazu ein relativ junger. Vielleicht hättet Ihr tatsächlich anders entschieden. Und die Konsequenz daraus getragen. Ich jedenfalls besitze weder die Kraft, noch die Mittel für einem Neuanfang."

Adrian wechselte das Thema. Er verfügte weder über die Zeit, noch den Nerv, über die moralische Entscheidung der Hexe nachzudenken. Er brauchte die Zusammensetzung des Trankes und zwar möglichst schnell. Deshalb meinte er unwirsch: „Nun, das müsst Ihr letztendlich mit Eurem Gewissen ausmachen. Ich bin hier, um von Euch die Formel dieses Trankes zu erfahren. Der junge Mann, der das Opfer Eures Hexentrankes wurde, ist mein Freund. Noch lebt er - wenn man es leben nennen kann. Er leidet furchtbar und ich befürchte, er wird bald sterben. Wenn ich die Zutaten des Trankes kenne, gelingt es mir vielleicht, ein Gegenmittel herzustellen. Also bitte ich Euch, nennt mir die Formel."

Griseldis blickte ihn mit neu erwachtem Interesse an. „Seid Ihr jemand, der sich mit diesen Dingen auskennt?"

„Wenn Ihr so wollt, ja. Ich bin Arzt, kenne mich aber auch ganz gut in der alten Heilkunst aus. Und dort wo ich herkomme, gelte ich als Hexer. Mir ist es gelungen, den Zustand meines Freundes zu bessern. Zumindest seine Muskelkrämpfe sind verschwunden. Aber um ihn zu heilen, brauche ich die Namen der Zutaten die ihr verwendet habt. Bisher kann ich nur vermuten, um was es sich dabei handelt. Aber ich befürchte, bis ich alle Kräuter herausgefunden habe ist mein Freund tot."

„Griseldis schürzte beeindruckt die Lippen. „Ihr habt ein Mittel gegen die Krämpfe gefunden? Was ist es. Ich bin immer dankbar für neue, und vor allem wirksame Rezepturen."

Adrian winkte entnervt ab. Der Hexe schien nicht aufzufallen, wie sehr ihm die Zeit auf den Nägeln brannte. „Nennt mir zuerst die Zutaten Eures Trankes. Wenn ich ein Gegengift gefunden habe und mein Freund gerettet ist, dann komme ich gerne zu Euch zurück und wir tauschen unsere Erfahrungen aus. Aber jetzt habe ich wirklich keine Zeit."

„Oh, Ihr müsst nicht lange nach einem Gegenmittel forschen, das den jungen Mann gesund macht. Ich kenne es. Und ich gebe es Euch gerne. Im Grunde bin ich froh, dass meine Medizin nicht dazu beiträgt, dass jemand sterben muss. Im Allgemeinen betreibe ich keine schwarze Magie."

Sie stand auf und ging zu einer alten Holztruhe, der sie ein kleines Buch mit abgegriffenem Einband entnahm. Sie drückte es dem Hexer in die Hand.

„Hier steht alles drin, was ihr Wissen müsst. Ich lege Euch ein Zeichen zwischen die betreffenden Seiten. Bitte bringt mir das Büchlein zurück, sobald Ihr Euren Freund gerettet habt."

Kapitel 24: Hexenzauber

Adrian galoppierte, so schnell sein Pferd laufen konnte den Weg zurück. Er konnte sein Glück kaum fassen. Die Hexe besaß tatsächlich die Formel des Gegenmittels. Nun kam es bloß noch darauf an, es so bald als möglich herzustellen. Er hoffte inständig, dass alle benötigten Zutaten in der Apotheke des Schlosses vorrätig waren. Und natürlich, dass es noch nicht zu spät war. Damit meinte er nicht alleine Simons Tod, nein, er befürchtete auch, das Gift könne irreparable Schäden am Gehirn oder Nervensystem des Freundes zurücklassen. Er hatte solche Fälle schon manchmal erlebt. Besonders Kinder waren durch langanhaltende Fieberkrämpfe gefährdet und behielten manchmal lebenslange Schäden zurück. Er musste ähnlich dramatische Krankheitsverläufe aber auch schon hin und wieder bei Erwachsenen erleben.

Aber nein – befahl er sich selbst, an solche Komplikationen durfte er nicht denken. Er würde das Gegengift herstellen und es Simon verabreichen. Alles Weitere lag dann an dessen körperlicher Konstitution, er war jung und kräftig, er musste es schaffen.

Im Schlosshof angekommen, warf er einem Stallburschen die Zügel zu und eilte sofort in die Kräuterkammer. Dort traf er auf Dr. Hofer, den Leibarzt des Herzogs, der über handgeschriebenen Aufzeichnungen in einem alten Buch brütete. Der alte Arzt hob den Kopf und schaute ihm aus müden, rot geränderten Augen entgegen. Adrian bekam es mit der Angst.

„Ist etwas geschehen? Hat sich Simons Zustand verschlechtert?"

Zu seiner Erleichterung schüttelte der Arzt den Kopf.

„Sein Befinden ist unverändert. Ich habe ihm noch einmal Eure Medizin eingeflößt, jetzt schläft er. Ich dachte, ich könne einmal diesen alten Wälzer hier zu Rate ziehen." Er klopfte mit der Hand auf das ledergebundene Buch. „Er stammt noch von meinen Vorgängern. Manchmal wussten die früheren Heiler Dinge, die in der modernen Medizin zu Unrecht untergingen. Aber bisher konnte ich nichts entdecken, was für diesen speziellen Fall hilfreich sein könnte. Hattet wenigstens Ihr Erfolg bei der Suche?"

Adrian hielt triumphierend das Büchlein in die Höhe. „Ich hoffe ja. Der Freiherr hat mir den Namen einer Hexe genannt und ich habe sie aufgesucht. Sie hat sofort zugegeben, den Trank hergestellt zu haben - aus welchen Gründen, ist im Moment uninteressant. Und stellt Euch vor, sie kennt sogar ein wirksames Gegenmittel, so behauptete sie wenigstens. Es steht in diesem Buch. Hoffentlich sind alle Arzneien vorrätig, die wir benötigen. Ich habe mich so beeilt, wieder hierher zu kommen, ich konnte noch keinen Blick in das Buch werfen."

Gespannt schlug er die betreffenden Seiten auf und beugte sich neugierig darüber. Der alte Arzt tat es ihm gleich. Er kannte im Gegensatz zu Adrian alle Kräuter und Medikamente auswendig, die er in der Apotheke vorrätig hielt. Als er zustimmend brummte und sich erhob, fiel dem Hexer ein Stein vom Herzen. Gemeinsam brauten sie nach den Angaben des Buches in einem umständlichen Verfahren einen dickflüssigen Trank, der widerlich roch. Er enthielt höchst giftige Zutaten, die in höherer Konzentration tödlich wären, aber nur in winzigen Spuren in der Medizin enthalten waren.

Nach den Angaben Griseldis' musste Simon die Hälfte der hergestellten Menge auf einmal einnehmen, der Rest war ihm löffelweise stündlich zu verabreichen. Womit sie wieder einmal vor dem Problem standen, wie sie die Medizin in seinen Magen brachten.

Er konnte zwar mittlerweile selbständig schlucken, brachte aber keine großen Mengen hinunter. Doch bei dieser Medizin war es notwendig, dass er eine große Portion trank.

Mit einem großen Suppenlöffel und der Flasche bewaffnet machten sich die beiden Ärzte auf den Weg in sein Krankenzimmer. Simon schlief und zuckte immer wieder unkontrolliert mit Armen und Beinen. Er war noch immer leichenblass, die schwarzen Schatten unter den Augen gaben ihm ein gespenstisches Aussehen.

Da Adrian über größere Kräfte verfügte, übernahm er es, den Freund festzuhalten. Er hob dessen Oberkörper an, kniete sich hinter ihn und hielt ihn mit einem Arm fest umklammert. Mit der anderen Hand zog er ihm den Kopf in den Nacken. Dr. Hofer versuchte nun, die Medizin mit dem Löffel in Simons geöffneten Mund zu bringen. Er musste dabei äußerst vorsichtig zu Werke gehen, damit sich der Patient nicht verschluckte.

Simon ließ alles willenlos über sich ergehen, es schien, als bemerke er nicht einmal, was mit ihm geschah. Immerhin schluckte er automatisch, als der dicke Saft in seinen Mund lief. Dr. Hofer gab ihm einen um den anderen Löffel, bis die Hälfte der Flasche aufgebraucht war. Danach betteten sie den Kranken wieder so bequem wie möglich.

Adrian dankte dem alten Arzt für seine tatkräftige Hilfe. „Ich denke, ich kann alleine bei ihm wachen. Legt Euch ein wenig zur Ruhe, Ihr seht erschöpft aus. Falls er in einer Stunde noch immer so apathisch ist, werde ich Euch wecken, damit wir ihm gemeinsam die Medizin einflößen. Aber vielleicht ist er ja bis dahin schon aufgewacht."

„Ich hoffe für ihn, dass die Medizin wirkt. Er ist noch viel zu jung, um zu sterben. Ich gehe in meine Gemächer, falls Ihr mich braucht, so lasst mich rufen." Dr. Hofer warf noch einen skeptischen Blick auf Simon, dann verließ er das Zimmer.

Der Hexer rückte sich einen Stuhl nahe dem Bett zurecht und setzte sich so hin, dass er den Patienten gut beobachten konnte. Er konnte nichts mehr tun, außer zu warten und zu hoffen. Neben ihm auf dem Tisch stand eine Sanduhr, die ihm anzeigte, wann die Stunde um war. Das unaufhörliche Rieseln des feinen Sandes durch den dünnen Hals des Stundenglases hatte etwas Endgültiges an sich. Unwillkürlich überlegte Adrian, ob vielleicht in diesem Augenblick Simons Leben ebenso ausrann wie der Sand.

Ein erstickt klingendes Röcheln ließ ihn vom Stuhl hochfahren. Alarmiert blickte er auf den Freund, der jetzt den Kopf langsam hin- und her bewegte. War es eine Sinnestäuschung, oder bekam sein Gesicht eine leichte rosige Färbung? Schnell beugte er sich über ihn, fühlte mechanisch nach seinem Puls. Simons Augen blickten ihn an. Sein Blick war verschleiert aber zweifellos bewusst auf ihn gerichtet. „Adri...an?" flüsterten seine Lippen undeutlich und seine Wangenmuskeln zuckten.

Dem Hexer wurden die Knie weich. War das der Durchbruch oder das Ende? Er wusste zu gut, dass Sterbende oft noch einen lichten Moment kurz vor ihrem Tode hatten. Aber nein, Simon durfte nicht sterben. Das Mittel wirkte, er musste einfach daran glauben. Ein kurzer Blick zur Sanduhr zeigte ihm, dass es Zeit wurde, die Medizin zu verabreichen. Er goss sie in den Löffel und bemerkte, dass seine Hände dabei zitterten.

Sachte hob er Simons Kopf an und brachte den Löffel an seine Lippen. „Kannst du das schlucken, Simon?" fragte er leise. „Es schmeckt bitter, aber es hilft dir, gesund zu werden."

Simon öffnete gehorsam einen Spalt die Lippen und schluckte den Saft ohne zu zögern. Danach würgte er leicht, erbrach sich aber zum Glück nicht. Erschöpft schloss er die Augen.

Adrian hätte vor Freude heulen können. Das Gegenmittel wirkte tatsächlich. Er nahm sich vor, der Hexe seinen Dank auszusprechen. Zwar war sie mitschuldig an Simons Zustand, aber ihr war es auch zu verdanken, wenn er wieder genas.

Als Dr. Hofer nach drei Stunden erneut das Krankenzimmer betrat stand fest, dass Simon aller Wahrscheinlichkeit nach wieder gesund werden würde. Es war einfach unglaublich, wie schnell das Gegenmittel wirkte. Dem alten Arzt verschlug es schier die Sprache und auch Adrian konnte noch immer nicht glauben, was er sah. Simon war zwar noch immer sehr schwach, aber er befand sich bei vollem Bewusstsein. Zweifellos hatte er Adrian erkannt, jetzt schaute er misstrauisch auf den ihm fremden Arzt.

„Das ist Dr. Hofer, Simon" erklärte ihm Adrian leise. „Er hat mir geholfen, dich wieder gesund zu machen. Du brauchst keine Angst vor ihm zu haben." An seinen Kollegen gewandt gab er einen kurzen Bericht ab. „Er hat mich sofort erkannt. Das ist ein gutes Zeichen. Seine Stimme ist noch schwach und er spricht stockend, kann sich aber schon wieder gut ausdrücken. Seine Glieder schmerzen sehr, hat er mir gesagt. Aber ich traue mich nicht, ihm ein Schmerzmittel zu geben. Es könnte eine unerwünschte Reaktion hervorrufen. Ich möchte ihm auch noch kein Wasser geben, obwohl er über starken Durst klagt."

„Ja, das halte ich für vernünftig. Auch ich würde ihm erst morgen früh zu trinken geben. Bis dahin ist die Medizin aufgebraucht. Soll ich Euch jetzt ablösen? Ihr seht müde aus."

Doch Adrian lehnte dankend ab. „Nein, nein. Es ist gut von Euch gemeint, aber ich denke, er ist ruhiger, wenn ich bei ihm bleibe. Außerdem bin ich so aufgekratzt, ich bekomme bestimmt kein Auge zu. Wenn seine Gesundung weiterhin solche Fortschritte macht, ist er morgen früh über den Berg."

So war es denn auch. Am Morgen war offensichtlich, dass Simon die heimtückische Vergiftung überleben würde. Und, wie Adrian erleichtert feststellte, er würde weder körperliche noch geistige Schäden zurückbehalten. „Ich sterbe vor Durst", klagte Simon, als er aus einem tiefen Schlaf erwachte. Seine Stimme klang nun kräftiger, wenngleich sie noch leise war. „Außerdem kommt es mir vor, als hätte ich Sand im Hals. Alles ist rau und wund."

„Nun, du hast auch viele Sachen geschluckt, die äußerst unbekömmlich waren. Aber nun darfst du wieder trinken. Und eine Kleinigkeit essen, wenn du möchtest. Ich habe dir schon Tee bestellt. Kannst du dich erinnern, was geschehen ist? Du hast nicht nur mir einen gehörigen Schrecken eingejagt."

„Der Freiherr." Simon sagte es nachdenklich und zog in Gedanken an die zurückliegenden Ereignisse die Augenbrauen zusammen. „Er hat mich entführen lassen und mich dann gezwungen, dieses schreckliche Zeug zu trinken. Ich habe mich gewehrt, hatte aber keine Chance. Wo ist er?" Gehetzt schaute er sich um, als ihm wieder das ganze Ausmaß seines Martyriums einfiel. Doch Adrian beruhigte ihn schnell.

„Keine Angst, mein Freund. Der Freiherr sitzt unten im Kerker und wartet auf den Henker. Er kann dir nicht mehr gefährlich werden."

Die nächsten Stunden brachten sie damit zu, sich gegenseitig zu erzählen, was geschehen war. Dazwischen aß Simon immer ein paar Happen, damit seine Kräfte zurückkamen. Und er trank sehr viel von dem Tee, den Adrian speziell zusammengestellt hatte, damit die Giftstoffe aus Simons Körper möglichst rasch ausgeschwemmt wurden.

„Nelia" fiel Simon schließlich ein. „Sie macht sich sicher große Sorgen um mich. Ich sollte ihr einen Boten schicken."

„Ist schon geschehen", besänftigte ihn Adrian. „Gleich nachdem feststand, dass du wieder gesund werden würdest habe ich einen Boten des Herzogs mit einer Nachricht zu ihr geschickt. Sie wird unterdessen schon wissen, dass du ihr weiterhin erhalten bleibst. Allerdings habe ich ihr auch gleich ausrichten lassen, dass wir noch auf unbestimmte Zeit hier sein werden."

„Wieso denn das?", fragte Simon unwillig. „Ich möchte so schnell wie möglich nach Hause zurückkehren."

Adrian schaute ihn leise lächelnd an, dann meinte er mit ruhiger Stimme.

„Dein Zuhause ist jetzt hier, Simon. Du bist der rechtmäßige Besitzer von Burg Hohenberg. Hast du das vergessen? Du bist Graf Simon zu Hohenberger, der Herr über große Ländereien und damit ein mächtiger Mann."

„Ja, ich weiß. Aber ich bin nicht glücklich darüber. Dieses unselige Erbe hat mir und meiner Familie nur Kummer eingebracht. Es hängt so viel Leid und Blut an dem Titel."

„Dann liegt es jetzt an dir, dass der Titel fortan für Glück und Zufriedenheit steht. Du hast die Macht dazu, deine Familie und deine Untergebenen glücklich zu machen. Ich kann dir sehr gut nachfühlen, dass du die Verantwortung nicht übernehmen willst. Aber es scheint unser beider Los, tun zu müssen, was wir nicht wollen."

„Was wird Nelia dazu sagen?" Simon rieb sich müde mit beiden Händen über das Gesicht. Nachdenklich starrte er an die Zimmerdecke um dann seinen Blick in Adrians Augen zu senken. „Ich habe ihr viel zu erklären, fürchte ich. Wie wird sie all das bloß aufnehmen?"

Adrian breitete entschuldigend die Hände aus und meinte leicht zerknirscht. „Sie weiß das meiste schon. Als sie mich mit der Kunde deines Verschwindens überraschte, war sie sehr verstört. Ich habe ihr die wichtigsten Zusammenhänge erklärt. Es wird dich sicher trösten, wenn ich dir sage, sie hat es sehr gefasst aufgenommen. Zwar war sie natürlich enttäuscht über ihren Vater, aber ich denke, sie hat sich damit abgefunden, dass er ein Verbrecher ist. Sie hat kein Wort mehr über ihn verloren, mich nur mit dem Auftrag losgeschickt, dich heil und gesund zurückzubringen. Du bist jetzt ihre Familie, Simon. Sie liebte dich als du ein Knecht warst, und sie wird dich auch als Grafen lieben."

Schon nach ein paar Tagen waren Simon die überstandenen Strapazen nicht mehr anzumerken. Er erholte sich vollständig von der heimtückischen

Vergiftung. Auch Herzog Albrecht freute sich sehr darüber. Er traf sich mit Simon und Adrian zu einer eingehenden Besprechung all der unerfreulichen Dinge, die in über zwei Jahrzehnten vorgefallen waren. Und er scheute sich nicht, sich selbst schuldig zu bekennen, zu gutgläubig gewesen zu sein. Fortan, so versicherte er, würde er seine Freunde kritischer aussuchen. Und, so betonte er, er würde sich freuen, in Simon einen eben solchen Freund zu finden, wie ihm schon dessen Vater war.

Der Prozess gegen den Freiherrn sollte in einer Woche beginnen. Da Simon der Hauptankläger war, musste er solange in Rothenburg bleiben, bis das Urteil gesprochen war. Adrian fragte ihn, ob er denn seinen Schwiegervater im Gefängnis besuchen wollte, aber Simon lehnte ab. Er wollte so wenig wie möglich mit dem Mann zu tun haben, der so viel Unglück über seine Familie gebracht hatte.

An einem kalten Morgen ritt er mit Adrian zu seiner Burg, um die beim Brand entstandenen Schäden zu begutachten. Noch immer konnte er sich nicht an den Gedanken gewöhnen, dass er der Besitzer dieses trutzigen Kastens war, in dessen Mauern er bisher nur Unglück und Gewalt erlebt hatte. Immer wieder sagte er sich vor, dass die Burg nicht schuld an den Machenschaften ihres bisherigen Verwalters war. Es lag nun an ihm, dass endlich Freude und Glück darin einzog.

Doch als er die Brandschäden erblickte, wurde ihm klar, es würde noch einige Zeit vergehen, bis überhaupt wieder jemand in der Burg wohnen würde. Das Feuer hatte große Verwüstung angerichtet. Der größte Teil des Mobiliars war verbrannt oder zumindest angekohlt. Was nicht von den Flammen zerstört wurde, war durch Löschwasser oder einfach durch Ruß und Dreck oder Rauch beschädigt.

Die Kunde, dass er der rechtmäßige Besitzer von Burg Hohenberg war, hatte sich anscheinend in Windeseile verbreitet. Kaum ritt er durch das Tor, zogen schon alle Bediensteten ehrfürchtig ihre Kappen vom Kopf und verbeugten sich. Die Mägde und Dienstmädchen knicksten artig und strahlten ihn an. Simon war verlegen deswegen, hatte er doch noch vor drei Jahren mit den Leuten geschuftet und gescherzt.

Doch natürlich war ihm auch bewusst, dass zumindest die älteren Männer und Frauen - die schon ihr Lebtag auf der Burg arbeiteten und wohnten, gewusst haben mussten, wer er war. Dennoch hatten sie ihn wie einen gewöhnlichen Knecht behandelt, und - was er als schlimmer empfand - ihm nie die Wahrheit gesagt. Er wusste nicht recht, wie er mit diesem Vertrauensbruch umgehen sollte und auch Adrian konnte ihm nur den einen Rat geben:

„Ich an deiner Stelle, würde alle erst einmal gleich freundlich behandeln. Mit der Zeit wirst du merken, wie sie dir wirklich gesonnen sind. Vermutlich hat der Freiherr alle unter Druck gesetzt. Du weißt selbst, wie er mit ungehorsamen Dienern umgesprungen ist. Die Leute hatten wahrscheinlich einfach nur Angst vor Strafe oder fürchteten um ihren Arbeitsplatz. Denke an Edda, die hat er gnadenlos entlassen, weil sie dich als den zukünftigen Burgherrn behandelte."

Da die Unterkünfte der Bediensteten nicht vom Brand in Mitleidenschaft gezogen wurden, waren die Leute auf dem Burggelände geblieben. Selbst die Stubenmädchen und Diener, die ihre Zimmer im Dachgeschoß hatten, konnten dort bleiben. Bis ins Obergeschoß war das Feuer glücklicherweise nicht vorgedrungen.

Als Simon mit Adrian durch die zerstörten Räume ging, stellten sie auch noch die übrigen Schäden fest, die der Freiherr durch seine unermüdliche Suche nach den verschwundenen Dokumenten verursacht hatte. Mauersteine und Verkleidungen waren herausgebrochen und nie mehr eingepasst worden. Davon hatte Falk schon erzählt. Wenn er jetzt das Ausmaß dieser Zerstörungen betrachtete, zweifelte Simon zum ersten Mal ernsthaft am klaren Verstand seines Schwiegervaters. Vielleicht war der Mann ja schon seit langen Zeiten verrückt, bloß hatte es niemand bemerkt.

„Es wird noch längere Zeit dauern, bis du hier mit deiner Familie einziehen kannst", unterbrach Adrian seine Grübeleien. „Aber du kannst natürlich solange in meinem Haus bleiben, bis die Burg zu deiner Zufriedenheit wiederhergestellt ist. Am nötigen Geld hast du ja zum Glück keinen Mangel, du kannst alles nach deinem und Nelias Geschmack herrichten lassen. Vom Freiherrn wirst du allerdings keine finanzielle Wiedergutmachung erwarten können."

„Ich möchte von ihm auch nichts haben. Wenn er erst am Galgen baumelt, soll uns nichts mehr an den Mann und seine Untaten erinnern."

Auf dem Rückweg wollte Adrian bei Griseldis vorbeischauen, um ihr das Büchlein zurückzubringen. Inzwischen hatte er Simon erzählt, welche Rolle die Hexe bei seiner Vergiftung, aber auch bei seiner Genesung gespielt hatte.

„Wenn du ihr nicht gegenübertreten möchtest, so habe ich dafür vollstes Verständnis. In dem Falle reite einstweilen alleine zum Schloss des Herzogs zurück. Ich komme später nach."

Simon brauchte nur einen Moment überlegen. „Nein, ich reite mit dir. Die Frau interessiert mich. Und ich würde gerne die Beweggründe hören, die einen Menschen veranlassen, so zu handeln."

Er sagte es ohne Bitterkeit, so stimmte Adrian seiner Begleitung zu. Gemeinsam ritten sie den schmalen Weg entlang, der zum Haus der Hexe führte.

Es schien fast, als hätte Griseldis die Rückkehr des Hexers schon unruhig erwartet. Kaum waren sie von den Pferden gestiegen, öffnete sie die Tür und spähte ihnen entgegen. Wenn sie erstaunt über Adrians Begleiter war, so drückte sie das mit keiner Miene aus. Mit einer einladenden Geste bat sie die Männer ins Innere der Hütte und bot ihnen Platz an.

„Griseldis, das ist Graf Simon zu Hohenberger, der neue Herr der Burg", stellte Adrian den Freund kurz vor. „Er ist der Mann, den Euer Gift fast getötet hätte."

In die Augen der Hexe trat jetzt doch ein Funken Furcht, als sie Simon genau musterte. Dann raffte sie sich auf, ihn nach seinem Befinden zu fragen.

„Sicher findet Ihr es anmaßend von mir, Herr, zu fragen wie es Euch geht", meinte sie, als er ihr bestätigte, es ginge ihm gut. „Aber ich bin wirklich froh, Euch bei offensichtlich guter Gesundheit zu sehen. Obwohl ich verstehen kann, wenn Ihr mir diesbezüglich keinen Glauben schenkt. Falls Ihr es wünscht, werde ich meine Habseligkeiten zusammenpacken und Euer Land verlassen..."

Simon seufzte kurz und schüttelte den Kopf. „Nein, das braucht Ihr nicht. Ich habe bereits Erkundigungen über Euch eingezogen. Und die sagten mir, dass Ihr keine böse Gesinnung habt. Da ich selbst nur zu gut weiß, zu welchen Gemeinheiten mein Vormund fähig war um seine Befehle durchzusetzen, denke ich, er hat Euch massiv bedroht, damit Ihr ihm gehorcht. Außerdem hat mir mein Freund hier erzählt, dass es in Eurem Buch noch eine ähnliche Rezeptur gibt, deren Wirkung absolut tödlich ist. Somit muss ich Euch wohl dankbar sein, dass Ihr mir nicht diesen Trank bereitet habt."

Griseldis sah Adrian erstaunt an. „Ihr habt das bemerkt? Woher wisst Ihr...?"

Adrian erwiderte ihr ernst. „Ich sagte Euch bereits, man nennt mich selbst einen Hexer. Ich erkenne eine tödliche Rezeptur sofort, wenn ich die Zutaten lese. Ich habe mir erlaubt, Euer Büchlein genau zu studieren. Es enthält einige recht interessante Mittel, die ich mir für meine Zwecke herausgeschrieben habe. Ich hoffe, Ihr habt nichts dagegen?"

„Nein, gewiss nicht. Es freut mich, Euch behilflich zu sein. Und Euch danke ich für Euren Großmut", wandte sie sich wieder Simon zu. „Ihr werdet nicht bereuen, mich auf Eurem Land zu behalten. Falls Ihr in Zukunft eine Medizin braucht, so wendet Euch vertrauensvoll an mich. Ich tue alles, was in meiner Macht steht für Euch."

Simon besaß inzwischen so viel Menschenkenntnis, dass er den Worten der Hexe glaubte. Sie war kein schlechter Mensch und eigentlich lag es ihr fern, jemandem Böses anzutun. Dennoch warnte er sie. „Aber ich stelle Euch die

Bedingung, nur noch weiße Magie anzuwenden. Woher habt Ihr eigentlich Kenntnis dieser schwarzen Hexenkünste?"

„Alte Überlieferungen", bekannte sie achselzuckend.

„Viele weibliche Familienmitglieder meiner Ahnen waren Hexen. Nicht immer gute, fürchte ich. Die Aufzeichnungen in diesem Buch sind zum Teil uralt. Aber ich verspreche Euch, fortan nur noch heilende Rezepturen herzustellen."

Der Prozess gegen den Freiherrn wurde öffentlich abgehalten und dauerte zwei Tage. Er zog so viele Menschen an, dass gar nicht alle im Gerichtssaal Platz hatten. Auch Falk war gekommen, um dem Urteil über seinen Vater beizuwohnen. Nach Beendigung der ersten Verhandlung drängte er sich durch die Menge um zu Simon und Adrian zu gelangen, die gerade die Kutsche des Herzogs besteigen wollten. Herzog Albrecht erkannte den Sohn des Freiherrn auf Anhieb, obwohl er ihn lange nicht mehr gesehen hatte.

Er begrüßte ihn ein wenig reserviert. „Ah, Falkmar. Das ist eine sehr ernste und sehr böse Geschichte, die Eurem Vater angelastet wird. Ich denke, er wird dem Galgen nicht entgehen. Es ist tragisch für Euch, dass Ihr das miterleben müsst. Aber ich hörte, Ihr habt Euch schon vor einiger Zeit von ihm losgesagt. Habt Ihr eine Unterkunft in der Stadt gefunden? Ansonsten stelle ich Euch gerne ein Zimmer im Schloss zur Verfügung."

Falk lehnte dankend ab, er sagte, er habe bereits im *Greifen* ein Zimmer gemietet. Bevor die Kutsche abfuhr, bat er Simon und Adrian, ihn dort am Abend zu treffen. Sie sagten gerne zu.

„Nelia hat mich über den bevorstehenden Prozess informiert", erklärte er ihnen am Abend. Mit einiger Mühe konnten sie noch einen freien Tisch in der vollbesetzten Gaststube ergattern. An den umliegenden Tischen wurde laut über die Gerichtsverhandlung diskutiert. Misstrauische und neugierige Blicke wurden immer wieder zu ihrem Tisch gerichtet. Natürlich kannten fast alle Stadtbewohner Falk, den sie bislang für den zukünftigen Burgerben gehalten hatten. Doch inzwischen hatte die Kunde von Simons Anspruch die Runde gemacht. In wenigen Tagen wurde er in Rothenburg bekannt wie ein bunter Hund.

So war es für die Zecher eine kleine Sensation, dass der angebliche und der wahre Burgerbe einträchtig an einem Tisch zusammen saßen. Überall sah man zusammengesteckte Köpfe und hörte Getuschel. Nur für Adrian interessierte sich heute keiner, da ihn niemand kannte. Was ihm nur recht war.

Auch Simon und Falk ignorierten die Neugierigen weitgehend. Sie waren mit ihren gegenseitigen Fragen und Antworten beschäftigt.

„Wirst du deinem Vater einen Anwalt besorgen?", fragte Simon gerade.
Der Freiherr konnte nicht die Mittel aufbringen, sich verteidigen zu lassen.
Das Geld, das er bisher mit vollen Händen ausgab, war Simons Geld gewesen.
Hunold zu Kilchenstein besaß kaum einen eigenen Gulden.
„Ich denke nicht daran", erwiderte Falk kopfschüttelnd. „In den letzten Tagen
– nachdem Nelia mich benachrichtigt hat, habe ich viel über Vater nachgedacht. All die Untaten, die ihm zur Last gelegt werden - ich kann es noch
immer nicht glauben. Er war schon immer ein schwieriger Mensch gewesen,
aufbrausend, unbeherrscht..., du hast ja seine Wut oft zu spüren bekommen.
Aber dass er auf so gemeine Art seinen Freund und dann auch seine Frau
geopfert hat..., das ist für mich schwer zu verdauen. Auch das, was er mit dir
im Sinn hatte."
Simon wagte endlich zu fragen, was ihm schon einige Zeit auf der Seele
brannte. „Wie verhielt sich das eigentlich bei dir Falk? Du bist einige Jahre
älter als ich. Du musst doch gewusst haben, dass ich der rechtmäßige Erbe der
Burg bin. Denn du kanntest meine Mutter, sie war deine Stiefmutter. Warum
hast du mir nie ein Sterbenswörtchen gesagt, wer ich wirklich bin? Im
Gegenteil, du hast mich als deinen persönlichen Knappen gehalten, dich von
mir bedienen lassen..., erinnerst du dich noch?"
Falk wand sich verlegen, als er an ihr früheres Verhältnis dachte. Aber dann
straffte er die Schultern und sah Simon direkt an. „Auch darüber habe ich in
den letzten Tagen viel nachgedacht. Es stimmt, ich kann mich noch gut an
meine Stiefmutter – deine Mutter erinnern. Aber ich wollte damals nichts mit
ihr zu tun haben. Meine eigene Mutter war nicht lange zuvor bei Nelias Geburt
gestorben. Ich wurde nicht so leicht damit fertig, dass sie so schnell durch eine
andere Frau ersetzt werden sollte. Und du warst damals ein verwöhnter kleiner
Knabe, dem die ganze Liebe deiner Mutter galt. Vielleicht war ich eifersüchtig
auf dich, ich weiß es nicht mehr. Jedenfalls habe ich dich nach Kräften
ignoriert. Und als deine Mutter tot war, und Vater dich zu den Dienstboten
steckte, da habe ich das einfach so akzeptiert. Es war mir egal. Später, als mein
Vater dich dann zu meinem persönlichen Diener erklärte, habe ich kaum noch
darüber nachgedacht, wer du wirklich warst. Erst als die tragische Geschichte
passierte und ich dich anschoss, da merkte ich an Vaters Reaktion, dass du ihm
in irgendeiner Weise wichtig warst. Er hat mich damals schrecklich verprügelt.
Daraufhin kamen mir zum ersten Mal Zweifel daran, ob du tatsächlich nur ein
Knecht warst. Ein paar Erinnerungen schwirrten durch meinen Kopf...
Aber ich muss gestehen, ich war viel zu sehr mit mir selbst beschäftigt. Und du
hattest ja in Nelia eine Verbündete gefunden. Wahrscheinlich dachte ich, es
wird schon alles seinen gerechten Gang gehen... Und damit hatte ich doch nicht

einmal Unrecht, oder? Alles hat sich aufgeklärt, du bist Besitzer der Burg, und du hast Nelia zur Frau. Wir sind sogar Freunde geworden. Ich hoffe nicht, dass du mir irgendetwas nachträgst."

„Nein, das tue ich nicht. Ich wollte bloß einmal wissen, wieviel du tatsächlich von mir wusstest. Du bist mein Schwager und mein Freund. Alles andere zählt nicht mehr."

Kapitel 25: Hilferuf aus der Vergangenheit

Der Prozess entwickelte sich genauso, wie wohl schon jedem Beteiligten von vornherein klar gewesen war. Freiherr Hunold zu Kilchenstein wurde des Mordes in mindestens zwei Fällen, sowie des versuchten Mordes in ebenfalls zwei Fällen zum Tode durch den Strang verurteilt. Das Urteil wurde schon zwei Tage später vollstreckt. Als neuem Landgraf verlangte es die Pflicht von Simon, der Vollstreckung des Todesurteils beizuwohnen. Genau wie der Herzog zu Rothenburg und Falk stand er auf der dafür vorgesehenen Tribüne und schaute zu, wie die Falltür unter dem schweren Körper des Freiherrn nachgab und dieser in den Tod stürzte.

Simon empfand nichts bei dem unschönen Anblick. Weder Abscheu noch Mitleid, aber auch keine Freude über den Tod seines Erzfeindes. In ihm war eine unnatürliche Kälte. Erst später, als ihm bewusst wurde, dass er nun keinerlei Anfeindungen und Bedrohungen mehr zu befürchten hatte stellte sich ein Gefühl großer Erleichterung bei ihm ein.

Dazu gesellte sich noch ein anderes, sehr intensives Gefühl. Er wollte endlich nach Hause, nach Aschaffenburg in Adrians Haus. Zu Nelia und zu Freija.

Schon am Morgen vor der Hinrichtung hatte er seine wenigen Habseligkeiten in eine Tasche gepackt und an den Sattel seiner Stute gehängt. Jetzt, nachdem alles vorbei war, blieb ihm nur noch sich vom Herzog und von Falk zu verabschieden. Danach ging er mit steifen Schritten zu seinem Pferd, das von Adrian am Zügel gehalten wurde und saß auf.

Der Hexer hatte der Hinrichtung aus einiger Entfernung zugesehen. Auch er verlor kein Wort über den unwürdigen Tod des Freiherrn. Der Mann hatte endlich seine gerechte Strafe erhalten. Da er sich geweigert hatte, vor seinem Tod noch einmal mit seinem Sohn oder mit Simon zu sprechen, wusste niemand was er im Angesicht des nahenden Todes empfunden hatte.

Zumindest war er seltsam ruhig und gefasst unter den Galgen getreten. Adrian vermutete, er habe wohl mit seinem letzten Geld einen Wärter bestochen, ihm einen starken Beruhigungstrank zu besorgen.

Lange Zeit ritten sie schweigend nebeneinander her, doch mit jeder Meile, die ihre Pferde zurücklegten, taute Simon ein wenig mehr auf. Er wusste zwar, dass er irgendwann - in nicht allzu ferner Zeit auf die Burg zurückkehren musste um seine vielseitigen Pflichten zu erfüllen. Aber jetzt freute er sich erst einmal auf sein wirkliches Zuhause und seine kleine Familie. Als die Stadt endlich in Sicht kam, hielt er es kaum noch aus und ließ die Stute den letzten Weg im Galopp dahin preschen. Adrian folgte ihm lachend nach.

Nelia erblickte ihn schon von weitem durchs Fenster - in den letzten Tagen saß sie fast ununterbrochen am Fenster und beobachtete die Straße. Nun flog sie ihm vor Freude gleichzeitig lachend und weinend in die Arme, kaum dass er von Pferd gesprungen war. Er hob sie in seine Arme und schwenkte sie wie wild im Kreis herum. Endlich, als ihm selber schwindelig war, setzte er sie behutsam ab und küsste sie heftig auf den Mund. Erst jetzt wurde ihm so richtig bewusst, wie nahe er daran gewesen war, dieses Gefühl, sie in den Armen zu halten nie mehr zu erleben. Ihr erging es wohl ähnlich, denn plötzlich brach sie in Tränen aus.

Als sie sich ein wenig beruhigt hatte, fiel ihr Blick auf Adrian, der grinsend hinter Simon stand und die Pferde noch immer am Zügel hielt. Sie befreite sich aus Simons Armen und umarmte den Hexer enthusiastisch. Dabei blickte sie ihm fest in die Augen. „Danke!" hauchte sie bewegt und erneut füllten sich ihre Augen mit Tränen. „Ich kann dir nicht sagen, wie sehr ich dir danke. Du hast mir das Liebste zurückgebracht, das ich auf der Welt habe."

„Es war mir ein Vergnügen", erwiderte Adrian ein wenig verlegen über den Gefühlsausbruch, fasste sich aber schnell wieder. „Ich würde alles tun, damit du und dein Mann glücklich seid." Dann schaute er zum Haus hin. „Aber sag, wo steckt die junge Dame, der mein Herz gehört?"

Ellen kam schon mit Freija auf dem Arm aus dem Haus geeilt. Das kleine Mädchen schaute ein wenig verwundert, als es von allen Seiten geherzt und gedrückt wurde. „Dann streckte sie ihrem Vater die Ärmchen hin, damit er sie auf den Arm nahm. „Pa-pa" sagte sie mit piepsigem Stimmchen, aber er konnte sie deutlich verstehen.

Simon war überwältigt. Es war das erste Mal, dass ihn Freija bewusst Papa nannte. Das kleine Wort brachte ihn vollends aus der Fassung.

„Das hat sie erst vor ein paar Tagen gelernt", erklärte Nelia stolz und umarmte Mann und Kind. „Sie hat dich ebenso sehr vermisst, wie ich."

„Ich werde nie mehr von Euch fortgehen", versprach Simon im Brustton der Überzeugung. „Wenn wir von hier weggehen, dann nur gemeinsam. Aber kommt mit ins Haus. Ich habe dir sehr viel zu erzählen und mir ist nach Feiern zumute."

Nelia erkundigte sich nur ein einziges Mal nach dem Schicksal ihres Vaters und Simon erklärte ihr ernst, was sich in den vergangenen Jahren zwischen ihm und dem Freiherrn abgespielt hatte. Er beschönigte nichts und ließ nichts aus, auch wenn er Nelia damit Schmerz bereitete. Aber er fand, sie solle endlich genau Bescheid wissen. Danach, so meinte er, sollten sie die Vergangenheit für immer ruhen lassen. Nelia dachte lange über seine Worte nach. Dann nickte sie stumm.

Sie weinte nicht, doch in ihren Augen stand unendliche Traurigkeit. Simon hätte sie nur zu gerne getröstet, wusste aber, dass keine Worte ausreichten, die Wunden in ihrer Seele zu heilen. Das konnte nur die Zeit tun.

Der ganze Haushalt des Hexers kehrte allmählich zu seinem alltäglichen Rhythmus zurück. Adrian und Simon besuchten wieder ihre Patienten und manchmal veranstalteten sie des Abends eine kleine Zaubervorstellung in einem Gasthaus der Stadt oder auch auf dem Markt.

Alle paar Wochen ritt Simon für einige Tage nach Rothenburg, um die Arbeiten an der Burg zu überwachen. Es ging gut voran, die durch den Brand entstanden Schäden waren schon beseitigt worden. Nun ließ er noch die Schönheitsreparaturen durchführen. Außerdem bekamen die Schreiner und auch etliche andere Handwerker des Städtchens viel Arbeit. Denn die Burg brauchte neue Möbel und alles, was zu einem Hausstand dieser Größe sonst noch gehörte.

Allmählich gefiel Simon der Gedanke, bald mit Nelia und seinen Kindern dort zu wohnen, wo er geboren wurde. Das Freija in acht Monaten ein Geschwisterchen bekommen würde, hatte ihm Nelia erst vor einigen Tagen verraten. Seine Freude kannte keine Grenzen.

Dann kam der Abend, an dem Adrian den Freund zu einer Unterredung in sein Arbeitszimmer bat. Simon war über die Förmlichkeit des Hexers verwundert. Bisher hatten sie alle anfallenden Probleme in der großen Gemeinschaft am Abendbrottisch besprochen. Doch nun war offensichtlich, dass Adrian mit ihm alleine sprechen wollte.

Mit merkwürdig bangem Gefühl im Herzen klopfte er an die schwere Türe, die zu Adrians Reich führte und trat auf dessen Aufforderung ein. Erst jetzt kamen ihm die angespannten Züge des Freundes richtig zu Bewusstsein. Ihm fiel auf, dass er schon seit einigen Tagen merkwürdig ruhig und in sich gekehrt wirkte. „Setz dich Simon. Ich habe eine Entscheidung zu treffen, die mein ganzes Leben auf den Kopf stellen kann. Ich würde es schätzen, deine Meinung zu hören." Mit einer einladenden Geste deutete Adrian auf einen Sessel und setzte sich selbst in den gegenüberliegenden. So konnte er Simons Mienenspiel gut beobachten.

„Was ist denn passiert? Ist etwas mit deinem Vater geschehen?"

Adrian schüttelte den Kopf. „Nein, mein Vater erfreut sich Gott sei Dank bester Gesundheit. Ich muss also noch nicht meine Pflicht erfüllen. Wenigstens die, meinem Vater gegenüber nicht. Aber einem anderen Mann gegenüber, dem ich mehr zu verdanken habe als sonst jemanden auf der Welt. Ich sehe du weißt, wen ich meine. Ja, es handelt sich um Erasmus. Er braucht meine Hilfe."

„Aber wie kann das sein? Ich denke, er befindet sich irgendwo in der Vergangenheit. Ist er zurückgekehrt?" Simon schaute sich mechanisch um, so als vermute er, der alte Hexer könne plötzlich in einer Ecke auftauchen. Doch außer ihm und Adrian befand sich niemand im Zimmer.

„Er kommt in meine Träume. Schon seit einigen Nächten." Adrian hob abwehrend die Hände als Simon etwas erwidern wollte. „Nein. Es sind keine Hirngespinste, keine Einbildung. Das habe ich zuerst auch angenommen, deshalb habe ich bislang nichts darüber gesagt. Inzwischen kann ich jedoch nicht mehr an Trugschlüsse glauben. Dazu sind die Träume zu real."

„Erzähle mir davon", bat Simon und Adrian berichtete bereitwillig.

„Es ist immer der gleiche Traum. Erasmus Gesicht erscheint und es ist voller Pein. Er sieht gehetzt und krank aus. Und er sagt mir jede Nacht das gleiche. *Hilf mir Adrian. Nur du kannst mich zu retten.* Dann streckt er mir die Hände entgegen und ich kann Fesseln an seinen Gelenken erkennen. In dem Moment endet der Traum abrupt und ich erwache."

„Aber bist du dir sicher, dass er wirklich nach dir verlangt? Vielleicht ist es ja nur eine Art Alptraum. Und überhaupt; du weißt ja noch nicht einmal wo er ist, oder? Wie sollst du ihm da helfen können?"

Der Hexer rieb sich müde über die Augen, dann straffte er energisch die Schultern. „Ich bin mir sicher, dass der Traum eine Botschaft an mich ist. Erasmus ist ein richtiger Hexer. Er beherrscht alle Hexenkünste perfekt. Mir einen Traum zu schicken, ist gewiss eine Leichtigkeit für ihn. Selbst durch die Zeit hindurch. Er ist wirklich in Gefahr Simon, in sehr großer Gefahr. Sonst würde er mich nicht um Hilfe bitten."

„Und. Was wirst du tun?" Simon sah ihn bang an. Aber er brauchte den entschlossenen Zug um Adrians Mund gar nicht zu deuten. Er wusste auch so genau, wie der Hexer sich entscheiden würde. Dennoch versuchte er ihn abzuhalten.

„Das kannst du nicht tun. Du wirst hier, in dieser Zeit gebraucht. Dein Vater zählt auf dich..., und ich auch. Ich möchte dich nicht verlieren. Aber wenn du es wirklich schaffen solltest, in die Vergangenheit zu reisen, dann..., dann werde ich dich nie wiedersehen. Denn es gibt sicher keinen Weg zurück."

„Es gibt immer einen Weg..." murmelte Adrian leise. „Wenn ich den Weg in die Vergangenheit finde, dann kann ich auch zurückkehren. Erasmus würde mich nicht bitten zu ihm zu kommen, wenn es nicht möglich wäre umzukehren. Er würde nie von mir verlangen, dass ich in einer anderen Zeit gefangen bleibe."

270

„Weißt du wenigstens, in welches Jahrhundert er gereist ist? Und wo er sich befindet? Hier in der Nähe, oder vielleicht in einem ganz anderen Land? Hat er dir wenigstens das gesagt? Wie willst du ihn finden?"

„Er wird mir weiterhin Träume schicken." Es klang überzeugt und der Hexer schaute Simon nun fest in die Augen. „Ich werde seine Aufzeichnungen noch einmal genau studieren. Darin steht, wie man es anstellt, durch die Zeit zu reisen. Und bin ich erst einmal... drüben, so wird Erasmus einen Weg finden, mich zu sich zu lotsen."

„Du willst es also tatsächlich tun? Ich kann dich nicht davon abhalten?" Adrians Blick war traurig aber nichtsdestotrotz bestimmt. Er würde seinem Freund und Mentor zu Hilfe eilen. Koste es was es wolle. Seine Worte bestätigten, was Simon schon ahnte.

„Nein, das kannst du nicht. Aber ich bitte dich, mir bei den Vorbereitungen zu helfen. Zu zweit ist es leichter, die komplizierten Rituale auszuführen. Ich war damals auch Erasmus behilflich... Schau mich nicht so unglücklich an, Simon. Ich muss es einfach tun, das verstehst du doch? Ich bin es ihm schuldig... und ich will es auch von mir aus tun. Kannst du meine Gründe verstehen?"

Ja, Simon konnte ihn verstehen. Für Adrian war es eine Selbstverständlichkeit, einem Freund in Not zu Hilfe zu eilen. Ganz egal, wie die Sache für ihn selbst ausgehen würde. Er holte tief Luft und nickte beklommen, dann fragte er. „Wann willst du aufbrechen?"

„Sobald ich die Aufzeichnungen gründlich studiert und verstanden habe. Mir darf dabei kein Fehler unterlaufen. Das würde ich und somit auch Erasmus nicht überleben. Deshalb erbitte ich auch deine Hilfe. Aber sage den Anderen nichts davon. Zumindest nicht, solange ich noch hier bin. Jeder würde mich umstimmen wollen, das macht mich nur unkonzentriert. Wenn ich weg bin, kannst du ihnen erzählen, was du willst. Versprich mir auf jeden Fall, Nelia nichts zu sagen, es würde sie aufregen und das ist nicht gut für sie und das ungeborene Kind. Vielleicht wäre es sowieso das Beste, du erzählst allen, ich wäre auf unbestimmte Zeit zu meinen Eltern gereist. Dann macht sich keiner unnötige Sorgen. Und dich hält keiner für übergeschnappt, weil du von Zeitreise erzählst."

„Ja, das wird wohl wirklich das Beste sein. Ich hoffe nur, du hast dir nicht zu viel vorgenommen. Und selbstverständlich helfe ich dir, so gut ich kann. Wenn ich hier keine Familie hätte, würde ich sogar darauf bestehen, dich zu begleiten. Aber so..." Er hob hilflos die Schultern.

„Ich weiß, wie dir zumute ist. Sei unbesorgt, Simon. Alles wird gut werden und ich komme ganz sicher zurück, darauf gebe ich dir mein großes Hexenehrenwort."

Jetzt wirkte Adrian wieder unbeschwert, er klopfte Simon lächelnd auf den Rücken. Nun, da er alles geklärt hatte, bereitete ihm das bevorstehende Abenteuer kaum mehr Kopfzerbrechen. Es schien, als freue er sich sogar auf die Herausforderung.

Simon folgte ihm seufzend hinauf in die Hexenküche. Er wusste, es hatte keinen Sinn, den Freund umstimmen zu wollen. Also würde er ihn nach Kräften unterstützen. Und er musste vor sich selbst eingestehen, dass er auch neugierig war. Eine Reise durch die Zeit war schließlich keine alltägliche Angelegenheit. Es juckte ihn tatsächlich in den Fingern, Adrian seine Begleitung anzubieten. Doch das war gänzlich unmöglich. Wie er schon gesagt hatte, er besaß schließlich eine Familie, für die er da sein musste. Es blieb ihm somit nichts anderes übrig, als Adrian so sorgfältig in seinen Vorbereitungen zu unterstützen, dass bei dessen Vorhaben nichts schiefgehen konnte.

Bereits zwei Tage später waren sie unterwegs zu den Extern-Steinen, jenem magischen Ort, der nach der Legende irgendwo in seinem Inneren ein Tor durch die Zeit verbarg. Simon hatte genau wie der Hexer die magischen Formeln und Rituale auswendig gelernt. Er wollte sie - vorsichtshalber weit von den Steinen entfernt - synchron zu Adrian praktizieren. Er würde damit dem Freund die Passage in die andere Zeit erleichtern, ohne jedoch selbst in Gefahr zu geraten, mitgezogen zu werden.

Sie waren mehrere Tage unterwegs. Das Wetter zeigte sich von seiner schlechtesten Seite. Es goss die meiste Zeit wie aus Kübeln und ein kalter Wind blies ihnen ins Gesicht. Es schien, als wolle sogar die Natur Adrian abhalten, zu tun was er sich vorgenommen hatte. Doch der ließ sich auch von tosenden Unwettern nicht aufhalten, seinem Mentor zu Hilfe zu eilen. Das gleiche galt für Simon, mit stoischem Gesichtsausdruck trotzte er den Wassermassen, die vom Himmel stürzten.

Sie sprachen wenig miteinander. Zum einen, weil der heulende Wind jede Unterhaltung im Keim erstickte. Doch auch so gab es kaum noch etwas zwischen ihnen zu bereden. Alles Wichtige war gesagt, es blieben keine Fragen offen.

Dann änderte sich das Wetter von einem Tag auf den anderen. Je näher sie ihrem Ziel kamen, desto mehr ging der Himmel auf. Als sie schließlich vor dem mächtigen Steintor standen, strahlte die Sonne von Himmel.

Simon starrte beeindruckt auf das steinerne Monument. Er fragte sich, wer wohl solch ein Gebilde zustande gebracht hatte. Denn das Tor musste von Menschenhand geschaffen sein, die Natur konnte unmöglich die riesigen Felsblöcke so ineinander gefügt haben.

„Beeindruckend, nicht wahr?" ertönte Adrians Stimme neben ihm. „Als ich die Steine das erste Mal sah, war ich ebenso erstaunt wie du. Wenn man sie so betrachtet, kann man glauben, dass sie zu irgendwelchen magischen Zwecken errichtet wurden. Sie waren ursprünglich ein Heiligtum der Germanen. Deren Priester schlugen in einen der Steine eine Höhlung. An dieser Stelle spürt man angeblich die Erdenergien besonders stark. Auch Erasmus hat sich damals diese Schwingungen zunutze gemacht um durch die Zeit zu gehen. Ich werde es ihm nachmachen. Aber komm, lass uns beginnen. Wir haben durch das schlechte Wetter schon zu viel Zeit verloren."

Simon sagte nichts dazu. Er spürte, dass Adrian die Zeit auf den Nägeln brannte. Er hatte ihm berichtet, dass ihn nach wie vor des Nachts die Hilferufe Erasmus' erreichten und immer dringender wurden.
Er blieb in etwa hundert Metern Entfernung mit den Pferden zurück, während der Hexer ohne nochmals zurückzublicken auf die Mitte der Steine zuging. Zuvor hatten sie noch gemeinsam ein Feuer entfacht und die benötigten magischen Gegenstände bereitgelegt. Dann hatte Adrian ihn noch einmal stumm umarmt und war gegangen.
Simon sah, wie er ein Feuer inmitten der Steine errichtete und dann begann, die magischen Rituale und Sprüche zu absolvieren. Er tat es ihm an seinem Feuer nach, warf Kräuter und Wurzelstücke in die auflodernden Flammen. Dazu murmelte er die beschwörenden Formeln, genau wie es Adrian zwischen den Steinen tat.
Erst als alle Utensilien restlos verbrannt, alle Formeln gesprochen waren, blickte er wieder zu dem Hexer hin, sah wie er die Arme gegen den Himmel hob und hörte Fetzen der Zaubersprüche, die er rief.
Die schwarzen Haare des Hexers wurden vom Wind erfasst und flatterten wie ein dunkler Heiligenschein um sein Gesicht. Seine große Statur war zuerst noch deutlich zu sehen, dann wurde sie vom Rauch des Feuers umweht. Plötzlich begann sie langsam zu zerfließen und löste sich schließlich ganz auf.
Simon rieb sich die Augen und blickte konzentriert zu der Stelle hin. Aber der Hexer war verschwunden. Nur das bereits ersterbende Feuer loderte noch einmal hell auf, dann erlosch es endgültig.
Eine tiefe Traurigkeit erfasste Simon und er ließ sich zu Boden sinken. Tränen rannen über seine Wangen, er schämte sich ihrer nicht. Plötzlich kam ein sanfter Windhauch auf und strich ihm übers Gesicht. Er hatte etwas Tröstendes an sich und Simon sah in ihm einen letzten Gruß des Freundes.
„Gute Reise Adrian", murmelte er leise in den Wind. „Ich hoffe inständig, dass wir uns irgendwann wiedersehen..."

Er stand schwerfällig auf und ging ein Stück des Weges zurück. Auf einer Wiese weideten die Pferde das erste Gras ab. Sie hoben die Köpfe und sahen ihm entgegen. Er bestieg seine Stute. Mit Luzifer am Zügel ritt er langsam davon.

Ende

Sie interessieren sich für weitere von mir verlegte Romane?

Ich habe eine 5-teilige Vampir-Saga, zwei weitere Vampir-Romane, zwei weitere Teile einer Hexer-Trilogie, eine Geistergeschichte und einen Engel-Roman geschrieben.

Ganz besonders möchte ich Ihnen meine Romanreihe „Mein Name ist Huth, Robin Huth" ans Herz legen. Darin erzählt Bulldogge Robin seine oft haarsträubenden Abenteuer, die er als Rettungshund bei einem Tierschutzverein erlebt.

Da ich als große Tierfreundin gerne den vielen notleidenden Hunden in Süd-/Osteuropa helfen möchte, spende ich meine gesamte Buchmarge aus dieser Romanreihe ausgewählten Organisationen, die vor Ort den Hunden helfen.

Auf meiner Homepage erfahren Sie alles über meine Romane und über mich. Schauen Sie doch mal rein.

www.gerdi-m-buettner.de

Die Rückkehr des Hexers / Teil 2

Auf der Suche nach seinem alten Mentor Erasmus tritt Adrian eine Zeitreise in das Aschaffenburg des Jahres 1636 an und trifft dort auf die junge Zenta, deren Mutter Agatha wegen Hexerei angeklagt ist. Adrian findet heraus, dass sie mit Erasmus im Kerker sitzt. Er lässt sich zum Schein als Wärter anstellen und es gelingt ihm Agatha und Erasmus zu befreien. Auf der anschließenden Flucht ist auch Zenta dabei. Sie schließen sich einer Zigeunerhorde an um unerkannt zu bleiben.

Doch der Hexenrichter schickt Häscher aus, die Entflohenen einzufangen um ihnen doch noch den Prozess zu machen. Adrian wird gefangen genommen, die anderen entkommen.

Um den Hexenrichter von den Freunden abzulenken beschuldigt sich Adrian selbst der Hexerei und wird zum Tod auf dem Scheiterhaufen verurteilt. Nur durch die Rückkehr in seine eigene Zeit kann er sein Leben retten. Doch die Sorge um Agatha, Erasmus und Zenta lässt ihn nicht ruhen, so reist er trotz der Gefahr für sein Leben erneut in die Vergangenheit zurück…

Der Fluch des Hexers / Teil 3

Adrian reist zum Schloss seiner Eltern, weil sein Vater entführt worden ist. Er findet heraus, dass ein alter Hexer in der Gegend sein Unwesen treibt. Hat er etwas mit der Entführung zu tun?

Bei seiner Suche gerät er in einen Hinterhalt und wird schwer verletzt. Als er erwacht findet er sich als Gefangener von Dr. Urban wieder, dem Leibarzt seines Vaters. Von ihm erfährt er den Grund für die mysteriösen Ereignisse. Dr. Urban will Rache für den Tod seines Vaters und schmiedete deshalb gemeinsam mit dem Hexer Korbinian einen teuflischen Plan.

Vampire, Hexer und Geister sind die Hauptprotagonisten der Autorin Gerdi M. Büttner. Mit ihren, mit Herzblut geschriebenen Romanen, möchte sie die Leserinnen und Leser in die Welt der Fantasy entführen.